Cœur de Pomme

Sous le Signe de la Pomme

Tome 1

Frédéric Eeckman
Sous le Signe de la Pomme

Romance

En application de l'art. L.137-2.-I. du code de la propriété intellectuelle, toute reproduction et/ou divulgation de parties de l'oeuvre dépassant le volume prévu par la loi est expressément interdite.

© Frédéric Eeckman, 2025

Édition : BoD · Books on Demand, 31 avenue Saint-Rémy, 57600 Forbach, bod@bod.fr

Impression : Libri Plureos GmbH, Friedensallee 273, 22763 Hamburg (Allemagne)

ISBN : 978-2-3225-5974-9
Dépôt légal : Mai 2025

Pour tous les romantiques.

Chapitre 1 : L'Art, l'Amour et les Amuse-Bouches

(Surtout Ceux Aux Pommes)

Le bourdonnement de la galerie d'art était une cacophonie assourdissante, mais une cacophonie de luxe, soigneusement orchestrée. Ce n'était pas le brouhaha joyeux d'un marché ou la clameur d'un stade ; c'était un murmure collectif et persistant, un tapis sonore tissé de conversations forcées aux intonations étudiées, de rires aigus – souvent déclenchés par des bons mots qui n'avaient de spirituel que l'intention –, et du cliquetis cristallin et incessant des verres de vin blanc ou de champagne. Ce bruit feutré semblait rebondir étrangement sur les murs d'un blanc clinique, presque aveuglant sous les spots halogènes directionnels, et glisser sur les surfaces lisses et torturées des sculptures abstraites qui peuplaient l'espace comme des créatures métalliques ou minérales d'une autre planète. L'une d'elles, une sorte d'enchevêtrement de poutrelles rouillées qui devait coûter le PIB d'un petit pays africain, semblait particulièrement la narguer depuis l'autre bout de la salle.

Anaïs, un verre de vin blanc – déjà tiédissant, preuve de son manque d'enthousiasme à le vider – à la main, naviguait dans cette mer humaine avec la dextérité résignée d'une habituée. Elle avait développé, au fil d'innombrables soirées similaires (merci Didier), une sorte de sixième sens pour éviter les groupes trop denses, les individus visiblement en chasse, et les zones de congestion devant les œuvres les plus commentées (ou les plus instagrammables). Un sourire poli, qu'elle sentait presque se fissurer aux commissures à force d'être maintenu, était plaqué sur ses lèvres. Une œuvre d'art à lui tout seul, ce sourire. Du pur Faux-Nouveau Réalisme. Elle se frayait un chemin entre les grappes d'individus élégamment vêtus – costumes sombres pour les hommes, robes griffées et bijoux étincelants (discrets mais chers, le comble du chic) pour les femmes. Ils admiraient – ou, plus probablement, et c'était là toute la beauté tragicomique de l'exercice, feignaient d'admirer – les œuvres exposées avec des hochements de tête savants, le menton penseur, et des murmures prétentieux échangés à voix basse : « Fascinant dialogue entre la matière brute et le vide… », « On sent bien l'influence de Brancusi, mais revisité avec une angoisse très contemporaine… », « La déconstruction du signifiant est palpable, non ? ». Anaïs se demandait parfois s'ils comprenaient réellement ce qu'ils disaient, ou s'ils récitaient une leçon apprise dans le dernier numéro d'un magazine d'art tendance.

Anaïs soupira intérieurement. Ce monde n'était pas le sien. Au détour d'une sculpture monumentale, elle tomba nez à nez avec un homme qu'elle connaissait de vue, un architecte d'intérieur souvent croisé lors de vernissages similaires, toujours flanqué d'une jeune femme différente. Son sourire était un peu trop large, ses yeux balayaient la salle à la recherche d'un contact plus intéressant. — Bonsoir Anaïs ! Toujours aussi discrète ? Il faut profiter de ces moments, c'est ici que ça se passe ! lança-t-il d'une voix sonore. Sa compagne du soir, un mannequin filiforme, hocha la tête sans conviction. — Oh, bonsoir Martin. Oui, je profite, répondit Anaïs, forçant légèrement son sourire. Elle écourta poliment la conversation sous prétexte de chercher un verre, s'éloignant avec le sentiment que ces rencontres ne menaient décidément nulle part, sauf à une lassitude croissante.

Elle détestait ces événements. Profondément. Viscéralement. Ce n'était pas l'art qu'elle détestait – au contraire, elle pouvait être profondément émue par une toile, une sculpture, une installation quand elle avait le temps et l'espace pour la ressentir vraiment –, mais tout ce cirque mondain qui l'entourait. L'air y était raréfié par la superficialité, une sorte de vide existentiel parfumé au dernier jus à la mode. Saturé par le mélange entêtant des eaux de toilette coûteuses – un nuage olfactif où le santal luttait contre l'ambre et le musc blanc dans une compétition silencieuse – et par cette odeur subtile, presque indécelable mais omniprésente, de l'ennui collectif poli. Trop de monde agglutiné dans un espace conçu pour la contemplation solitaire, transformant la galerie en une sorte de cocktail dînatoire où les œuvres servaient de prétexte. Trop de sourires faux, automatiques, qui ne parvenaient jamais à atteindre les yeux, laissant un regard froid et calculateur. Et surtout, beaucoup trop de tentatives de drague maladroites, souvent lourdes, parfois pathétiques, lancées comme des filets dérivants dans l'espoir d'attraper quelque chose – une aventure d'un soir, un contact professionnel, une simple validation de son pouvoir de séduction – pour égayer la monotonie prévisible de la soirée. Anaïs avait une collection impressionnante de cartes de visite récoltées lors de ces soirées, qu'elle jetait rituellement à la poubelle en rentrant chez elle.

Ce soir, comme si son aversion naturelle pour ce genre de raout ne suffisait pas, elle avait commis l'erreur stratégique – que dis-je, l'acte de pure folie masochiste – de venir accompagnée. Pas par choix, évidemment. Plutôt par une sorte de résignation lasse face à l'insistance de Didier. Une concession faite à la pression sociale diffuse qui veut qu'une femme de son âge – la trentaine bien entamée, merci de ne pas insister – se doive d'être en couple, à la force de l'habitude qui rend plus difficile de dire non que de soupirer oui, et peut-être même, si elle était tout à fait honnête avec elle-même, à une forme insidieuse de lâcheté. Rompre avec Didier lui semblait une montagne administrative et émotionnelle qu'elle n'avait pas le courage d'escalader. Alors, elle endurait.

Elle jeta un coup d'œil furtif par-dessus son épaule, radar interne enclenché, cherchant du regard son compagnon, Didier. Il était là, bien sûr, exactement où son algorithme personnel prédisait qu'il serait : en pleine discussion animée (enfin, surtout lui semblait animé) avec un collectionneur d'art visiblement important, un certain Monsieur Ribaucourt, reconnaissable à son crâne dégarni mais luisant, à son air d'autorité tranquille et à la manière dont les autres spécimens de la faune galeriste gravitaient autour de lui comme des lunes autour d'une planète fortunée. Didier se tenait un peu trop près de l'homme, envahissant subtilement son espace vital, son langage corporel criant son désir ardent d'impressionner, de s'insérer, de faire partie de ce cercle très fermé où l'art et l'argent valsaient dans un tango souvent cynique. Avec son costume italien impeccablement coupé – gris anthracite, coupe cintrée, probablement une fortune –, ses chaussures italiennes lustrées comme des miroirs noirs, et cette assurance affectée, presque agressive, qu'il revêtait comme une armure rutilante, Didier incarnait à la perfection le genre d'homme qu'Anaïs fréquentait. Ou plutôt, subissait. Par habitude, par facilité, par une sorte de syndrome de

Stockholm mondain, bien plus que par réel intérêt ou, Dieu l'en préserve, par affection profonde.

Il était indéniablement beau, il fallait lui reconnaître ça. Des traits réguliers, une mâchoire carrée, des cheveux blonds cendrés coupés court et savamment coiffés, un charisme froid et calculé qui séduisait au premier abord. Il était ambitieux, dévoré par une ambition qui le consumait et menaçait d'engloutir tout ce qui l'entourait. Une qualité qu'elle avait peut-être, dans un lointain passé brumeux, trouvée vaguement séduisante, avant de réaliser qu'elle se traduisait surtout par un égocentrisme abyssal et une incapacité chronique à s'intéresser à autre chose qu'à sa propre réussite. Et il était… oh oui, il était prévisiblement, désespérément, incommensurablement ennuyeux. Son répertoire de sujets de conversation tournait en boucle autour de trois thèmes majeurs : ses investissements judicieux (qu'il détaillait avec une précision soporifique), ses relations influentes (noms lâchés à la volée avec une fausse modestie), et ses projections financières (qui laissaient Anaïs totalement indifférente). Le tout saupoudré d'anecdotes répétées mille fois sur ses voyages d'affaires dans des hôtels de luxe impersonnels ou ses parties de golf avec des PDG dont elle oubliait systématiquement les noms.

Elle s'éloigna de Didier, prétextant une envie de se dégourdir les jambes. Elle ne fit pas dix pas qu'elle fut abordée par un homme au costume impeccable et à l'air affairé, une carte de visite déjà à la main. — Mademoiselle… Lessart, c'est bien ça ? Mon nom est Bertrand Delattre, je suis dans la gestion de patrimoine. Didier m'a dit que vous étiez architecte paysagiste ? Très intéressant ! D'ailleurs, je cherche justement quelqu'un pour réaménager la terrasse de ma résidence secondaire près de Deauville. On pourrait peut-être en discuter ? Tenez ma carte, n'hésitez surtout pas. Il parlait vite, sans respirer, son regard ne trahissant qu'un intérêt transactionnel. Anaïs accepta la carte avec un sourire contraint, sachant parfaitement qu'elle finirait dans la même poubelle que les autres. C'était ça, aussi, ces soirées : des échanges formatés, des tentatives de transformer chaque rencontre en opportunité commerciale, des interactions humaines réduites à leur plus simple expression utilitaire.

Combien de temps encore pourrait-elle supporter ces monologues interminables, ponctués de silences suffisants où il attendait son admiration béate ? Combien de soirées comme celle-ci devrait-elle encore endurer, hochant la tête aux moments appropriés, distillant des "Ah oui ?", des "Vraiment ?" et des "Passionnant…" avec la conviction d'une actrice de série B ? Elle se sentait exactement comme ça : une actrice dans une pièce dont elle n'avait pas choisi le rôle, ni le partenaire, récitant des répliques usées dans un décor trop familier et légèrement anxiogène. L'idée d'une soirée entière, puis d'une vie entière, passée à écouter les détails de ses transactions boursières ou les potins insipides sur le monde des affaires lui donnait une sensation d'étouffement physique, comme si un étau invisible se resserrait autour de sa poitrine. Elle avait besoin d'air, de vrai air, pas de cet oxygène raréfié et parfumé à l'ennui.

— Il parle de sa dernière acquisition, annonça Didier en revenant enfin vers elle, interrompant le fil de ses pensées moroses. Il fendit la foule avec l'aisance d'un brise-glace, un sourire suffisant étirant ses lèvres fines. Un Rothko. Une pièce maîtresse, vraiment. Absolument sublime. Tu aurais dû voir l'intensité des couleurs, la profondeur… Ribaucourt dit que c'est un investissement exceptionnel, la cote ne cesse de monter.

Il s'interrompit, attendant manifestement une réaction admirative, non pas pour l'œuvre elle-même, mais pour la transaction financière sous-jacente et sa proximité avec l'heureux propriétaire. Anaïs prit une gorgée – un peu trop grande – de son vin blanc désormais franchement tiède, utilisant ce bref instant pour composer un masque d'intérêt passable.

— Impressionnant, répondit-elle d'une voix qu'elle espérait neutre, priant pour que son manque total d'enthousiasme ne soit pas trop flagrant. Elle aurait pu ajouter "Surtout pour le compte en banque de Monsieur Ribaucourt", mais elle se retint. À quoi bon ?

Elle essayait de jouer son rôle, d'arborer une façade convenable, mais son esprit avait déjà pris la tangente, s'évadant loin de l'atmosphère confinée et stérile de la galerie. Il s'était envolé vers un autre lieu, un lieu bien réel mais encore en devenir, un lieu qui la faisait vibrer : le chantier du jardin pour le nouveau centre culturel. Son projet. Sa bouffée d'oxygène. Son œuvre à elle. Un havre de paix verdoyant qu'elle dessinait et façonnait avec passion, niché au cœur du béton et de l'agitation urbaine. C'était *ça*, sa véritable passion, son langage. Pas les discussions creuses sur la valeur marchande de l'art abstrait ou les mérites comparés des placements financiers, mais la création d'espaces qui respiraient la vie, la beauté tranquille, la sérénité. Des espaces où les gens pourraient se reconnecter avec la nature, avec eux-mêmes, avec les autres.

Dans son esprit, les sculptures froides et anguleuses de la galerie, les murs blancs implacables, s'effaçaient pour laisser place aux courbes douces des parterres de fleurs qu'elle avait méticuleusement choisis et dessinés : des vagues opulentes de lavande qui embaumeraient l'air en été, des éclats de coquelicots d'un rouge insolent au printemps, des tapis délicats de myosotis d'un bleu céleste. Elle visualisait les allées sinueuses, non pas recouvertes de ce parquet luisant et froid qui résonnait sous les talons aiguilles, mais de gravier fin et doux, crissant agréablement sous les pas des promeneurs. Des allées bordées non pas de murs blancs aseptisés, mais d'arbres aux essences variées – des cerisiers du Japon pour leur floraison éphémère et poétique, des érables pour leurs couleurs flamboyantes à l'automne, des tilleuls pour leur ombre bienveillante et leur parfum miellé. Elle entendait, non pas le brouhaha mondain et les rires forcés, mais le murmure apaisant de l'eau d'une fontaine en pierre qu'elle avait elle-même dessinée, une mélodie naturelle et constante, un contrepoint liquide au silence végétal. Un monde à mille lieues de l'agitation vaine qui l'entourait ce soir, un monde où la beauté était tangible, vivante, offerte, et non un simple objet de spéculation ou un marqueur de statut social.

Soudain, une voix. Différente. Pas l'un des murmures prétentieux ni le ton suffisant de Didier. Une voix chaude, légèrement rauque, avec une inflexion musicale qu'elle ne parvenait pas à identifier. Une voix inattendue, qui brisa net le fil de ses rêveries botaniques et la ramena brutalement à la réalité très concrète – et soudainement humide – de la galerie.

— Excusez-moi, je crois que j'ai… oups… fait une petite bêtise. J'ai renversé un peu de votre vin. Mille excuses. Vraiment.

Anaïs se tourna, surprise par l'intrusion et par le timbre de la voix. Son regard rencontra une paire d'yeux étonnamment vifs, pétillants d'une intelligence amusée et d'une sincère contrition. Des yeux d'un vert profond, presque forêt, qui contrastaient de manière saisissante avec des cheveux bruns, coupés simplement mais avec une mèche légèrement rebelle tombant sur le front. L'homme – car c'en était un, et un spécimen plutôt agréable à regarder, nota une petite voix intérieure qu'elle s'empressa de faire taire – tenait un chiffon blanc immaculé et semblait sincèrement désolé, une légère rougeur sympathique colorant ses pommettes. Il n'avait absolument rien à voir avec le public habituel de ces événements. Pas de costume griffé, pas de montre ostentatoire, pas d'air blasé ou supérieur. Il portait un simple jean bien coupé, un peu usé aux genoux, et une chemise à carreaux aux couleurs chaudes et automnales – ocre, bordeaux, vert bouteille –, les manches retroussées sur des avant-bras solides et bronzés. Il dégageait une aura de charme naturel, presque rustique, et une sorte de quiétude décontractée qui détonnait agréablement dans l'atmosphère guindée. Quelque chose en lui suggérait une force tranquille, une authenticité rare dans ce milieu d'apparences, comme quelqu'un qui était parfaitement en phase avec lui-même, à l'aise dans ses baskets (qui n'étaient d'ailleurs pas des mocassins italiens mais de simples baskets en toile).

— Oh, euh… ce n'est rien du tout, répondit Anaïs, surprise moins par l'incident mineur – quelques gouttes de vin sur sa main, rien de dramatique – que par l'intensité inattendue et directe de son regard vert. Vraiment. Ne vous inquiétez pas. C'est à peine une goutte.

Elle baissa les yeux vers son verre, puis vers sa main, où quelques perles de vin perlaient effectivement, menaçant de tacher le tissu de sa robe.

— Permettez-moi, au moins, insista-t-il avec un léger sourire qui plissa le coin de ses yeux. Il s'approcha et, avec une prévenance surprenante et une délicatesse inattendue, tamponna doucement sa main avec le chiffon blanc. Son geste était précis, efficace, mais doux. Je suis terriblement maladroit parfois, surtout quand je suis distrait par… enfin, quand il y a beaucoup de monde et que je dois jongler avec les plateaux. Je m'appelle Arthur Dubois, dit-il en relevant enfin les yeux, lui offrant cette fois un sourire franc, large, qui illumina son visage et fit apparaître une adorable fossette sur sa joue gauche. Je suis le traiteur. Enfin, ma petite société s'occupe du buffet ce soir. J'espère au moins que vous appréciez les amuse-bouches ? Que ma maladresse ne vous gâche pas tout !

Sa voix était douce, presque mélodieuse, avec cet accent légèrement chantant, indéfinissable, qui ajoutait à son charme singulier. Anaïs sentit une chaleur inattendue, agréable et légèrement troublante, se répandre dans sa poitrine. Il y avait quelque chose d'indéniablement magnétique dans son regard direct et franc, dépourvu de calcul. Une sorte de promesse tacite de conversations plus intéressantes, peut-être même de rires partagés, à des années-lumière des banalités ambiantes et des stratégies de séduction éculées.

— Anaïs Lessart, répondit-elle, sentant une légère rougeur – tout à fait involontaire et passablement agaçante – monter à ses propres joues. Enchantée, Arthur. Et oui, rassurez-vous, votre maladresse est pardonnée ! Les amuse-bouches sont absolument délicieux. Vraiment. J'ai particulièrement aimé ceux aux pommes et au chèvre. Une combinaison… audacieuse mais très réussie.

— Ah, les mini-tartelettes feuilletées ? Ma spécialité ! affirma Arthur avec un clin d'œil complice qui la fit sourire pour de vrai cette fois, un sourire non forcé qui détendit les muscles de son visage. J'avoue, j'ai un faible incurable pour les pommes. Sous toutes leurs formes. Elles ont quelque chose de… de profondément romantique, vous ne trouvez pas ?

Romantique ? Anaïs haussa un sourcil intérieur, mi-amusée, mi-intriguée. La voilà, la petite touche d'excentricité qui achevait de le rendre intéressant. Personne, jamais, au grand jamais, n'avait eu l'idée saugrenue de qualifier les pommes de *romantiques* en sa présence. La pomme, c'était la tarte de grand-mère, le goûter des enfants, le fruit défendu d'Eve, le symbole de New York, la pomme d'Api du tapis… mais romantique ? C'était un fruit du quotidien, simple, presque banal. Pas exactement le symbole universel de l'amour passionné comme pouvait l'être la rose rouge. Pourtant, il y avait quelque chose dans la façon dont Arthur le disait, avec cette lueur sincère et un peu rêveuse dans les yeux, cette conviction tranquille et assumée, qui la désarma complètement et la fit sourire malgré elle. Il semblait percevoir le monde à travers un prisme différent, teinté d'une poésie que les autres, affairés et cyniques, ignoraient superbement. Peut-être voyait-il la romance cachée dans les choses simples, dans la perfection humble de la nature, dans le goût sucré et acidulé d'un fruit mûr. C'était une pensée rafraîchissante.

C'est à ce moment précis, comme attiré par l'odeur d'une conversation potentiellement intéressante qui lui échappait, ou peut-être simplement doté d'un radar infaillible pour interrompre tout moment susceptible de la distraire de sa propre personne, que Didier choisit de réapparaître. Telle une ombre élégante mais légèrement menaçante. Son expression affichait une légère irritation, non pas dirigée contre l'incident du vin renversé (qu'il n'avait probablement même pas remarqué), mais plutôt contre cette interruption inopinée de ce qui semblait être *son* moment d'attention avec Anaïs, ou peut-être plus simplement contre la présence incongrue de cet intrus en chemise à carreaux dans leur périmètre de conversation mondaine. Un traiteur, qui plus est ! Quelle familiarité !

— Chérie, lança-t-il d'un ton qui se voulait suave mais qui transpirait l'impatience, ignorant superbement Arthur. Le collectionneur, Monsieur Ribaucourt, veut absolument nous présenter à sa femme. Une femme charmante, paraît-il. Très influente dans le milieu de l'édition. Une opportunité de networking à ne pas manquer. Viens. Il ne faut pas le faire attendre. C'est impoli.

Le ton était sans appel, ne laissant aucune place à la discussion ni même à une politesse élémentaire envers l'homme qui se tenait à côté d'elle. Anaïs jeta un dernier regard, presque désolé, à Arthur. Il lui offrit un sourire discret, presque secret, une étincelle de compréhension amusée dans ses yeux verts – il avait visiblement saisi la situation en une fraction de seconde –, avant de s'éclipser avec une grâce professionnelle, retournant à ses responsabilités de maître des délices éphémères. Elle suivit Didier à contrecœur, comme un automate bien élevé, se sentant étrangement et furieusement déçue que leur échange ait été si bref. Elle aurait aimé en savoir plus sur cet homme énigmatique qui trouvait de la romance dans les pommes et dont le sourire semblait promettre des mondes plus doux, plus simples et plus vrais.

Didier la traîna à travers la foule jusqu'à un petit groupe autour de Monsieur Ribaucourt. Une femme d'une soixantaine d'années, à l'élégance discrète et au sourire sincèrement aimable, se tenait à ses côtés. C'était Madame Ribaucourt, que Didier lui avait brièvement présentée plus tôt. — Chérie, voici Anaïs, l'architecte paysagiste dont je t'ai parlé, celle qui s'occupe du jardin du centre culturel. Anaïs, voici Anne, ma femme. Madame Ribaucourt lui tendit la main. — Enchantée Mademoiselle Lessart. Mon mari me parle beaucoup de votre travail sur le centre culturel. Il est très impressionné. C'est merveilleux. Elle avait une voix douce et un regard chaleureux qui contrastait avec la froideur ambiante. Anaïs fut touchée par sa gentillesse inattendue. — Oh, merci Madame Ribaucourt. C'est très gentil à vous. C'est un projet qui me tient à cœur. — On sent la passion, sourit Madame Ribaucourt. C'est rare. J'espère que nous aurons l'occasion d'en discuter plus longuement. Sur ce, le flot des invités ou d'autres conversations les sépara, et Anaïs resta un instant avec cette impression agréable, le sentiment qu'il y avait peut-être quelques personnes authentiques dans ce monde de faux-semblants, ou du moins, des personnes capables d'une simple gentillesse.

Le reste de la soirée s'étira en une longueur douloureuse, devenant une succession floue de présentations polies à des gens dont elle oublierait le nom cinq minutes plus tard, de conversations superficielles sur l'art, la finance ou les dernières vacances à la mode, et de tentatives désespérées de sa part pour paraître engagée, intéressée, voire spirituelle. Anaïs hochait la tête, souriait (son fameux sourire Faux-Nouveau Réaliste), posait les questions attendues ("Et vous travaillez dans quel domaine ?", "Ce tableau vous inspire quoi exactement ?"), mais son esprit restait ailleurs. Il dérivait obstinément vers une paire d'yeux verts et une question incongrue sur les pommes.

Elle se surprenait, malgré elle, à chercher Arthur du regard à travers la foule dense et mouvante. Il était là, quelque part, orchestrant la valse des plateaux d'amuse-bouches et des flûtes de champagne. Elle l'apercevait par intermittence : donnant une instruction discrète à un serveur, s'assurant avec un sourire que le buffet restait approvisionné, disparaissant puis réapparaissant avec l'efficacité tranquille d'un professionnel aguerri. Il se fondait dans le décor tout en étant essentiel à son bon fonctionnement, l'exact opposé de Didier qui cherchait constamment à attirer la lumière. Leurs yeux se croisèrent plusieurs fois au-dessus des têtes coiffées et des épaules endimanchées. Un contact fugace, presque subliminal. Chaque fois, Anaïs ressentait une petite décharge électrique, une curiosité persistante qui la tirait de sa torpeur mondaine. Une étincelle d'intérêt qu'elle n'avait pas ressentie depuis une éternité. Qui était-il vraiment, derrière ce rôle de traiteur efficace et charmant ? Quels étaient ses rêves, ses passions secrètes ? Qu'est-ce qui le faisait vibrer, au-delà de la perfection d'une tartelette aux pommes ou de la logistique d'un cocktail réussi ? Était-il aussi passionné par autre chose ? La nature, ça semblait évident. La musique, peut-être ? Les livres ? Elle mourait d'envie de le savoir.

Alors que la soirée commençait enfin à décliner, que les groupes s'éclaircissaient et que le volume sonore baissait d'un cran (signe que l'alcool commençait à faire effet ou que l'ennui prenait définitivement le dessus), Anaïs réussit à s'isoler un instant près du buffet désormais largement déserté. Elle feignait d'examiner de près la sculpture aux poutrelles rouillées, particulièrement laide sous cet angle d'ailleurs, pour échapper à une conversation interminable avec un courtier en assurances au sourire carnassier qui semblait déterminé à lui vendre un plan de retraite complémentaire avant même de connaître son âge ou ses revenus. Il lui expliquait les avantages fiscaux des placements à long terme avec une ferveur digne d'un télévangéliste. Anaïs hochait la tête, les yeux dans le vague, calculant mentalement la distance jusqu'à la sortie. C'est alors qu'Arthur apparut soudain à ses côtés, silencieusement, comme une apparition bienvenue.

— Je ne voudrais pas vous interrompre en pleine contemplation métaphysique de cette… œuvre, mais je voulais juste vous dire au revoir, avant que tout le monde ne parte et que je ne sois débordé par le rangement, dit-il, sa voix toujours aussi douce, mais empreinte d'une sincérité et d'une pointe d'humour désarmantes. Et… tant que j'y suis… cette question me taraude depuis tout à l'heure… Vous aimez vraiment les pommes, Anaïs, ou est-ce que vous étiez juste polie pour ne pas vexer le traiteur ?

Anaïs sentit son cœur faire un bond joyeux et inattendu dans sa poitrine. Il s'en souvenait. Et il revenait à la charge, avec cette question simple, presque enfantine, mais qui semblait étrangement importante. Leur brève conversation, apparemment anodine, avait laissé une trace dans son esprit. Il s'intéressait réellement à sa réponse, pas pour lui vendre quelque chose, pas pour l'évaluer socialement, juste… par curiosité sincère.

— Ça dépend vraiment des pommes, répondit-elle, abandonnant sa contemplation forcée de la sculpture pour se tourner vers lui, un sourire légèrement énigmatique et beaucoup plus authentique jouant sur ses lèvres.

Elle pensait, en une fraction de seconde, à toutes les pommes de sa vie. Aux Golden Delicious de son enfance, croquantes et légèrement acidulées sous la dent, parfaites pour croquer à pleines dents. Aux Reinettes grises du Canada, à la peau rugueuse, idéales pour les tartes Tatin renversantes que sa grand-mère confectionnait avec un amour infini et dont le parfum de caramel et de beurre salé emplissait toute la maison les dimanches après-midi. Aux Boskoop, plus fermes, parfaites pour une compote maison, mijotée lentement avec juste une pointe de cannelle et une gousse de vanille. Les pommes étaient liées à des souvenirs heureux, à la chaleur du foyer, à la simplicité réconfortante des choses vraies. Mais à la romance ? L'idée, semée par cet homme aux yeux verts, commençait à germer, à lui paraître moins saugrenue, presque séduisante.

— Dans ce cas, dit Arthur, son sourire s'élargissant, révélant à nouveau cette fossette charmante qui lui donnait un air incroyablement sympathique, alors peut-être apprécierez-vous celle-ci, qui vient clore notre service.

Il sortit alors de la poche intérieure de sa veste de travail – une veste simple, en coton sombre, pratique et sans prétention –, non pas un téléphone ou un portefeuille comme on aurait pu s'y attendre, mais une petite tartelette aux pommes, identique à celles qui avaient eu tant de succès plus tôt, mais emballée individuellement avec soin dans un petit papier sulfurisé noué par un brin de rafia.

— Faite maison, bien sûr, précisa-t-il avec un clin d'œil. La pâte est d'hier, les pommes ont été cueillies la semaine dernière chez mes grands-parents. J'en ai gardé une de côté... au cas où vous repasseriez devant le buffet. Ou au cas où j'aurais le courage de vous l'offrir.

La tartelette était petite, presque un bijou de pâtisserie rustique. Une croûte feuilletée parfaitement dorée, une compotée de pommes visiblement fondante sous une fine couche de glaçage brillant, et un parfum délicat de cannelle, de beurre frais et de fruit cuit qui monta jusqu'aux narines d'Anaïs, lui mettant l'eau à la bouche. Elle la prit, tendant la main avec une hésitation presque révérencieuse. Ses doigts effleurèrent ceux d'Arthur dans l'échange. Un contact bref, accidentel, mais qui envoya une décharge électrique, bien réelle cette fois, le long de son bras, jusqu'à son épaule. Une sensation étrange, nouvelle, presque interdite, qui la fit frissonner intérieurement. Elle rencontra son regard intense, et pendant un instant suspendu, le brouhaha résiduel de la galerie, les derniers éclats de voix, le bruit lointain de la circulation parisienne filtrant de l'extérieur... tout s'évanouit complètement. Le temps sembla ralentir, se dilater. Il n'y avait plus qu'eux deux, le silence vibrant entre eux, et cette minuscule tartelette aux pommes, symbole inattendu et terriblement charmant d'une connexion naissante, d'une possibilité offerte.

— Merci, murmura Anaïs, sa voix légèrement tremblante, trahissant une émotion qu'elle ne maîtrisait plus tout à fait. C'est… vraiment très gentil. Inattendu.

Elle était troublée. Profondément troublée, et pas seulement par le contact de leurs doigts. Par l'effet global que cet homme avait sur elle. Elle, la cynique désabusée, l'habituée des faux-semblants, qui se croyait immunisée contre le charme facile et les gestes romantiques convenus, la voilà complètement déstabilisée par un simple traiteur, sa chemise à carreaux, ses yeux verts et sa tartelette aux pommes faite maison. C'était presque comique. Et terriblement séduisant.

— C'est moi qui vous remercie pour cette conversation… et surtout pour votre honnêteté concernant votre passion très sélective pour les pommes, dit Arthur, son sourire se nuançant d'un mélange d'espoir timide et d'audace tranquille. J'espère que celle-ci sera à la hauteur de vos exigences. À bientôt, j'espère, Anaïs.

Il fit un léger hochement de tête, un dernier regard pétillant dans sa direction, et s'éloigna d'un pas souple et assuré, se fondant à nouveau dans les ombres de la galerie qui se vidait, en direction des cuisines d'où émanait maintenant un bruit de vaisselle qu'on débarrasse. Anaïs resta immobile un long moment, la petite tartelette encore tiède dans la paume de sa main, le cœur battant un peu plus vite. Elle le regarda partir, une silhouette simple et droite disparaissant dans le couloir de service. Elle n'aurait jamais cru, en venant à ce vernissage à contrecœur, qu'une simple pâtisserie puisse contenir autant de promesses silencieuses, autant de possibilités entrevues.

Poussée par une impulsion soudaine, irrésistible, elle défit délicatement le petit nœud en rafia, écarta le papier sulfurisé. L'odeur de pomme chaude et de cannelle s'intensifia. Elle porta la tartelette à ses lèvres. Elle croqua dans la pâte feuilletée. Elle était incroyablement légère, friable, beurrée juste ce qu'il fallait. Puis vint la saveur douce et légèrement acidulée des pommes fondantes, relevée par la chaleur subtile et réconfortante de la cannelle. C'était divin. Un équilibre parfait, une simplicité maîtrisée, une explosion de saveurs authentiques qui dansaient sur son palais. C'était, sans l'ombre d'un doute, la meilleure tartelette aux pommes qu'elle ait jamais mangée. Bien meilleure que toutes les pâtisseries sophistiquées et hors de prix qu'elle avait pu goûter dans les salons de thé parisiens. Et elle avait un goût indéfinissable de promesse. Un goût d'inattendu. Un goût d'authenticité. Peut-être même… oui, peut-être même, finalement, un petit goût de romance. Une romance simple et vraie, comme une pomme mûre cueillie à même l'arbre. Un sourire sincère, le premier de la soirée, étira enfin les lèvres d'Anaïs.

Chapitre 2 : Pommiers Nains et Cœur en Friche

(Didier Au Téléphone, Arthur En Vrai)

Le lundi matin trouva Anaïs sur le chantier du centre culturel bien avant l'arrivée de la plupart de son équipe, bien avant même que le soleil parisien n'ait réussi à percer complètement la brume légère qui flottait sur la ville endormie. Elle avait quitté l'immense appartement de Didier à l'aube, presque sur la pointe des pieds pour ne pas le réveiller – elle savait qu'il dormirait profondément jusqu'à la dernière minute possible avant de se précipiter vers son bureau à la Défense. C'était une routine qu'elle connaissait bien. Elle passait souvent ses nuits dans le confort impersonnel et un peu ostentatoire des grands espaces de Didier, un appartement qui semblait tout droit sorti d'un catalogue de luxe. Lui, en revanche, ne venait jamais dormir dans son propre petit appartement à elle, un cosy deux-pièces sous les toits qu'elle adorait mais qu'il jugeait 'beaucoup trop petit' et 'pas vraiment représentatif' pour un homme de son standing et de sa réussite. Son espace à elle manquait visiblement de mètres carrés et d'effet 'waouh'. Elle avait avalé un café noir brûlant en regardant les premières lueurs teinter le ciel, animée par un regain d'énergie et une clarté d'esprit qu'elle n'avait pas ressentis depuis des lustres.

Garée un peu à l'écart dans sa petite Fiat 500 blanche – une voiture que Didier jugeait, évidemment, ridiculement petite et totalement inadaptée à son statut, préférant sa propre berline allemande rutilante –, Anaïs enfila ses bottes de chantier usées et sa veste matelassée. L'air frais lui piqua les joues. Elle échangea un sourire et un rapide bonjour avec Momo, le gardien de nuit qui finissait sa garde, un vieil homme au visage buriné toujours prêt à partager un mot gentil ou une blague potache. Pénétrer sur le chantier à cette heure matinale, avant le vacarme des machines et les cris des ouvriers, c'était s'offrir un moment de grâce suspendue. Le silence était palpable, juste brisé par le craquement du gravier sous ses pas et le chant timide de quelques oiseaux matinaux. C'était son moment, celui où la vision sortait des plans et commençait à prendre corps dans l'intimité du lieu encore endormi.

La rencontre avec Arthur, la veille, avait agi comme un catalyseur inattendu, une sorte de défibrillateur émotionnel qui avait relancé un cœur qu'elle croyait engourdi par l'habitude et la résignation. Ce n'était pas seulement le charme évident de l'homme, ni même la surprise de cette connexion quasi instantanée. C'était surtout le contraste saisissant avec son propre quotidien, avec l'atmosphère stérile de la galerie et la vacuité de sa relation avec Didier. Arthur, avec sa simplicité, son authenticité et sa vision poétique des pommes, avait involontairement mis en lumière tout ce qui clochait dans sa propre existence. Sa brève apparition avait dissipé une partie du brouillard d'insatisfaction cotonneux qui enveloppait sa vie depuis des mois, laissant entrevoir la possibilité d'autre chose, d'un horizon plus lumineux, plus vrai.

Et cet élan nouveau, elle le canalisait instinctivement vers le seul endroit où elle se sentait pleinement elle-même, pleinement vivante : son jardin en devenir. Ce projet n'était pas seulement son travail ; c'était son sanctuaire, son échappatoire, sa passion dévorante. Un défi créatif qu'elle abordait avec une ferveur presque religieuse, une dévotion totale. Transformer cet espace urbain ingrat, autrefois une friche anonyme de béton fissuré et de mauvaises herbes tenaces, en une oasis de verdure luxuriante et de beauté tranquille, était devenu sa raison d'être, la mission qui donnait un sens à ses journées. C'était sa façon à elle de laisser une empreinte positive sur le monde, de tisser des liens fragiles mais essentiels entre les citadins stressés et la nature trop souvent oubliée, de sculpter la beauté et l'harmonie dans la matière brute et parfois hostile du paysage urbain. *Un espace vert à la fois*, c'était sa modeste contribution à un monde plus respirable, plus doux et plus humain.

Elle arpentait les allées fraîchement tracées, dont le gravier crissait encore sous ses bottes en caoutchouc maculées de terre – une mélodie bien plus agréable à ses oreilles que le cliquetis des verres de la veille. Son carnet de croquis fétiche, un peu écorné, à la main, elle prenait des notes, dessinait des détails, ajustait mentalement des perspectives. L'air matinal était vif, presque mordant, mais portait des promesses : l'odeur humide et riche de la terre remuée par les engins la veille, le parfum subtil et résineux des premiers conifères nains plantés près de l'entrée, la senteur poivrée des œillets mignardises qui borderaient bientôt le chemin principal.

Elle examinait les grands plans étalés sur une table de chantier pliante, une tasse de café thermos fumant à portée de main, discutant avec animation avec Léo, son chef de chantier. Léo était un homme d'une cinquantaine d'années, bourru en apparence, le visage buriné par des années de travail en extérieur, avare de compliments mais d'une compétence redoutable et d'une loyauté sans faille. Anaïs appréciait son franc-parler et son pragmatisme, même s'il levait parfois les yeux au ciel devant ses demandes qu'il jugeait trop *poétiques*. Ce matin-là, ils débattaient de l'agencement précis des futurs parterres de vivaces – Anaïs voulait créer un effet de vagues colorées et mouvantes, Léo s'inquiétait surtout de la facilité d'entretien –, de la courbure exacte d'un sentier secondaire qui devait inviter à la flânerie sans pour autant gêner la circulation des poussettes, ou des subtilités techniques du système d'irrigation goutte-à-goutte qu'elle avait conçu pour minimiser le gaspillage d'eau, une obsession personnelle qui faisait parfois soupirer Léo mais qu'il respectait.

Plus tard, elle laissa Léo et son équipe à leurs tâches pour s'adonner à son propre rituel : le contact direct avec la matière vivante. Elle palpait la texture veloutée des jeunes feuilles pourpres d'un érable japonais fraîchement planté, vérifiait l'humidité du sol au pied d'un massif de graminées ornementales dont les épis plumeux danseraient bientôt dans le vent, s'agenouillait pour examiner la reprise d'une clématite destinée à grimper sur la pergola. En fermant les yeux, elle visualisait déjà le rendu final : les jeux de lumière changeants à travers les feuillages au fil des heures, le contraste saisissant entre la douceur des hostas et la verticalité des iris, l'explosion de couleurs orchestrée au fil des saisons – des bulbes printaniers aux asters automnaux. Chaque détail comptait, chaque choix de plante était le fruit d'une longue réflexion, tenant compte de l'exposition, de la nature du sol, de la cohabitation avec les autres espèces, mais aussi de l'émotion qu'elle souhaitait susciter chez le futur visiteur. C'était un puzzle complexe et passionnant, un acte de création total.

Alors qu'elle était agenouillée près d'un jeune plant d'hortensia, complètement absorbée par son examen, le bruit familier d'un moteur de camionnette et un appel l'arrachèrent à sa concentration. — Hey, Anaïs ! Bel arrosoir que tu portes là ! Elle releva la tête pour voir passer le petit camion blanc de la pépinière *Au Vert Jardin*, celle où elle commandait la plupart de ses végétaux depuis des années. Au volant, Marie, une jeune femme rousse et énergique avec qui Anaïs aimait bien échanger quelques mots lors des livraisons. Marie s'arrêta, baissa sa vitre. — Salut Marie ! Non, c'est juste de la terre, pas un arrosoir, rit Anaïs en montrant ses mains couvertes. Ça pousse bien ? — Nickel ! Les commandes pour tes massifs sont dans la camionnette de derrière, les grands sujets arriveront demain. Ça prend forme, hein, ce chantier ! Elle jeta un coup d'œil rapide mais connaisseur. — Oui, ça commence à ressembler à quelque chose ! avoua Anaïs, sentant la satisfaction affleurer. Merci pour les belles plantes, comme d'habitude ! — Y'a pas de quoi, le plaisir est pour nous de travailler sur un projet comme ça ! Allez, bonne continuation, faut que j'y aille ! Marie redémarra en lui faisant un signe de la main. Ces échanges simples et directs, avec les gens qui travaillaient concrètement avec le vivant, lui rappelaient à quel point elle aimait la réalité tangible de son métier d'indépendante.

Son téléphone vibra dans la poche de sa veste matelassée. Une intrusion stridente, presque violente, dans la quiétude studieuse du chantier. Elle fronça les sourcils. Qui pourrait bien la contacter si tôt, à part Léo ou un fournisseur ? Elle le sortit distraitement, ses doigts encore terreux laissant une légère trace sur l'écran. Le nom de l'expéditeur s'afficha : Didier. Un soupir presque imperceptible, chargé d'une lassitude infinie, s'échappa de ses lèvres. Son cœur, qui battait à l'unisson du rythme créatif du jardin quelques secondes plus tôt, se serra légèrement, comme à chaque fois qu'il s'immisçait sans prévenir dans son univers. C'était un message.

« Dîner ce soir. J'ai réservé chez "Le Ciel de Paris". Très important. Ne sois pas en retard. »

Pas de bonjour, pas de "comment vas-tu ?", pas même un point d'interrogation après "Dîner ce soir", qui sonnait plus comme une convocation qu'une invitation. Le message était typique de Didier : directif, présomptueux, et soulignant lourdement l'importance cruciale de *ses* plans à *lui*. "Très important". Elle se demanda, avec une pointe d'ironie amère, ce qui pouvait bien être si vital ce soir. La signature d'un nouveau contrat juteux ? La rencontre avec un autre personnage "influent" ? Ou simplement le besoin irrépressible de se pavaner avec elle dans un lieu ostentatoire pour nourrir son ego ? Anaïs visualisa immédiatement la scène : la vue panoramique sur la ville illuminée depuis le 56ème étage de la tour Montparnasse – une vue certes spectaculaire mais qui lui semblait toujours un peu froide, distante –, un menu aux intitulés pompeux et aux prix astronomiques, et Didier, pontifiant sur ses derniers succès financiers, ses relations haut placées, ou se plaignant avec une fausse modestie des contraintes de sa vie trépidante. Une nouvelle tentative, à peine voilée, de l'éblouir avec les symboles extérieurs de sa réussite, ces mêmes symboles qui la laissaient désormais de plus en plus froide, voire légèrement nauséeuse. Les restaurants chics et guindés, les vêtements de marque siglés, les voitures de sport bruyantes… tout cela lui semblait si vide, si désespérément éloigné de ce qui la faisait vibrer réellement

: la beauté simple d'une fleur sauvage, la chaleur d'une conversation sincère, la satisfaction d'un travail bien fait.

Elle resta quelques secondes à fixer l'écran, hésitant entre l'envie furieuse de répondre "Non merci, j'ai piscine dans la boue du chantier" et la résignation habituelle. L'habitude l'emporta. Avec un soupir, elle tapa une réponse aussi laconique que son propre manque d'enthousiasme : "OK". Sans point d'exclamation, sans smiley affectueux, juste l'acceptation plate et résignée d'une obligation sociale qui ressemblait de plus en plus à une corvée. Elle rangea son téléphone dans sa poche, comme si elle voulait enfouir avec lui le malaise qu'il venait de réveiller, et tenta de chasser l'image de la tour Eiffel scintillante et du visage suffisant de Didier pour se recentrer sur le plan d'implantation des bulbes de printemps. Les tulipes 'Reine de la Nuit', d'un pourpre presque noir, seraient magnifiques à côté des narcisses 'Thalia' d'un blanc immaculé… Voilà qui était vraiment important.

La journée s'écoula à un rythme effréné, comme souvent sur les chantiers où chaque heure compte. Ce fut une succession de microdécisions et de grandes avancées : une réunion constructive avec les architectes du bâtiment pour coordonner l'éclairage extérieur avec ses plantations ; des discussions techniques pointues avec Léo concernant le système de drainage à mettre en place pour éviter les accumulations d'eau sur la future grande pelouse ; un débat passionné mais amical avec les pépiniéristes sur la résistance au froid de telle ou telle variété de rose ancienne qu'elle tenait absolument à intégrer pour son parfum envoûtant. Anaïs était dans son élément, jonglant entre les plans, les contraintes techniques, les considérations esthétiques et les aléas du terrain. Elle aimait cette complexité, cette nécessité d'être à la fois créative et pragmatique. Elle aimait la sensation de la terre sous ses doigts quand elle aidait un ouvrier à positionner un arbuste, l'odeur puissante du terreau frais, la satisfaction profonde de voir un espace informe se transformer progressivement sous ses yeux, de voir la vie végétale reprendre lentement ses droits là où il n'y avait que du gris, du béton, de l'oubli. C'est là, au milieu de la boue, des brouettes, des outils et des jeunes pousses fragiles, qu'elle se sentait pleinement vivante, utile, parfaitement alignée avec ses valeurs profondes. Loin, si loin, des faux-semblants des vernissages.

Les bruits du chantier s'estompaient peu à peu. Les ouvriers, fatigués mais satisfaits, pliaient bagage en échangeant des plaisanteries, les machines se taisaient. Une odeur de poussière mouillée et de terre fraîche flottait dans l'air plus frais. Anaïs regarda autour d'elle, un sentiment de paix intérieure et d'accomplissement commençait à l'envahir. C'était ça, sa vraie vie, celle qui avait du sens. Mais le SMS de Didier, oublié pendant quelques heures, lui revint soudain en mémoire, ramenant avec elle l'appréhension diffuse du dîner à venir. Le contraste entre la satisfaction simple et brute de la journée passée ici, connectée à la terre et à la création, et la perspective de cette soirée mondaine et artificielle lui pesa soudain comme une lourde chape.

En fin d'après-midi, alors que le soleil commençait sa descente paresseuse derrière les immeubles haussmanniens voisins, projetant de longues ombres dorées et dansantes sur le chantier qui s'apaisait, Anaïs rassemblait ses affaires, ses muscles agréablement endoloris par l'effort, mais l'esprit clair et le cœur léger. Elle éprouvait cette douce lassitude physique et cette intense satisfaction mentale qui suivent un travail accompli avec passion et engagement. En se dirigeant d'un pas énergique vers la sortie du chantier, elle planifiait déjà sa soirée : une douche rapide, troquer ses bottes boueuses contre des chaussures de ville inconfortables, et se préparer mentalement à affronter le dîner *très important* avec Didier. Elle soupira à nouveau rien qu'à cette idée.

C'est alors qu'elle remarqua un camion de livraison de taille moyenne, blanc et anonyme mais impeccablement propre, garé près de l'entrée principale du centre culturel, une zone encore en travaux mais déjà accessible aux fournisseurs. Un homme était en train d'en descendre, ouvrant les portes arrière avec une aisance tranquille. Il se pencha à l'intérieur et en ressortit en soulevant, avec une facilité qui trahissait une force certaine sous ses dehors décontractés, un grand panier en osier tressé, débordant littéralement de plantes vertes et aromatiques aux couleurs vives et aux parfums qui semblaient flotter jusqu'à elle.

Son cœur fit une embardée. Une sorte de looping intérieur, à la fois agréable et déstabilisant. Elle le reconnut immédiatement. C'était Arthur.

Elle s'arrêta net au milieu de l'allée de gravier, surprise et, elle dut l'admettre à son corps défendant, étrangement, absurdement, délicieusement ravie. Le revoir ainsi, de manière totalement impromptue, dans *son* univers à elle, sur ce chantier qui était une extension de son âme, était une coïncidence presque trop belle, trop parfaite pour être vraie. Était-ce le destin qui lui faisait un clin d'œil malicieux ? Il semblait encore plus à sa place ici, entouré de verdure naissante, une chemise simple légèrement tachée de terre aux manches retroussées, les mains potentiellement terreuses (même si elle ne pouvait le voir distinctement d'ici), bien plus qu'il ne l'était la veille dans l'atmosphère guindée et artificielle de la galerie d'art. Il avait l'air… vrai. Solide.

— Arthur ? Qu'est-ce que… qu'est-ce que vous faites ici ? lança-t-elle, sa voix trahissant une pointe d'étonnement et peut-être une once de plaisir qu'elle ne put totalement masquer.

Arthur, qui ajustait le portage de son lourd panier, se tourna vivement au son de sa voix. Son visage s'illumina instantanément d'un large sourire en la reconnaissant. Le même sourire franc et chaleureux, celui avec la fossette, qui l'avait tant troublée la veille. Ses yeux verts pétillaient sous la lumière douce et dorée de la fin de journée.

— Anaïs ! Mais… mais qu'est-ce que vous faites *vous* ici ? Quelle incroyable surprise ! Je ne m'attendais pas du tout à vous trouver là ! Je livre des plantes pour le restaurant du centre culturel qui doit ouvrir bientôt. Le chef m'a commandé tout un assortiment d'herbes fraîches pour sa cuisine – du basilic de toutes sortes, du romarin rampant, du thym citron, de la verveine… – et il voulait aussi quelques petits arbres fruitiers en pot pour décorer la terrasse. Des pommiers nains, justement ! Ironique, non ? On dirait que les pommes nous poursuivent !

Il désigna d'un geste amusé les portes ouvertes de sa camionnette, où l'on distinguait effectivement les silhouettes graciles de jeunes pommiers aux feuilles tendres, à côté d'un autre panier qui laissait échapper des touffes denses et parfumées d'herbes aromatiques diverses.

— C'est… c'est une sacrée coïncidence, en effet, balbutia Anaïs, se sentant soudain un peu idiote, presque prise au dépourvu par sa présence et par cette référence amusée aux pommes. Je… je travaille ici. Je suis l'architecte paysagiste responsable de ce jardin. Je ne savais pas que vous livriez aussi les restaurants d'ici. Je pensais que votre société de traiteur…

Elle se sentit rougir légèrement. Elle devint subitement et douloureusement consciente de sa propre apparence : ses cheveux probablement en bataille, échappés de la queue de cheval approximative qu'elle avait fait le matin même, sa veste de travail maculée de terre, ses joues peut-être un peu rouges et luisantes à cause du soleil et de l'effort. Rien à voir avec la tenue élégante, bien que contrainte et inconfortable, de la veille au vernissage. Elle se sentait… exposée. Vulnérable.

— Mais c'est… c'est incroyable ! Vous l'architecte de ce projet ? reprit Arthur avec une pointe de malice dans la voix, mais une sincérité désarmante dans le regard qui balaya ses complexes vestimentaires. J'avais bien aperçu quelques photos de l'annonce du projet dans un magazine il y a quelques mois, mais en vrai c'est encore plus impressionnant que sur le papier ! Même en plein chantier, on sent déjà la force du lieu, l'harmonie qui s'en dégage. On dirait que c'est vous, tout entière, ici.

Anaïs sentit la chaleur monter à ses joues, plus intense cette fois, mais différente. Ce n'était pas la rougeur de la gêne, mais celle du plaisir sincère. Ses compliments étaient si directs, si personnels, si dénués de l'obséquiosité calculée ou de l'arrière-pensée mondaine auxquels elle était si souvent confrontée. Ceux d'Arthur avaient une simplicité, une profondeur, une justesse qui la mettaient étrangement mal à l'aise – parce qu'elle n'y était pas habituée – tout en la flattant profondément. Il semblait *réellement* voir et apprécier son travail pour ce qu'il était, au-delà des apparences.

— Merci... C'est très gentil. Ce n'est pas encore terminé, loin de là, mais... ça prend forme, oui. J'y mets tout mon cœur.

D'un geste large, presque inconscient, elle engloba le paysage en devenir autour d'eux : les parterres de fleurs encore largement nus mais dont les contours promettaient déjà des vagues de couleurs futures, les jeunes arbres frêles qui commençaient à peine à prendre racine et à déployer leurs premières feuilles, l'ébauche en pierre grise de la future fontaine centrale, encore silencieuse et sèche.

Arthur s'approcha, déposa son lourd panier avec précaution sur le sol et examina les alentours avec un intérêt manifeste, un regard à la fois curieux et connaisseur. Il ne se contenta pas d'un coup d'œil superficiel. Il se pencha pour observer de plus près un jeune plant de rosier 'Pierre de Ronsard', effleura délicatement une feuille argentée de fougère athyrium. Il semblait voir au-delà du désordre apparent du chantier – la terre retournée, les outils épars, les sacs de terreau éventrés –, percevant déjà la beauté future, l'harmonie qu'elle s'efforçait si passionnément de créer.

— Vous avez un vrai talent, Anaïs. Un don. Ce n'est pas juste technique, c'est... sensible. On sent votre passion, votre amour pour le végétal dans chaque courbe, dans chaque choix de plante. Ce n'est pas juste un aménagement fonctionnel, c'est une création qui a une âme, une poésie. On sent que vous racontez une histoire ici.

— C'est… merci. C'est un peu tout ce que je sais faire, en fait, répondit Anaïs avec une modestie sincère, se sentant étrangement fragile sous son regard approbateur, mais aussi profondément touchée par ses paroles justes. Créer de la beauté, essayer de mettre un peu d'harmonie dans ce monde… c'est ce qui me rend heureuse. Ce qui donne un sens à tout ça.

Leur conversation reprit, glissant naturellement des défis de ce chantier spécifique aux plantes du jardin en général, puis aux herbes aromatiques qu'il livrait, et inévitablement, à la cuisine. Ils découvrirent avec une surprise amusée leur amour commun évident pour la nature sous toutes ses formes et pour les choses authentiques, bien faites, qu'il s'agisse d'un plat mijoté, d'un vin bien choisi ou d'un jardin savamment composé. Anaïs apprit ainsi qu'Arthur avait grandi en Normandie, à un peu plus de deux heures de Paris, dans une vieille ferme horticole tenue par ses grands-parents, au milieu des serres et des vergers. Il n'avait connu son grand-père qu'une partie de son enfance ; cet homme qu'il décrivait avec tendresse avait été emporté trop tôt par une maladie foudroyante. Dès lors, il avait été élevé par sa grand-mère, une femme d'une résilience et d'un talent exceptionnels, et par le frère de cette dernière (son grand-oncle), qui était venu vivre à la ferme pour les épauler.

C'est sa grand-mère, une véritable cordon bleu, qui lui avait transmis sur le tas les bases solides de la cuisine paysanne et le respect des produits nés de leur terre. Il n'avait pas fait d'école de cuisine prestigieuse au sens classique, mais avait appris le métier d'abord avec elle, puis en travaillant dans de petits restaurants de campagne avant de monter sa propre affaire de traiteur avec trois fois rien et beaucoup d'huile de coude, comme il le disait en riant. Il possédait une connaissance intime, presque instinctive, des plantes, des saisons, des cycles de la terre. Il parlait des différentes variétés de basilic – le Grand Vert, le Pourpre, le Citron, le Thaï – avec la même passion qu'un œnologue décrivant les cépages d'un grand cru. Il expliquait les secrets pour faire refleurir une orchidée capricieuse ou pour réussir une compote de pommes parfaite (encore et toujours les pommes !) avec une humilité et un enthousiasme communicatifs qui forçaient l'admiration. Anaïs buvait ses paroles, fascinée par cette simplicité terrienne, cette authenticité brute qui contrastait si violemment avec le monde souvent artificiel et intellectualisé dans lequel elle évoluait professionnellement et personnellement. Elle se sentait de plus en plus attirée par cet homme si différent, si vrai, si… rafraîchissant.

Soudain, la sonnerie stridente et particulièrement agressive – une sonnerie personnalisée choisie par Didier, sans doute pour marquer son importance – du téléphone d'Anaïs déchira brutalement la bulle paisible et ensoleillée qu'ils avaient inconsciemment créée autour d'eux. C'était Didier. Encore. Le visage d'Anaïs se ferma instantanément, le masque de l'obligation et de la contrariété reprenant sa place avec une rapidité décourageante. Elle décrocha à contrecœur, jetant un regard d'excuse silencieux à Arthur.

— Anaïs ! Mais enfin, où es-tu ? Ça fait une heure que je t'attends comme un idiot au bar de l'hôtel ! La réservation au restaurant est dans trente minutes exactement ! Tu te moques de moi ou quoi ? Sa voix était tendue, sifflante d'agacement, ne laissant aucune place à une explication ou à une excuse.

— Je... je suis encore au travail, Didier. Vraiment désolée, il y a eu un contretemps imprévu, j'ai complètement perdu la notion du temps, mentit-elle à moitié, se sentant misérable, jetant un regard furtif à Arthur qui s'était discrètement écarté de quelques pas, feignant d'examiner avec une attention soudaine une brouette esseulée.

— Un contretemps ? Un contretemps ?! Tu plaisantes ? J'ai réservé une table au Ciel de Paris ! *Le* Ciel de Paris ! Le meilleur restaurant de la ville, une table qu'il faut obtenir des semaines, voire des mois à l'avance ! Tu te rends compte de ce que ça représente ? Et toi, tu vas encore me faire faux bond, me planter là, pour tes fichues plantes ? C'est inadmissible !

Sa voix montait dans les aigus, chargée de reproches acrimonieux et d'une incompréhension totale pour son travail, pour sa passion. Anaïs sentit une boule familière se former dans sa gorge, un mélange de culpabilité (elle était effectivement en retard) et de colère sourde face à son égocentrisme et son manque de respect.

— Je... je ne sais pas quand je pourrai être libre exactement, répondit-elle, sa voix soudainement lasse, éteinte. Le chantier a pris pas mal de retard aujourd'hui. Il y a eu des imprévus.

Elle se sentait de plus en plus mal à l'aise, littéralement prise en étau entre les exigences tyranniques de Didier et son désir naissant, puissant et irraisonné de rester ici dans la lumière dorée de fin de journée, de continuer cette conversation simple, apaisante et enrichissante avec Arthur, de découvrir son monde si différent du sien. L'idée de devoir maintenant se précipiter, prendre une douche éclair, enfiler une robe inconfortable et des talons douloureux, traverser tout Paris dans les embouteillages du soir pour aller s'asseoir face à Didier et écouter ses récriminations ou ses vantardises pendant trois heures lui parut soudain une perspective non seulement ennuyeuse, mais activement insupportable. Une torture moderne.

— Bon, eh bien, débrouille-toi ! Je n'ai pas que ça à faire ! Mais ne compte pas sur moi pour annuler la réservation ou pour t'attendre indéfiniment comme un imbécile ! Si tu n'es pas là dans trente minutes, tant pis pour toi ! claqua Didier avant de raccrocher brutalement, la laissant avec le silence électronique et le goût amer de sa colère dans les oreilles.

Anaïs resta là, le téléphone encore collé à l'oreille, le regard perdu dans le vide. Le silence du chantier semblait soudain plus lourd, accusateur. Elle se sentit soudainement vidée, épuisée par cette tension constante, par ce rôle qu'elle jouait depuis trop longtemps. La voix agressive et égocentrique de Didier contrastait si violemment, si douloureusement, avec la douceur, la gentillesse non feinte et l'intérêt sincère qu'elle avait perçus chez Arthur quelques minutes plus tôt. Une fois de plus, avec une clarté aveuglante, elle se sentait tiraillée entre un devoir tacite, une habitude confortable mais profondément étouffante, et l'attrait puissant de l'inconnu, la promesse fugace mais enivrante d'une connexion plus authentique, plus alignée avec qui elle était vraiment.

— Tout va bien, Anaïs ? demanda Arthur, s'étant rapproché doucement, sa voix empreinte d'une réelle et discrète inquiétude. Il avait manifestement perçu son trouble, la transition brutale de la sérénité partagée à la contrariété visible.

Anaïs hésita un court instant. La bienséance aurait voulu qu'elle minimise, qu'elle prétexte une urgence professionnelle. Mais quelque chose dans le regard calme et bienveillant d'Arthur, quelque chose dans l'atmosphère de confiance qui s'était installée si naturellement entre eux, la poussa à baisser la garde. Pourquoi jouer un rôle avec lui aussi ?

— Pour être honnête, pas vraiment, soupira-t-elle, passant une main lasse sur son front. C'était Didier. Mon… compagnon. Il est… disons, particulièrement contrarié que je sois en retard pour notre dîner très important au sommet de la tour Montparnasse.

Le mot *compagnon* sonna encore plus faux à ses propres oreilles cette fois-ci. C'était un terme technique, administratif presque, pour décrire une relation qui n'avait plus grand-chose de vivant.

— Oh, fit simplement Arthur. Son sourire s'effaça légèrement, remplacé par une expression plus neutre, mais dénuée de jugement. Juste une forme de compréhension tranquille. Je vois. Le Ciel de Paris… Belle vue, mais un peu surfait, non ? Et terriblement cher pour ce que c'est.

Anaïs ne put s'empêcher de sourire à sa remarque dénuée de prétention. — C'est exactement ce que je pense, mais ne le répétez pas !

Un silence un peu flottant s'installa, chargé de tous les non-dits, de toutes les questions qu'Arthur ne posait pas mais qu'Anaïs lisait dans son regard attentif. Elle le rompit finalement, se sentant obligée, malgré son envie contraire, de mettre fin à cet interlude inattendu et de retourner à ses obligations.

— Écoutez, Arthur, je... je suis vraiment désolée, mais je dois vraiment y aller maintenant. Il faut que je me dépêche si je veux éviter une crise diplomatique majeure. Mais... c'était vraiment très agréable de discuter avec vous. De vous revoir. Vraiment.

— Pour moi aussi, Anaïs, répondit Arthur, son sourire revenant, plus timide cette fois, mais toujours aussi chaleureux et sincère. Vraiment très agréable. J'ai appris plein de choses sur les roses anciennes ! Alors... peut-être... peut-être qu'on pourrait remettre ça un de ces jours ? Volontairement, cette fois ? Sans livraison d'herbes aromatiques comme prétexte. Juste pour parler de pommes, ou de jardins, ou... de tout et de rien ? Autour d'un café, ou d'un verre ? Moins cher que Le Ciel de Paris, promis !

Il la regardait avec une lueur d'espoir franche, presque vulnérable, dans ses yeux verts, une question claire et directe en suspens dans l'air tranquille de fin de journée. Anaïs sentit son cœur s'accélérer, tambouriner contre ses côtes. Oui. Un grand oui silencieux et joyeux résonna en elle. Oui, elle voulait le revoir. Oui, elle voulait désespérément explorer cette connexion naissante, cette bouffée d'air frais inespérée dans sa vie souvent étriquée. Mais la réalité, l'ombre de Didier, le poids des habitudes, étaient encore là.

— J'aimerais beaucoup, Arthur, répondit-elle, et sa propre voix lui parut plus ferme, plus assurée qu'elle ne l'aurait cru possible quelques heures plus tôt. Une décision, encore floue mais bien réelle, commençait peut-être à germer dans le terreau de son insatisfaction. Vraiment beaucoup. Vous avez une carte ? demanda-t-elle ? D'un geste presque simultané, ils sortirent leurs portefeuilles et échangèrent leurs cartes de visite. Sur celle d'Arthur, au-delà de son nom et de son numéro, elle lut *'Les Saveurs d'Arthur'*. Anaïs regarda la carte dans sa main, puis releva les yeux vers Arthur. La question de savoir qui ferait le premier pas flottait dans l'air.

— Alors, maintenant que nous avons échangé nos coordonnées, dit-il avec un sourire, je crois que je préfère vous laisser faire le premier pas, si ça ne vous dérange pas, dit-il avec une délicatesse qui la toucha. Comme ça, pas de pression. Mais j'espère sincèrement avoir de vos nouvelles.

Il lui adressa un dernier sourire, chargé de promesses incertaines mais excitantes, puis se détourna pour retourner à son panier de plantes, lui laissant l'espace de partir. Anaïs hésita une seconde, puis se retourna rapidement et se dirigea d'un pas décidé vers sa voiture, garée un peu plus loin à l'extérieur du chantier. Elle laissa Arthur derrière elle, une silhouette solide et tranquille au milieu de son jardin en devenir. Mais cette fois, contrairement à la soirée évanescente et frustrante à la galerie d'art, elle ne se sentait pas seulement troublée ou intriguée. Elle sentait quelque chose de plus fort : une résolution naissante. Il avait semé une graine de doute sur sa relation avec Didier, oui, mais aussi une graine d'espoir, une graine de rébellion joyeuse dans son esprit trop longtemps résigné. Et cette graine, elle le sentait avec une certitude grandissante, allait germer.

Peut-être même bien plus tôt et bien plus vite qu'elle ne le pensait. Le chemin vers Le Ciel de Paris et le dîner 'très important' lui parut soudain incroyablement long, fastidieux, et surtout, profondément dénué de sens. Quelque chose avait changé. Irréversiblement.

Chapitre 3 : L'Appel du Verger

(Et La Perspective Alléchante d'Un Concours de Tartes)

Les jours qui suivirent cette rencontre impromptue et providentielle sur le chantier furent pour Anaïs une étrange mosaïque d'émotions contradictoires, un kaléidoscope intérieur où l'enthousiasme professionnel le plus vif se heurtait à une lassitude personnelle grandissante, où l'espoir naissant se frottait à la crainte du changement. C'était comme si Arthur, par sa simple présence, avait jeté un pavé dans la mare tranquille – ou plutôt stagnante – de son existence, créant des ondes concentriques qui perturbaient l'équilibre précaire qu'elle avait mis tant de temps à construire. Ou à subir.

D'un côté, il y avait le travail, son refuge indéfectible, sa passion tangible, le seul domaine où elle se sentait pleinement maîtresse de son destin et de ses choix. Le jardin du centre culturel avançait à grands pas, tel un organisme vivant qui prenait forme et substance sous ses doigts et ceux de son équipe dévouée. Elle s'y plongeait corps et âme, fuyant parfois les complexités de sa vie privée dans la clarté des plans et la satisfaction du travail concret. Elle passait de longues heures penchée sur les plans détaillés au millimètre près, choisissant avec une attention quasi obsessionnelle les nuances exactes des pétales de roses anciennes – la 'Souvenir de la Malmaison' aurait-elle ce rose chair parfait pour contraster avec le bleu lavande ? –, débattant avec Léo, son roc bourru mais fiable, de la meilleure façon d'intégrer une sculpture contemporaine un peu trop conceptuelle (offerte par un mécène généreux mais au goût discutable) sans qu'elle ne jure avec l'harmonie végétale environnante. Elle supervisait la délicate transplantation d'un magnifique Gleditsia triacanthos 'Sunburst', un arbre au feuillage doré qui deviendra l'un des points focaux du jardin, retenant son souffle à chaque coup de pelle mécanique, priant silencieusement pour que ses racines ne souffrent pas trop du déménagement.

Un matin, alors qu'elle ajustait la position d'un gros bloc de pierre destiné à la fontaine avec l'équipe de Léo, un jeune ouvrier moustachu, Baptiste, la regarda d'un air un peu perplexe. — Chef, vous êtes sûre pour ce caillou ? Il est… tordu. — Oui, Baptiste, assurée, répondit Anaïs avec un sourire. C'est ça qui est beau ! Elle a une âme, cette pierre. Pas comme ces blocs lisses et sans caractère. Baptiste hocha la tête, pas totalement convaincu mais habitué aux lubies poétiques de sa cheffe. Ces petits moments d'incompréhension amusée avec son équipe, leur respect malgré les différences d'approche, faisaient partie de la richesse de son quotidien sur le chantier.

Elle aimait cette immersion totale, cette fatigue physique saine qui la gagnait le soir, l'odeur âcre et riche de la terre humide et de l'humus qui s'accrochait à ses vêtements comme un parfum familier. Elle aimait la satisfaction profonde, presque primitive, de voir la beauté émerger littéralement du chaos organisé du chantier, de voir des lignes tracées sur le papier se transformer en allées courbes, des taches de couleur sur un plan devenir des massifs vibrants. C'était sa manière à elle d'ordonner le monde, de créer de l'harmonie, de la beauté, de la vie, là où il n'y en avait pas quelques mois plus tôt. Une façon concrète et gratifiante d'échapper, au moins temporairement, à la confusion grandissante et aux faux-semblants de sa vie personnelle. Dans son jardin, les choses étaient claires : une plante poussait ou ne poussait pas, un chemin était bien tracé ou non. Pas de demi-mesure, pas d'ambiguïté.

Car de l'autre côté de sa vie, il y avait le tumulte intérieur, la confusion persistante. Le dîner au Ciel de Paris avec Didier, le soir même de sa deuxième rencontre avec Arthur, avait été exactement comme elle l'avait redouté : une épreuve de patience et de diplomatie. Une sorte de corvée gastronomique de luxe. Assise face à lui, dans ce décor spectaculaire mais froid, avec Paris scintillant à leurs pieds comme un tapis de diamants indifférents, elle s'était sentie plus distante, plus étrangère que jamais. Didier, après une brève réprimande pour son léger retard – qu'elle avait justifié par un vague problème de dernière minute sur le chantier, évitant soigneusement de mentionner un livreur de pommiers aux yeux verts –, avait passé l'intégralité de la soirée à dérouler le fil de ses succès récents, de ses ambitions futures, de ses relations stratégiques. Le *menu dégustation* de la soirée semblait être composé uniquement de ses propres exploits.

Il avait parlé avec une autosatisfaction à peine voilée de ce contrat mirobolant qu'il était sur le point de signer avec un fonds d'investissement qatari. Il avait détaillé par le menu un dîner de la veille avec un ministre dont il avait réussi à obtenir le numéro personnel ("Tu te rends compte, Anaïs ? Le 06 du ministre !"). Il avait exposé ses projets d'investissement audacieux dans les cryptomonnaies, un domaine auquel Anaïs ne comprenait strictement rien et qui lui inspirait une méfiance instinctive. Il n'avait posé qu'une question distraite et purement rhétorique sur l'avancement de son jardin ("Alors, ça pousse tes fleurettes ? Pas trop de boue sur tes jolies chaussures ?"), avant de revenir rapidement, sans même attendre sa réponse, à ses propres préoccupations ô combien plus importantes. Anaïs avait écouté, ou plutôt avait fait semblant d'écouter, hochant la tête aux moments opportuns, murmurant des "Ah oui ?" convenus, plantant sa fourchette dans des mets délicats et probablement hors de prix dont elle percevait à peine la saveur, tant son esprit était ailleurs.

Il vagabondait sans cesse, revenant malgré elle à la conversation simple et authentique de l'après-midi avec Arthur. Elle revoyait la chaleur de son sourire, l'éclat de ses yeux verts lorsqu'il parlait de ses grands-parents ou des variétés de basilic. Elle réentendait sa question si incongrue et pourtant si charmante sur le romantisme des pommes. Elle sentait encore presque le contact fugace de leurs doigts lors de l'échange de la tartelette. La comparaison entre les deux hommes, entre les deux univers, était cruelle, presque caricaturale, mais terriblement révélatrice. Le monde clinquant, affairiste et terriblement égocentré de Didier lui paraissait soudain non seulement ennuyeux à mourir, mais aussi stérile, artificiel, et d'une vacuité abyssale. À côté, la simplicité assumée, la passion tranquille et l'authenticité terrienne d'Arthur brillaient d'un éclat nouveau, désirable.

Dans les jours qui suivirent ce dîner pénible, elle se surprit à constamment penser à Arthur. C'était devenu une distraction récurrente, une petite musique de fond agréable dans le brouhaha de ses pensées habituelles. L'image de ses yeux verts rieurs, la douceur de sa voix légèrement rauque avec son accent indéfinissable, sa question inattendue sur les pommes… tout cela revenait par vagues impromptues, la faisant sourire seule devant ses plans ou en donnant des instructions à un paysagiste. Elle repensait à leur discussion sur le chantier, à la facilité avec laquelle ils avaient échangé sur des sujets simples mais qui leur tenaient à cœur, si différente des joutes verbales ou des monologues qui meublaient ses conversations avec Didier.

Elle se demandait ce qu'il faisait. Livrait-il d'autres herbes aromatiques à d'autres restaurants ? Inventait-il de nouvelles recettes audacieuses dans sa cuisine ? Passait-il du temps dans ce fameux verger normand dont il avait parlé avec tant d'affection ? Pensait-il à elle aussi, ne serait-ce qu'un fugace instant, entre deux livraisons ou deux préparations culinaires ? Elle avait gardé précieusement la petite carte de visite de sa société de traiteur. Le nom était simple, direct, sans prétention, tout comme lui. Elle l'avait posée sur son bureau, la regardant parfois d'un air songeur, hésitant à l'appeler. Mais quel prétexte invoquer ? Le remercier à nouveau pour la tartelette ? Lui demander des conseils sur les pommiers nains du centre culturel ? Cela semblait maladroit, trop direct peut-être. Et puis, il y avait Didier. Toujours Didier, l'ombre pesante qui planait sur sa liberté d'action.

Cette nouvelle préoccupation, cet intérêt naissant pour un autre homme, rendait sa relation avec Didier encore plus oppressante, presque intolérable. Elle devenait hypersensible à ses défauts, à ses manies qui l'agaçaient sourdement depuis des mois mais qu'elle avait appris à ignorer. Son égocentrisme lui sautait au visage à chaque conversation. Sa façon de la considérer comme un trophée, un accessoire élégant à son bras lors des soirées mondaines plutôt que comme une partenaire de vie avec ses propres passions et ambitions, lui devenait insupportable. Elle remarquait avec une acuité nouvelle son besoin constant d'être admiré, sa façon de monopoliser la parole, son manque d'intérêt flagrant pour tout ce qui ne concernait pas directement ses affaires ou son image. Elle se sentait de plus en plus étouffée par la routine sans âme de leur relation, une routine faite de dîners obligatoires dans des restaurants à la mode, de week-ends planifiés des mois à l'avance autour des obligations sociales de Didier (cocktails, inaugurations, tournois de golf…), de conversations creuses où elle avait l'impression de n'être qu'une spectatrice polie. Elle se sentait prisonnière d'une habitude confortable matériellement, certes, mais stérile émotionnellement.

Rentrant chez elle après une longue journée, son petit appartement sous les toits lui semblait plus que jamais un refuge, un espace à elle où elle n'avait pas à jouer de rôle. Elle se préparait souvent un dîner simple, une soupe de légumes de saison ou des pâtes au pesto, loin des menus dégustation hors de prix. Assise seule à sa petite table de cuisine, elle regardait les lumières de Paris à travers sa fenêtre. C'est dans ces moments de calme apparent que les pensées s'intensifiaient : l'image d'Arthur soulevant son panier de plantes, l'écho de son rire, le contraste gigantesque avec l'indifférence polie de Didier. Elle soupirait. La cage dorée de sa relation, aussi confortable soit-elle matériellement, lui pesait chaque jour un peu plus lourd.

Elle savait, au fond d'elle, avec une lucidité nouvelle et douloureuse, que cette relation n'allait nulle part, qu'elle la vidait de son énergie vitale au lieu de la nourrir, qu'elle l'empêchait d'être pleinement elle-même. Elle aspirait à autre chose, à plus de simplicité, de sincérité, de partage. Elle aspirait à quelqu'un comme Arthur, peut-être ? Mais la perspective d'une rupture – la confrontation inévitable avec Didier, les explications à fournir à leur cercle social commun, la réorganisation matérielle, la peur de la solitude, la crainte de s'être trompée – la paralysait encore. C'était une montagne qui lui semblait infranchissable. Alors, elle continuait, jouant son rôle, rongeant son frein, espérant vaguement un miracle ou un déclic salvateur.

Un soir, c'était un jeudi, la semaine avançait péniblement vers un week-end qu'elle appréhendait déjà (Didier avait prévu une escapade surprise dans un palace à Deauville, ce qui signifiait surtout pour elle devoir supporter ses amis snobs et jouer les potiches souriantes). Elle travaillait tard dans son petit bureau préfabriqué, aménagé dans une alvéole du chantier. La plupart des ouvriers et des paysagistes étaient partis, le silence s'était installé sur le jardin en devenir, un silence seulement troublé par le bruissement du vent dans les jeunes arbres et le lointain murmure assourdi de la ville. Elle était penchée sur des planches de présentation pour une réunion importante le lendemain avec les représentants de la mairie, entourée d'échantillons de matériaux (pavés en pierre naturelle, lattes de bois pour les bancs), de palettes de couleurs pour les floraisons estivales, l'odeur tenace du café froid flottant dans l'air confiné du préfabriqué.

Son téléphone posé sur le bureau, à côté d'une pile de catalogues de pépiniéristes, vibra puis sonna, la faisant sursauter dans le calme ambiant. Son premier réflexe fut l'agacement. Encore Didier ? Ou Léo pour un problème de dernière minute ? Elle jeta un coup d'œil distrait à l'écran lumineux, s'attendant à voir un nom familier s'afficher. Mais ce fut un numéro qu'elle ne reconnût pas. Probablement un démarcheur téléphonique ou une erreur. Elle hésita, laissant sonner une fois, deux fois. Puis, poussée par une curiosité inhabituelle, ou peut-être par un pressentiment inconscient, elle décrocha, un peu intriguée malgré tout.

— Allo ? Anaïs Lessart.

— Bonsoir, Anaïs ? Excusez-moi de vous déranger si tard. C'est Arthur. Arthur Dubois. Vous savez… le traiteur un peu maladroit de la galerie… accessoirement livreur de pommiers nains à ses heures perdues.

Son cœur rata un battement. Puis un autre. Sa voix. Cette voix chaude et légèrement rauque, teintée de cette pointe d'accent charmant et de cette sincérité désarmante, qui avait hanté ses pensées depuis plusieurs jours. Il appelait. Lui. Elle n'avait pas osé l'espérer, n'osant croire qu'elle avait pu laisser une impression suffisante pour qu'il prenne l'initiative. Elle avait gardé la petite carte de visite de sa société de traiteur, *'Les Saveurs d'Arthur'*, glissée dans son portefeuille comme un talisman secret, la sortant parfois pour la regarder, mais n'avait jamais trouvé le courage, ni le prétexte valable, pour faire le premier pas. Et voilà qu'il l'appelait.

— Arthur ! Bonsoir ! S'exclama Anaïs, sa voix soudainement plus légère, plus jeune, une vague de chaleur agréable et tout à fait bienvenue l'envahissant de la tête aux pieds. Oui, bien sûr, je me souviens très bien ! Comment oublier le sauveur de ma robe et le fournisseur officiel de tartelettes exceptionnelles ?

— J'espère que je ne vous dérange pas ? Au travail, peut-être ? ajouta-t-il, et elle perçut une pointe d'hésitation, presque de timidité, dans sa voix, ce qui le rendit encore plus attachant.

— Pas du tout, pas du tout ! assura Anaïs avec une conviction peut-être un peu trop enthousiaste, se redressant vivement sur sa chaise de bureau inconfortable, repoussant d'un geste les plans et les échantillons comme s'ils étaient soudain devenus d'une importance secondaire. J'étais juste en train de finaliser quelques détails pour le jardin… En fait, pour tout vous dire, j'étais justement en train de penser à vous… enfin, pas à vous directement, mais à la tartelette aux pommes ! Elle était vraiment… mémorable. Exceptionnelle. La meilleure que j'aie jamais goûtée.

Elle rougit violemment jusqu'aux oreilles en réalisant l'énormité de ce qu'elle venait de dire, se maudissant intérieurement pour sa spontanéité maladroite et beaucoup trop révélatrice. Il allait la prendre pour une gourmande écervelée et obsédée par les pâtisseries ! Il y eut un bref silence à l'autre bout du fil, un silence qui parut durer une éternité, puis elle entendit le rire doux et chaleureux d'Arthur, un rire qui n'avait rien de moqueur, juste un amusement sincère et touchant.

— J'en suis sincèrement ravi ! Vous ne pouvez pas savoir à quel point ça me fait plaisir ! Et pour être tout à fait honnête… moi aussi, je pensais à vous. Enfin, pas seulement à cause des pommes, je vous rassure ! Je pensais à notre conversation sur le chantier, à votre passion pour les jardins… et aux pommes, évidemment, comment y échapper ? Et je me demandais… enfin, voilà, je me lance… ce n'est peut-être pas très conventionnel mais… seriez-vous libre ce week-end ?

Anaïs retint sa respiration, son cœur tambourinant follement contre ses côtes. Il lui proposait de se revoir. Pour de vrai. Le simple fait d'envisager cette possibilité, de passer du temps avec cet homme qui avait fait vibrer quelque chose en elle, alors qu'elle était toujours la compagne de Didier, lui noua l'estomac. Une alerte rouge clignotait dans son esprit. Jouer avec le feu ? Trahir ? Même avant qu'il ne dise où ni quand, la question de sa conscience se posait, brutale.

— Libre ? Ce week-end ? Euh… oui, je crois. Enfin, je devais partir à Deauville, mais… je peux annuler. Oui, je suis libre. Pourquoi ? Sa propre audace la surprit. Annuler Deauville avec Didier ? L'idée, impensable quelques jours plus tôt, lui semblait soudain non seulement possible, mais absolument nécessaire.

— Eh bien, voilà… il se trouve qu'il y a la fête des récoltes à Saint-Pierre-du-Verger, le village dont je vous ai parlé, là où j'ai passé une partie de mon enfance. Ce n'est pas grand-chose, hein, pas du tout le genre de cocktail où on s'est rencontrés ! C'est très simple, très authentique. Il y aura un petit groupe de musique traditionnelle qui joue sur la place, des stands d'artisans locaux qui vendent du miel et des confitures maison, les voisins qui dansent la bourrée au son de l'accordéon, et bien sûr… le clou du spectacle… le grand concours de tartes aux pommes. Des tonnes de tartes aux pommes, de toutes les formes, de toutes les tailles, avec toutes les recettes imaginables ! Je me suis dit que… connaissant votre intérêt récent pour le potentiel de ce fruit… peut-être… ça pourrait vous plaire ? De venir y faire un tour avec moi ?

Il y avait de l'espoir dans sa voix, une anticipation joyeuse, mêlée à cette timidité charmante qui toucha Anaïs profondément. Elle ferma les yeux et imagina immédiatement la scène : un village pittoresque baigné dans les couleurs dorées d'un après-midi d'automne, l'odeur sucrée et épicée des pommes cuites flottant dans l'air frais, le son joyeux et entraînant d'un accordéon, des rires d'enfants, la simplicité chaleureuse d'une fête populaire de campagne… et Arthur à ses côtés, lui faisant découvrir ce monde si différent du sien. C'était exactement le genre d'événement qu'elle aimait, à mille lieues du faste artificiel des vernissages parisiens ou des dîners guindés avec Didier et sa clique. C'était simple, authentique, joyeux, ancré dans la terre et les traditions. Une véritable bouffée d'air frais. La perspective était infiniment plus séduisante que celle d'un week-end à Deauville à jouer les faire-valoir dans un palace.

— Une fête des récoltes ? Avec un concours de tartes aux pommes ? répéta-t-elle, un sourire immense illuminant son visage, même s'il ne pouvait pas le voir à travers le téléphone. Mais oui, Arthur ! Oui, oui, oui ! J'adorerais ! Ce serait… absolument parfait. Vraiment parfait. Mieux que Deauville, c'est sûr ! ajouta-t-elle dans un rire libérateur.

— Parfait ! répéta Arthur de l'autre côté, et elle entendit clairement la joie pétiller dans sa voix. C'est formidable ! Je suis tellement content ! Alors… est-ce que je peux passer vous prendre samedi ? Disons… vers 14h ? Ça nous permettra d'arriver pour le meilleur moment, en fin d'après-midi, et de profiter pleinement de la fête en soirée. Le village est à environ deux heures et demie de route si la circulation est clémente.

— Samedi 14h, c'est noté, confirma Anaïs, attrapant un crayon et son carnet pour l'inscrire en grosses lettres, comme pour rendre la chose plus réelle, plus tangible, irrévocable. J'ai vraiment, vraiment hâte, Arthur. Merci beaucoup pour cette invitation.

— C'est moi qui vous remercie d'accepter, Anaïs. Moi aussi, j'ai vraiment hâte. Passez une bonne soirée, alors. Et… essayez de ne pas travailler trop tard quand même. Reposez-vous.

— Promis ! Vous aussi, bonne soirée. Et encore merci. À samedi !

Elle raccrocha, le cœur léger comme une plume, un large sourire toujours accroché à ses lèvres. Elle resta un instant immobile dans le silence de son bureau de chantier, savourant ce sentiment nouveau, pétillant, de légèreté, d'excitation, d'anticipation joyeuse. Elle avait un rendez-vous. Un vrai rendez-vous. Pas un dîner d'affaires déguisé, pas une obligation sociale pesante, mais une sortie choisie, désirée, avec un homme qui l'intéressait vraiment, qui semblait vibrer sur la même longueur d'onde qu'elle. Pour la première fois depuis des mois, peut-être même des années, elle se sentit pleine d'espoir, comme si une fenêtre venait de s'ouvrir dans une pièce trop longtemps restée close. Le reste de la soirée de travail lui parut soudain beaucoup moins fastidieux, presque agréable. Et l'idée d'annoncer à Didier qu'elle n'irait pas à Deauville ce week-end lui procura une étrange et délicieuse sensation de puissance et de liberté retrouvée. La graine commençait bel et bien à germer.

Chapitre 4 : La Patience des Pommes

(Anaïs, par Contre…)

Le vendredi qui suivit l'appel d'Arthur fut pour Anaïs une journée nimbée d'une lumière nouvelle, une sorte d'état de grâce flottant et légèrement irréel. L'anticipation du lendemain, de cette escapade simple et authentique avec Arthur, agissait comme un carburant secret, illuminant sa journée de l'intérieur. Elle avait informé Didier de son indisponibilité pour Deauville, invoquant des impératifs professionnels imprévus, ce à quoi il avait simplement répondu qu'il irait donc au golf. Libre de ce poids, même le chaos habituel du chantier lui semblait plus doux, plus gérable. Elle surprit Léo et le reste de l'équipe par sa bonne humeur radieuse, presque incongrue au milieu des tranchées boueuses et des palettes de pavés. Elle fredonnait en choisissant des échantillons de gravier pour les finitions des allées – un fredonnement discret, mais suffisamment audible pour que Léo lui lance un regard interrogateur par-dessus ses lunettes de sécurité. Elle rit aux blagues un peu lourdes des ouvriers pendant la pause-café, des blagues qui d'habitude la laissaient de marbre. Elle trouvait des solutions créatives à des problèmes techniques qui l'auraient agacée la veille, portée par une énergie nouvelle et pétillante.

Léo, justement, la regarda un peu de travers alors qu'elle esquivait gaiement une brouette chargée de gravats. — Dis donc Anaïs, tu es tombée dans la potion magique ce matin ou quoi ? T'as l'air... légère. — Juste une bonne nuit de sommeil, Léo ! répondit-elle avec un clin d'œil. Ce qui était, en un sens, la pure vérité. Cette légèreté inattendue ne passait pas inaperçue et semblait même contaminer un peu l'ambiance, quelques ouvriers sifflotant à leur tour en déchargeant des sacs de terreau.

Elle quitta le chantier un peu plus tôt que d'habitude, vers dix-sept heures, sous le prétexte fallacieux d'un rendez-vous avec un fournisseur de luminaires extérieurs. En réalité, une seule urgence la pressait : rentrer chez elle pour se livrer à un rituel qu'elle n'avait pas pratiqué depuis une éternité – choisir avec soin une tenue pour un rendez-vous qui lui tenait *vraiment* à cœur. Arrivée dans son appartement, elle se planta devant sa garde-robe avec la perplexité d'une adolescente avant son premier bal. Que mettre pour une fête de village automnale en Normandie, en compagnie d'un homme charmant qui trouve les pommes romantiques ? La question était plus complexe qu'il n'y paraissait.

Trop chic ? Ridicule. Elle s'imaginait déjà, perchée sur des talons aiguilles, s'enfonçant lamentablement dans l'herbe humide de la place du village ou dérapant sur une bouse de vache égarée (y avait-il des vaches en liberté dans les villages normands ? Probablement pas, mais l'image la fit sourire). Trop décontracté ? Risqué. Elle ne voulait pas avoir l'air de s'être habillée à la va-vite, comme si ce rendez-vous ne comptait pas. Elle voulait paraître naturelle, elle-même, mais aussi… jolie. Oui, elle voulait plaire à Arthur. L'admettre lui fit monter une bouffée de chaleur aux joues. Elle sortit une robe bohème à fleurs, la trouva trop estivale. Essaya un pantalon élégant en velours côtelé avec un chemisier en soie, se jugea trop *parisienne*. Tenta une jupe en jean avec un gros pull en laine, se sentit trop négligée.

Elle finit par opter, après une bonne demi-heure d'essayages et de monologues intérieurs dignes d'une pièce de théâtre, pour la solution la plus simple, celle qui lui ressemblait le plus : un jean confortable mais bien coupé, un pull doux en cachemire couleur crème qui mettait en valeur son teint, et des bottines plates en cuir souple, parfaites pour marcher sur des pavés ou dans l'herbe. Une tenue simple, mais soignée, confortable mais féminine. Le juste équilibre. Elle ajouta une écharpe colorée pour la touche de fantaisie et se regarda dans le miroir. Pas mal. Elle se sentait bien. Elle s'imaginait déjà marchant à côté d'Arthur dans les allées de la fête, humant l'odeur des pommes et du cidre, riant à ses blagues (il avait l'air d'avoir de l'humour, non ?), découvrant ce petit coin de France authentique. Peut-être même oserait-elle une danse sur la place du village s'il l'invitait ? L'idée la fit rougir et sourire à la fois. Cette perspective la remplissait d'une joie simple et légère qu'elle n'avait pas connue depuis si longtemps. Ce soir-là, elle s'endormit rapidement, bercée par des rêves doux et parfumés aux pommes.

Le samedi matin arriva enfin, baigné d'une douce lumière d'octobre filtrant à travers les rideaux de son appartement. Anaïs se réveilla d'elle-même, sans la sonnerie stridente du réveil, avec une énergie nouvelle et le cœur léger. Pas de programme chargé aujourd'hui, pas de contraintes, pas d'obligations. Juste la perspective délicieuse de cet après-midi à la campagne. Elle prit son temps, un luxe rare dans sa vie habituellement chronométrée. Elle se prépara un vrai petit-déjeuner, pas juste un café avalé sur le pouce. Elle fit griller des tartines de pain de campagne, sortit la confiture de mirabelles faite maison par sa mère lors de sa dernière visite (un des rares points positifs de ces visites protocolaires), et se prépara une grande tasse de thé parfumé. Elle s'installa confortablement dans son fauteuil préféré, près de la fenêtre, ouvrit le journal du jour et savoura cette tranquillité matinale, presque voluptueuse.

Chez elle, chaque objet racontait une histoire : des livres empilés sur la table basse, des photos encadrées de ses voyages, une collection de petits coquillages ramenés de plages lointaines. Ce n'était pas grand, loin des volumes impressionnants de l'appartement de Didier avec ses meubles design impersonnels et ses œuvres d'art coûteuses mais froides. Mais c'était elle. C'était *son* espace, rempli de *ses* souvenirs et de *ses* goûts. Le parfum de la confiture de mirabelles, sucré et légèrement acidulé, évoquait les week-ends simples passés à la campagne avec sa mère – des moments de normalité dénués de faste. Elle savoura chaque bouchée, chaque gorgée de thé, dans un silence précieux, à mille lieues des conversations forcées ou des monologues égocentriques qui rythmaient ses matinées chez Didier. C'était un luxe simple, fragile, mais essentiel.

Le silence régnait, seulement troublé par le ronronnement discret du chauffage et le bruit lointain de la circulation parisienne. Didier était parti tôt pour sa partie de golf, son plan de remplacement pour le weekend, sur un parcours prestigieux en banlieue avec des contacts importants (probablement les mêmes dont il lui rebattrait les oreilles pendant des jours). Anaïs savoura cette absence non pas avec méchanceté, mais avec un immense soulagement. Elle avait la journée pour elle, pour lire, pour rêvasser, pour se préparer tranquillement avant le rendez-vous de 14h. Elle jeta un coup d'œil à sa montre. 9h30. Largement le temps. Tout semblait parfait, idyllique, presque trop parfait pour être vrai.

Une telle perfection, une telle quiétude, cela n'arrivait jamais par hasard dans la vie d'Anaïs. Ou plutôt, cela n'arrivait *pas*. Le calme plat avant la tempête. Le sourire de l'univers avant de lui lancer un pavé en pleine figure. Une alerte silencieuse aurait dû clignoter. Mais non. Elle était trop absorbée par l'instant présent, par la douce anticipation des heures à venir.

Et c'est précisément parce que c'était trop parfait que l'univers, ou peut-être simplement Didier, décida de s'en mêler. Vers 10h, alors qu'elle finissait tranquillement son thé en lisant un article passionnant sur les nouvelles techniques de jardinage vertical, son téléphone sonna. La sonnerie agressive personnalisée par Didier. Son cœur se serra instantanément. Pourquoi l'appelait-il ? Le golf était annulé ? Il avait oublié ses clés ? Elle décrocha avec une appréhension soudaine.

— Allo ? Didier ? Mais le ton à l'autre bout du fil n'était pas celui, enjoué et légèrement condescendant, de l'homme d'affaires allant taper la petite balle blanche en bonne compagnie. Il était paniqué, haletant, presque hystérique.
— Anaïs ! Anaïs, au secours ! J'ai besoin de toi. Absolument. C'est une catastrophe ! Une véritable catastrophe !

— Didier ? Mais qu'est-ce qui se passe ? Calme-toi ! Tu vas bien ? Tu as eu un accident ? demanda-t-elle, surprise et sincèrement inquiète malgré l'agacement initial.

— Non, moi ça va ! Enfin, ça ne va pas du tout ! J'ai un problème énorme au bureau ! Une urgence absolue ! Tu te souviens du dossier KMA ? Les Coréens ? Le contrat du siècle ? Celui dont dépendent la moitié de notre chiffre d'affaires de l'année prochaine et ma prime de fin d'année ?

— Oui, vaguement… Tu m'en as parlé environ dix mille fois, marmonna Anaïs pour elle-même avant de répondre plus fort : Oui, je vois très bien. Qu'est-ce qu'il y a avec KMA ?

— Eh bien, figure-toi que ces… ces… (il sembla chercher un qualificatif approprié avant de renoncer) que ces clients viennent d'avancer la réunion de présentation finale à… cet après-midi ! Oui, tu as bien entendu ! À 15h précises ! Ils sont à Paris pour le week-end, de manière totalement imprévue, un caprice de dernière minute, et ils veulent voir la proposition finale aujourd'hui, maintenant, tout de suite, sinon ils signent avec la concurrence anglaise dès lundi matin ! C'est un ultimatum !

Anaïs sentit un frisson désagréable lui parcourir l'échine. Elle connaissait les méthodes de travail parfois erratiques de certains clients de Didier, mais cela semblait particulièrement brutal. — Mais… la présentation n'était pas prévue pour la semaine prochaine ? demanda-t-elle.

— Si ! Exactement ! Mais ils ont changé d'avis ! Alors voilà, je suis coincé ! J'ai toute la présentation à refaire en urgence, les chiffres de la dernière étude de marché à intégrer, les slides à modifier en fonction de leurs nouvelles exigences qu'ils viennent de m'envoyer par mail… C'est un travail de titan ! Je ne peux pas gérer ça tout seul, Anaïs ! C'est humainement impossible en moins de cinq heures ! J'ai besoin de toi. J'ai besoin de ton aide, de ton regard extérieur pour la mise en page, de ton calme légendaire pour relire et corriger mes fautes de frappe quand je panique… Tu sais comment tu es douée pour calmer les gens, pour trouver les mots justes, pour désamorcer les situations de crise… Il faut que tu viennes au bureau. Maintenant. Tout de suite. Laisse tomber tout ce que tu faisais. C'est vital. Pour moi. Pour nous.

Anaïs sentit un froid glacial l'envahir, chassant la douce chaleur du matin et l'anticipation joyeuse qui l'habitait. Le couperet venait de tomber. Elle savait exactement ce que cela signifiait, au-delà de la relecture de slides et de la correction de chiffres. Ce n'était pas seulement son *regard extérieur* ou son *calme légendaire* (elle était tout sauf calme à cet instant précis) dont Didier avait besoin. Il avait besoin d'elle pour endosser son rôle habituel, celui qui lui collait à la peau depuis trop longtemps : la petite amie parfaite, le soutien indéfectible, présente, dévouée, cette présence douce et souriante lors de certains rendez-vous où il la présentait comme une assistante, une présence destinée à adoucir l'atmosphère et à séduire le client par son calme et son apparence, capable de désamorcer les tensions par une remarque apaisante, de le soutenir moralement pendant qu'il brillait sous les projecteurs. Encore une fois. Encore une fois, son travail à lui, ses urgences à lui, sa carrière à lui, passaient avant tout le reste. Avant ses propres plans, avant ses propres désirs, avant la simple promesse d'un après-midi de bonheur simple et authentique qu'elle avait entrevue avec Arthur. Elle se sentit piégée, comme un insecte dans une toile d'araignée tissée de culpabilité et d'obligations tacites. La fureur monta en elle, une fureur froide et amère, suivie de près par une immense vague de déception.

— Didier, je suis vraiment désolée pour cette situation, c'est un coup dur, mais… écoute-moi bien : je ne peux pas, dit-elle, et sa propre voix lui parut étonnamment ferme, presque tranchante. J'ai déjà quelque chose de prévu cet après-midi. Quelque chose que j'attends depuis plusieurs jours. Quelque chose d'important pour *moi*.

Il y eut un silence stupéfait à l'autre bout du fil, un silence lourd d'incrédulité. Didier n'était absolument pas habitué à ce qu'elle lui oppose un refus aussi catégorique, surtout dans une situation qu'il jugeait critique.

— Des plans ? Tu as des *plans* ? répéta-t-il, sa voix montant d'une octave, teintée d'indignation. Mais de quels plans tu parles ? Plus importants que ma carrière ? Plus importants que *notre* avenir ? Tu ne te rends pas compte de l'importance de ce client, Anaïs ! Ce n'est pas une petite affaire à la noix, ce n'est pas un contrat pour planter trois géraniums ! C'est un contrat qui peut changer notre vie ! Notre vie à tous les deux ! Tu ne peux pas me faire ça ! Tu ne peux pas me laisser tomber comme ça, aujourd'hui !

La culpabilisation. Directe, massive, sans finesse. L'arme favorite de Didier quand il se sentait contrarié ou menacé dans ses prérogatives. Il savait exactement où appuyer, sur quels leviers jouer pour la faire plier. L'avenir commun, la solidarité du couple, la minimisation de ses propres activités…

— Arrête, Didier. Ce n'est pas une compétition, répliqua Anaïs, s'efforçant de garder son calme malgré la colère qui bouillonnait en elle. Ce ne sont pas *mes* plans contre *ta* carrière. Et mes *trois géraniums* sont aussi importants pour moi que tes contrats le sont pour toi. C'est juste que, pour une fois, j'avais prévu quelque chose pour moi. Quelque chose qui me fait plaisir, qui me fait du bien. Quelque chose qui n'a rien à voir avec toi ou avec ton travail. J'ai besoin de temps pour moi aussi, Didier. Pour faire des choses qui me rendent heureuse, tout simplement. Tu peux comprendre ça ?

— Heureuse ? Mais enfin, Anaïs, sois raisonnable ! Qu'est-ce qui pourrait te rendre plus heureuse que de m'aider à réussir ? Que de partager mes succès, qui sont aussi les tiens ? Tu es égoïste, Anaïs ! Terriblement égoïste ! Tu ne penses qu'à toi ! accusa-t-il, sa voix se chargeant de colère et d'une pointe de mépris blessé qui la toucha malgré tout. Quand j'ai vraiment besoin de toi, tu n'es jamais là ! Tu me laisses toujours tomber au moment crucial ! Tu préfères tes petites sorties sans importance à notre avenir, à notre couple !

Les mots étaient durs, injustes, manipulateurs, mais ils atteignirent leur cible avec une précision chirurgicale. Anaïs sentit la vague familière de la culpabilité l'envahir, cette vieille compagne insidieuse qui la rongeait à chaque fois qu'elle osait exprimer un désir propre, qu'elle osait penser à elle avant de penser à lui, ou plutôt, aux exigences de leur vie commune telle qu'il la concevait. Elle se détesta de se sentir coupable. Elle se détesta de ne pas réussir à lui claquer le téléphone au nez en lui disant d'aller se faire voir avec son dossier KMA et ses états d'âme. Mais la force de l'habitude, la peur profondément ancrée du conflit ouvert, la crainte de sa colère froide et de ses reproches futurs, étaient plus fortes. Elle imaginait la scène au bureau, Didier stressé, dépassé, peut-être réellement en train de tout gâcher par manque de recul ou par précipitation… Et si c'était vraiment si important ? Si leur avenir commun en dépendait réellement ? Et si elle regrettait amèrement, plus tard, de ne pas l'avoir aidé, de ne pas avoir été là pour lui dans ce moment difficile ? Le doute, instillé par des années de conditionnement subtil, fit son œuvre destructrice.

La conversation se termina dans l'amertume et la résignation. Anaïs, après avoir lutté intérieurement pendant quelques secondes qui lui parurent une éternité, finit par céder, comme toujours. Sa voix était lasse, vide de toute émotion, lorsqu'elle prononça les mots fatidiques : — D'accord, Didier. D'accord. J'arrive. Donne-moi une heure.

Elle raccrocha avant qu'il n'ait pu ajouter un mot de triomphe ou de remerciement condescendant. Elle laissa tomber le téléphone sur le canapé comme s'il était brûlant. Le cœur lourd comme un bloc de granit, les mains tremblantes de colère contenue et de frustration impuissante. Elle resta assise sur son canapé pendant de longues minutes, fixant le vide, les restes de son petit-déjeuner paisible lui semblant appartenir à une autre vie. Pourquoi ? Pourquoi n'arrivait-elle pas à lui tenir tête une bonne fois pour toutes ? Pourquoi se laissait-elle toujours entraîner dans ses drames, dans ses urgences, au détriment de ses propres désirs ? Elle savait qu'elle devrait mettre fin à cette relation toxique, déséquilibrée, mais elle se sentait piégée par un mélange complexe de peur de l'inconnu, de dépendance affective insidieuse, et d'une habitude profondément ancrée qui lui donnait l'illusion de la sécurité. La pensée de se retrouver seule, de devoir affronter le jugement silencieux de leur entourage, de devoir reconstruire entièrement sa vie sentimentale et sociale, l'effrayait. Mais la perspective de continuer ainsi, de renoncer année après année à ses propres aspirations, de vivre une vie qui n'était pas vraiment la sienne, juste pour maintenir une façade confortable, l'effrayait presque davantage. C'était un piège infernal.

Ses mains tremblaient. Pas seulement de colère, mais d'une sorte de faiblesse dégoûtée d'elle-même. Elle s'en voulait.

S'en voulait d'avoir cédé, encore une fois. S'en voulait de ne pas avoir osé dire non, de ne pas avoir défendu son propre bonheur, sa propre liberté. Elle se leva brusquement, parcourut son salon en long et en large, comme une bête en cage, incapable de rester immobile.

Puis, la réalité la plus immédiate, la plus douloureuse, la frappa de plein fouet. Arthur. La fête des récoltes. Leur rendez-vous de 14h. Son cœur se serra douloureusement. Elle regarda l'heure sur l'horloge du salon. 10h30. Il fallait qu'elle l'appelle. Tout de suite. Avant qu'il ne soit trop tard, avant qu'il ne se mette en route. L'idée de devoir annuler ce rendez-vous qu'elle attendait avec tant d'impatience, de devoir lui annoncer cette mauvaise nouvelle, de lire la déception dans sa voix… lui fendit le cœur. C'était presque pire, sur le moment, que la dispute écœurante avec Didier. Au moins, avec Didier, elle avait l'habitude. Avec Arthur, tout était nouveau, fragile et précieux.

Elle reprit son téléphone, les doigts tremblants cette fois non de colère mais d'appréhension et de tristesse. Elle chercha son numéro dans les appels récents, hésita une dernière seconde, puis appuya sur l'icône d'appel, le cœur au bord des lèvres, la gorge nouée.

Il décrocha presque immédiatement, et sa voix, à l'autre bout du fil, était exactement comme elle l'avait redouté : joyeuse, chaleureuse, pleine d'une anticipation évidente. — Anaïs ? Salut ! J'allais justement t'envoyer un petit message pour confirmer. Alors, déjà prête pour la grande cueillette des pommes et le concours de tartes ? J'ai repéré un stand de cidre bio qui devrait te plaire !

Briser son enthousiasme. Lui, qui venait justement de la tutoyer avec une telle simplicité, effaçant la distance formelle de leurs premières rencontres et rendant l'idée de le décevoir encore plus difficile, encore plus douloureuse. Une boule énorme se forma dans la gorge d'Anaïs, l'empêchant presque de parler. Comment pouvait-elle briser cet enthousiasme ? — Arthur… écoute… commença-t-elle, et sa propre voix lui parut étrangère, étranglée par une émotion qu'elle ne parvenait pas à contenir. Je suis tellement, tellement, sincèrement désolée… Mais… je ne vais pas pouvoir venir à la fête des récoltes cet après-midi. Je suis au désespoir mais… il y a… il y a eu une urgence. Totalement imprévue. Et absolument incontournable.

Il y eut un silence à l'autre bout du fil. Pas un silence long, mais un silence lourd, dense, où la joie qui pétillait dans sa voix disparut, remplacée par une retenue prudente. Anaïs pouvait presque visualiser son sourire s'effacer, son regard s'assombrir d'incompréhension, puis peut-être de déception.

— Une urgence ? répéta-t-il enfin, et sa voix était plus basse, plus neutre, presque prudente. Oh. J'espère que ce n'est rien de grave, au moins ? Pour toi ou tes proches ?

— Non, non, rien de grave pour la santé, Dieu merci… C'est… plus compliqué que ça, répondit Anaïs, se sentant de plus en plus misérable à chaque mot prononcé. C'est lié au travail de… de Didier. Mon compagnon. Une situation de crise très critique, un contrat énorme en jeu… Je dois absolument être là pour l'aider. Je n'ai vraiment pas le choix, crois-moi.

Elle se détestait d'utiliser Didier comme excuse, de le faire passer presque pour la victime d'une situation professionnelle difficile. Mais comment expliquer la véritable nature du problème – la manipulation, sa propre faiblesse – sans entrer dans des détails humiliants, sans avoir l'air d'une femme incapable de s'affirmer et de tenir ses engagements ?

— Je comprends, dit Arthur après un petit instant de réflexion. Sa voix était douce, toujours aussi douce, et compréhensive. Presque trop compréhensive, pensa Anaïs avec une pointe de désespoir. Ne t'inquiète pas pour moi. Ce n'est absolument pas grave. Les urgences professionnelles, ça arrive. Le travail d'abord, c'est normal.

Sa compréhension était presque plus douloureuse qu'un reproche. Mais Anaïs percevait, ou croyait percevoir dans la nuance de sa voix, une pointe subtile de résignation, peut-être même un doute fugace. Croyait-il vraiment à son histoire d'urgence incontournable ? Ou pensait-il simplement qu'elle se défilait, qu'elle n'était pas si intéressée que ça finalement ?

— Mais ce n'est pas que je ne *veux* pas y aller, Arthur ! insista-t-elle, sentant les larmes lui monter aux yeux, des larmes de frustration et d'impuissance. Crois-moi, s'il te plaît. J'attendais ce moment avec une impatience folle. J'avais tellement envie de découvrir ce village, cette fête… Tu ne peux pas imaginer à quel point je suis déçue et désolée. C'est juste que… là, maintenant… je suis coincée. Vraiment coincée. Je n'ai pas le choix.

— Je sais, Anaïs, dit Arthur doucement. Ou du moins, je crois comprendre. Ne te justifie pas davantage. C'est la vie, parfois elle nous impose des priorités imprévues. Mais… écoute… l'offre tient toujours, bien sûr. Peut-être une autre fois ? Quand les choses seront plus calmes pour toi… pour vous deux ? On trouvera bien une autre occasion…

Une autre fois. Quand les choses seraient plus calmes. Ces mots sonnaient terriblement creux à ses propres oreilles. Quand les choses seraient-elles plus calmes avec Didier ? Jamais, probablement. Et Arthur aurait-il encore envie de l'inviter, après ce lapin de dernière minute ?

— Oui, répondit Anaïs, s'accrochant désespérément à cette faible lueur d'espoir comme un naufragé à une planche. Oui, absolument. Une autre fois. C'est promis. Dès que possible. Appelle-moi quand tu veux. Ou je t'appelle ?

— On verra bien, dit Arthur, sa voix toujours douce mais peut-être un peu plus distante maintenant. D'accord, Anaïs. Prends soin de toi, alors. Et… bon courage pour l'urgence de Didier.

Il raccrocha, poliment mais sans attendre sa réponse. Anaïs laissa tomber son téléphone sur le canapé comme s'il pesait une tonne. Les larmes, qu'elle avait réussi à contenir pendant l'appel, coulèrent maintenant librement sur ses joues. Elle se sentait misérable, faible, pathétique, et terriblement seule. Au fond d'elle, une petite voix cruelle et cynique – sa voix habituelle, celle d'avant Arthur – lui murmurait que cette *autre fois* n'arriverait probablement jamais. Comment un homme comme Arthur, qui semblait si libre, si authentique, pourrait-il continuer à s'intéresser à une femme qui n'était même pas maîtresse de son propre emploi du temps, qui se laissait encore et toujours dicter sa conduite par un homme manipulateur comme Didier ? Elle avait peut-être laissé passer sa chance. Une chance unique de bonheur simple et vrai.

La perspective de l'après-midi à venir, dans un bureau stérile et impersonnel à la Défense, à jouer les assistantes modèles et les compagnes dévouées lui parut soudain comme une condamnation, une punition absurde qu'elle s'infligeait à elle-même. Elle se leva péniblement du canapé, alla dans la salle de bain pour réparer les dégâts sur son visage bouffi par les larmes, et commença à se préparer mécaniquement. Elle enleva le pull crème et le jean qu'elle avait choisis avec tant de soin la veille pour aller à la rencontre d'Arthur et de ses pommes. Elle les replia soigneusement et les rangea dans son armoire, comme si elle rangeait aussi le rêve qu'ils représentaient. Puis, elle enfila un tailleur-pantalon sombre, strict et professionnel, une tenue de combat pour affronter non pas une joyeuse fête de village, mais une nouvelle bataille perdue d'avance dans la guerre silencieuse et épuisante de sa propre vie. Les pommes attendraient. Encore une fois.

Chapitre 5 : La Fête Retrouvée

(Et l'Art de l'Impulsion Normande)

Le reste du samedi s'était écoulé pour Anaïs dans une brume grise et pesante, une sorte de purgatoire climatisé au trentième étage d'une tour de la Défense. Elle avait passé l'après-midi à jouer son rôle d'assistante-compagne-parfaite dans le bureau impersonnel et high-tech de Didier, avec une lassitude qui frisait dangereusement le dégoût d'elle-même. Elle avait écouté d'une oreille distraite ses explications fébriles et auto-justificatives sur l'importance capitale du dossier KMA, hoché la tête aux moments jugés opportuns par son instinct de survie relationnelle, offert quelques suggestions vagues sur la typographie d'un graphique ("Peut-être en Garamond, Didier ? C'est plus statutaire...") qui semblaient le satisfaire et le conforter dans l'idée qu'elle était indispensable. Elle avait surtout supporté, avec une patience qu'elle ne se connaissait pas (ou plus), sa tension palpable avant l'envoi de la présentation, puis son autosatisfaction bruyante et légèrement condescendante une fois le document envoyé *in extremis* aux Coréens.

L'urgence s'était bel et bien révélée réelle – un changement de dernière minute dans les exigences du client –, mais la manière dont Didier avait instrumentalisé la situation, dramatisant à outrance pour la rappeler à l'ordre et réaffirmer son contrôle implicite sur son temps et sa personne, laissait un goût particulièrement amer dans sa bouche. Pendant qu'elle alignait des logos sur PowerPoint et relisait pour la dixième fois des argumentaires commerciaux en jargon marketing qui lui donnaient envie de pleurer, son esprit s'échappait sans cesse. Il fuguait, tel un écolier indiscipliné, vers un village normand imaginaire, vibrant de musique folklorique et de rires francs, baigné dans la lumière dorée d'un après-midi d'automne qu'elle n'avait pas vécu. Elle imaginait Arthur, son sourire facile, la chaleur potentielle de sa main calleuse dans la sienne, la simplicité joyeuse et authentique de cette fête des récoltes manquée. La comparaison obsessionnelle entre ce rêve évanoui et la réalité stérile du bureau panoramique mais sans âme était une forme de torture auto-infligée particulièrement raffinée.

Le soir, Didier, soulagé, triomphant et déjà en train de calculer mentalement sa future prime, avait voulu célébrer bruyamment leur succès commun dans un autre restaurant chic et hors de prix. Anaïs avait décliné fermement, prétextant une migraine carabinée – ce qui n'était qu'à moitié faux, tant la tension de la journée et la lumière artificielle des néons lui martelaient les tempes comme des petits marteaux-piqueurs. Trop épuisée pour reprendre sa voiture laissée non loin de la Défense, elle avait refusé que Didier la ramène et elle était rentrée chez elle en taxi. Le trajet, à travers les rues brillantes et indifférentes de Paris, lui avait paru interminable. Arrivée dans son appartement, elle trouva un silence assourdissant après le bruit feutré mais constant de la tour de la Défense. Chaque objet personnel, chaque livre, chaque photo, semblait la juger en silence. La confiture de mirabelles sur le comptoir, vestige de son petit-déjeuner heureux, lui donna envie de vomir. Non. Elle ne pouvait pas continuer ainsi. Plus important encore : elle ne voulait plus continuer ainsi. Laisser Didier dicter sa vie comme un marionnettiste cynique, saboter ses rares moments de joie potentielle, étouffer ses propres désirs au nom d'un avenir commun qu'il était le seul à définir… ce n'était plus acceptable. Ce n'était plus vivable. La petite graine de rébellion semée par Arthur, arrosée par l'amertume de ce samedi sacrifié, commençait à germer avec une vigueur inattendue.

La nuit fut un long tunnel d'agitation et de pensées en boucle. Le sommeil la fuyait. Quand elle réussissait enfin à sombrer dans un état semi-conscient, des rêves fragmentés et absurdes venaient la hanter : elle se voyait plantant des pommiers en pot sur une terrasse de la Défense sous les ordres de Didier en costume de golf, tandis qu'Arthur lui faisait signe depuis un verger en fleurs qui s'éloignait inexorablement. Elle se réveilla plusieurs fois en sursaut, le cœur battant, la tête lourde. Puis, au petit matin du dimanche, alors que les premières lueurs blafardes filtraient à travers les rideaux, une sorte de calme étrange s'installa en elle. Une clarté nouvelle, née de l'épuisement et de la colère décantée. Les yeux cernés mais l'esprit étonnamment résolu, elle fit quelque chose qu'elle n'avait pas fait depuis des mois dans une situation de crise personnelle : elle attrapa son téléphone et appela ses amies. D'abord Léa, puis Camille. Ses piliers, ses confidentes de toujours, celles qui connaissaient la vraie Anaïs, celle qui se cachait souvent derrière une façade polie, conciliante et un peu trop lisse.

Elle leur raconta tout, d'une traite, sans filtre, sans chercher à minimiser sa propre faiblesse ou la goujaterie de Didier. La rencontre improbable à la galerie, la tartelette aux pommes symbolique, la discussion magique sur le chantier, l'invitation si attendue à la fête des récoltes, l'intervention manipulatrice de Didier sous prétexte d'urgence professionnelle, l'annulation douloureuse et culpabilisante. Elle vida son sac, ses frustrations, ses doutes, sa colère.

Léa, fidèle à elle-même, explosa littéralement au téléphone, sa voix vibrante d'une indignation volcanique. — Mais quel C… ! Quel manipulateur narcissique de première ! Non mais j'hallucine ! Te faire ça ! Te faire culpabiliser pour que tu sacrifies tes propres plans pour SES affaires urgentes ? Le coup classique du *'c'est pour notre avenir'* ! Anaïs, ma chérie, ouvre les yeux ! Il faut que tu le quittes ! Maintenant ! Tout de suite ! Cet Arthur, là, même si on ne le connaît pas, il a l'air mille fois mieux rien qu'en t'écoutant en parler ! Une fête des récoltes avec des tartes aux pommes, mais c'est tellement plus toi que ses dîners prout-prout où tu t'ennuies à mourir ! Fonce ! Qu'est-ce que tu attends ?

Camille, jointe quelques minutes plus tard, fut plus mesurée dans la forme, mais tout aussi claire sur le fond, avec sa sagesse pragmatique habituelle. — Ok, respire Anaïs. Léa a raison sur le principe, même si son analyse manque un peu de… nuance, on va dire. Écoute, cette relation avec Didier, on en parle depuis des années, toi et nous. Elle te tire vers le bas, elle t'éteint. Là, visiblement, tu as rencontré quelqu'un qui te plaît vraiment, qui semble partager tes valeurs, qui te fait vibrer. C'est une chance inespérée. Ne laisse pas la peur de l'inconnu ou le poids de l'habitude te priver de ça. Qu'est-ce que tu risques, au fond ? De te retrouver seule ? Mais tu ne seras jamais seule, on est là, nous, on sera toujours là. Et tu mérites tellement mieux que cette situation. Tu mérites d'être heureuse, Anaïs. Vraiment. Alors, qu'est-ce que tu vas faire ?

Leurs mots, si différents dans le ton mais si convergents sur le fond, leur soutien inconditionnel, leur absence totale de jugement, agirent comme un baume sur ses blessures et un électrochoc salutaire. Elles ne lui disaient rien qu'elle ne sache déjà au plus profond d'elle-même, mais l'entendre formulé par ses amies les plus chères lui donna la force qui lui manquait. Elles avaient raison. Mille fois raison. Encouragée par leur amitié indéfectible, galvanisée par sa propre colère enfin assumée et par le désir lancinant, presque physique, de corriger l'erreur de la veille, de rattraper cette chance manquée, Anaïs prit une décision soudaine, impulsive, presque folle. Une décision qui allait à l'encontre de toute sa prudence habituelle.

Elle raccrocha avec Camille, le cœur battant la chamade, non plus de culpabilité mais d'une excitation nouvelle. Elle attrapa sa tablette, pianota fiévreusement le nom d'Arthur Dubois et "fête des récoltes". Quelques clics plus tard, grâce aux miracles de l'internet local, elle trouva un article d'un petit journal régional annonçant la fête annuelle du village de Saint-Pierre-du-Verger. L'article mentionnait les horaires : de 10h à 19h. Elle consulta Google qui confirma ce qu'Arthur lui avait dit : deux heures et demie depuis Paris, peut-être un peu plus avec le trafic du dimanche. Elle jeta un œil à l'horloge murale de sa cuisine. Dix heures passées. C'était jouable. Jouable, mais complètement insensé.

Elle ne savait absolument pas si Arthur serait encore là cet après-midi. Peut-être était-il reparti tôt le matin ? Ou peut-être avait-il décidé de passer la journée en famille, sans elle ? Elle ne savait pas non plus comment il réagirait à son arrivée impromptue après l'annulation de la veille. La prendrait-il pour une folle ? Une harceleuse ? Serait-il gêné ? Froid ? Était-ce une démarche désespérée ? Immature ? Totalement ridicule ? Probablement un peu tout ça à la fois. Mais une petite voix intérieure, plus forte que toutes ses craintes rationnelles, lui soufflait qu'elle devait essayer. Elle *devait* savoir. Savoir si l'étincelle qu'elle avait vue dans ses yeux était réelle, si cette connexion qu'elle avait ressentie était partagée, si cela valait la peine de bousculer l'ordre établi de sa vie bien rangée mais si insatisfaisante. Elle devait lui montrer qu'elle n'était pas juste cette femme un peu coincée et soumise qu'il avait peut-être entraperçue au téléphone. Elle devait lui prouver, et se prouver à elle-même, qu'elle était capable d'actes spontanés, de suivre son cœur, qu'il comptait pour elle.

Sans réfléchir davantage, avant que le doute n'ait le temps de reprendre le dessus, elle fila dans sa chambre. Elle enfila en quatrième vitesse le jean confortable et le pull crème qu'elle avait soigneusement rangés la veille avec un pincement au cœur. Elle attrapa ses clés de voiture, son sac à main, et descendit les escaliers quatre à quatre, le cœur battant d'un mélange explosif d'appréhension et d'excitation fébrile. C'était de la folie pure, mais une folie qui lui donnait l'impression de vivre enfin.

La route défila. D'abord la monotonie grise de l'autoroute A13 quittant Paris, puis serpentant à travers les paysages verdoyants et vallonnés de la Normandie. Des prairies d'un vert intense parsemées de vaches normandes aux robes tachetées qui ruminaient paisiblement, des chaumières à colombages fleuries de géraniums éclatants, des petits bois aux essences variées, et bien sûr, des vergers, partout des vergers. L'air frais qui entrait par la fenêtre entrouverte était vivifiant, chassant les dernières bribes de sa migraine et de la morosité parisienne. Anaïs conduisait vite, mais prudemment, les mains crispées sur le volant, l'estomac noué par l'incertitude, mais le visage éclairé par une détermination nouvelle. Plus elle s'éloignait de la capitale, de Didier, plus elle se sentait légère, audacieuse, presque ivre de cette liberté retrouvée.

L'autoroute laissait place à des nationales moins fréquentées, puis à des départementales plus étroites, bordées de haies basses et de talus verdoyants. Elle croisa des tracteurs fatigués, des utilitaires poussiéreux, et plusieurs 4x4 costauds et un peu boueux, visiblement utilisés pour le travail et les chemins de terre, loin des modèles de luxe clinquants aperçus à Paris. Ces véhicules robustes, ancrés dans la réalité du territoire, ajoutaient à son impression de s'enfoncer dans un monde différent, plus concret, plus en phase avec le cycle des saisons et le travail de la terre. Les champs s'étendaient, vastes et calmes, les vaches normandes aux robes tachetées levaient un œil curieux au passage de sa petite Fiat citadine, qui semblait soudain bien fragile et déplacée dans ce paysage.

Le village de Saint-Pierre-du-Verger était encore plus charmant et animé qu'elle ne l'avait imaginé dans ses rêveries de la veille. Niché au creux d'un vallon verdoyant traversé par une petite rivière scintillante, il semblait tout droit sorti d'une carte postale sépia, mais vibrant d'une vie et d'une joie bien réelles. Des guirlandes de feuilles d'automne aux couleurs flamboyantes et de petites lumières colorées étaient tendues entre les maisons à pans de bois aux façades fraîchement repeintes. Des étals croulant sous les produits locaux les plus alléchants – fromages de chèvre crémeux, camemberts au lait cru au parfum puissant, bouteilles de cidre fermier pétillant, pots de confitures maison aux étiquettes manuscrites, miel doré, objets d'artisanat en bois flotté – bordaient la rue principale et la place centrale pavée. Une fanfare locale, composée de musiciens de tous âges vêtus de costumes traditionnels un peu élimés mais portés avec fierté, était installée sur une petite estrade et jouait une musique entraînante et joyeuse qui donnait irrésistiblement envie de taper du pied. L'air était littéralement saturé du parfum sucré et épicé des pommes cuites sous toutes leurs formes – tartes, crumbles, beignets –, des crêpes chaudes au sucre et au beurre salé, et de l'odeur fermentée et fruitée du cidre qu'on tirait directement des tonneaux. Une foule hétéroclite et incroyablement joyeuse – des familles avec des enfants courant dans tous les sens, des couples d'amoureux main dans la main, des groupes d'amis venus des villages voisins, des anciens assis sur les bancs commentant l'animation – déambulait, riait, dansait, créant une atmosphère d'une chaleur et d'une convivialité communicatives. C'était une célébration simple et authentique de la fin des récoltes, de l'abondance de la nature, de la joie simple d'être ensemble. À des années-lumière de la sophistication calculée, de la distance polie et de l'ennui latent des événements parisiens qu'elle exécrait tant.

Anaïs avait garé sa petite Fiat un peu à l'écart, sous les arbres près de la rivière, et elle se fondit discrètement dans la foule animée, le cœur battant un peu plus fort à chaque pas. Elle se sentait à la fois complètement étrangère, l'intruse débarquée de la capitale dans ses vêtements certes simples mais probablement reconnaissables, et curieusement, inexplicablement, à sa place. Comme si une partie d'elle avait toujours appartenu à ce genre d'endroit simple et vrai. Elle déambulait lentement, les sens en éveil, mais scrutant les visages avec une intensité fébrile, cherchant du regard une chevelure brune familière, des yeux verts pétillants. Elle passa devant un stand de poteries artisanales aux formes douces et organiques, admira des paniers en osier tressés avec une dextérité ancestrale, résista héroïquement à l'envie de goûter une part de tarte normande aux pommes et à la crème qui semblait crier son nom. Où pouvait-il bien être ? Chaque minute qui passait augmentait son angoisse. Et s'il était déjà parti ? Et si elle avait fait tout ce chemin, bravé sa propre timidité et la logique la plus élémentaire, pour rien ? La perspective d'un retour piteux à Paris, seule, la fit frissonner.

Autour d'elle, la foule bruissait de conversations animées, d'accents chantants venus des villages voisins. Des enfants couraient avec des ballons multicolores, des grands-mères en tablier proposaient des parts de gâteau, des jeunes gens dégustaient du cidre en riant aux éclats. Elle repéra des artisans travaillant le bois, des apiculteurs passionnés expliquant la vie des abeilles avec des gestes lents et précis. L'air était un mélange capiteux de pomme chaude, de cannelle, de foin coupé et de quelque chose d'indéfinissable, de profondément rural et apaisant. Mais au milieu de cette effervescence chaleureuse, l'absence d'Arthur pesait lourd.

Elle le trouva finalement, presque par hasard, au détour de la place principale, près d'un grand stand rustique en bois brut où l'on servait du cidre à la pression dans des chopes en grès et du Calvados arrangé dans de petites fioles. Il était là, accoudé au comptoir, non pas seul cette fois, mais en pleine conversation animée et visiblement joyeuse avec un groupe de personnes qui semblaient être sa famille ou ses amis proches. Anaïs observa le groupe. Il y avait un homme plus âgé à la barbe blanche et une femme aux joues rouges... et d'autres visages. Tous semblaient si familiers à Arthur, si à l'aise en sa compagnie, qu'elle comprit qu'elle était face à son cercle intime, ceux qui comptaient vraiment pour lui. Arthur portait un pull en laine épaisse couleur vert mousse, celui-là même qui mettait si magnifiquement en valeur la couleur de ses yeux. Il riait aux éclats d'une blague que venait de raconter l'homme à barbe blanche, sa tête légèrement rejetée en arrière, son visage buriné par le grand air illuminé par le soleil filtrant à travers les feuilles jaunissantes des platanes de la place. Il semblait si heureux, si détendu, si parfaitement intégré à ce décor, à sa place, entouré de gens qu'il connaissait manifestement depuis toujours et qu'il aimait. Une vague de timidité, plus forte encore que la première fois, submergea Anaïs. Comment allait-elle oser interrompre ce moment de franche camaraderie familiale ? N'allait-elle pas avoir l'air totalement déplacée, l'étrangère venue de la ville pour le déranger, pour gâcher sa tranquillité dominicale ?

Elle hésita un long instant, dissimulée derrière le pilier massif de la vieille halle du marché, le cœur battant à tout rompre. Une partie d'elle lui criait de faire demi-tour, de remonter discrètement dans sa voiture et de rentrer à Paris en ravalant sa fierté et ses regrets cuisants. Ce serait plus simple, moins risqué. Mais l'image de son propre renoncement de la veille, la voix indignée de Léa et celle, plus calme mais tout aussi convaincue, de Camille l'encourageant à suivre son cœur, et surtout, le désir profond, irrépressible, de revoir cet homme, de savoir s'il y avait ne serait-ce qu'une infime chance pour eux, furent plus forts que sa peur viscérale du ridicule et du rejet. Elle ferma les yeux une seconde, prit une profonde inspiration, lissa nerveusement son pull couleur crème, et s'avança hors de l'ombre du pilier, d'un pas qui se voulait assuré mais qui tremblait légèrement.

— Arthur ?

Sa voix était à peine un murmure cette fois, presque couverte par la musique de la fanfare et le brouhaha ambiant. Mais il l'entendit. Il se tourna, d'abord avec une expression interrogatrice, cherchant d'où venait cet appel discret. Puis ses yeux rencontrèrent les siens. L'expression sur son visage passa en une fraction de seconde de la surprise polie à la stupeur totale, puis à un immense sourire de ravissement incrédule. Ses yeux verts s'écarquillèrent, comme s'il voyait un fantôme charmant.

— Anaïs !? Mais… qu'est-ce que… qu'est-ce que tu fais là ?

Le groupe avec qui il discutait se tut instantanément, tous les regards curieux se tournant vers elle avec un mélange de surprise et d'interrogation bienveillante. Anaïs sentit la rougeur lui monter violemment aux joues, se sentant soudain comme une bête curieuse sous les feux des projecteurs.

— Je… euh… je passais dans la région, pour mon travail, mentit-elle d'abord stupidement, avant de se reprendre aussitôt, secouant la tête. Non, pardon, ce n'est pas vrai du tout. C'est idiot. La vérité, c'est que… je suis venue exprès. Pour la fête. Et… et surtout pour te voir. Je voulais vraiment, vraiment m'excuser pour hier. Pour l'annulation de dernière minute. Ce n'était pas… correct de ma part. J'ai été très impolie et je m'en veux terriblement.

Elle le regardait droit dans les yeux, avec toute la sincérité dont elle était capable, espérant qu'il lirait au-delà de sa gêne évidente, qu'il comprendrait l'effort qu'elle avait fait pour être là, qu'il saisirait l'importance de cette démarche pour elle.

Arthur la dévisagea une seconde, silencieux, comme pour s'assurer qu'elle était bien réelle, qu'il ne rêvait pas. Puis, son sourire chaleureux et sincère refit surface, balayant toute trace de surprise. Il semblait profondément, sincèrement touché par sa présence inattendue, par son honnêteté maladroite.

— Waouh… Anaïs… Je… je ne m'y attendais pas le moins du monde. Mais… tu n'imagines pas à quel point je suis content que tu sois venue. Vraiment. Tellement content. Je commençais à croire que j'avais peut-être un peu trop parlé de pommes romantiques… enfin, peu importe maintenant que tu es là ! Viens, ne reste pas plantée là ! Laisse-moi te présenter à la tribu.

Il la prit doucement par le bras, avec une chaleur immédiate qui la rassura, et l'attira avec un naturel déconcertant vers le groupe familial et amical. — Mes amis, ma famille, je vous présente Anaïs. Une… une amie de Paris qui est venue goûter notre fameux cidre ! Anaïs, voici Michel, mon grand-oncle, le meilleur producteur de Calvados de trois cantons à la ronde, attention à ses blagues ; Martine, sa femme adorable, la reine incontestée de la confiture de pommes et de la tarte Tatin ; et mes cousins préférés, Paul et Clothilde, qui connaissent tous les secrets de Saint-Pierre-du-Verger.

Les présentations furent rapides, simples et incroyablement chaleureuses. Pas de jugement dans les regards, juste une curiosité bienveillante et des sourires francs. Michel lui serra la main avec une poigne de cultivateur en lui lançant un clin d'œil entendu, Martine lui offrit un sourire maternel, et Paul et Clothilde l'accueillirent avec la simplicité enjouée de la jeunesse. Après quelques échanges polis sur la beauté de la fête et le temps magnifique, Arthur s'excusa auprès de sa famille ("On revient tout de suite, juste le temps de lui faire goûter le cidre nouveau !") et l'entraîna un peu à l'écart du stand bruyant, vers un coin plus tranquille de la place.

— Alors, comme ça, tu es venue exprès ? Tu as vraiment fait toute la route depuis Paris ? Juste pour… ? reprit-il une fois qu'ils furent un peu isolés, son regard pétillant de malice mais aussi d'une tendresse évidente.

— Oui. Juste pour ça. Pour m'excuser correctement. Et pour voir la fête. Et pour te voir, toi, répéta-t-elle plus doucement, maintenant qu'elle avait retrouvé un peu de contenance. J'ai été vraiment très déçue de ne pas pouvoir venir hier. Plus que tu ne peux l'imaginer.

— Crois-moi, moi aussi, j'ai été déçu, admit-il avec une franchise désarmante qui la toucha. J'avais imaginé cette journée… Mais ça n'a plus aucune importance maintenant que tu es là. Je suis incroyablement heureux que tu aies fait ce geste, Anaïs. Ça me touche beaucoup. Vraiment. Alors, puisque tu es là, laisse-moi te faire visiter correctement cette fête légendaire ! Tu vas adorer, j'en suis sûr. Et attention, la dégustation de cidre est obligatoire !

Et sur ces mots, il lui prit la main, sans aucune arrière-pensée. Naturellement. Simplement. Comme s'ils avaient toujours fait ça. Sa main était chaude, un peu calleuse à cause du travail manuel sans doute, mais incroyablement rassurante. Anaïs sentit son cœur faire un nouveau bond joyeux et une vague de bonheur simple et pur l'envahir complètement, chassant les dernières bribes de doute et d'appréhension. Ils s'éloignèrent du stand de cidre, main dans la main, et commencèrent à déambuler à travers les allées animées de la fête. Arthur, redevenu le guide enthousiaste et passionné, lui montrait les différents stands, lui faisant goûter un morceau de fromage local particulièrement affiné, lui expliquant les subtilités de la fabrication des sabots en bois, lui racontant des anecdotes amusantes et pleines d'autodérision sur les habitants du village ou sur l'histoire de la fête des récoltes (apparemment, le concours de tartes aux pommes donnait lieu chaque année à des rivalités féroces et des stratégies dignes de Machiavel). Il lui présenta d'autres amis, des artisans vanniers, des voisins agriculteurs, toujours avec la même simplicité et la même chaleur communicative. Anaïs se laissait guider, écoutant, observant, riant, se sentant de plus en plus à l'aise, détendue, incroyablement heureuse en sa compagnie. Il était si facile de parler avec lui, de partager un fou rire pour une remarque idiote, d'être simplement elle-même, sans masque ni faux-semblant. Elle découvrait un monde nouveau, un monde fait de simplicité, de liens communautaires forts et visibles, de joie partagée autour de choses essentielles, et d'une connexion authentique à la terre et aux saisons. Un monde qui lui semblait infiniment plus riche, plus nourrissant et plus désirable que celui, souvent superficiel et compétitif, qu'elle connaissait à Paris.

À un moment donné, alors que le soleil commençait doucement sa descente derrière les collines verdoyantes, teintant le ciel de nuances roses, orangées et mauves d'une beauté à couper le souffle, ils s'arrêtèrent près de la petite piste de danse improvisée en plein air, au centre de la place du village. La fanfare municipale avait laissé place à un petit orchestre local – accordéon, violon, contrebasse et clarinette – qui jouait maintenant une valse entraînante et légèrement nostalgique. Des couples de tous âges – des jeunes amoureux aux yeux brillants, des couples mariés depuis des décennies se tenant tendrement la main, même quelques grands-parents avec leurs petits-enfants –

tourbillonnaient gaiement sur les pavés inégaux, leurs rires se mêlant aux notes joyeuses et un peu mélancoliques de la musique. L'atmosphère était douce, joyeuse, empreinte d'une douce langueur de fin de journée de fête.

Arthur se tourna vers elle. Il avait toujours sa main dans la sienne. Un léger sourire flottait sur ses lèvres, et une lueur interrogatrice, presque timide mais pleine d'une douce malice, brillait dans ses yeux verts. — Vous dansez, Mademoiselle Anaïs ? Ou préférez-vous rester à contempler les virtuoses de la valse normande ? demanda-t-il, tendant cérémonieusement mais avec humour sa main libre vers elle.

Anaïs sentit son cœur s'emballer une nouvelle fois. Danser ? Ici, maintenant ? Au milieu de tous ces gens ? Elle n'avait pas vraiment dansé – une vraie danse de couple, où l'on se tient, où l'on suit des pas – depuis des lustres. Certainement pas une valse, qu'elle associait aux mariages guindés de son adolescence ou aux cours de danse empesés qu'elle avait détestés. Et encore moins avec cet homme qu'elle connaissait à peine mais qui la troublait si profondément. Elle se sentit soudain horriblement gauche, rouillée, persuadée qu'elle allait lui écraser les pieds ou tourner dans le mauvais sens, brisant la magie fragile de cet instant parfait. Une partie d'elle avait envie de refuser poliment, de prétexter une fatigue soudaine. Mais le regard d'Arthur était si doux, si pétillant, si invitant. Et l'envie de prolonger ce moment, de se laisser aller complètement, de vivre pleinement l'instant présent, de se rapprocher encore un peu plus de lui, de sentir à nouveau sa main dans son dos… cette envie était plus forte que sa timidité et sa peur du ridicule. Elle prit une profonde inspiration et hocha la tête, un sourire timide mais décidé aux lèvres. — Avec plaisir, Monsieur le

Traiteur Romantique. Mais je vous préviens, je risque de vous marcher sur les pieds. Ça fait une éternité que je n'ai pas valsé. — Ne vous inquiétez pas, répondit Arthur en riant, son regard brillant de plaisir. Je suis un excellent guide. Et mes pieds sont solides !

Il resserra sa prise sur sa main et l'entraîna doucement vers la piste de danse improvisée, sous le regard bienveillant des pommiers et du ciel normand qui s'assombrissait.

Chapitre 6 : La Valse Hésitante

(Ou Comment Avoir Deux Pieds Gauches)

Anaïs posa sa main, qui tremblait légèrement (était-ce le froid du soir ? L'abus de cidre ? Ou une terreur pure et simple à l'idée de devoir coordonner ses membres en public ?), dans celle qu'Arthur lui tendait avec un sourire désarmant. Sa paume était chaude, solide, un peu rêche – définitivement pas les mains lisses d'un financier habitué aux claviers d'ordinateur. L'autre main d'Arthur vint se placer avec une douceur respectueuse mais étonnamment ferme dans le creux de son dos, juste au-dessus de sa taille. Un frisson – électrique cette fois, pas de doute – parcourut l'échine d'Anaïs à ce simple contact, envoyant une onde de choc agréable et légèrement paniquante jusqu'à la pointe de ses bottines (avec lesquelles elle espérait désespérément ne pas écraser les pieds de son cavalier). La chaleur qui émanait de sa main semblait capable de faire fondre un iceberg, ou au moins sa propre résolution à ne pas faire de mouvements ridicules.

Il l'attira doucement mais sûrement vers la piste de danse improvisée, une zone vaguement délimitée au centre de la place pavée où les couples les plus courageux (ou les plus imbibés de Calvados) tourbillonnaient déjà au son entraînant et légèrement mélancolique d'une valse musette jouée avec ferveur par l'orchestre local. Anaïs se sentit comme une condamnée qu'on mène à l'échafaud… ou plutôt, à la piste de torture des pieds gauches.

Les pavés inégaux, lissés par des décennies de fêtes et de pas de danse, brillaient faiblement sous la lumière des guirlandes. Autour d'eux, les rires et les exclamations montaient du public, les musiciens de l'orchestre, certains affichant des moustaches gauloises dignes d'Astérix, frappaient du pied pour marquer le rythme.

Les premiers pas furent… comment dire… une aventure en soi. Hésitants, maladroits, à la limite de la catastrophe chorégraphique. Anaïs se sentait terriblement gauche, aussi gracieuse qu'un flamant rose essayant de faire du patin à glace sur du gravier. Elle était hyper-consciente de chaque mouvement, de chaque articulation qui semblait grincer, persuadée que tous les regards amusés du village étaient braqués sur elle, la Parisienne prétentieuse qui ne savait même pas suivre un-deux-trois, un-deux-trois. Les pavés inégaux sous ses bottines n'aidaient en rien, menaçant à chaque instant de la faire trébucher et de l'envoyer valdinguer dans les bras (ou pire, sur les pieds) d'un couple de Normands hilares.

Cela faisait une éternité – littéralement, depuis le mariage d'une cousine lointaine où elle avait été forcée par sa mère à danser un rock approximatif avec un oncle encore plus gauche qu'elle – qu'elle n'avait pas dansé ainsi, une vraie danse, avec un homme la guidant (ou essayant de la guider). Ses expériences se limitaient aux mouvements désordonnés et largement impersonnels des fins de soirées parisiennes, où l'on se trémousse vaguement en rythme (ou pas) sans réel contact ni coordination. Là, il fallait suivre, anticiper, faire confiance. Trois concepts qui lui donnaient des sueurs froides.

Elle avait une peur bleue de lui marcher sur les pieds (solides, avait-il dit, mais quand même !), de se tromper de sens de rotation, de ne pas suivre le rythme lancinant de l'accordéon, de rompre le charme fragile et improbable de ce moment suspendu par une démonstration flagrante de son incompétence en matière de valse musette. Pour éviter le désastre, elle adopta la stratégie de l'autruche danseuse : elle baissa les yeux vers leurs pieds entremêlés, se concentrant avec une intensité digne d'une partie d'échecs pour ne pas commettre l'irréparable. Ses pieds à lui semblaient savoir exactement où aller, légers et précis malgré les pièges du pavé. Les siens, en revanche, ressemblaient à deux péniches tentant de naviguer dans un canal trop étroit.

— Eh, ho ! Regarde-moi, Anaïs, murmura Arthur tout près de son oreille, sa voix douce et amusée couvrant presque la musique un peu criarde du violon. C'est moi ton partenaire, pas tes bottines. Pas la peine de les hypnotiser, elles ne vont pas se mettre à valser toutes seules. Laisse-toi juste guider. Fais-moi confiance. Ce n'est qu'une danse, pas un examen d'entrée à l'Opéra.

Elle releva brusquement la tête, surprise par son ton léger et taquin, prête à se vexer… mais elle plongea son regard dans le vert profond de ses yeux. Il lui souriait, un sourire patient, encourageant, pétillant d'une douce moquerie totalement dénuée de méchanceté. Il n'y avait aucune trace d'impatience ou de jugement dans son expression, seulement une bienveillance tranquille et une invitation silencieuse à lâcher prise. Et Anaïs, contre toute attente, contre toutes ses habitudes de contrôle et de méfiance, lui fit confiance. D'un coup. Elle arrêta de penser aux pas, arrêta d'analyser la trajectoire des autres couples, arrêta de s'inquiéter du regard des spectateurs (qui, de toute façon, semblaient bien plus intéressés par leur propre plaisir ou leur prochaine crêpe). Elle se détendit légèrement et se laissa simplement porter par sa conduite assurée.

L'air du soir, doux et frais, portait les odeurs de pommes, de cidre et de foin coupé, un mélange simple et réconfortant, si différent des parfums sophistiqués et souvent écœurants des soirées parisiennes. Autour d'eux, un vieux couple aux cheveux blancs tournait lentement, leurs fronts se touchant presque, perdus dans une intimité tendre et silencieuse qui semblait défier le temps. Un peu plus loin, un jeune couple riait aux éclats en ratant un pas, sans se soucier du regard des autres. Ces scènes de vie simples et authentiques, vues par-dessus l'épaule d'Arthur, la touchèrent profondément. Elle ne dansait pas seulement avec lui, elle dansait aussi avec ce lieu, avec son histoire, avec ses habitants. Elle sentait, pour la première fois depuis longtemps, qu'elle appartenait, l'espace d'un instant, à quelque chose de vrai.

Et là, miracle. Arthur était un danseur étonnant, d'une grâce déconcertante pour un homme dont les mains semblaient plus habituées à pétrir la pâte ou à désherber un potager qu'à effleurer les parquets de bal ou les pavés de village. Ses pas étaient sûrs, mais légers comme une plume. Il la guidait avec une fluidité naturelle, anticipant les inégalités sournoises du sol avec une prescience quasi surnaturelle, la faisant tournoyer avec une aisance qui la surprit et la ravit. Son bras dans son dos était ferme mais pas rigide, sa main tenant la sienne avec une chaleur communicative. Il la faisait rire doucement quand elle manquait un temps ("Oups, petit décalage horaire normand ?") ou quand ils évitaient de justesse un autre couple visiblement emporté par une passion (ou une quantité de cidre) incontrôlable

("Attention, priorité à droite !"). Il y avait une joie simple et communicative dans ses mouvements, une absence totale de prétention ou de performance qui était incroyablement libératrice. Il ne dansait pas pour être vu, il dansait juste pour le plaisir, pour le partage, pour la musique.

Peu à peu, presque sans s'en rendre compte, Anaïs sentit ses muscles se détendre complètement, sa respiration devenir plus ample, plus profonde. Elle arrêta de compter les temps dans sa tête et commença à réellement entendre la musique, à sentir le rythme l'envahir, à laisser son corps répondre instinctivement aux impulsions d'Arthur. Elle commença à apprécier la sensation de glisser, de flotter presque, de tourbillonner dans ses bras. La main d'Arthur dans la sienne était devenue une présence chaude et totalement rassurante, sa main dans son dos un point d'ancrage solide et doux à la fois, qui lui envoyait des petits courants électriques à chaque effleurement. Elle découvrit, ou plutôt redécouvrit avec une intensité nouvelle, le plaisir simple, presque enfantin, et follement enivrant de la danse. Cette connexion unique, non verbale, qui se crée entre deux partenaires qui acceptent de se laisser aller au même rythme, à la même mélodie, dans une confiance mutuelle.

C'était si radicalement différent des rares fois où elle avait dû danser avec Didier lors d'événements mondains obligatoires. Ces danses étaient toujours rigides, presque douloureuses. Didier, piètre danseur mais soucieux de son image, comptait les pas à voix haute, la tenait à distance respectueuse (et un peu glaciale), et semblait surtout préoccupé par le regard des autres. Chaque pas était calculé pour l'image qu'ils renvoyaient : le couple puissant, élégant, parfaitement maîtrisé. Aucune place pour la spontanéité, la joie, ou le simple plaisir du mouvement. Ici, avec Arthur, c'était tout le contraire. C'était spontané, vivant, parfois un peu chaotique (quand ils riaient trop fort en évitant une collision), mais toujours incroyablement… vrai. Instinctif.

Ils enchaînèrent plusieurs chansons sans même s'en rendre compte, l'orchestre alternant les rythmes avec un enthousiasme communicatif. Ils passèrent d'une valse rapide et tourbillonnante à une polka endiablée qui les laissa presque essoufflés et hilares, puis à une scottish plus chaloupée, et enfin à une mélodie plus lente et plus tendre, une sorte de complainte amoureuse à l'accordéon. Ils tournaient et tourbillonnaient au milieu des autres danseurs, simples silhouettes anonymes dans la lumière déclinante, sous le regard amusé ou attendri des spectateurs rassemblés autour de la piste. Anaïs se sentait légère, incroyablement légère, presque aérienne, comme si elle flottait à quelques centimètres des pavés rugueux. Elle avait complètement oublié la fatigue du voyage, ses doutes existentiels, ses peurs ridicules. Elle avait oublié Didier (qui ça ?), Paris et son agitation stérile, les complications et les frustrations de sa vie. L'univers entier s'était rétréci à cette petite place de village normand illuminée par des guirlandes de fête foraine, au son lancinant et nostalgique de l'accordéon, et surtout, à la présence chaleureuse et rassurante de cet homme qui la tenait dans ses bras de façon si naturelle, comme si elle était la chose la plus précieuse au monde. Elle riait, les joues rouges, les cheveux légèrement défaits s'échappant de son chignon improvisé, se sentant plus vivante, plus vibrante, plus libre qu'elle ne l'avait été depuis une éternité. C'était ça, le bonheur ? Cette simplicité, cette connexion, cette légèreté ?

Puis, l'orchestre entama une nouvelle valse. Plus lente encore que la précédente. Douce, tendre, et profondément mélancolique. Une mélodie qui semblait parler directement au cœur, évoquant des amours perdues, des regrets tus, mais aussi l'espoir tenace d'une rencontre, d'une rédemption. Le rythme ralentit considérablement, les mouvements devinrent plus amples, plus langoureux, plus... intimes. Sans un mot, presque inconsciemment, Arthur rapprocha Anaïs un peu plus de lui. La distance qui les séparait s'amenuisa jusqu'à disparaître. Son corps frôlait le sien à chaque pas lent, elle pouvait sentir la chaleur qui émanait de lui à travers les épaisseurs de leurs vêtements, le parfum subtil de son pull en laine mêlé à l'odeur fraîche et fruitée du cidre et des pommes qu'il avait dû consommer un peu plus tôt. Sa joue effleura presque la sienne alors qu'il la guidait dans un tour lent et glissé. Instinctivement, elle posa sa main, non plus timidement sur son épaule, mais un peu plus haut, presque sur sa nuque, sentant la force tranquille de ses muscles sous le tissu rugueux de sa chemise. Elle sentit le rythme régulier et calme de son cœur battre contre la paume de sa main posée dans son dos. Un rythme apaisant qui contrastait avec le tumulte qui commençait à naître en elle.

La musique se fit plus douce encore, enveloppant les danseurs dans une bulle de mélancolie tendre. Les petites lumières des guirlandes tremblotaient au-dessus d'eux, jetant des lueurs chaudes et vacillantes sur leurs visages rapprochés. L'air s'était rafraîchi, portant l'humidité des champs voisins, mais contre le corps chaud d'Arthur, Anaïs ne sentait pas le froid.

Il la regarda alors dans les yeux. Et le monde autour d'eux, qui s'était déjà estompé, sembla s'effacer complètement, comme dans un ralenti de cinéma un peu cliché mais terriblement efficace. La musique devint un murmure lointain, presque inaudible. Les autres danseurs n'étaient plus que des silhouettes fantomatiques et floues tournant au ralenti dans leur vision périphérique. L'univers se condensa en un point unique : le vert profond et intense de ses yeux. Son expression avait changé. Le sourire amusé avait laissé place à une tendresse infinie, à une intensité presque vulnérable. Il y avait une profondeur dans son regard qu'elle n'avait pas encore perçue jusque-là, une émotion contenue, puissante, qui la bouleversa au plus haut point. Anaïs se sentit comme aspirée par ce regard, incapable de détourner les yeux, le souffle court, le cœur battant à nouveau la chamade, mais différemment cette fois. Ce n'était plus la peur de trébucher, c'était autre chose. Quelque chose de plus fort, de plus troublant.

— Je passe une soirée absolument merveilleuse, Anaïs, murmura-t-il, et sa voix était plus rauque que jamais, vibrante d'une émotion sincère qui lui fit parcourir l'échine d'un nouveau frisson. Je... je n'osais même pas rêver de ça hier soir. Te revoir ici, danser avec toi... C'est... incroyable.

— Moi aussi, Arthur, répondit-elle, sa propre voix à peine un souffle, une buée légère dans l'air frais du soir. C'est... bien au-delà de tout ce que j'aurais pu imaginer ce matin en prenant ma voiture.

Ils continuèrent à danser lentement, presque immobiles maintenant, leurs corps se balançant doucement au rythme de la mélodie plaintive qui semblait ne jamais vouloir finir. Chaque pas infime, chaque regard échangé, chaque frôlement involontaire semblait tisser un lien invisible mais incroyablement puissant entre eux. Anaïs sentait, avec une certitude mêlée d'excitation et de panique, que quelque chose d'irréversible était en train de se produire. La simple attirance, la curiosité amusée, la sympathie naissante… tout cela se muait à une vitesse vertigineuse en une connexion plus profonde, une intimité troublante qui dépassait largement le cadre d'une simple amitié naissante ou d'un flirt léger. C'était comme une reconnaissance muette, une force magnétique irrésistible qui les attirait l'un vers l'autre, les rapprochant inexorablement, physiquement et émotionnellement. Une force contre laquelle elle se sentait soudain complètement désarmée.

La dernière note de la valse s'éteignit enfin dans l'air frais du soir, laissant derrière elle un silence vibrant d'émotion contenue. Mais ils restèrent immobiles, figés dans leur étreinte au milieu de la piste de danse qui se vidait peu à peu, leurs mains toujours jointes, leurs regards toujours accrochés l'un à l'autre, comme s'ils étaient seuls au monde. Le silence qui suivit la musique était presque plus assourdissant que le son de l'accordéon quelques secondes plus tôt, vibrant de tout ce qui n'avait pas été dit, de tout ce qui était intensément ressenti dans cet instant suspendu. Puis, très lentement, comme à regret, Arthur recula d'un pas infime, juste assez pour créer un souffle d'espace entre eux, sans pour autant lâcher ses mains. Il la regarda avec une expression soudain indéchiffrable, un mélange complexe d'émotion intense, d'espoir timide et d'une visible, presque douloureuse, hésitation. Ses yeux verts brillaient d'une lumière nouvelle, plus profonde, plus sérieuse, sous les guirlandes colorées de la fête.

— Je…, commença-t-il, et sa voix était légèrement étranglée, rauque. Il s'arrêta net, comme s'il cherchait désespérément les mots justes au fond de lui, ou peut-être simplement le courage de les prononcer. Il avala sa salive difficilement, passa une main libre et nerveuse dans ses cheveux bruns déjà en désordre. Anaïs... écoute... je...

Anaïs sentit son cœur cogner violemment, douloureusement, contre ses côtes. Une vague de panique soudaine, irrationnelle mais irrépressible, la submergea, glaçant instantanément la douce chaleur qui l'avait envahie pendant la danse. Elle savait. Ou du moins, elle croyait savoir, avec une certitude terrifiée, ce qu'il allait dire. Une déclaration ? Une question ? Quelque chose d'important. Quelque chose qui allait changer la donne, la forcer à sortir de son ambiguïté confortable, la forcer à affronter la réalité de sa situation. Et elle n'était pas prête. Absolument pas prête. Pas maintenant. Pas si vite. L'image de Didier, de sa vie à Paris si bien organisée (en apparence), de ses engagements tacites, de la complexité d'une rupture... tout cela lui revint en mémoire avec la force brutale d'un électrochoc. Elle était encore avec lui, du moins officiellement, administrativement. Elle était encore empêtrée dans ses propres peurs, ses propres doutes, sa propre lâcheté chronique. S'ouvrir complètement à cet homme, ici et maintenant, être vulnérable, prendre le risque immense d'aimer et peut-être de souffrir à nouveau... c'était trop. Beaucoup trop. Trop tôt. La panique prit le dessus sur l'émotion, sur le désir. Le mur de défense qu'elle avait mis tant d'années à construire se reforma en une fraction de seconde.

— Je dois y aller, dit-elle soudainement, et sa voix trancha dans le silence intime qui s'était installé, plus forte, plus abrupte, plus froide qu'elle ne l'aurait voulu. Elle tremblait légèrement, non plus d'émotion, mais de pure panique.

Elle retira vivement ses mains des siennes, rompant le contact physique comme si elle venait de se brûler au contact de sa sincérité trop intense. Le contraste entre la chaleur de leurs mains jointes quelques secondes plus tôt et le vide froid qu'elle ressentait maintenant était saisissant. Elle fit un pas maladroit en arrière, puis se détourna brusquement, incapable de soutenir une seconde de plus son regard déconcerté, blessé.

— Anaïs ? Attends ! Qu'est-ce qu'il y a ? l'entendit-elle appeler derrière elle, et sa voix, si douce et chaleureuse quelques instants auparavant, était maintenant teintée d'une incompréhension et d'une douleur évidentes qui lui vrillèrent le cœur.

Mais elle ne s'arrêta pas. Ignorant son appel, ignorant la petite voix en elle qui lui criait qu'elle commettait une erreur monumentale, elle continua à marcher, accélérant le pas, se transformant presque en une course désordonnée. Elle s'éloigna de la piste de danse, de la musique qui reprenait timidement avec une autre valse, de la chaleur humaine de la fête, et surtout, de lui, de cet homme qui lui avait offert un aperçu du bonheur et qu'elle fuyait comme la peste. Elle se fraya un chemin brutalement à travers la foule, bousculant sans s'excuser quelques personnes qui la regardèrent passer avec étonnement, les yeux fixés droit devant elle, sans savoir où elle allait, cherchant juste l'ombre, la sortie, l'anonymat. Tout ce qu'elle savait, dans sa panique irraisonnée, c'était qu'elle devait fuir. Fuir cette intensité. Fuir cette connexion qui la dépassait. Fuir avant de faire quelque chose d'irréparable, quelque chose qu'elle pourrait regretter amèrement, ou pire, quelque chose qui la forcerait à faire un choix qu'elle n'était pas encore prête, si lâchement pas prête, à assumer. Elle s'échappa dans l'ombre protectrice des ruelles adjacentes, laissant derrière elle la lumière, la musique, les rires, et le regard perdu d'Arthur, le cœur en miettes et l'estomac noué par le regret déjà cuisant de sa propre fuite.

Chapitre 7 : La Clarté du Verger

(Ou la Retraite Stratégique Avant l'Offensive)

Anaïs marcha, puis se mit presque à courir, le cœur battant la chamade, à travers le dédale des ruelles pavées et sinueuses du village normand. Elle fuyait. Fuyait la piste de danse, la musique entraînante qui lui semblait maintenant une ironie cruelle, la chaleur humaine de la fête, mais surtout, elle fuyait cet homme, Arthur, et l'intensité de ce qui s'était passé – ou presque passé – entre eux. Le son joyeux de l'accordéon et les éclats de rire lui parvenaient encore par bribes, flottant dans l'air frais du soir, mais ils sonnaient désormais à ses oreilles comme un reproche muet, soulignant l'absurdité de sa propre confusion, la lâcheté de sa fuite éperdue.

Les ruelles, étroites et peu éclairées, résonnaient du claquement irrégulier de ses bottines sur les pavés froids. L'odeur du bois brûlé s'accrochait à l'air, âcre et réconfortante, contrastant avec le tumulte glacé de sa peur. Elle frôlait les murs de pierre anciens, sentait leur rugosité sous ses doigts s'ils s'y heurtaient. Chaque coin tourné n'était pas une découverte, mais une tentative désespérée de semer sa propre panique. Le son de son souffle haletant lui paraissait incroyablement fort dans le silence relatif, couvrant à peine le tambourinement de son cœur.

Elle se sentait misérable. Complètement idiote. Une lâche de compétition olympique. Pourquoi, mais *pourquoi* avait-elle fui comme une débutante prise en flagrant délit de… de quoi, au juste ? De ressentir quelque chose ? De se laisser approcher ? Qu'est-ce qui l'avait effrayée à ce point dans le regard intense et soudain vulnérable d'Arthur, dans ces mots qu'elle avait cru deviner sur ses lèvres, ces mots qui auraient peut-être pu changer sa vie ? La peur. La vieille peur familière, celle qui lui tenait compagnie depuis si longtemps, celle qui lui soufflait à l'oreille qu'il valait mieux rester dans sa zone de confort illusoire plutôt que de risquer le grand saut vers l'inconnu. Pathétique.

Elle erra sans but précis pendant un long moment, tournant à droite, puis à gauche, empruntant des passages obscurs entre les maisons endormies, le cœur cognant toujours dans sa poitrine comme un tambour affolé, les joues brûlantes malgré la fraîcheur qui tombait avec la nuit. Elle passa devant des fenêtres aux rideaux tirés mais d'où s'échappaient des lueurs chaudes, des bribes de conversations familiales, des rires d'enfants qu'on mettait au lit. Elle longea les vitrines endormies de petites boutiques – une boulangerie dont l'odeur de pain frais flottait encore faiblement, une mercerie d'un autre âge, un antiquaire rempli d'objets silencieux. Chaque signe de vie normale, de quotidien paisible, semblait la renvoyer à sa propre solitude existentielle, à son propre désarroi sentimental. Où allait-elle ? Que faisait-elle ?

Un flot tumultueux d'émotions contradictoires la submergeait, la laissant pantelante et désorientée. Il y avait le regret lancinant, presque physique, d'avoir blessé Arthur par son départ si abrupt, si inexplicable. Elle revoyait son regard déconcerté, la douleur fugace qui l'avait traversé. Il ne méritait pas ça. Il y avait aussi la peur panique, rétrospective, de ce qu'elle avait ressenti en dansant avec lui – cette connexion intense, cette sensation de flotter, cette intimité troublante. C'était trop fort, trop vite. Il y avait ensuite une colère sourde contre elle-même, contre son incapacité chronique à affronter ses sentiments, à faire des choix clairs, à vivre pleinement. Et puis, il y avait l'autre colère, plus ancienne, plus profonde, plus tenace : la colère contre Didier, contre cette relation qui l'avait progressivement vidée de sa substance, contre cette situation absurde dans laquelle elle s'était laissé enfermer par habitude, par confort et par manque de courage.

Épuisée par cette course sans but et ce tourbillon intérieur, elle finit par s'éloigner instinctivement du cœur du village, suivant un chemin de terre bordé de haies touffues qui semblait mener hors des lumières rassurantes mais aussi accusatrices de la fête, vers l'obscurité plus profonde et plus tranquille de la campagne environnante. La transition fut presque imperceptible au début. Les dernières maisons se firent rares, les bruits de la fête s'affaiblirent. Le pavé céda la place à une terre meuble et humide qui s'accrochait légèrement à ses bottines. L'obscurité se fit plus dense, seulement ponctuée par les phares lointains d'une voiture ou la lumière d'une fenêtre isolée. Un silence profond s'installa, bien différent du silence feutré de Paris. Un silence vivant, rempli des murmures du vent dans les feuilles, des craquements invisibles de la vie nocturne de la nature.

Le chemin, après quelques centaines de mètres, déboucha sur un spectacle d'une beauté saisissante et apaisante : un verger. Des rangées et des rangées de pommiers, parfaitement alignés ou plus sauvages selon les parcelles, leurs silhouettes sombres et noueuses se découpant avec une netteté graphique sur un ciel d'encre pure, profond, constellé d'une myriade d'étoiles brillantes, comme seule la campagne sait en offrir. L'air ici était radicalement différent de celui du village. Plus frais, plus vif, portant le parfum entêtant et sucré des pommes mûres accrochées aux branches ou tombées au sol, mêlé à l'odeur humide et riche de la terre et des feuilles mortes qui commençaient à former un tapis craquant sous ses pieds. C'était peut-être le verger dont Arthur lui avait parlé, celui qui appartenait à sa famille depuis des générations. Un calme presque religieux régnait ici, un silence profond seulement troublé par le bruissement léger du vent dans les branches chargées de fruits et le cri mélancolique et lointain d'une chouette hulotte. Au loin, très loin maintenant, les lumières et la musique de la fête n'étaient plus qu'un faible halo indistinct à l'horizon, une rumeur assourdie et sans importance.

Anaïs avança un peu entre les rangées d'arbres, comme attirée par la sérénité du lieu. Elle repéra alors un vieux banc en bois brut, un peu moussu, adossé au tronc puissant et noueux d'un pommier particulièrement vénérable qui semblait veiller sur l'ensemble du verger. Il avait l'air solide, accueillant, comme une invitation au repos et à la contemplation. Elle s'y laissa tomber, soudain consciente de son épuisement physique et émotionnel. Elle replia ses jambes sous elle, enlaça ses genoux, posant son menton dessus dans une posture presque fœtale, et leva les yeux vers le ciel étoilé. Elle avait besoin de ce silence, de cette obscurité bienveillante, de cette immensité tranquille pour tenter d'y voir clair en elle, pour faire le point sur le chaos assourdissant de ses sentiments. Elle respira profondément l'air frais et parfumé, essayant de calmer le rythme affolé de son cœur.

Le bois du banc était frais et rugueux sous ses mains agrippées à ses genoux repliés. Une légère odeur de mousse humide montait de l'assise. La terre fraîche exhalait un parfum riche et terreux, contrastant avec la douceur sucrée des pommes environnantes. Elle s'enfonçait physiquement dans le calme de la terre, cherchant un soutien dans l'immobilité millénaire des arbres. Elle se sentait incroyablement petite, insignifiante et perdue sous cette voûte céleste infinie, mais aussi, étrangement protégée par la présence silencieuse et rassurante des vieux pommiers.

Et c'est là, dans le calme sacré du verger ancestral, sous le regard silencieux des étoiles, que la vérité, qu'elle refusait d'affronter depuis si longtemps, s'imposa à elle avec la force tranquille et irréfutable d'une évidence. Elle voulait Arthur. Ce n'était plus une simple supposition, une curiosité intriguée, une attirance passagère. C'était une certitude, profonde, ancrée, bouleversante. La prise de conscience, qui flottait dans son esprit comme une brume légère depuis leur première rencontre, se condensa ici, maintenant, en une goutte de lucidité pure et tranchante. Ce n'était pas seulement son charme naturel, son humour subtil, sa gentillesse désarmante. Ce n'était pas seulement leur passion commune pour la nature et les choses authentiques. C'était lui, tout entier. La danse, quelques minutes plus tôt, n'avait été que le catalyseur final, l'étincelle qui avait allumé l'incendie. Son regard intense, la façon dont il l'avait guidée avec tant de douceur et de respect, la facilité déconcertante avec laquelle ils avaient parlé, ri, partagé des moments simples mais signifiants… tout cela avait fait voler en éclats les dernières murailles qu'elle avait si soigneusement, si inconsciemment peut-être, érigées autour de son cœur depuis la fin de sa dernière relation significative, bien avant Didier.

Elle aimait sa gentillesse fondamentale, cette bienveillance qui émanait de lui naturellement. Elle aimait son humour subtil, teinté d'autodérision, si différent de l'ironie souvent blessante ou de la suffisance satisfaite de Didier. Elle aimait sa passion tranquille pour les choses simples et vraies – la cuisine, les plantes, la nature –, une passion communicative et dénuée de toute prétention. Elle aimait sa façon unique de voir la poésie là où d'autres ne voyaient que banalité, sa capacité à trouver de la romance dans une simple pomme. Plus elle découvrait l'homme, un homme ancré dans ses racines mais ouvert sur le monde, un homme vrai, solide, authentique, plus elle sentait naître en elle un sentiment nouveau, intense, un sentiment qui, elle le pressentait, pourrait bien être les prémices de l'amour. Un homme qui la faisait se sentir… elle-même. Complètement. Sans avoir besoin de jouer un rôle, de porter un masque. Il la faisait se sentir vivante. Vibrante. Pleine d'une énergie nouvelle.

Mais aussitôt cette certitude joyeuse et terrifiante admise, l'ombre de Didier revint planer, tenace, pesante. Didier. L'habitude. La sécurité apparente. La vie qu'elle avait construite avec lui, ou plutôt autour de lui, comme une plante grimpante autour d'un tuteur rigide mais stable. Une vie confortable matériellement, ça oui. Une vie socialement acceptable, sans vagues, sans drame apparent. Mais une vie émotionnellement stérile, prévisible jusqu'à l'ennui, dénuée de véritable partage, de véritable intimité. La pensée de rompre, de scier la branche sur laquelle elle était assise depuis si longtemps (même si cette branche était vermoulue), la terrifiait encore. Didier représentait la familiarité, la sécurité d'une routine connue, même si cette routine l'étouffait à petit feu. C'était une présence constante, une habitude solidement ancrée, difficile à déraciner.

Quitter Didier, c'était faire le grand saut dans l'inconnu. C'était affronter sa colère probable, ses reproches certains, peut-être même ses tentatives de vengeance subtile. C'était affronter le regard des autres, leur cercle social commun qui ne comprendrait sans doute pas, qui jugerait. C'était gérer les aspects pratiques et financiers d'une séparation, démêler leurs vies qui s'étaient entremêlées par la force des choses. Et surtout, c'était affronter la solitude, la vraie, celle qui vous prend à la gorge les dimanches soirs pluvieux. Était-elle capable de tout cela ? Avait-elle la force ? Et pour quoi ? Pour un homme qu'elle connaissait à peine depuis quelques semaines ? Pour un sentiment aussi neuf, aussi fragile, aussi potentiellement illusoire que celui qu'elle éprouvait pour Arthur ? N'était-elle pas en train d'idéaliser cet homme providentiel juste parce qu'il représentait l'antithèse de Didier ? La peur, le doute, la raison la tiraillaient.

Assise sur ce banc rugueux, sous le regard impassible des étoiles et des pommiers chargés de fruits obscurs, Anaïs laissa les souvenirs remonter, non plus de manière fragmentée, mais dans un flot lucide et douloureux. Elle repensa à toutes ces fois innombrables où Didier l'avait fait passer au second plan, où ses propres réussites professionnelles – pourtant bien réelles, elle avait du talent dans son domaine ! – avaient été accueillies avec une indulgence condescendante, un *"C'est bien, ma chérie, tu t'amuses bien avec tes petites fleurs"*. Elle se souvint de tous ces dîners d'affaires où elle devait sourire poliment pendant qu'il exposait ses théories brillantes, sans jamais lui demander son avis, ou pire, en coupant court à ses tentatives d'intervention. Elle revit tous ces week-ends organisés où elle devait l'accompagner à des événements qui l'ennuyaient profondément, juste pour faire acte de présence, pour valider son statut d'homme accompli et bien accompagné. Elle se rappela ses besoins émotionnels si souvent ignorés, balayés d'un revers de main impatient ("Oh, arrête de te plaindre, tu as tout pour être heureuse !"), ses moments de doute ou de tristesse tournés en dérision ("Ne fais pas ta Calimero, Anaïs !"). Elle se souvint des cadeaux coûteux mais terriblement impersonnels – un sac à main de marque qu'elle n'aimait pas, un bijou clinquant qui ne lui ressemblait pas –, choisis plus pour leur valeur ostentatoire et pour l'image qu'ils renvoyaient que pour le plaisir réel qu'ils pourraient lui procurer. Elle revit avec une précision cruelle la scène de la veille, sa manipulation éhontée au téléphone, utilisant une prétendue urgence professionnelle pour la forcer à annuler ses propres plans et à venir jouer les faire-valoir à ses côtés.

La conclusion s'imposa, limpide, douloureuse mais libératrice : elle s'était contentée de miettes pendant des années. Elle avait accepté une relation déséquilibrée, une relation qui non seulement ne la rendait pas heureuse, mais qui, insidieusement, jour après jour, l'empêchait activement de l'être. Elle avait sacrifié sa propre lumière, ses propres désirs, ses propres besoins, pour ne pas faire d'ombre à l'ego surdimensionné de Didier, pour maintenir une paix conjugale illusoire et confortable. Elle s'était trahie elle-même.

Puis, par contraste, elle pensa à nouveau à Arthur. À la chaleur immédiate de son regard quand il parlait de son travail à elle, le jardin. À la douceur attentive de sa voix quand il lui avait offert la tartelette comme un trésor. À la façon dont il l'avait réellement *écoutée* lorsqu'elle parlait de sa passion pour les plantes, avec un intérêt sincère et non feint. À la joie simple et communicative qui émanait de lui pendant leur danse, même quand elle lui martyrisait les pieds. À la façon unique dont il avait prononcé son nom, comme s'il découvrait un mot rare et précieux. Il la voyait. Vraiment. Pas comme un accessoire désirable, pas comme une extension de sa propre réussite, mais comme Anaïs. Une personne à part entière, avec ses passions, ses fragilités, sa beauté propre (même en bottes boueuses !). Il l'appréciait pour qui elle était, ici et maintenant, sans chercher à la changer, à la façonner, ou à l'utiliser pour son propre bénéfice. Et il la faisait rire, d'un rire léger, spontané, libérateur, qu'elle croyait avoir perdu à jamais dans les méandres de sa vie trop sérieuse. Il la faisait se sentir belle, désirable, intéressante, et surtout, incroyablement vivante.

La comparaison entre les deux hommes, entre les deux vies possibles qu'ils représentaient, était devenue insoutenable. Le choix n'était plus possible, il était nécessaire. Vital. D'un côté, la cage dorée de la sécurité matérielle et de l'ennui existentiel. De l'autre, l'incertitude, le risque, la potentielle pagaille… mais aussi la promesse vibrante d'une connexion authentique, d'un respect mutuel, d'un bonheur simple et partagé.

Soudain, comme un déclic puissant, comme un verrou qui saute enfin après des années de rouille, la décision s'imposa. Ce ne fut pas le fruit d'une délibération logique et froide, pesant le pour et le contre sur une balance imaginaire. Ce fut une certitude viscérale, venue du plus profond de son être, une vague de résolution claire et puissante qui balaya d'un coup ses peurs, ses doutes, ses atermoiements. Elle avait le choix. Elle n'était pas une victime impuissante des circonstances ou des attentes des autres. Elle était la seule maîtresse de sa propre vie, la seule responsable de son propre bonheur. Et elle méritait infiniment mieux que la relation tiède, toxique et infantilisante qu'elle entretenait avec Didier. Elle méritait d'être aimée et appréciée pour qui elle était vraiment. Elle méritait la joie simple et profonde qu'elle avait entrevue, ne serait-ce que fugitivement, avec Arthur. Rester avec Didier par peur, par lâcheté ou par simple habitude serait la pire des trahisons, l'ultime reniement d'elle-même. Il était temps. Grand temps. Temps de choisir la vie. Temps de choisir l'amour vrai. Temps de se choisir, elle, enfin.

Une sensation de légèreté incroyable, presque euphorique, l'envahit. Ce n'était pas seulement une pensée, c'était une vibration qui parcourait chaque fibre de son être, de la pointe de ses pieds jusqu'au sommet de son crâne. L'air qui entrait dans ses poumons semblait plus pur, plus facile à respirer. Ses membres, lourds et fatigués une seconde plus tôt, vibraient d'une énergie nouvelle. Comme si un poids énorme venait de lui être retiré des épaules. La peur n'avait pas complètement disparu, elle était toujours là, tapie dans un coin, murmurant des scénarios catastrophes. Mais elle était désormais supplantée, dominée par une détermination farouche et une énergie nouvelle et combative. Elle se leva du banc d'un mouvement souple et décidé, redressa fièrement les épaules, et respira profondément l'air frais et pur du verger, chargé du parfum sucré des promesses automnales. Elle se sentait plus forte, plus droite, plus alignée, plus elle-même qu'elle ne l'avait été depuis des années. Elle sortit son téléphone de la poche de son jean. Cette fois, ses mains ne tremblaient plus. Elles étaient fermes, assurées. Elle fit défiler rapidement ses contacts jusqu'au nom de Didier et appuya sur l'icône d'appel sans la moindre hésitation. L'heure de la confrontation avait sonné.

Il décrocha après plusieurs sonneries, sa voix pâteuse de sommeil mais déjà teintée d'une impatience agacée. — Anaïs ? Bon sang, qu'est-ce qu'il y a encore ? Il est tard. J'essaie de dormir, moi. J'ai eu une journée épuisante, grâce à toi en partie.

— Didier, il faut qu'on parle, dit-elle, et sa propre voix la surprit par son calme, sa fermeté, sa clarté absolue. Posée. Définitive.

— Parler ? Maintenant ? À cette heure-ci ? Mais tu es où ? Tu n'es toujours pas rentrée ? Sa voix était devenue soupçonneuse, presque accusatrice.

— Non, je ne suis pas rentrée, Didier. Je suis à la fête dont je t'ai parlé hier matin. Celle que j'ai dû annuler précipitamment à cause de ton *urgence* professionnelle si critique. Et la vérité, c'est que je ne vais pas rentrer avec toi ce soir. Ni demain soir. Ni même jamais, Didier.

Il y eut un silence abasourdi à l'autre bout du fil. Un silence si total qu'elle aurait pu entendre une pomme tomber dans le verger. Elle pouvait presque visualiser son visage de l'autre côté, l'incrédulité se peignant sur ses traits habituellement si maîtrisés, sa mâchoire se crispant.

— Quoi ?! Mais… qu'est-ce que tu racontes ? Tu as bu ou quoi ? Tu es complètement folle ? Une fête de bouseux ? Tu te rends compte de l'heure ? C'est une mauvaise blague, c'est ça ? Très drôle, Anaïs, vraiment.

Dans le silence qui suivit ses mots tranchants, elle entendit la respiration saccadée de Didier, puis un sifflement d'incrédulité. Elle imaginait son visage virant au rouge, son monde s'écroulant autour de cet ego fragile. Quelle distance énorme entre cette colère mesquine et la profondeur des émotions qu'Arthur avait éveillées en elle quelques minutes plus tôt ! Le contraste était brutal, et il soulignait l'évidence de sa décision. C'était fini. Vraiment. Définitivement.

Il essayait de reprendre le contrôle par la moquerie, par la dérision. Une tactique classique. Mais cette fois, ça ne fonctionna pas.

— Non, Didier. Ce n'est absolument pas une blague. Je n'ai jamais été aussi sérieuse de ma vie. Et je suis parfaitement lucide, peut-être pour la première fois depuis très longtemps en ce qui concerne notre relation. Je mets fin à notre histoire, Didier. C'est terminé. F-I-N-I. Fini entre nous.

Elle n'avait jamais été aussi directe, aussi tranchante avec lui. Elle avait toujours cherché à arrondir les angles, à éviter la confrontation brutale, à utiliser des circonvolutions et des faux-fuyants. Mais ce soir, la vérité sortait, pure, nette, sans le moindre fard. La vérité qu'elle s'était cachée à elle-même pendant si longtemps.

— Fini ? Fini ?! Mais tu ne peux pas faire ça ! Tu ne peux pas décider ça toute seule, comme ça, par téléphone, au milieu de la nuit, depuis une fête de péquenots ! Après toutes ces années ! Après tout ce qu'on a vécu ensemble, tout ce qu'on a construit ! Tu ne vas pas tout gâcher sur un coup de tête, pour… pour quoi au juste ? Un caprice ? Une crise de la trentaine ? Tu es juste fatiguée, stressée par ton travail, contrariée par l'histoire de cet après-midi… On en reparlera demain, calmement, quand tu auras retrouvé tes esprits. Tu verras les choses différemment.

Il tentait désespérément de minimiser sa décision, de la ramener à une simple saute d'humeur passagère, de la replacer dans le rôle de la femme un peu instable et irrationnelle qu'il pouvait contrôler et raisonner. Sa raison à lui, bien sûr.

— Ce n'est ni un caprice, ni un coup de tête, ni une crise de quoi que ce soit, Didier, répliqua Anaïs d'une voix toujours aussi calme mais chargée d'une conviction nouvelle qui le désarçonna visiblement. C'est une décision mûrement réfléchie, crois-moi. Une décision qui couvait depuis des mois, peut-être des années. La vérité, c'est que je ne suis pas heureuse avec toi. Je ne crois pas l'avoir jamais vraiment été, si je suis tout à fait honnête avec moi-même. J'ai essayé, j'ai fait semblant, j'ai espéré que ça changerait. Mais ça ne changera pas. Et je ne peux plus faire semblant. Je ne *veux* plus faire semblant. Je mérite mieux que ça, Didier. Je mérite d'être heureuse.

— Mieux ? Mieux que quoi ? Mieux que moi ?! S'étrangla-t-il, son indignation et son orgueil blessé faisant vibrer sa voix. Mais qu'est-ce que tu crois trouver ailleurs que tu n'as pas déjà avec moi ? La sécurité ? Le confort ? Le statut ? Tu crois vraiment pouvoir trouver mieux que ça ? Mieux que la vie que je t'offre ? Tu vas très vite déchanter, ma pauvre fille ! Tu ne sais vraiment pas ce que tu perds !

Un sourire triste, presque apitoyé, effleura les lèvres d'Anaïs. Cette incapacité à comprendre, à voir au-delà de ses propres œillères matérialistes, cette certitude qu'elle ne pouvait qu'être motivée par les mêmes valeurs superficielles… c'était la preuve qu'il ne la connaissait pas. Qu'il ne l'avait jamais vue telle qu'elle était réellement.

— Comme je te l'ai dit, Didier, ce n'est pas vraiment à propos de ça. C'est à propos de moi. De ce que je veux et de ce que je ne veux plus dans ma vie. Je mérite d'être avec quelqu'un qui me voit vraiment, pour ce que je suis. Quelqu'un qui m'écoute quand je parle, qui s'intéresse sincèrement à mes passions, qui m'apprécie pour mes qualités et mes défauts. Quelqu'un qui me fait rire et qui me fait me sentir vivante, et non pas comme une jolie plante verte dans son salon. Et récemment, en voyant autre chose, en respirant un autre air, j'ai compris à quel point j'avais soif de ça. À quel point j'étouffais ici. Comprends bien, Didier. Cette décision n'est pas prise parce que j'aurais rencontré quelqu'un d'autre. Elle est prise parce que notre relation, telle qu'elle est devenue, ne me permet plus d'être moi-même. Elle ne répond plus à mes besoins les plus profonds. Mais même si je devais rester seule pendant des années, ma décision serait exactement la même ce soir. C'est notre relation qui ne fonctionne plus. Qui n'a peut-être jamais vraiment fonctionné, en fait. Et honnêtement, ce que tu penses de ma décision ou de moi, ça ne m'importe plus. Plus du tout.

Elle entendit Didier respirer bruyamment à l'autre bout du fil, cherchant ses mots, passant sans doute de l'incrédulité à la fureur, puis peut-être à une forme de panique blessée. Elle s'attendait à une nouvelle vague de reproches, de supplices, de menaces voilées. Mais elle ne lui en laisserait pas le temps. Elle avait dit l'essentiel. La conversation était terminée. Leur histoire était terminée.

— Je passerai récupérer mes affaires dans la semaine, à un moment où tu ne seras pas là. Je laisserai les clés de ton appartement bien en évidence dans l'entrée. Si peu d'affaires chez lui, une clé à rendre... C'était presque dérisoire pour toutes ces années. La preuve tangible qu'ils n'avaient jamais vraiment construit un foyer, une vie commune, juste une arrangement confortable, chacun sur son île. S'il te plaît, Didier, ne cherche pas à me contacter. Ne rends pas les choses plus difficiles qu'elles ne le sont déjà. Respecte ma décision. Au revoir, Didier.

Et avant qu'il n'ait pu formuler la moindre réponse, la moindre supplique, la moindre insulte, elle mit fin à la communication avec une fermeté qui la surprit elle-même.

Elle resta là un long instant, immobile, le téléphone à la main, dans le silence profond et apaisant du verger normand. Une vague immense d'émotions puissantes et contradictoires la submergea : un immense soulagement, presque physique, comme si elle pouvait enfin respirer à pleins poumons ; une peur sourde mais bien réelle de l'avenir inconnu qui s'ouvrait devant elle ; une tristesse inévitable et légitime pour la fin de ce long chapitre de sa vie, même s'il avait été largement malheureux ; mais par-dessus tout, dominant tout le reste, un sentiment exaltant et vertigineux de liberté. Elle avait enfin osé. Elle avait enfin coupé les liens qui l'entravaient depuis si longtemps. Elle avait repris le contrôle de sa propre histoire. Elle était libre. Libre de choisir son propre chemin, libre de suivre son propre cœur, libre d'être enfin elle-même. La décision la plus difficile de sa vie venait d'être prise, mais elle savait, avec une certitude absolue, viscérale, que c'était la bonne.

Elle leva les yeux. Au loin, à travers les branches sombres et protectrices des pommiers, les lumières de la fête brillaient toujours, comme une promesse de chaleur, de vie et de joie simple. Elle n'avait plus envie de fuir. Au contraire. Elle se sentait prête à y retourner, non plus en courant, mais en marchant d'un pas assuré. Elle se tourna résolument dans leur direction. Elle savait où elle devait aller. Elle savait qui elle voulait voir. Il fallait qu'elle retrouve Arthur. Maintenant. Pour lui dire. Pour voir. Pour oser, encore une fois.

Chapitre 8 : La Confidence sous les Pommiers

(Ou l'Art Subtil de Confirmer qu'on n'est Pas Venue que pour le Cidre)

Le retour vers les lumières de la fête fut radicalement différent de sa fuite éperdue et légèrement ridicule une petite heure plus tôt. Anaïs ne courait plus comme une dératée poursuivie par ses propres démons. Elle marchait. D'un pas décidé, presque rapide – l'adrénaline de sa conversation téléphonique avec Didier et l'anticipation de retrouver Arthur la propulsaient –, mais maîtrisé. La confusion paniquée avait laissé place à une clarté nouvelle, presque tranchante. La peur viscérale s'était muée en une résolution tranquille, teintée d'une nervosité bien légitime mais fondamentalement positive. Son cœur battait toujours la chamade, non plus de terreur, mais d'une anticipation nerveuse et follement exaltante. Elle avait franchi un point de non-retour, symboliquement et littéralement. Les ponts avec son ancienne vie étaient brûlés, ou du moins sérieusement endommagés par le feu de sa propre révolte. Maintenant, il n'y avait plus d'autre choix que d'aller de l'avant, d'affronter la conséquence la plus immédiate, la plus désirée, et aussi la plus terrifiante de sa décision : retrouver Arthur.

Elle rentra dans le périmètre animé de la fête, qui battait encore son plein malgré l'heure avançant. La musique de l'orchestre local et les éclats de rire des derniers fêtards l'accueillirent à nouveau. Mais cette fois, l'ambiance joyeuse ne lui semblait plus un reproche cuisant à sa propre incapacité au bonheur. Elle la percevait comme une promesse, une toile de fond chaleureuse pour ce qui allait peut-être se jouer. Elle avançait maintenant avec un but précis, ses yeux scannant méthodiquement la foule éclairée par les lampions et les guirlandes. Elle cherchait intensément la silhouette familière, le pull vert mousse, la démarche tranquille. Où était-il ? Son estomac se noua légèrement. Était-il seulement encore là ? Après sa fuite inexplicable, n'importe qui de sensé aurait pu se sentir blessé, découragé, et simplement partir en se disant qu'elle était trop compliquée, trop instable. Un doute fugace, perfide, la traversa : et si elle avait tout gâché par sa stupide panique ? Si elle avait laissé passer la chance de sa vie à cause d'une peur irraisonnée ? Non, se reprit-elle mentalement, chassant ces pensées défaitistes. Il faut y croire. Il faut le trouver.

Les petites lumières colorées des guirlandes tremblotaient joyeusement, jetant des taches de couleur sur les pavés. L'odeur sucrée des pommes chaudes et du cidre flottait encore, moins intense qu'en plein après-midi, mais toujours présente, réconfortante. Des rires et des bribes de conversations lui parvenaient, des silhouettes dansaient encore sur l'air entraînant de l'orchestre. Cette fois, elle n'était plus une étrangère en fuite, mais une femme en mission, cherchant son destin au milieu de cette joyeuse effervescence.

Elle le repéra enfin, après quelques minutes d'une recherche qui lui parurent interminables. Il se tenait non loin du grand stand de cidre où elle l'avait quitté – ou plutôt, abandonné – après leur danse. Il n'était plus en conversation animée avec sa famille ou ses amis. Il était seul maintenant, légèrement à l'écart de l'agitation, adossé contre une vieille barrique en chêne qui servait de mange-debout improvisé. Il avait un verre à moitié vide (ou à moitié plein, selon le point de vue, mais vu son expression, plutôt à moitié vide) à la main. Il ne regardait pas la foule, ne semblait plus participer à la fête. Il fixait un point indéfini dans le vague, quelque part entre les pavés et l'horizon assombri, visiblement perdu dans ses pensées. Son expression n'était plus joyeuse et insouciante comme lorsqu'elle l'avait abordé plus tôt dans l'après-midi. Il semblait… triste. Oui, c'était le mot. Triste, ou au moins profondément pensif, une ombre de mélancolie flottant sur ses traits habituellement si ouverts.

La façon dont il tenait son verre, serré dans sa main sur la barrique, la courbe de son dos légèrement voûté, tout en lui semblait murmurer sa déception et son incompréhension. Une vague de culpabilité, aiguë et douloureuse, submergea Anaïs. Sa fuite stupide et silencieuse l'avait probablement blessé bien plus qu'elle ne l'imaginait. Elle l'avait laissé là, en plan, avec des questions sans réponses, des mots peut-être sur le point d'être dits et restés coincés dans sa gorge. Elle espéra de tout son cœur qu'il ne pensait pas qu'elle s'était jouée de lui, qu'elle était venue à cette fête par simple caprice ou curiosité malsaine avant de disparaître à nouveau comme une illusion. Elle *devait* lui expliquer.

Elle prit une nouvelle profonde inspiration, rassemblant tout le courage qui lui restait après sa confrontation téléphonique avec Didier. Elle s'approcha lentement, traversant les quelques mètres qui les séparaient, ses bottines faisant un bruit presque imperceptible sur les pavés humides. Son cœur tambourinait si fort contre ses côtes qu'elle avait l'impression que tout le village pouvait l'entendre. Que devait-elle dire ? Comment commencer ? "Salut, désolée d'avoir fui comme une voleuse, mais j'ai juste rompu avec mon fiancé tyrannique et accessoirement réalisé que je veux désespérément être avec toi, ça va ?" Un peu direct, peut-être. Le chemin qui la séparait de lui parut à la fois incroyablement long et dérisoire. Ces quelques mètres étaient chargés de toute la complexité de sa vie passée et de l'incertitude vertigineuse de l'avenir. Elle pensa furtivement aux dîners ennuyeux avec Didier où chaque mot semblait calculé, aux sourires forcés. Ici, pas de calcul, juste un saut dans le vide. "Allez, Anaïs. Respire. C'est juste… Arthur. Et un potentiel changement de vie radical. Rien de grave." Elle opta pour la simplicité.

— Arthur ?

Sa voix était douce, presque timide cette fois, chargée d'une appréhension non feinte, mais suffisamment audible dans le brouhaha relatif pour qu'il lève brusquement la tête, tiré de sa rêverie. Ses yeux verts s'écarquillèrent de surprise en la reconnaissant. Une lueur d'incrédulité totale traversa son regard pensif, suivie immédiatement par une onde de soulagement si visible qu'elle en fut presque palpable. La mélancolie qui assombrissait son visage s'envola comme par magie, remplacée par une stupeur joyeuse.

— Anaïs ? Mais… tu… tu es revenue ? Je… je ne comprends pas. Je pensais que tu étais partie pour de bon. Que je ne te reverrais plus jamais ce soir, peut-être même jamais tout court. J'étais en train de me demander ce que j'avais bien pu dire ou faire…

Il y avait une question muette, mais brûlante, dans sa voix, un besoin urgent de comprendre ce revirement de situation improbable. Sa surprise semblait totalement sincère, dénuée de toute rancœur apparente, ce qui ne fit qu'augmenter la culpabilité d'Anaïs.

— Je suis revenue, oui, confirma Anaïs, s'arrêtant juste devant lui, assez près pour voir le reflet des lampions dans ses yeux verts. Un sourire timide mais infiniment sincère étira enfin ses lèvres. Je suis désolée de t'avoir laissé comme ça. C'était impardonnable. Mais je ne pouvais pas partir sans… sans te parler. Il fallait que je te parle. Vraiment. C'est important.

Arthur posa son verre sur la barrique avec un geste un peu précipité et se redressa complètement, lui faisant face, toute son attention concentrée sur elle. Il semblait chercher quelque chose dans ses yeux, une explication, une assurance, la clé de son comportement étrange. Il plissa légèrement le front, intrigué. — Me parler ? De quoi ? demanda-t-il, sa voix redevenue plus calme, plus mesurée, mais vibrante d'une curiosité intense. Il jeta un coup d'œil autour d'eux, aux quelques fêtards qui passaient à proximité. — Viens, dit-il doucement, après un instant de réflexion. Allons un peu à l'écart. C'est un peu bruyant ici pour une conversation importante. Et j'ai comme l'impression que ce que tu as à me dire l'est.

Il lui fit un léger signe de tête et commença à marcher, non pas en direction de la foule ou des stands restants, mais de nouveau en direction du verger d'où elle venait de surgir.

Marcher à ses côtés à nouveau. Sentir sa présence tranquille à quelques centimètres de la sienne. C'était à la fois étrange et incroyablement naturel, comme si sa fuite précédente n'avait été qu'une parenthèse absurde. Cette fois, l'appréhension de la conversation à venir se mêlait à une douceur inattendue, une confiance naissante. Elle le suivit sans la moindre hésitation cette fois, son cœur battant toujours aussi fort mais avec une tension différente, une tension mêlée d'espoir et d'appréhension face à la conversation à venir. Il la conduisit d'un pas tranquille sous les premiers arbres, à l'orée du verger, dans un endroit plus calme, plus isolé, presque secret. La lumière douce et colorée des lampions de la fête arrivait jusqu'ici, mais atténuée, se mêlant étrangement au clair de lune froid et argenté qui filtrait à travers les branches nues ou encore chargées de feuilles des pommiers. Le parfum des pommes semblait encore plus intense ici, presque capiteux, mêlé à l'odeur fraîche de l'herbe humide et de la terre. C'était une atmosphère intime, propice aux confidences.

Ils s'arrêtèrent l'un en face de l'autre, dans ce décor à la fois rustique et magique. Arthur la dévisagea attentivement pendant un long moment, son regard scrutateur essayant de déchiffrer l'énigme qu'elle représentait. — Alors ? Qu'est-ce qu'il y a, Anaïs ? Tu vas bien, au moins ? Tout à l'heure, quand tu es partie si précipitamment… tu avais l'air… bouleversée. Complètement paniquée. J'ai cru que j'avais dit quelque chose de mal, ou fait un geste déplacé… Et maintenant… tu as l'air différente. Plus… calme ? Presque sereine. Mais avec une sorte d'intensité dans le regard… Qu'est-ce qui s'est passé pendant cette petite heure ?

Il y avait une inquiétude sincère et touchante dans sa voix, mais aussi cette lueur d'espoir qu'elle avait déjà vue dans ses yeux, plus vive cette fois, plus affirmée, mêlée d'une curiosité prudente mais palpable. Il attendait. Il voulait savoir.

Anaïs prit une profonde inspiration, sentant le poids et l'importance cruciale des mots qu'elle s'apprêtait à prononcer. C'était le moment de vérité. Elle n'avait jamais été aussi honnête, aussi vulnérable, de toute sa vie, ni avec personne, ni même avec elle-même. Elle plongea son regard dans le sien, cherchant la force dans la profondeur de ses yeux verts.

— Je vais bien maintenant, Arthur. Très bien, même. Mieux que bien, en fait. J'ai… j'ai pris une décision. J'ai fait ce que j'aurais dû faire depuis très, très longtemps. J'ai appelé Didier. Et j'ai rompu avec lui.

Les mots résonnèrent dans le calme feutré du verger, semblant presque flotter dans l'air frais du soir. Anaïs vit les yeux d'Arthur s'écarquiller encore plus, si c'était possible. Un choc. Une main, presque involontairement, se porta à sa bouche, comme pour étouffer une exclamation ou une vague d'émotion trop forte. Une lueur intense, presque incrédule, s'y alluma, chassant toute trace de doute ou de tristesse résiduelle. Il retint visiblement son souffle pendant une longue seconde, comme s'il n'osait pas croire ce qu'il venait d'entendre.

— Tu… tu l'as fait ? Vraiment ? Là ? Ce soir ? Après… après être partie d'ici ? demanda-t-il, sa voix à peine un murmure étranglé par la surprise et l'émotion.

— Oui, confirma Anaïs, et un sourire sincère, large, libéré, se répandit enfin sur son visage, chassant les dernières ombres de la journée. Juste maintenant. Il y a quelques minutes. Assise sur ce vieux banc là-bas. Au téléphone. Je l'ai fait. C'était… difficile. Mais nécessaire. J'ai réalisé… j'ai enfin réalisé que je ne pouvais plus continuer comme ça.

Que je me mentais à moi-même depuis trop longtemps en restant avec lui. Je mérite mieux, Arthur. Je mérite d'être heureuse. Et je sais avec une certitude absolue, désormais inébranlable, que je ne le serai jamais avec lui.

Elle le regardait droit dans les yeux, sans ciller, le cœur battant à nouveau mais cette fois d'une émotion positive, voulant qu'il comprenne toute la portée de sa décision. Ce n'était pas un coup de tête impulsif né de leur danse. C'était un choix fondamental, mûrement réfléchi dans le calme du verger, un tournant décisif dans sa vie. Elle avait choisi son propre bonheur. Et en faisant cela, elle savait, et elle voulait qu'il sache, qu'elle l'avait choisi, lui. Ou du moins, la possibilité de lui.

Dire ça. Le dire à voix haute, face à lui, dans le calme de ce verger. C'était une libération d'une puissance inouïe. Le poids de toutes ces années de non-dits, de compromis, de peurs, semblait se dissoudre dans l'air frais de la nuit. C'était ça. La raison profonde de sa décision soudaine, de sa course folle vers ce village normand. Arthur s'approcha d'elle d'un pas lent, presque hésitant, comme s'il craignait de briser l'instant. Son visage rayonnait d'une émotion si intense qu'elle en était presque palpable. Il y avait de la surprise, bien sûr, mais aussi une admiration évidente, et quelque chose d'autre, de plus profond, de plus tendre. Sa voix était douce, presque vibrante, lorsqu'il parla enfin. — Anaïs… Je… je ne sais pas quoi dire. Je suis tellement… tellement incroyablement fier de toi. Ce que tu viens de faire… mettre fin à une longue relation, affronter quelqu'un comme lui, même au téléphone… ça demande un courage immense. Tu es bien plus forte et plus courageuse que tu ne le penses, tu sais.

— Peut-être, murmura Anaïs, touchée par ses mots. Mais je ne l'ai pas fait seulement pour être courageuse, Arthur. J'ai besoin que tu le saches. Je l'ai fait parce que…

Elle hésita une fraction de seconde, cherchant les mots les plus justes, les plus sincères, sentant son cœur déborder d'une émotion nouvelle et puissante qui balayait toutes ses anciennes peurs.

— Je l'ai fait parce que l'idée de ne pas explorer ce qui pourrait exister entre nous… parce que l'idée de devoir renoncer à… à ça… à ce que j'ai ressenti en dansant avec toi, en parlant avec toi… parce que l'idée de ne pas être avec toi, tout simplement… m'était devenue absolument insupportable. Voilà la vérité. La seule vérité qui compte pour moi ce soir.

Les mots étaient sortis, plus directs, plus crus peut-être qu'elle ne l'avait prévu initialement. Mais une fois prononcés, ils sonnèrent dans le silence du verger avec une justesse absolue, une évidence limpide qui la libéra complètement. C'était ça. La raison profonde de sa décision soudaine, de sa course folle vers ce village normand. C'était lui. La raison de tout. La raison de cette course. Et le sentiment qu'elle ressentait pour lui – ce désir intense, cette connexion inattendue, ce pressentiment d'un amour possible – était d'une force… folle, irrationnelle, merveilleuse. Une force née de sa gentillesse désarmante, de son humour tendre et intelligent, de sa passion tranquille et communicative, de cette façon unique et troublante qu'il avait de la regarder comme si elle était la seule personne au monde qui vaille la peine d'être vue. Il la faisait se sentir comprise, désirée, vivante. Et elle ne voulait plus jamais, jamais, renoncer à ce sentiment pour rien au monde.

Arthur resta un instant sans voix, littéralement bouche bée, la regardant avec une expression où se mêlaient une incrédulité joyeuse, une stupéfaction absolue et une émotion si forte qu'elle semblait le submerger complètement. Il semblait avoir du mal à respirer, à assimiler la portée de ce qu'il venait d'entendre. Ses yeux verts, habituellement si pétillants, étaient fixes, intenses, brillant d'une humidité nouvelle.

— Tu... tu veux dire que... que toi et moi... que tu...? bégaya-t-il, incapable de formuler une phrase cohérente.

— Je veux dire que... que je veux être avec toi, Arthur, dit Anaïs, plus doucement cette fois, sa voix à peine un murmure mais chargée de toute la conviction de son cœur enfin libéré. Elle sentait ses joues chauffer intensément mais son regard resta courageusement fixé sur le sien, déterminé, ouvert, vulnérable. Je ne sais pas exactement ce que je ressens quand je suis avec toi, ce que je ressens depuis... depuis la tartelette aux pommes, je crois bien. Mais je sais que c'est important. Très important. Et que je veux explorer ça. Avec toi. Je veux être avec toi.

Voilà. C'était dit. Les trois petits mots magiques et terrifiants. Les mots qu'elle avait si longtemps refoulés, considérés comme impossibles, interdits. Les mots qui la rendaient infiniment vulnérable mais aussi, paradoxalement, incroyablement forte et entière. Elle lui avait offert son cœur sur un plateau, sans réserve, sans filet de sécurité, sans aucune garantie. Elle attendait sa réaction, le souffle suspendu, chaque seconde s'étirant en une éternité angoissante mais pleine d'espoir.

Un sourire. Lent, presque hésitant au début, puis s'élargissant progressivement jusqu'à devenir radieux, éblouissant, le plus beau sourire qu'elle ait jamais vu. Il se répandit lentement sur le visage d'Arthur, chassant les dernières traces d'incrédulité, illuminant ses traits dans la pénombre complice du verger. Ses yeux verts brillaient maintenant d'une intensité nouvelle, une lumière pure de bonheur absolu qui lui coupa le souffle.

— Oh, Anaïs… Ma reine des pommes…

Ma reine des pommes. Ce surnom. Simple, doux, authentique. Tellement Arthur. Tellement elle. Bien loin des *ma chérie* condescendants ou des sobriquets impersonnels de Didier. Ce seul mot contenait déjà toute la promesse de leur monde. Il s'approcha encore, jusqu'à ce qu'il n'y ait plus qu'un souffle d'espace entre eux, jusqu'à ce qu'elle puisse sentir la chaleur de son corps, le rythme rapide de sa respiration. Il leva lentement ses mains et prit délicatement les siennes entre les siennes. Ses paumes étaient chaudes, fortes, incroyablement rassurantes. Anaïs sentit à nouveau cette douce décharge électrique parcourir ses bras, mais cette fois, elle n'était que douceur, que promesse, une confirmation bienvenue et bouleversante de tout ce qu'elle ressentait.

— Anaïs, dit-il enfin, et sa voix était rauque, presque cassée par une émotion palpable qui la fit frissonner. Je ne sais pas par où commencer. Ce que tu viens de dire... ce que je ressens... c'est immense. Ça me submerge. Dès l'instant où je t'ai vue dans cette galerie d'art prétentieuse, j'ai été... frappé. Captivé. Tu étais là, si belle, si élégante, mais avec ce regard un peu perdu, un peu ailleurs, comme si tu rêvais d'être n'importe où sauf là. Tu avais l'air d'un oiseau exotique échappé de sa cage. J'ai tout de suite eu envie de savoir à quoi tu pensais, de te faire sourire pour de vrai. J'ai essayé de ne pas trop y croire ensuite, de me raisonner – tu étais avec quelqu'un, tu vivais dans un monde si différent du mien… Mais cette évidence, ce désir puissant d'être près de toi, cette connexion... c'était impossible à ignorer. Tu es la femme la plus incroyable, la plus belle – à l'intérieur comme à l'extérieur –, la plus passionnante, la plus vraie, la plus touchante que j'aie jamais rencontrée. Tu es… tout ce que j'ai toujours cherché sans même savoir que je le cherchais. Tu es… tout. Et oui, Anaïs, plus que tout, je veux être avec toi. Je veux explorer ça avec toi.

Entendre ça. Ces mots. Dit par lui. Dans ce lieu. C'était trop. Trop beau. Trop intense. Le monde autour d'elle semblait scintiller, l'air vibrer. Elle sentait ses jambes flageoler, son cœur exploser de joie et d'incrédulité. Une vague de joie pure, massive, évidente, la submergea. Il s'interrompit, cherchant son souffle, visiblement incapable de trouver les mots justes pour exprimer l'ampleur et la profondeur de ses sentiments. Il la regardait avec une adoration, une tendresse, une vénération presque, comme si elle était la réponse à toutes ses questions silencieuses, la pièce manquante de son propre puzzle. Anaïs sentit des larmes, chaudes et douces, monter à nouveau à ses yeux et rouler silencieusement sur ses joues. Mais cette fois, c'étaient des larmes de bonheur pur, de soulagement immense, de reconnaissance infinie. Jamais personne ne l'avait regardée ainsi. Jamais personne ne lui avait dit des mots si beaux, si sincères. Jamais elle ne s'était sentie aussi comprise, aussi… entière.

— Alors… embrasse-moi, Arthur, murmura-t-elle à travers ses larmes heureuses, sa voix à peine audible mais vibrante d'un désir profond, d'une évidence absolue. S'il te plaît. Maintenant.

Elle n'avait plus peur. Elle n'avait plus de doutes. Elle était prête. Prête à se laisser aller complètement, prête à accueillir ce moment inespéré, prête à commencer une nouvelle histoire, ici, maintenant, sous les pommiers bienveillants.

Arthur n'hésita pas une seule seconde de plus. Un sourire tendre aux lèvres, il rapprocha son visage du sien, ses yeux verts qui avaient plongé une dernière fois dans son regard avec une intensité à couper le souffle se fermèrent à demi, remplis d'une douce anticipation.

Chapitre 9 : Le Goût des Promesses

(Et accessoirement du Cidre et des Pommes)

Le temps sembla non seulement se suspendre, mais carrément prendre des vacances dans le calme feutré du verger normand. L'air frais de la nuit, habituellement si vif, semblait retenir son souffle, vibrant d'une électricité palpable qui faisait frissonner les petites feuilles des pommiers et hérissait les poils sur les bras d'Anaïs (chair de poule romantique ? Ou juste le froid qui tombait ? Elle penchait pour un mélange subtil des deux). Le parfum entêtant des pommes mûres, presque écœurant de sucre à force d'intensité, se mêlait à l'odeur riche et humide de l'humus et des feuilles mortes, créant une sorte d'encens naturel et capiteux, parfait pour une cérémonie païenne de confessions amoureuses improvisées. Au-dessus d'eux, la lune, pleine et bienveillante (ou peut-être juste curieuse), et des milliers d'étoiles brillantes comme des paillettes jetées sur du velours noir, semblaient être les seuls témoins complices de ce qui allait se jouer.

Sous ce ciel de théâtre, Arthur se pencha lentement vers Anaïs. Très lentement. Comme s'il craignait de briser le sortilège, ou de lui laisser une chance de s'enfuir à nouveau en courant (ce qui, soyons honnêtes, n'était pas totalement exclu vu sa performance précédente). Ses yeux verts, reflets profonds et lumineux d'une émotion intense et sincère qui la clouait littéralement sur place, restèrent ancrés dans les siens jusqu'au tout dernier instant. C'était un univers entier contenu dans ce simple regard : de la tendresse à l'état pur, un désir palpable mais respectueux, une question muette et une promesse folle. Anaïs vit, comme au ralenti, ses paupières s'abaisser doucement, ses longs cils balayant sa joue, comme pour mieux savourer, anticiper, se concentrer sur l'instant crucial à venir. Ce simple mouvement eut sur elle un effet dévastateur. Son propre cœur, qui avait déjà battu la chamade pendant toute la conversation précédente, se mit à cogner si fort contre ses côtes qu'elle craignit sérieusement qu'il ne s'entende depuis le stand de cidre, voire depuis la mairie du village. Elle ferma les yeux à son tour, non par peur cette fois, non par panique, mais par un abandon total, consenti, presque soulagé. Elle était prête. Prête à accueillir ce qui allait advenir, prête à se laisser submerger, enfin.

Le son de sa respiration se fit plus proche, plus rapide, le léger bruissement de ses vêtements, l'air qui s'échappait de ses poumons, chaud, parfumé au cidre. Le premier contact fut d'une douceur ahurissante. Presque une hésitation, une caresse plutôt qu'un baiser. Les lèvres d'Arthur effleurèrent les siennes avec une délicatesse infinie, une tendresse qui la prit complètement au dépourvu. Ce n'était pas l'assaut passionné et un peu maladroit qu'elle aurait pu craindre ou attendre après de telles confessions, mais une question posée du bout des lèvres, une exploration timide et incroyablement respectueuse de ce nouveau territoire. Il semblait chérir ce premier contact, cette connexion tant attendue, avec une lenteur exquise, presque une torture. Anaïs sentit une vague de chaleur intense l'envahir de la tête aux pieds, un frisson délicieux qui n'avait plus rien à voir avec la fraîcheur du soir normand. Ses lèvres à elle, d'abord surprises par tant de retenue, répondirent instinctivement, timidement au début, s'entrouvrant légèrement comme une fleur sous le soleil matinal, accueillant la douce pression des siennes. C'était une sensation étrange et merveilleuse, comme goûter un fruit rare et inconnu, une saveur à la fois nouvelle et pourtant étrangement familière, comme si elle l'avait attendue toute sa vie. Une douceur qui portait en elle la promesse vertigineuse d'une ivresse plus profonde, plus complexe. La texture de ses lèvres, douces mais avec cette légère rugosité qui disait le travail manuel, ajoutait une couche de réalité sensuelle à l'exploration. Elle sentit le souffle chaud et légèrement parfumé au cidre d'Arthur se mêler au sien, leurs respirations s'accordant instinctivement dans un rythme lent, intime, suspendu.

Puis, très progressivement, la douceur initiale, l'hésitation respectueuse, laissèrent place à une intensité croissante, comme une flamme qui s'embrase doucement sur une brindille avant de dévorer la forêt entière. Le baiser se transforma, s'approfondit, devenant un dialogue muet mais passionné, une conversation ardente entre deux âmes qui se reconnaissaient enfin après une longue errance. C'était comme si toutes les barrières, toutes les peurs, toutes les hésitations accumulées depuis leur rencontre s'envolaient, libérant des mois – ou peut-être une vie entière pour Anaïs – de désir contenu, de solitude tue, d'espoirs secrets enfouis sous des couches de cynisme protecteur. Ce n'était plus une simple question posée du bout des lèvres, c'était une réponse vibrante, une affirmation éclatante de leur attirance mutuelle, une célébration silencieuse mais intense de leur courage à s'être enfin avoué leurs sentiments, là, sous les pommiers chargés d'histoire.

Un soupir, un gémissement léger s'échappa de l'une ou l'autre de leurs gorges, un son pur et instinctif qui disait plus que mille mots l'abandon et le plaisir. Anaïs sentit ses dernières défenses, ses ultimes réticences, s'effondrer comme un château de cartes dans un courant d'air. Ses peurs concernant Didier, l'avenir, la solitude, s'évaporèrent comme la brume matinale sous le soleil éclatant de ce baiser. Elle se sentit littéralement fondre dans les bras d'Arthur, une sensation délicieuse d'abandon total, oubliant absolument tout le reste : le village endormi, la fête qui continuait sans eux, Paris et ses complications, Didier et son mépris (elle eut un fugace sourire intérieur en pensant à sa réaction s'il la voyait maintenant, embrassant passionnément un homme), son passé compliqué, son avenir soudain si incertain mais si désirable. Tout s'effaçait, tout perdait de son importance, de sa substance, face à la puissance écrasante de cet instant présent, face à la réalité tangible, chaude, vivante de cet homme qui l'embrassait avec une tendresse infinie et une ferveur qui la bouleversaient jusqu'au tréfonds de son être.

La peau de leurs visages, de leurs cous, de leurs épaules — là où leurs corps s'étaient frôlés — brûlait d'une chaleur intense, en contraste avec l'air piquant du verger. Le monde extérieur cessa complètement d'exister. Les sons lointains de la musique et des rires de la fête s'estompèrent jusqu'à devenir un murmure indistinct et sans intérêt, comme le bruit de fond d'une radio mal réglée. La lumière douce des lampions et le clair de lune argenté se fondirent derrière ses paupières closes en une douce lueur dorée, chaude et rassurante. L'univers entier se réduisit à cet espace sacré, presque magique, entre eux deux, à ce contact brûlant de leurs lèvres, à ce partage intime au milieu du verger parfumé, sous le regard silencieux des étoiles. C'était leur île déserte au milieu de l'océan de la vie, et elle n'avait aucune envie d'être secourue.

Ses mains, d'abord timides et posées un peu gauchement sur ses épaules, trouvèrent enfin leur chemin, comme guidées par un instinct nouveau, une audace qu'elle ne se connaissait pas. Elle les glissa dans les cheveux bruns et soyeux d'Arthur, découvrant leur douceur et leur épaisseur sous ses doigts, cherchant appui en lui, le rapprochant encore un peu plus, si c'était possible. Il gémit doucement contre ses lèvres en réponse à sa caresse, un son rauque, presque animal, qui fit vibrer Anaïs de la tête aux pieds et envoya une nouvelle décharge électrique parcourir son corps. Ses propres mains à lui s'animèrent à leur tour. Elles vinrent encadrer son visage avec une infinie tendresse, ses pouces rêches caressant ses pommettes rougies, comme pour s'assurer qu'elle était bien réelle, qu'elle ne s'enfuirait pas à nouveau. Puis, une main glissa le long de sa nuque, se perdant dans les mèches échappées de son chignon, l'attirant plus près encore, approfondissant l'angle du baiser, tandis que l'autre descendait lentement le long de son dos, épousant la courbe de sa taille par-dessus le tissu doux de son pull, la maintenant fermement mais doucement contre lui. Elle sentait la force tranquille mais indéniable de ses bras, la chaleur intense de son corps contre le sien, un refuge solide et passionné à la fois, un rempart contre toutes les peurs du monde.

Il intensifia son baiser, sa langue venant maintenant taquiner la sienne avec une audace nouvelle mais toujours empreinte de cette douceur fondamentale qui le caractérisait. Ce n'était jamais possessif, jamais exigeant, mais plutôt invitant, joueur, une danse sensuelle et tendre qui explorait chaque recoin de sa bouche avec une curiosité et une sensualité qui la firent frissonner de plaisir et d'anticipation. Anaïs, oubliant toute sa réserve habituelle, toute sa prudence calculée, répondit avec une ferveur égale, une passion qu'elle ne se connaissait pas, se perdant complètement dans la chaleur de son corps, le goût unique de ses lèvres – un mélange enivrant de cidre frais, de pomme sucrée et de quelque chose d'indéfinissable, de musqué, qui était purement lui –, la profondeur vertigineuse de cet attirance enfin libérée, enfin partagée. C'était un échange total, un don mutuel et sans réserve, comme si leurs âmes tentaient de fusionner, de se reconnaître, de se compléter à travers ce contact intense et prolongé. Chaque seconde étirait le temps à l'infini, chaque caresse involontaire, chaque soupir partagé gravait un souvenir indélébile dans sa mémoire et sur sa peau. Elle ne voulait plus jamais que cela s'arrête. Jamais.

Ils finirent pourtant par devoir se séparer, non par manque d'envie, mais par pur besoin physiologique d'air. Leurs poumons brûlaient, leurs cœurs battaient à l'unisson un rythme effréné, presque douloureux, contre leurs poitrines jointes. Ils restèrent front contre front, les yeux mi-clos, incapables de se détacher complètement, leurs respirations haletantes et rapides se mêlant en petites volutes de buée dans l'air frais de la nuit normande. Anaïs pouvait sentir la chaleur qui émanait de la peau d'Arthur, voir les fines gouttes de sueur perler à la naissance de ses cheveux près de ses tempes. Ses joues à elle étaient brûlantes, ses lèvres délicieusement gonflées et sensibles, picotant encore du contact des siennes. Elle releva lentement les yeux pour rencontrer son regard. Ses yeux verts, si proches, brillaient d'une intensité nouvelle, presque surnaturelle, embués d'émotion et d'un désir non dissimulé. Il la regardait avec une adoration muette, une tendresse infinie qui lui fit monter à nouveau les larmes aux yeux. Il ferma les siens un court instant, comme pour savourer la proximité de son corps, la réalité tangible, presque incroyable, de ce qui venait de se passer entre eux, comme pour graver cet instant précis au fer rouge dans sa mémoire.

— Anaïs…, murmura-t-il enfin, et sa voix était encore plus tremblante qu'auparavant, chargée d'une émotion à peine contenue qui la fit vibrer tout entière. Je… Wow… Je n'ai jamais, jamais rien ressenti de pareil de toute ma vie. Jamais. Pas cette… cette force. Cette évidence. Cette incroyable sensation d'être exactement là où je dois être, avec la personne avec qui je dois être. Comme si tout s'alignait enfin. D'être… complet. Tu es… Anaïs, tu es absolument tout ce que j'ai toujours cherché sans même oser espérer te trouver un jour.

Ses mots, simples mais d'une sincérité désarmante, pénétrèrent Anaïs jusqu'au plus profond de son âme, faisant écho à ses propres sentiments inexprimés. Elle sentit une nouvelle vague de larmes chaudes et douces rouler sur ses joues. Mais cette fois, ce n'étaient que des larmes de joie pure, de soulagement infini, de gratitude immense envers cet homme, envers la vie, envers cet improbable concours de circonstances qui les avait réunis ici, sous un pommier normand.

— Toi aussi, Arthur, répondit-elle, sa propre voix à peine plus qu'un murmure étranglé par l'émotion, mais vibrant de certitude. Toi aussi. Tu ne peux pas savoir à quel point… Tu me fais me sentir… vivante. Pleinement, entièrement vivante. Comme si je respirais vraiment pour la première fois depuis des années. Comme si tu avais rallumé une lumière que je croyais éteinte à jamais. Tu chasses les ombres, Arthur. Tu es ma lumière.

Ils restèrent enlacés ainsi un long moment, silencieux, savourant cette pause tendre et émue après la tempête de passion du baiser. Ils laissaient la réalité de leurs sentiments mutuels, si puissants, si évidents, s'installer doucement en eux, s'ancrer profondément. Ce n'était plus un rêve inaccessible, plus une possibilité lointaine et incertaine. C'était réel. Ici et maintenant. C'était ça, l'évidence de leur connexion. L'étreinte qui les unissait maintenant était différente de celle, un peu désespérée, qui avait suivi leurs confessions quelques minutes plus tôt. Elle était moins fiévreuse, plus profonde, plus calme, empreinte d'une tendresse infinie et d'une promesse silencieuse pour l'avenir. C'était un refuge trouvé, un havre de paix construit à deux au milieu du tumulte de leurs vies passées et présentes.

Puis, très délicatement, Arthur recula légèrement, juste assez pour pouvoir à nouveau plonger son regard dans celui d'Anaïs. Il prit doucement son visage entre ses mains chaudes et rugueuses – des mains qui savaient travailler la terre, cuisiner des merveilles, et maintenant, caresser avec une infinie douceur –, la forçant tendrement à soutenir son regard devenu soudain sérieux, intense, presque solennel.

— Anaïs, dit-il, et sa voix était plus ferme maintenant, plus posée, vibrante d'une résolution nouvelle qui la fit frissonner d'anticipation. Écoute-moi bien. Je veux que tu saches quelque chose d'important. Je ne veux pas juste un baiser volé sous les pommiers, aussi merveilleux, aussi incroyable soit-il. Ce n'est pas ça que je cherche. Je ne veux pas juste une aventure passagère née d'une soirée de fête un peu arrosée. Ce que je ressens pour toi est bien plus profond que ça. Je veux… je veux être avec toi, Anaïs. Vraiment être avec toi. Dans la vraie vie. Avec les hauts et les bas, les joies et les difficultés. Je veux être ton petit ami, ton confident le plus proche, ton amant passionné, ton meilleur ami pour les jours de pluie, ton partenaire dans les rires comme dans les moments plus sombres. Je veux partager mes rêves les plus fous avec toi – même ceux qui impliquent des variétés de pommes oubliées ! – et je veux t'aider de toutes mes forces à réaliser les tiens, comme ce jardin magnifique que tu es en train de créer à Paris. Je veux me réveiller à tes côtés chaque matin et sentir ton souffle apaisé à côté de moi chaque soir. Je veux construire quelque chose de solide, de vrai, de durable, avec toi. Une vie entière. Si… si tu veux de moi, bien sûr. Si tu es prête pour ça. Après ce que tu viens de vivre…

Sa déclaration était si directe, si honnête, si bouleversante de sincérité, si dénuée de faux-semblants ou de jeux de séduction, qu'Anaïs en eut littéralement le souffle coupé. Il lui offrait tout, sur un plateau d'argent – ou plutôt, sur une simple feuille de pommier dorée. Son cœur, son avenir, sa vie entière. Il lui demandait de faire le grand saut dans l'inconnu avec lui, de lui faire confiance malgré la brièveté de leurs rencontres passées, mais son regard était si plein de ce sentiment puissant et évident, de respect et de certitude tranquille qu'il balaya les dernières bribes de peur ou d'hésitation qui auraient pu subsister au fond de son cœur meurtri. Il n'y avait plus de place pour le doute.

Elle n'hésita pas une seule seconde. Les larmes brouillaient encore légèrement sa vue, mais un sourire radieux, éclatant, illuminait son visage.

— Oui, Arthur, dit-elle, et sa voix était claire maintenant, ferme, vibrante d'une émotion joyeuse et d'une conviction absolue qui la surprit elle-même par sa force. Oui. C'est tout ce que je veux au monde. Je veux être avec toi. De toutes les manières possibles. Je veux être… je veux être ta femme.

Le mot lui échappa, une évidence venue du plus profond d'elle-même, un cri de l'âme né d'un désir irrépressible de lui appartenir, de lier leurs destins sans retour possible. Elle voulait construire cette vie simple et vraie dont il parlait, avec lui et personne d'autre.

Arthur la regarda, un instant stupéfait, presque soufflé par la force et l'immédiateté de sa réponse. Puis un immense soupir de soulagement, de bonheur pur, s'échappa de ses lèvres entrouvertes. Un sourire incrédule et fou de joie illumina son visage. Il la serra contre lui avec une force nouvelle, l'enlaçant si fort qu'elle eut l'impression que leurs deux corps allaient fusionner en un seul être, qu'il voulait l'absorber, la protéger, la garder près de lui pour toujours. Il enfouit son visage dans ses cheveux, près de son cou, respirant son parfum comme s'il voulait s'en imprégner jusqu'à la fin des temps. — Ma femme…, répéta-t-il dans un murmure rauque et vibrant contre son oreille, et le mot, si simple, si lourd de sens, résonna en Anaïs avec une tendresse infinie, comme la reconnaissance d'une appartenance mutuelle qui dépassait les mots, une évidence partagée scellant leur lien au plus profond d'eux-mêmes. Ma femme… Anaïs… Oh, Anaïs…

Il se recula juste assez pour pouvoir à nouveau la regarder dans les yeux, ses propres yeux brillant de bonheur et d'une émotion non feinte. Puis, sans un mot de plus, il l'embrassa une nouvelle fois. Ce baiser était encore différent des précédents. Il n'avait plus la timidité exploratrice du premier, ni la fièvre passionnée et presque désespérée du second. C'était un baiser profond, lent, puissant, empreint d'une joie sereine, d'une confiance absolue et d'une certitude tranquille. Un baiser qui scellait leur engagement mutuel, un baiser qui promettait un avenir partagé, un avenir qu'ils inventeraient ensemble, jour après jour. Un baiser qui avait le goût sucré et légèrement acidulé d'une promesse enfin tenue. Le goût délicieux d'un nouveau départ.

Autour d'eux, dans le lointain, la fête battait toujours son plein. La musique entraînante de l'accordéon, les rires des derniers fêtards, le brouhaha joyeux de la foule… tout cela leur parvenait maintenant comme un écho assourdi, une toile de fond bienveillante mais distante. Ils étaient dans leur propre monde, une bulle intime et sacrée tissée d'amour, de confessions et de promesses échangées, sous le ciel étoilé de Normandie, au cœur du verger endormi et parfumé.

Et Anaïs pensa, avec un sourire intérieur amusé et tendre, que cet homme étonnant, ce traiteur aux mains calleuses et au cœur poète, avait eu raison depuis le début. Les pommes, ce fruit si simple, si ordinaire, si quotidien, pouvaient vraiment, définitivement, avoir quelque chose de follement romantique. Elles avaient été le catalyseur improbable de leur rencontre, le fil conducteur discret mais tenace de leur histoire naissante. Et ce soir, ici, sous les branches chargées de fruits mûrs qui semblaient les bénir silencieusement, elles avaient enfin tenu leur promesse la plus douce, la plus inattendue. Une promesse de bonheur simple, vrai, et partagé.

Chapitre 10 : Nouveau Départ, Nouvelle Destination

(Paris Sera-t-il une Fête ou une Compote ?)

Anaïs vécut les jours, puis les semaines qui suivirent la mémorable fête des récoltes comme un rêve éveillé, une sorte de bulle de champagne pétillante et dorée où la réalité semblait avoir été retouchée par un filtre Instagram particulièrement flatteur. Le bonheur était si intense, si nouveau, si... *complet*, qu'elle avait parfois du mal à y croire elle-même. Le soleil de fin d'automne lui semblait plus doux, plus lumineux qu'avant, même dans le ciel souvent gris de Paris. Les bruits familiers de la ville – les sirènes lointaines, les klaxons impatients – ne lui arrachaient plus de soupirs exaspérés, mais semblaient faire partie d'une symphonie lointaine et sans importance. Elle se surprenait à sourire sans raison, à fredonner en arrosant ses plantes d'intérieur (qui n'avaient jamais été aussi florissantes, coïncidence ?), à ressentir une légèreté qu'elle croyait à jamais envolée. Elle devait parfois se pincer discrètement (au sens figuré, bien sûr, elle n'était pas *complètement* folle) pour s'assurer qu'elle ne dormait pas et qu'Arthur, cet homme incroyable surgi de nulle part avec ses pommes et son sourire ravageur, était bel et bien réel et faisait désormais partie intégrante de sa vie.

Le retour de Normandie, tard dans la nuit du dimanche après la fête, s'était fait dans le vieux camion de livraison blanc immaculé d'Arthur. A sa suggestion, elle avait préféré laisser sa propre voiture sur place pour partager ce trajet avec lui. Il s'était chargé d'organiser son rapatriement pour le lendemain : son grand-oncle Michel, qui devait effectuer une livraison en région parisienne, ramènerait sa petite Fiat, et son cousin Paul conduirait sa vieille camionnette Mercedes. Un véhicule aux antipodes de la berline allemande luxueuse et silencieuse de Didier, mais infiniment plus chaleureux et chargé d'histoires. Blottie contre lui sur la banquette passager, Anaïs avait écouté la playlist improbable d'Arthur – un mélange éclectique de chansons folk américaines, de rock français des années 80 et de quelques airs d'accordéon un peu désuets mais charmants. Ils avaient parlé sans arrêt pendant tout le trajet, ou presque. Ils avaient refait le fil de leurs rencontres si récentes et pourtant si denses : la maladresse initiale à la galerie, la conversation impromptue au jardin, la danse hésitante puis passionnée, les confessions sous les pommiers… Ils riaient de leurs propres hésitations, de la timidité d'Arthur, de la panique d'Anaïs. Ils s'émerveillaient à voix haute, avec une candeur presque enfantine, de la force de cette évidence qui les avait finalement réunis de manière si spectaculaire.

La petite cabine, avec ses odeurs de gasoil, de café froid et de quelque chose de propre et familier qui était l'odeur d'Arthur, était devenue leur cocon intime, une bulle chaude et sûre traversant la nuit. Dehors, le monde défilait, mais dedans, il n'y avait qu'eux, la musique et l'histoire qui s'écrivait à voix basse. Arrivés au petit matin devant l'immeuble haussmannien d'Anaïs à Paris, ils étaient restés de longues minutes silencieux, simplement heureux d'être là, ensemble, main dans la main, peu désireux de briser le charme de cette nuit magique par le retour brutal à la réalité parisienne. Le baiser d'adieu sur le pas de sa porte avait été long, tendre, profond, chargé de la promesse électrique d'un lendemain immédiat, d'un *très bientôt* qui ne nécessitait aucune précision de date ou d'heure car il signifiait déjà tout : le début de leur histoire commune.

Et ce *très bientôt* s'était effectivement transformé, avec une fluidité et une simplicité déconcertantes, en un quotidien nouveau, tissé de leur présence mutuelle quasi constante. Libérée du poids écrasant de sa relation avec Didier – une libération qui s'était avérée étonnamment facile une fois la décision prise, comme si le simple fait de le nommer avait désamorcé son pouvoir –, Anaïs se sentait comme si on lui avait enlevé des chaînes invisibles qu'elle traînait depuis des années. Elle redécouvrait Paris, sa propre ville, avec des yeux neufs, ceux d'une femme amoureuse et légère. Elle passait désormais le plus clair de son temps libre avec Arthur, avide de découvrir chaque facette cachée de cet homme qui avait bouleversé sa vie en l'espace de quelques semaines seulement. En traversant un square parisien un matin, les feuilles d'automne craquèrent sous ses bottines, le soleil filtrant à travers les branches nues. Avant, elle aurait simplement noté la nécessité de balayer. Maintenant, elle voyait la beauté brute, la lumière dorée, sentait la promesse d'une nouvelle saison non seulement pour la nature, mais pour elle aussi. Chaque jour passé ensemble était une nouvelle exploration, une confirmation joyeuse de la justesse de son choix impulsif mais si profondément ressenti.

Les premiers temps avec Arthur s'étaient écoulés principalement dans le cocon rassurant de l'appartement d'Anaïs. Plus facile d'accès, notamment pour se garer dans Paris. Son lieu de vie était devenu leur repaire attitré, un espace de repli où ils pouvaient savourer leurs débuts loin du regard du monde. Elle savait qu'Arthur résidait dans le

11ème arrondissement, un quartier qu'elle connaissait finalement peu, et elle n'avait pas encore eu l'occasion de s'y aventurer. Jusqu'à ce soir… Cette soirée marquait le début de la découverte de son univers à lui. Un univers si radicalement différent de celui de Didier, et qui, étrangement, lui ressemblait tellement plus, comme s'il avait toujours été fait pour elle. Après une longue journée passée sur le chantier du jardin du centre culturel, Arthur l'avait emmenée dîner. Il était resté évasif sur la destination, lui promettant juste un endroit qu'il aimait et où l'on mangeait bien. Anaïs s'était laissé faire, curieuse, aimant déjà sa façon de cultiver le mystère autour des plaisirs simples. Un peu comme un enfant préparant une surprise précieuse, avec ce sourire d'homme qui rend l'attente délicieuse.

Il l'avait guidée à travers les rues animées de Paris jusqu'à une petite rue pavée du 11ème, s'éloignant des quartiers trop chics qu'elle connaissait par cœur. Les rues vibraient d'une énergie différente, moins policée, plus populaire et authentique que les quartiers du centre. Des odeurs de boulangerie, d'épicerie, de cuisines d'ailleurs se mêlaient dans l'air frais du soir. Les conversations fusaient des cafés, les lumières chaudes des boutiques donnaient envie de s'attarder. C'était un Paris qu'elle connaissait peu, mais qui l'attirait instinctivement. Il s'était arrêté devant une devanture chaleureuse, discrète, éclairée par une lumière dorée invitant à pousser la porte. En y entrant, une odeur alléchante et réconfortante de cuisine sincère l'avait immédiatement enveloppée. L'endroit était animé, plein de rires et de conversations joyeuses, un vrai brouhaha de vie qui contrastait joyeusement avec le silence de certains lieux branchés. Ses yeux s'habituèrent rapidement à la lumière douce et dorée. Les murs de briques apparentes, les affiches anciennes encadrées, les tables en bois patiné, tout respirait une âme, une histoire. C'était un lieu qui ne cherchait pas à impressionner, juste à accueillir et à bien nourrir. Un lieu tellement... Arthur. Il la guida vers une petite table pour deux, nichée dans un coin. Une fois installée, Arthur commanda deux verres de vin. Anaïs, le cœur encore un peu chaviré par la densité de leur jeune relation, laissa son regard parcourir la salle, absorbant l'atmosphère. L'ambiance lui parlait déjà, sincère et sans prétention. Son regard se posa alors sur une petite plaque discrète fixée au mur, près du passe-plat qui donnait sur la cuisine ouverte où s'activait une équipe visiblement complice. Une inscription y était gravée. Elle plissa les yeux. *'Aux saveurs d'Arthur'*.

'Aux saveurs d'Arthur'... Mais... c'était ce qu'il était inscrit sur sa carte de visite ? Un sourire amusé naquit sur ses lèvres, rapidement suivi d'une vague de surprise attendrie. Quel secret il lui avait caché là ! Il n'était pas *juste* traiteur. Ce lieu, vibrant et chaleureux, c'était le sien. *Son* restaurant. Le mystère d'Arthur venait de prendre une dimension délicieuse, à l'image de l'homme : humble en apparence, mais riche et surprenant dès qu'on creusait un peu. Elle leva les yeux vers lui, le sourire aux lèvres, un mélange d'amusement et d'une tendresse nouvelle. Arthur, voyant son regard qui en disait long, laissa échapper un petit rire gêné. — Oui... C'est... c'est moi, murmura-t-il, l'air un peu penaud de ne pas lui avoir dit plus tôt.

— Mais quel cachottier ! le taquina-t-elle doucement, un vrai fou rire secouant ses épaules. Un restaurant ! Et moi qui me disais que les traiteurs travaillaient beaucoup... Je mettais tes horaires fous sur le compte de la préparation, des livraisons, des paniers à préparer... Maintenant je comprends *tellement* mieux tes longues journées et tes *imprévus* ! Les horaires de restaurateur, c'est une autre planète, non ? Sa surprise faisait place à une joie sincère et une curiosité débordante. — Mais alors, reprit-elle, son ton redevenant sérieux, empreint d'une réelle admiration et d'une pointe d'inquiétude aussi. Comment tu fais ? Comment tu arrives à gérer ça, être chef ici... et en même temps aller en Normandie... et... et passer du temps avec moi ? Un resto comme ça, ça prend *tout* ton temps, non ? Le visage d'Arthur s'éclaira. L'embarras laissa place à la confiance et à une fierté discrète. Il prit ses mains posées sur la table, ses pouces caressant doucement sa peau.

— Ah, ça... C'est le secret. Le secret du *co* de copropriétaire, expliqua-t-il avec un clin d'œil tendre. Je ne suis pas tout seul dans cette aventure parisienne. Il y a aussi Antoine. Mon associé, mon ami, et l'autre chef ici. On a monté ça ensemble il y a quelques années. On se relaie en cuisine. Antoine assure certains services, certaines semaines complètes, s'occupe d'une bonne partie de la gestion quand je ne suis pas là. Ça me laisse la flexibilité nécessaire pour pouvoir continuer la partie traiteur, passer du temps en Normandie, organiser les événements... et surtout... Son regard se fit plus intense, sa voix un murmure rauque de tendresse... et surtout, ça me laisse le temps d'être là. D'être avec toi. C'est ça la priorité.

La salle s'était remplie rapidement pendant leur conversation, les commandes affluaient en cuisine, l'agitation avait encore monté d'un cran. Anaïs vit le regard d'Arthur, posé sur l'activité intense derrière le passe-plat. Quelque chose en lui le tirait irrésistiblement vers les fourneaux, l'appel était plus fort que le plaisir de rester assis à table. C'était son monde, son élément, et en cas de coup de feu, il devait être là. Il se tourna vers elle, l'air un peu tiraillé, un sourire d'excuse aux lèvres. — Excuse-moi, c'est... c'est le rush. Je devrais peut-être aller donner un coup de main... quelques minutes...

Anaïs lui prit la main posée sur la table, un sourire doux et compréhensif aux lèvres. — Vas-y, lui dit-elle simplement, son regard plein de confiance et d'admiration. N'hésite pas une seule seconde. Je suis très bien ici, dans notre petit coin, à observer le spectacle. Et j'ai *tellement* hâte de goûter à la cuisine du chef ! Il la remercia d'un regard intense et lumineux, rempli de reconnaissance, puis se leva et fila en cuisine, retrouvant instantanément sa concentration.

Installée à leur petite table dans un coin tranquille, d'où elle pouvait observer discrètement l'agitation maîtrisée de la cuisine ouverte, elle avait regardé Arthur évoluer dans son élément. Il n'était plus seulement l'homme doux, un peu timide et parfois rêveur qu'elle avait rencontré. Ici, derrière ses fourneaux, il était le Chef. Concentré, précis, le front légèrement plissé par l'attention, il dirigeait sa petite équipe avec une autorité calme mais ferme, un simple geste de la tête, un mot murmuré suffisant à transmettre ses instructions. Elle le regarda un instant, fascinée. Il attrapait une carotte, la pelait d'un geste sûr et rapide, la détaillait en petits dés avec une précision incroyable, le regard concentré, la langue parfois légèrement sortie de sa bouche comme un enfant appliqué. C'était la même dextérité, la même attention méticuleuse qu'elle avait vue chez lui quand il parlait de sa compote de pommes, mais appliquée à l'échelle de la cuisine professionnelle. C'était la même passion tranquille, le même respect du produit, simplement transposés. Elle le voyait goûter une sauce d'un air songeur, ajuster un assaisonnement avec une moue critique, puis dresser une assiette avec la minutie quasi obsessionnelle d'un artiste composant une nature morte. Il y avait une passion évidente, une intensité tranquille dans chacun de ses gestes, une connexion profonde et respectueuse avec les produits qu'il travaillait. Il semblait danser avec ses casseroles, ses couteaux, ses légumes colorés. Elle admirait son talent brut, son humilité face au produit, son authenticité désarmante qui se reflétait jusque dans ses assiettes.

Rétrospectivement, Anaïs comprit le sens des sourires et des regards échangés à leur arrivée. Ce personnel, si visiblement soudé autour de son chef, était sincèrement heureux de voir leur Arthur si radieux et, pour une fois, accompagné d'une femme qui n'était ni sa grand-mère ni une fournisseuse de légumes bio. Leur Chef était heureux, et ça se voyait. Et le fait qu'il partage ce bonheur avec elle, Anaïs, rendait l'instant encore plus précieux. Elle réalisa alors qu'Arthur n'était pas du genre à mélanger facilement sa vie privée et sa vie professionnelle très prenante. Sa présence à ses côtés ce soir-là, présentée simplement comme *Anaïs, une amie très chère*, avait dû sembler être un événement en soi pour eux, d'où les clins d'œil entendus des serveurs qui, manifestement, n'étaient pas dupes.

Elle comprit que s'il avait omis de lui dire d'emblée qu'il était propriétaire d'un restaurant (pardon, copropriétaire !) ce n'était pas de la dissimulation, mais une forme de pudeur authentique, presque désarmante dans ce monde où l'on survendait sa vie. Il ne voulait pas qu'elle soit impressionnée par sa réussite, par le *Chef Arthur* ou le *restaurateur Arthur* et son adresse parisienne. Il voulait qu'elle soit attirée par l'homme simple, par sa passion pour la cuisine vraie et généreuse, par ses valeurs profondes. Il voulait qu'elle découvre son univers pour ce qu'il était réellement : un lieu de partage, de convivialité, à son image. Une démarche tellement rafraîchissante, tellement... lui.

Et cette pudeur, ce refus de se mettre en avant, la touchèrent profondément. C'était une preuve supplémentaire de son authenticité, de la pureté de ses intentions. Ce n'était pas un établissement guindé et étoilé comme ceux que fréquentait assidûment Didier pour voir et être vu, des lieux où l'apparence et le prix comptaient plus que le contenu de l'assiette. Non, c'était un resto de quartier, un lieu d'âme et de vie, aux murs de briques apparentes ornés d'affiches anciennes, aux tables en bois patiné, et à l'éclairage tamisé et doré qui donnait envie de s'attarder. Bien loin des salons feutrés et des lumières chirurgicales, des assiettes minimalistes aux noms compliqués et des conversations où chacun affichait sa réussite. Ici, c'était la vie. La vraie. Les bruits, les odeurs, les rires. Un lieu à l'image d'Arthur. L'odeur qui flottait dans l'air – ce mélange irrésistible de beurre noisette, d'herbes fraîches ciselées, de pain chaud sorti du four et de plats mijotés qui murmuraient des promesses de bonheur simple et de convivialité – était la signature de la cuisine sincère d'Arthur. Une cuisine qui nourrissait autant le cœur que le corps, et Anaïs avait hâte de la savourer.

Et la nourriture... Oh, la nourriture ! Anaïs avait été littéralement subjuguée. Ce n'était pas une cuisine intellectuelle ou prétentieuse, pleine d'écumes inutiles et de noms à rallonge. C'était une cuisine du cœur, une cuisine d'instinct, inventive mais solidement ancrée dans le terroir et les saisons. Une cuisine qui magnifiait des produits simples mais d'une qualité exceptionnelle. Elle avait savouré une truite de rivière meunière aux amandes effilées d'une fraîcheur et d'une cuisson parfaites, qui fondait dans la bouche. Elle avait été réconfortée par un velouté de potimarron à la châtaigne d'une onctuosité et d'une profondeur de goût incroyables. Et bien sûr, en dessert, comment y échapper ? Une variation sublime autour de la pomme – un crumble revisité aux épices douces, servi tiède avec une glace artisanale à la vanille de Madagascar, d'une finesse exquise qui lui avait presque arraché des larmes de bonheur (elle devenait décidément très émotive). Chaque plat racontait une histoire : celle d'un produit respecté, celle d'une saison célébrée, mais surtout celle d'un homme qui aimait profondément la nourriture et le plaisir simple, essentiel, de la partager avec les autres. Chaque bouchée était une découverte, une confirmation, un poème silencieux dédié à la générosité de la terre et au talent de l'homme. Les larmes qui lui montaient aux yeux en savourant le crumble n'étaient pas seulement dues aux épices, mais à l'émotion brute de goûter au bonheur simple, celui qui nourrit et réchauffe l'âme. Le bonheur avait le goût de la pomme cuite et de la vanille. Assise là, le regardant travailler avec cette passion tranquille, écoutant les murmures satisfaits et les rires des autres clients autour d'elle, Anaïs était tombée un peu plus amoureuse de lui, si c'était possible.

Puis, le week-end suivant leur dîner dans son restaurant, il l'avait emmenée à Saint-Pierre-du-Verger. Pas juste pour une visite, non. Pour la présenter. Pour l'inclure officiellement dans son monde, celui de ses racines, celui de sa famille. Le cœur d'Anaïs battait un peu plus vite que d'habitude sur la route ; rencontrer la grand-mère d'Arthur, celle qui l'avait en partie élevé et à qui il vouait une affection si visible, la rendait un peu fébrile. Arthur, sentant sa légère nervosité, lui prit la main sur le levier de vitesse, un geste simple mais qui se voulait rassurant et qui, pour elle, officialisait déjà tout.

Ils arrivèrent dans la vieille propriété horticole un peu délabrée et pleine de charme où sa grand-mère Madeleine vivait une retraite active et joyeuse. Ce n'était pas une ferme d'exploitation moderne et aseptisée, mais un lieu imprégné d'histoire et de vie. La propriété, vaste et chargée du passé des générations qui l'avaient entretenue, regroupait la maison principale où vivait sa grand-mère Madeleine et, un peu à l'écart, dans un corps de ferme joliment réaménagé, son grand-oncle Michel. C'était cette ferme qui jouxtait le fameux verger de leur premier baiser nocturne. Le contraste avec l'agitation parisienne était saisissant dès qu'ils avaient quitté l'autoroute. Un véritable havre de paix niché au cœur de la campagne normande verdoyante, un endroit où le temps semblait s'écouler plus lentement, à un rythme plus humain, scandé par le chant des oiseaux, le bêlement lointain de quelques moutons et le bruissement du vent dans les grands arbres. La maison, ancienne, basse, avec des murs épais en pierre et des poutres apparentes, respirait un charme rustique et authentique. Elle était entourée de vieilles serres en verre où poussaient encore des fleurs et des légumes de saison, d'un potager foisonnant malgré l'automne bien entamé, et bien sûr, du verger qui s'étendait sur plusieurs hectares derrière la maison, avec ses rangées de pommiers aux troncs noueux et torturés par les années.

Sur le perron, une silhouette menue les attendait, le visage éclairé par un sourire immense. C'était Madeleine, sa grand-mère tant aimée, une septantaine douce et lumineuse, aux yeux aussi verts et vifs que ceux de son petit-fils. Arthur serra la main d'Anaïs dans la sienne. — Mamie, je te présente Anaïs, dit Arthur, sa voix soudainement un peu plus douce. Anaïs... ma compagne.

Le cœur d'Anaïs fit un bond, sa fébrilité s'accentua l'espace d'un instant. Le regard de Madeleine passa d'Arthur à elle, rempli d'une douce curiosité et d'une immense gentillesse. Ses mains étaient noueuses, marquées par des décennies de travail de la terre, mais incroyablement agiles. Son visage, buriné par le soleil et le temps, était constamment éclairé par un sourire d'une chaleur et d'une bienveillance communicatives. Madeleine tendit les bras et l'accueillit sans aucune gêne, sans chichis, comme si elle l'avait toujours connue. — Bonjour Anaïs, dit-elle, sa voix douce et un peu éraillée par les années passées en plein air. Sois la bienvenue chez nous, je suis si heureuse d'accueillir la compagne de mon Arthur.

Un sourire chaleureux accompagnait ses mots, et Anaïs se détendit, un sourire sincère s'épanouissant sur son visage. Elle sentait déjà que la connexion serait facile. Quant à Michel, le grand-oncle, il n'était pas là ce jour-là, mais Anaïs l'avait déjà croisé, ainsi que d'autres membres de la famille, lors de la fête des récoltes où Arthur l'avait présentée comme une amie. Cette visite-ci avait un sens différent, plus intime, plus officiel.

Installés autour de la grande table en bois patiné de la cuisine, Arthur près d'elle, l'odeur du café se mêlant à celle réconfortante du gâteau aux pommes (encore et toujours ! La pomme était décidément l'emblème familial), Madeleine commença à raconter. Elle ne se contentait pas de parler d'Arthur enfant ; elle évoquait d'abord des souvenirs de son mari, le grand-père d'Arthur, des anecdotes douces-amères sur sa passion pour les pommes et le verger, sur les moments précieux qu'ils avaient passés ensemble, lui, Arthur enfant, et elle, à façonner cette terre. Un voile de tendresse un peu mélancolique passait parfois dans ses yeux en parlant de son mari disparu, et Anaïs sentit qu'elle touchait là à quelque chose de très intime, de très précieux, la présence d'un manque qui faisait partie de l'histoire du clan, un manque visiblement encore sensible pour Madeleine.

Elle poursuivit en évoquant Arthur, ses premiers pas dans la cuisine familiale, parfois un peu... rustiques : — Oh là là, ses premières crêpes ressemblaient à des semelles, il râlait tellement ! ; de son émerveillement devant les plantes, passant des heures dans les serres avec sa mamie plutôt que de jouer aux voitures : Il avait déjà cette patience, ce respect du vivant. Elle raconta aussi ses escapades dans le verger, ses tentatives pour améliorer la nature, qui finissaient parfois en petites catastrophes amusantes dont on riait encore. Chaque histoire n'était pas juste une anecdote ; c'était une fenêtre ouverte sur les racines d'Arthur, sur la transmission familiale, sur l'amour qui l'avait construit. Le ton de Madeleine devint plus grave un instant.

— C'est son père qui aurait été fier de le voir aujourd'hui, dans sa cuisine à Paris... Elle marqua une pause, ses yeux fixant un point au-delà de la fenêtre. Son père... et sa mère... Elle soupira doucement. Vous savez, les parents d'Arthur sont partis bien trop tôt. Un accident... une terrible nuit... Leur voiture a été percutée par un train sur un passage à niveau sans visibilité, un soir. Ils étaient tous les deux dans la voiture et sont morts sur le coup. Arthur n'avait qu'un an. Il était ici, à la ferme, ce soir-là. Je le gardais.

Anaïs écoutait, le cœur serré, sentant l'ampleur de la tragédie derrière la voix posée de Madeleine. Un an. Arthur n'avait qu'un an. Pas de souvenirs directs de ces visages, de ces voix. Juste ce vide dont parlait Madeleine en filigrane, une absence qui avait modelé sa vie sans qu'il en ait la mémoire consciente. Elle comprenait mieux maintenant pourquoi la famille, ces racines normandes, cette transmission de passion pour la terre et la cuisine, étaient si essentiels pour Arthur. Madeleine et Michel n'avaient pas seulement rempli le rôle des parents, ils avaient aussi représenté cette chaîne brisée, ce lien maintenu avec un passé qu'Arthur ne pouvait connaître que par procuration. Chaque mot tissait un portrait plus riche, plus nuancé d'Arthur, de l'homme qu'il était devenu, forgé non seulement par l'amour et la passion mais aussi par le manque et la résilience. Une tendresse immense monta en elle pour le petit garçon d'un an privé de ses parents, et une admiration profonde pour l'homme solide et doux qu'il était aujourd'hui. Elle sentait qu'elle touchait à l'essence même de son être.

Madeleine reprit d'une voix plus légère, comme pour alléger l'atmosphère : — La vie réserve parfois de dures épreuves. Heureusement, il y a les autres. Mon frère Michel a été d'un grand soutien, évidemment. Il a toujours veillé sur Arthur... comme il a veillé sur les enfants de ma fille Sylvie, la tante d'Arthur... Je pense que vous avez fait la connaissance de ses enfants, Paul et Clothilde. Après le décès de son frère, elle n'a jamais vraiment trouvé sa place, partie du jour au lendemain, pourtant j'ai tout essayé. Elle est partie en laissant les petits, sans se retourner. Michel les a recueillis, élevés comme les siens, ici, à la ferme. On est une famille, tu sais. On serre les rangs quand la tempête arrive.

Arthur, silencieux jusqu'alors, posa sa tasse et prit la parole d'une voix calme. — Mamie a tout dit. Je n'ai aucun souvenir d'eux, mes parents. Juste des photos. Une histoire qu'on m'a racontée. Ce n'est pas... un traumatisme, dans le sens où je n'ai pas d'images douloureuses en tête, de cauchemars liés à ça. C'est plus... un manque. Une absence qui a toujours été là, une pièce manquante dans le puzzle de mon histoire. Mais Mamie et Papy... Il marqua une pause, ses yeux se voilant un instant. Papy... son départ... ça, ça a été dur. Vraiment. Un cancer, j'avais quinze ans. C'est avec lui que j'avais les vrais souvenirs, les moments partagés dans le verger, à l'atelier. C'est son absence que j'ai vraiment ressentie, que je ressens encore.

Anaïs écoutait, captivée, et sentait qu'elle tissait des liens non seulement avec Madeleine et Michel, mais aussi avec l'Arthur des anecdotes, celui qui avait grandi ici, celui qui portait en lui la force de cet héritage familial, y compris ses manques et ses résiliences. Elle sentait une connexion sincère naître avec cette femme sage, pleine de vie et de douceur, et cet oncle silencieux mais présent, dont on devinait la force tranquille. C'était plus qu'une simple rencontre ; c'était une adoption silencieuse, un accueil chaleureux au sein du clan, un clan qui avait connu les tempêtes mais qui restait solidement ancré, tissé par l'amour et la solidarité. Et Anaïs sentait qu'en aimant Arthur, elle aimait et était accueillie par tout cet univers authentique qui l'acceptait à bras ouverts.

Plus tard dans l'après-midi, Madeleine l'avait entraînée dans sa grande cuisine à l'ancienne, une pièce chaleureuse qui sentait bon la cire d'abeille, le feu de bois et les confitures en train de mijoter. Elle lui avait annoncé, avec un sourire entendu, qu'elle allait lui apprendre les secrets de *sa* recette familiale de compote de pommes, un rituel transmis de mère en fille (et visiblement aussi à celle que son petit-fils avait choisie !) depuis des générations. Et c'est ainsi qu'Anaïs s'était retrouvée avec un tablier noué autour de la taille, à éplucher des montagnes de pommes Reinette aux côtés de Madeleine, écoutant ses conseils avisés sur le choix des variétés, la juste dose de sucre et l'importance cruciale d'une pointe de cannelle et d'une gousse de vanille fendue en deux. En respirant le parfum sucré des fruits cuisant doucement sur le poêle à bois, en partageant ces gestes simples et ancestraux, Anaïs avait ressenti un sentiment profond, bouleversant, de connivence, d'appartenance, qu'elle n'avait jamais vraiment connu auparavant. Elle regardait Arthur interagir avec sa grand-mère – un mélange touchant de respect filial, de taquineries affectueuses et de complicité tendre – et elle comprenait mieux d'où venaient sa simplicité désarmante, son authenticité brute et sa capacité innée à trouver de la joie et de la poésie dans les choses les plus essentielles de la vie. Cet homme avait des racines profondes et solides, et cela le rendait encore plus beau, encore plus attirant à ses yeux. Ce week-end à la ferme fut une véritable révélation.

Et pendant qu'elle découvrait avec émerveillement l'univers d'Arthur, Anaïs se redécouvrait aussi elle-même, avec une surprise presque incrédule. Libérée de la tension constante générée par sa relation avec Didier, libérée de l'obligation sournoise de jouer un rôle qui n'était pas le sien, elle se sentait littéralement éclore, comme une fleur au printemps après un long hiver. Elle était plus détendue au quotidien, moins stressée par les petits tracas professionnels. Plus légère, aussi bien physiquement que mentalement. Son rire, qu'elle avait cru perdu à jamais dans les méandres de sa vie d'adulte trop sérieuse, revenait plus souvent, plus spontané, plus sonore. Elle s'autorisait enfin à être vulnérable avec Arthur, à partager ses doutes, ses peurs concernant l'avenir, mais aussi ses rêves les plus fous pour son jardin et pour sa vie, sans aucune crainte d'être jugée, incomprise ou tournée en dérision. Elle réapprenait à faire confiance, non seulement à cet homme qui semblait si digne de confiance, mais aussi, et c'était peut-être le plus important, à son propre jugement, à ses propres intuitions, à ses propres désirs profonds.

Elle avait même ressorti de vieux cartons poussiéreux ses carnets de croquis personnels, non pas ceux, très techniques, du travail, mais ceux où elle dessinait autrefois pour le simple plaisir, sans but précis : des fleurs imaginaires aux couleurs improbables, des paysages oniriques, des visages expressifs croqués sur le vif. Un après-midi pluvieux, poussée par une impulsion soudaine, elle avait acheté de la peinture acrylique et une petite toile dans un magasin de loisirs créatifs, et s'était remise à peindre, là, sur la table de sa salle à manger. Une passion qu'elle avait totalement abandonnée depuis ses années d'étudiante, faute de temps, d'espace mental, et surtout, faute d'encouragement de la part de Didier qui considérait cela comme une perte de temps improductive. Elle se sentait renaître de ses cendres, comme une plante longtemps négligée qui reçoit enfin la lumière, l'eau et l'attention dont elle avait désespérément besoin pour s'épanouir pleinement. Arthur, en découvrant sa nouvelle toile colorée et un peu maladroite, l'avait regardée avec une admiration sincère qui l'avait touchée au cœur. — Tu as ça aussi en toi ? Mais tu es pleine de surprises, ma reine des pommes artiste ! avait-il dit en l'embrassant tendrement.

Quant à Didier, il était progressivement devenu une figure lointaine, presque irréelle, un fantôme d'une vie antérieure. Il avait bien tenté de la recontacter, comme elle s'y attendait, dans les jours qui avaient suivi leur rupture téléphonique. D'abord, ce furent des messages furieux, pleins de reproches et d'accusations blessantes ("Tu gâches tout !", "Tu es ingrate !", "Tu regretteras ta décision !"). Puis, voyant que la colère ne fonctionnait pas, il était passé aux appels suppliants, la voix mielleuse, teintés de promesses de changement grandiloquentes ("J'ai compris mes erreurs, Anaïs !", "Je vais changer, je te le jure !", "Donne-nous une dernière chance !"), promesses qu'elle savait parfaitement illusoires et qu'elle avait déjà entendues par le passé. Enfin, devant son silence obstiné ou ses refus polis mais absolument fermes ("Non, Didier, ma décision est prise et définitive. Je te souhaite d'être heureux, mais ce ne sera pas avec moi."), il avait adopté une posture d'indifférence glaciale et blessée, probablement pour sauver la face auprès de leur entourage commun. Cet entourage, Anaïs le réalisa avec une clarté nouvelle, appartenait bien plus au monde de Didier qu'au sien. Ces relations s'étaient nouées dans les cercles de Didier, autour de ses habitudes, de ses lieux de prédilection. Les liens tissés dans ces milieux étaient superficiels, souvent basés sur le paraître, les codes sociaux et les réseaux professionnels, pas sur des affinités profondes ou des valeurs partagées. Dès lors, elle n'avait eu aucun mal à s'en détacher ; le silence s'était installé naturellement entre elle et ces connaissances communes, sans effort ni regret, comme si ces relations n'avaient jamais eu la profondeur qu'elle avait pu leur prêter autrefois. Anaïs avait géré ces tentatives avec une force et un calme nouveaux qui l'étonnaient elle-même. Chaque appel ignoré, chaque message effacé sans même être lu, chaque "Non, Didier, c'est terminé." prononcé d'une voix posée et sans appel, était une petite victoire personnelle, une réaffirmation de sa liberté si chèrement acquise. Elle en avait parlé brièvement avec Arthur, une seule fois, juste pour le tenir au courant. Il l'avait écoutée sans poser de questions, sans jugement aucun, lui offrant simplement son soutien silencieux mais indéfectible.

Et il y avait bien sûr eu Léa et Camille. Ses deux meilleures amies, les piliers de sa vie depuis toujours, celles qui connaissaient toutes ses failles, toutes ses peurs, et qui l'avaient vue se consumer lentement dans sa relation avec Didier. Elles étaient les premières à qui elle avait voulu tout raconter, tout déballer. Le chaos de la rupture, le miracle de Saint-Pierre-du-Verger, et la douce, l'incroyable folie des jours qui avaient suivi. Elles s'étaient réunies dès que possible, autour d'un verre de vin réconfortant, dans un café où elles avaient l'habitude d'aller. Quel soulagement de les voir, de se parler sans filtre. Elles avaient été inquiètes de son silence récent, mais aussi impatientes de comprendre ce qui avait bien pu se passer après cette fameuse fête des récoltes dont Arthur était le protagoniste.

— Alors ?! On attend ! — lança Léa sans préambule, toujours la plus directe. C'est quoi cette histoire ? Didier ? Tu l'as enfin envoyé balader ? Et... (Elle pencha la tête, l'air le plus sérieux du monde) ... et c'est le mignon traiteur aux yeux verts, n'est-ce pas ?!

— Léa, doucement ! — tempéra Camille, avec son calme habituel mais les yeux brillants de curiosité. Anaïs, ça va ? On s'est inquiétées. Raconte-nous tout, depuis le début. Qu'est-ce qui a déclenché ça ?

Anaïs sourit, un sourire immense, libéré. — Respirez, mes chéries ! Ça va. Mieux que jamais, même. C'est... oui. Didier. C'est fini. Définitivement. Pour de bon.

— ENFIN ! — s'exclama Léa en levant les bras au ciel. Bon sang, c'était pas trop tôt ! Tu m'as écoutée pour une fois ! Je t'offre un voyage pour fêter ça ! Mais comment ? Quand ? Et... (Son regard se fit plus insistant) ... dis-nous pour le traiteur !

— Léa a raison, dit Camille, sa voix posée. On sent que ce n'est pas *juste* la fin avec Didier. Il s'est passé autre chose. Quelque chose de... majeur. Quelque chose qui a rendu l'impossible possible.

Anaïs prit une grande respiration, savourant l'instant. Oui. Il y a... Arthur. C'est lui.

Silence. Léa et Camille échangèrent un regard, puis se tournèrent à nouveau vers elle, un mélange de stupéfaction et d'excitation dans les yeux. Le traiteur ? souffla Léa, incrédule puis enthousiaste. Le mignon ? Celui qui te regardait comme si tu étais la dernière part de gâteau ? Raconte TOUT ! Il s'est passé quoi en Normandie ? Le baiser ? Le week-end ? DITES MOI QUE VOUS AVEZ COUCHÉ ENFIN !

— Léa, s'il te plaît ! rougit Anaïs en riant. On va garder quelques détails intimes ! Mais oui... Le baiser. Le week-end. En Normandie. C'est... ça a tout changé. C'est... c'est une évidence. Une certitude tranquille qui a balayé toutes les peurs. C'est simple. C'est comme... rentrer à la maison, mais une maison que je ne connaissais pas.

— Simple et intense ? Résuma Léa, les yeux ronds. Le mélange parfait !

— L'homme qui a fait s'envoler la peur, murmura Camille, pensive. C'est... fort. Comment il est ? Raconte-nous Arthur.

Anaïs parla alors. Elle raconta Arthur l'authentique, Arthur le passionné, Arthur le doux, Arthur le chef caché, Arthur le Normand enraciné dans sa terre et sa famille. Elle raconta l'intensité de leurs échanges, l'impression de se connaître depuis toujours, le sentiment d'être exactement à sa place quand elle était avec lui. Il est incroyable, conclut-elle, les yeux brillants. Authentique. Simple. Passionné. Et... il est mon Arthur. Je... j'ai hâte de vous le présenter. Très bientôt. Promis. Dès qu'on sera rentrés de... d'un court séjour.

— On a hâte de le rencontrer aussi, dit Camille, avec une chaleur sincère. On a hâte de voir l'homme qui t'a redonné cette lumière.

— Oui ! renchérit Léa. On prépare le comité d'interrogatoire. Et le test de compatibilité. Et le test de résistance à nos blagues. Il a intérêt à être solide, ton Normand !

Le reste de la conversation se déroula dans un joyeux chaos de questions supplémentaires, d'exclamations, de rires et d'étonnement sincère. Au milieu du tourbillon, Anaïs sentait la chaleur inconditionnelle de leur amitié l'envelopper. Raconter, partager, sentir leur soutien indéfectible et leur joie pour elle... C'était essentiel. Une autre forme de foyer, solide et rassurant, un autre pilier de sa vie.

Son travail sur le jardin du centre culturel, loin de pâtir de ces bouleversements personnels, s'en trouvait au contraire transformé, dynamisé. Elle y mettait une passion renouvelée, une énergie décuplée et une créativité débridée. Elle ne voyait plus seulement ce jardin comme *son* projet professionnel majeur, mais comme un lieu qu'elle pourrait très bientôt partager intimement avec Arthur. Dans son esprit, elle imaginait déjà leurs futures promenades main dans la main le long des allées sinueuses qu'elle avait elle-même dessinées, les pique-niques improvisés sur l'herbe tendre au milieu des massifs de fleurs colorées qu'elle avait choisis, les baisers volés à l'ombre protectrice du grand saule pleureur qu'elle avait fait planter près de la future fontaine. Cette perspective donnait une nouvelle dimension à son travail, une dimension plus personnelle, plus intime, plus joyeuse. Elle voulait que ce jardin soit non seulement magnifique pour le public parisien, mais aussi un symbole de son propre renouveau, un écrin luxuriant pour leur amour naissant. Elle était impatiente de lui montrer chaque nouvelle étape, chaque nouvelle plantation et chaque floraison à venir. Arthur, de son côté, manifestait un intérêt sincère et connaisseur pour son travail, posant des questions pertinentes, admirant ses choix audacieux, comprenant les défis techniques. C'était la première fois qu'un homme dans sa vie s'intéressait réellement à sa passion avec autant de respect et d'enthousiasme.

Quelques semaines idylliques passèrent, douces et excitantes, rythmées par leur bonheur. Ils trouvèrent leur équilibre, partageant leur temps entre leurs deux univers. D'abord l'appartement d'Anaïs, petit et haussmannien dans le 15ème, où il découvrait avec amusement une Anaïs plus sophistiquée. Puis celui d'Arthur, au-dessus du restaurant, plus grand, plus bohème mais incroyablement chaleureux, un lieu imprégné des odeurs réconfortantes d'épices et de beurre noisette. Ils apprenaient à connaître les petites habitudes de l'autre : sa façon à elle de laisser traîner ses carnets de croquis partout, sa manie à lui de chantonner de vieilles chansons françaises en cuisinant. Ils découvraient les goûts musicaux de l'autre (parfois avec un effarement amusé), partageaient leurs lectures du moment, se confiaient leurs rêves les plus fous pour l'avenir. Tout semblait étonnamment simple, fluide et évident entre eux. Comme s'ils se connaissaient depuis toujours.

Puis, un soir, alors qu'ils dînaient dans un petit restaurant italien de quartier – un de leurs préférés, un endroit chaleureux et sans prétention tenu par un couple de Siciliens adorables, réputé pour son atmosphère authentique et ses pâtes fraîches à tomber par terre –, Anaïs remarqua qu'Arthur était plus silencieux que d'habitude. Il semblait préoccupé, son regard un peu lointain, absent. Il remuait distraitement sa fourchette dans son assiette d'osso buco fumant, pourtant son plat préféré dans ce restaurant. Il avait à peine touché à son verre de Chianti. Quelque chose clochait.

— Quelque chose ne va pas, Arthur ? demanda-t-elle doucement, après l'avoir observé quelques minutes, posant sa main sur la sienne par-dessus la nappe à carreaux rouges et blancs un peu usée. Tu as l'air soucieux ce soir. Un problème au restaurant ? Ou alors avec ta grand-mère ?

Il sursauta légèrement, comme tiré brusquement d'une profonde réflexion intérieure. Il leva les yeux vers elle, et elle vit dans son regard non pas de l'inquiétude pure, mais un mélange étrange d'excitation intense et d'une appréhension palpable, presque douloureuse. Il prit une profonde inspiration, comme s'il s'apprêtait à faire une annonce qui pèserait lourd. — Non, non, tout va très bien, Anaïs. — Enfin… si, en fait, ça va même très, très bien ! — C'est juste que… j'ai une nouvelle. Une immense nouvelle à t'annoncer. Quelque chose d'incroyable pour moi, professionnellement. Un rêve qui pourrait devenir réalité… mais qui implique aussi un… un bouleversement. Un vrai.

— Un bouleversement ? — s'étonna Anaïs, les sourcils froncés, sentant son cœur faire un petit bond. — Tu m'intrigues au plus haut point, là ! N'aie pas peur, dis-moi tout ! Si ça va très bien professionnellement, alors quel est le problème ?

— Voilà. — Il marqua une courte pause, cherchant ses mots. — Tu sais que j'adore mon restaurant ici, mon équipe, l'ambiance qu'on a créée. Mais tu sais aussi que je rêve d'un lieu où je pourrais aller plus loin, exprimer ma vision de manière plus aboutie, sans les contraintes d'une petite structure. Eh bien, figure-toi qu'il se trouve que… j'ai été approché. Plusieurs investisseurs montent un gros projet à Paris. L'un d'eux a entendu parler de mon travail, de ma cuisine. Il est venu manger ici, incognito, il y a quelques semaines. Il a visiblement apprécié.

— C'est ce groupe d'investisseurs qui m'a proposé quelque chose qui ressemble furieusement à ça, continua Arthur, les yeux brillants malgré l'appréhension. Une opportunité incroyable, presque trop belle pour être vraie. Ils me proposent de prendre la direction… non, plus que ça. Ils me proposent de concevoir et de diriger un tout nouveau restaurant gastronomique qui va ouvrir ses portes dans quelques mois… à Paris. Dans le Marais.

Anaïs ressentit d'abord un immense soulagement (il ne partait pas à l'autre bout du monde !) et une grande fierté pour lui. À Paris ? Dans le Marais ? Mais c'était génial ! C'était sa ville aussi ! Elle s'attendait à une nouvelle qui menacerait directement leur couple, un départ lointain peut-être. — À Paris ? Dans le Marais ? Mais c'est absolument formidable, Arthur ! — s'exclama-t-elle, sa voix vibrant d'enthousiasme sincère. — C'est une super nouvelle ! C'est exactement ce dont tu rêvais ! Tu le mérites mille fois !

— C'est là que ça devient... compliqué, — reprit Arthur, et sa voix, bien qu'excitée par le projet, resta teintée de cette appréhension palpable. — Ce n'est pas juste un autre restaurant. C'est un projet très ambitieux, dans un lieu magnifique, un ancien hôtel particulier. Ce groupe me donne une latitude énorme pour tout gérer, du concept à la carte, en passant par l'équipe et l'ambiance... tant que je reste dans les limites du budget, bien sûr. C'est le genre d'opportunité unique qui ne se présente qu'une seule fois dans la carrière d'un chef. Un tremplin vers les étoiles. Un rêve qui pourrait enfin devenir réalité.

Son visage s'était animé en parlant de l'opportunité, ses yeux verts brillaient d'une passion contagieuse. Anaïs voyait à quel point cela comptait pour lui, à quel point ce projet semblait taillé sur mesure pour ses aspirations les plus profondes. Mais cette appréhension dans sa voix, ce mot, — compliqué, — continuait de résonner étrangement en elle. Elle sentit une boule d'angoisse sourde se former lentement dans son estomac, sans comprendre exactement pourquoi il y avait cette ombre au tableau de ce rêve qui semblait parfait.

— Mais... c'est incroyable, Arthur ! — reprit-elle, cherchant son regard avec une pointe d'inquiétude. — Je suis tellement heureuse et excitée pour toi ! Tu as l'air passionné par ce projet ! Alors... où est le problème ? Pourquoi parles-tu de bouleversement ?

Arthur baissa les yeux vers son assiette d'osso buco, jouant nerveusement avec sa fourchette. Puis il les releva lentement vers elle. L'excitation passionnée avait laissé place à une expression plus grave, plus sombre, un vrai déchirement. — Le problème, Anaïs... c'est que ce poste... ce niveau d'ambition, dans un lieu comme celui-là, ça implique un engagement total, absolu. — Une présence quasi permanente. Surtout la première année pour lancer la machine. Ça signifie que je devrai quitter Les Saveurs d'Arthur. Le vendre. Dire au revoir à mon équipe que j'adore. Ça signifie que je ne pourrai plus passer tous mes week-ends à la ferme, que je verrai beaucoup moins ma grand-mère, Michel et toute la famille. Ça signifie que ma vie ne sera plus coupée entre Paris et la Normandie. Ça signifie un déracinement pour moi, un vrai. Être tout entier à Paris, vivre uniquement ici, être chef ici, dans ce nouvel univers...

Il s'arrêta à nouveau, sa gorge semblait se nouer. Anaïs comprit soudain, avec une clarté aveuglante. Paris. La ville où elle vivait, où elle travaillait. Mais Arthur, même s'il vivait à Paris, était un Normand de cœur, amoureux de la campagne et de la vie simple, c'était un déracinement majeur, un vrai sacrifice. Et pour eux ? Qu'est-ce que cela signifiait pour leur couple naissant, si fragile encore, si nourri de leurs différences, de leurs échappées belles hors de la ville, de cet équilibre délicat qu'ils commençaient à peine à trouver ? La joie sincère qu'elle ressentait pour son succès professionnel s'évanouit brutalement, remplacée par un sentiment glacial de peur et d'incertitude. C'était pourtant là où ils vivaient déjà. C'était si simple, et pourtant, dans le contexte de leur histoire, si potentiellement destructeur.

— Tu… tu devrais… quitter Les Saveurs d'Arthur ? — balbutia-t-elle, la voix étranglée, reformulant les implications qu'elle venait de saisir. — Vendre tes parts ? — Moins voir ta grand-mère ? — T'installer pour de bon ici…

— Oui, — confirma Arthur, et sa voix était à peine plus qu'un murmure chargé de regret anticipé, mais aussi de détermination. — C'est une opportunité unique pour ma carrière, Anaïs. Sans doute la plus grande. Une chance de réaliser tout ce dont j'ai rêvé. Mais… — Il la regardait maintenant avec une expression un mélange déchirant d'espoir et d'appréhension. — Je ne peux pas accepter cette offre, et crois-moi, j'en ai terriblement envie… mais je ne veux pas l'accepter… sans toi.

Il posa à nouveau sa main chaude sur la sienne, la forçant délicatement à relever les yeux vers lui. — Regarde-moi. — Je sais que c'est une demande énorme, peut-être injuste, après si peu de temps. — Je sais que nous venons à peine de nous trouver. Mais l'idée de me lancer corps et âme dans cette aventure folle sans toi à mes côtés, sans pouvoir partager ça avec toi… ça n'a aucun sens. — C'est vide. Sans intérêt. Je ne peux plus imaginer mon avenir sans toi, Anaïs. Ni à Paris, ni en Normandie, ni nulle part ailleurs. Alors voilà ma proposition : je veux que tu viennes avec moi. Non pas que tu me suives comme une ombre, mais que nous construisions cette nouvelle étape ensemble. Que nous fassions de Paris notre ville, que nous l'habitions ensemble, pleinement, que nous y mêlions nos vies pour en faire le tissu même de notre projet commun, le lieu concret de notre nouveau départ. Je veux continuer à me réveiller chaque matin à tes côtés, à sentir ton odeur dans les draps. Je veux partager mes joies et mes doutes de chef stressé avec toi le soir. Je veux t'aimer et te soutenir de toutes mes forces dans tes propres ambitions. Je veux t'aimer pour toujours, Anaïs. Pour le meilleur et pour le pire.

Elle le regardait, les yeux écarquillés, le cœur battant à se rompre, profondément émue et complètement bouleversée par la force de sa déclaration. Il ne lui demandait pas d'accepter son nouveau travail potentiellement envahissant. Il lui offrait tout : son cœur sans réserve, son avenir incertain mais excitant, sa vie entière. Et il lui demandait de la partager pleinement avec lui, là où ses rêves professionnels l'appelaient, mais en faisant de ce rêve un projet commun. Il était même prêt à renoncer à cette opportunité unique, à ce rêve de carrière, si elle n'était pas à ses côtés pour le vivre avec lui. C'était la plus belle preuve d'amour qu'on lui ait jamais offerte.

— Tu… tu veux vraiment que je… que nous vivions vraiment ensemble ? — balbutia-t-elle, encore sous le choc de l'intensité de sa proposition, les mots se bousculant dans sa tête et dans son cœur. — Que je quitte mon appartement pour qu'on en trouve un à nous ? — Que nous construisions notre foyer… notre vie… à Paris ?

Paris... C'était sa ville, depuis toujours. Le décor familier, le bruit de fond de son existence. Elle y avait grandi, étudié, travaillé, aimé, vécu seule. Tellement habituée à ses rues, à son métro, à ses cafés, qu'elle n'y prêtait même plus attention. Paris était juste là, omniprésent, comme l'air qu'on respire sans y penser. Mais notre foyer... notre vie... à Paris ? Les mots résonnaient différemment maintenant. Il ne s'agissait plus de son appartement de célibataire, de sa vie indépendante, même si elle aimait cette autonomie. Il s'agissait de leur vie, de leur foyer. Avec Arthur. Dans cette ville qu'elle croyait connaître par cœur, chaque coin de rue pouvait devenir le témoin d'une nouvelle histoire, d'un nouveau souvenir partagé. Elle allait pouvoir y construire quelque chose de totalement nouveau, d'inédit, à eux. Et, peut-être, retrouver la magie, les surprises et la beauté cachée de Paris, non plus dans la solitude ou la superficialité mais à travers le regard émerveillé d'Arthur et le sien, ensemble.

— Oui, Anaïs. — C'est exactement, absolument ce que je veux. — Plus que tout au monde. — Je sais que ça peut paraître fou, que tout va très, très vite entre nous. Peut-être même trop vite. Mais je suis tellement sûr de mes sentiments pour toi, comme je ne l'ai jamais été de rien d'autre dans ma vie. — Tomber amoureux de toi a été la chose la plus inattendue, la plus déstabilisante, mais aussi la plus évidente et la plus merveilleuse qui me soit jamais arrivée. — Et je veux passer le reste de mes jours à tes côtés, à t'aimer, à te chérir, où que ce soit. — Mais cette opportunité, ici à Paris… j'ai le pressentiment qu'elle pourrait être le début de quelque chose de magnifique pour nous deux, Anaïs. Si nous avons le courage de la saisir ensemble. Main dans la main.

Des larmes brouillèrent à nouveau la vue d'Anaïs. Mais cette fois, il n'y avait plus la moindre trace de tristesse ou de peur en elles. C'étaient des larmes d'émotion pure, de bonheur intense, de gratitude infinie face à la profondeur de son amour et de son engagement si sincère. L'idée de quitter son appartement qu'elle aimait tant, de changer certaines de ses habitudes de célibataire endurcie, semblait soudain complètement dérisoire, insignifiant, face à la perspective exaltante de construire une vie entière, un avenir commun, avec cet homme exceptionnel qui lui offrait son cœur sans réserve. Paris n'avait été jusqu'ici qu'un décor, après tout. Un décor magnifique, certes, mais juste un décor. L'essentiel, la seule chose qui comptait vraiment, c'était lui. C'était eux. Ensemble. Qu'ils fassent de Paris le nouveau tableau éblouissant de leur vie.

Un sourire tremblant mais absolument radieux naquit sur ses lèvres à travers ses larmes de bonheur. Elle serra sa main plus fort encore, ancrant leur connexion. — Oui, Arthur, — dit-elle, et sa voix était claire maintenant, ferme, vibrante d'amour et d'une certitude joyeuse qui balayait tous les doutes. — Oui. Mille fois oui. Bien sûr que oui. Je veux construire cette vie avec toi. N'importe où, mais surtout avec toi. — Je veux être… — elle marqua une pause, un sourire malicieux brillant dans ses yeux humides — … je veux être ta reine des pommes attitrée. — À Paris, en Normandie, ou même au pôle Nord s'il le faut ! Tant que je suis avec toi.

L'expression "reine des pommes", qui lui était venue si spontanément, comme une évidence tendre et amusée, fit éclater Arthur d'un rire franc et libérateur, un rire qui détendit toute la tension accumulée. C'était leur code secret, leur symbole. C'était eux. Une façon unique et pleine d'humour de sceller leur destin commun, bien plus personnelle et significative que la solennité parfois écrasante d'une demande classique. Arthur la regarda, un immense sourire de soulagement et de pur bonheur illuminant son visage comme jamais. Il se pencha par-dessus la petite table du restaurant italien, sans se soucier le moins du monde des regards amusés ou attendris des autres clients ou des serveurs siciliens qui devaient avoir l'habitude des déclarations enflammées. Et il l'embrassa tendrement, passionnément, au milieu des assiettes d'osso buco refroidies et des verres de Chianti à moitié vides. Un nouveau chapitre, excitant et plein de promesses, venait de s'ouvrir devant eux. Un chapitre parisien, certes, mais surtout un chapitre à deux, prêt à conquérir la ville lumière, armés de leur amour, de leurs rêves, et sans doute, de quelques excellentes recettes de tartes aux pommes.

Chapitre 11 : L'Annonce et les Adieux au Jardin

(Ou Comment Survivre à un Brunch Dominical Post-Révolution Personnelle)

La décision était prise, gravée dans le marbre de leur cœur et scellée par des baisers passionnés sous les pommiers normands au clair de lune. Une décision aux allures de tremblement de terre personnel, mais un tremblement de terre excitant, porteur de promesses et d'un avenir radicalement différent. Arthur allait accepter le poste prestigieux de chef dans ce nouveau restaurant parisien qui semblait taillé sur mesure pour ses rêves gastronomiques. Et Anaïs, loin de simplement l'accueillir ou de le "suivre", allait activement participer à la co-construction de leur nouvelle vie commune dans la capitale. L'heure n'était plus aux hésitations, aux demi-mesures, aux relations tièdes et aux compromis boiteux. C'était le grand saut, ensemble, main dans la main.

Une euphorie folle l'habitait, teintée d'une légère incrédulité. Était-il vraiment possible que tout bascule ainsi, si vite, si fort ? Que le bonheur ait cette saveur à la fois douce et vertigineuse ? Oui. C'était possible. Et merveilleux. Bien sûr, cela impliquait une cascade de changements concrets, logistiques et émotionnels. Il fallait chercher – et trouver, miracle parisien ! – un appartement plus grand, un véritable chez eux qui ne soit ni l'ancien territoire un peu trop marqué *Didier* d'Anaïs, ni le charmant appartement d'Arthur dont il devra se séparer de toute façon après la revente de ses parts des 'Saveurs d'Arthur', mais un nouveau territoire neutre, un canevas vierge sur lequel ils pourraient peindre leur propre histoire. Cela signifiait aussi, et ce n'était pas anodin, un véritable déracinement pour Arthur, qui allait devoir quitter son resto de quartier adoré, dire au revoir à son équipe fidèle, et accepter de voir moins souvent ses grands-parents et sa campagne normande si chère à son cœur. Mais ces défis étaient *les leurs*. Les affronter *ensemble* rendait l'idée non pas effrayante, mais exaltante. C'était construire activement, prouver la solidité de leur lien face à la réalité, pas fuir ou subir. C'était un défi qu'ils allaient relever à deux. Pour Anaïs, cela impliquait l'acceptation lucide que l'homme qu'elle aimait allait être plongé corps et âme dans un défi professionnel intense, chronophage et potentiellement dévorant, surtout au début. Il faudrait trouver un nouvel équilibre, inventer de nouvelles routines, apprendre à partager un homme que le Tout-Paris gastronomique allait bientôt s'arracher (elle en était intimement persuadée). Mais face à l'excitation palpable de ce nouveau départ et à la force tranquille de leur engagement mutuel, tous ces défis semblaient surmontables, presque stimulants. Leur amour, pensait Anaïs avec une confiance nouvelle, semblait capable de soulever des montagnes, ou au moins, de trouver un T3 avec balcon à un prix décent à Paris, ce qui relevait déjà de l'exploit himalayen.

Cependant, avant de se projeter pleinement dans cet avenir parisien à deux, avant de commencer à éplucher les annonces immobilières et à rêver de leur future décoration intérieure (elle voyait déjà beaucoup de plantes vertes, lui imaginerait sans doute une cuisine high-tech), il y avait une étape incontournable, délicate et potentiellement périlleuse sur le plan diplomatique : l'annonce officielle à leurs proches respectifs. Un passage obligé. Pas forcément redouté, mais à préparer. Une étape délicate sur le plan diplomatique, certes, mais une étape qu'elle abordait avec une sérénité nouvelle, armée de la certitude de son choix. Pour Arthur, cela signifiait une conversation sans doute douce-amère mais pleine de tendresse avec Madeleine et Michel, sa famille adorée, et une annonce plus formelle mais tout aussi émouvante à son équipe dévouée au restaurant. Il appréhendait un peu, bien sûr. Quitter son restaurant, c'était une partie de lui-même qu'il laissait derrière. Dire au revoir à ceux qui l'avaient accompagné dans cette aventure. Mais il savait aussi que ce départ était pour aller plus loin, et que leur soutien inconditionnel serait là, malgré la distance. Une tendresse infinie le serrait le cœur en pensant à eux.

Pour Anaïs, en revanche, l'épreuve s'annonçait légèrement plus… sportive. Cela voulait dire affronter le regard scrutateur et les questions potentiellement inquisitrices de ses deux meilleures amies, Léa et Camille. Ses sœurs de cœur, ses piliers indéfectibles, celles à qui elle ne cachait (presque) rien. Elle savait qu'elles seraient fondamentalement heureuses pour elle, surtout après l'épisode Didier dont elles avaient été les témoins navrées pendant des années. Mais elle anticipait aussi leurs réactions face à la rapidité fulgurante des événements – rupture, nouvel amour, projet de vie commune, le tout en l'espace de quelques semaines à peine ! – et à l'ampleur de l'engagement qu'elle prenait avec cet homme, cet Arthur "aux pommes", qu'elles n'avaient encore jamais rencontré et qui sortait un peu de nulle part dans le paysage bien balisé de sa vie. Elle se préparait mentalement à un interrogatoire en règle, version brunch dominical.

Elle choisit stratégiquement de leur annoncer la nouvelle lors de leur brunch rituel du dimanche matin, dans leur café préféré. Un lieu qui n'avait pas de nom ronflant ni d'architecture audacieuse, mais qui sentait bon le café fraîchement moulu, le pain grillé et les viennoiseries beurrées. Un endroit toujours un peu trop bruyant, toujours un peu trop bondé, mais tellement chaleureux, plein de rires étouffés et de conversations intimes chuchotées entre les tables serrées. C'était leur bulle, leur refuge, le théâtre de leurs confessions les plus folles et de leurs consolations les plus douces depuis des années. Elles y avaient refait le monde, disséqué leurs vies amoureuses et professionnelles, et partagé leurs fous rires et leurs coups de blues un nombre incalculable de fois. C'était leur terrain neutre, leur quartier général amical.

Assise face à elles, devant un grand café crème fumant et une assiette d'œufs Bénédicte qui lui semblait soudain bien difficile à avaler, Anaïs était malgré tout submergée par une vague de bonheur. Elle était rayonnante, elles le lui avaient dit dès qu'elle s'était assise. Mais sous la lumière nouvelle qui l'habitait depuis Arthur, une légère nervosité pointait, rendant ses gestes un peu moins assurés que d'habitude. Léa, fidèle à elle-même, semblait survoltée ce matin-là, rayonnante dans une robe colorée audacieuse et parlant avec l'énergie d'une tornade. Elle racontait une anecdote rocambolesque arrivée pendant la semaine à l'agence de communication où elle travaillait. Camille, à côté d'elle, plus posée dans son élégance discrète, écoutait avec son calme analytique habituel, hochant la tête de temps en temps, un léger sourire amusé aux lèvres, mais ses yeux vifs observaient Anaïs avec une attention particulière. Léa venait de terminer son histoire sur un éclat de rire général, et un silence curieux, palpable, s'installa. Les amies attendaient qu'Anaïs prenne la parole, sentant, avec l'intuition affûtée de celles qui vous connaissent par cœur, qu'elle avait une annonce majeure à faire.

— Euh… les filles, — commença-t-elle, et sa voix lui parut légèrement tremblante malgré sa résolution intérieure. Une petite boule d'angoisse se logea dans sa gorge, rendant chaque mot un peu plus difficile à prononcer. Le son qui sortit était plus faible qu'elle ne l'aurait voulu. — J'ai quelque chose d'important à vous dire. Quelque chose qui fait suite à tout ce qui s'est passé récemment... et qui...

Instantanément, les radars amicaux de Léa et Camille se mirent en alerte maximale. Elles échangèrent un regard rapide, expert. Le sérieux inhabituel dans la voix d'Anaïs, sous le vernis du bonheur, stoppa net leurs propres pensées. Léa posa sa tasse de thé avec un bruit sec sur la soucoupe, les yeux fixés sur Anaïs. — Ouh là… Quoi ? Qu'est-ce qui se passe maintenant ? — demanda Léa, l'air inquiet, son énergie redirigée vers la source du mystère. — Ce n'est pas une catastrophe, au moins ?! Le brunch, un instant suspendu. Le bruit sec de la tasse de Léa. Leurs yeux braqués sur elle. L'angoisse n'était pas liée à l'annonce elle-même, mais à l'attente de leur réaction. Elle détestait les inquiéter. — Par pitié ne me dis pas que ça a mal tourné avec Arthur ?!

— Oui, oui, tout va très bien avec Arthur, — s'empressa de la rassurer Anaïs avec un sourire un peu nerveux qui se voulait rassurant mais ne l'était qu'à moitié. — C'est... c'est même *grâce* à Arthur que je dois vous dire ça.

Elle prit une grande inspiration, rassemblant son courage pour lâcher la première bombe. — Arthur a eu une opportunité professionnelle absolument incroyable. Monumentale. Il va prendre la direction des cuisines d'un tout nouveau restaurant gastronomique ici, à Paris. Dans le Marais. C'est... c'est un truc de fou pour lui.

La première bombe était lancée. Une information qu'elle savait importante, mais qui n'était qu'une partie de l'iceberg. Léa et Camille clignèrent des yeux, visiblement surprises par le virage professionnel de l'annonce, mais aussi sincèrement impressionnées. — Wow ! Mais c'est énorme ! — s'exclama Léa, ses yeux ronds de surprise se transformant en admiration. — Bravo le Normand ! Il le mérite tellement ! C'est exactement le genre de défi fait pour lui !

— Quelle chance incroyable ! — renchérit Camille, plus mesurée mais tout aussi enthousiaste. — C'est magnifique, Anaïs, pour sa carrière ! C'est exactement ce dont tu nous parlais, son rêve d'aller plus loin !

Elle vit dans leurs yeux l'admiration sincère, l'enthousiasme pur pour la réussite d'Arthur. Pas une once de jalousie ou de jugement. Juste de la joie pour lui. C'était précieux. — Oui, c'est formidable pour lui, — reprit Anaïs, sa voix reprenant une légère tremblante qui signalait que ce n'était pas *toute* l'histoire. — Et... et suite à ça... nous avons décidé de... de construire notre vie ensemble. Ici. Pour de bon. Nous allons chercher un appartement pour nous deux dès que possible. Voilà.

Nouveau silence. Plus long cette fois. Assourdissant. Le choc n'était plus sur sa rupture avec Didier ou sa nouvelle relation avec Arthur, mais sur la vitesse vertigineuse et l'ampleur de l'engagement qui découlaient de cette opportunité professionnelle. Léa la dévisageait, bouche bée, ses œufs Bénédicte oubliés. Ses yeux ronds comme des soucoupes exprimaient une stupéfaction qui semblait court-circuiter ses neurones habitués aux rythmes plus lents de la vie amoureuse de leur amie. Camille, elle, plissa légèrement les yeux, son cerveau pragmatique tournant à plein régime pour analyser la situation, peser les implications potentielles, évaluer les risques liés à la rapidité et à la simultanéité des bouleversements.

— Attends, attends, attends… — intervint finalement Léa, secouant la tête comme pour remettre ses idées en place. — Reprends depuis "nous avons décidé de construire notre vie ensemble". Tu as quitté Didier – ce qui est une excellente chose en soi, je répète – il y a quoi, à peine trois semaines ? Et tu vas DÉJÀ t'installer avec Arthur ? Mais Anaïs, ma chérie, tu es absolument sûre de ton coup ? Tu ne vas pas un peu, genre, TRÈS vite, là ?! C'est… c'est un saut dans le vide puissance mille ! Quitter ton indépendance, tes petites habitudes, ton espace vital, qui est déjà petit, soit dit en passant ? Tout ça pour un homme que tu connais depuis… quoi ? Un mois et demi à tout casser ?

La franchise de Léa était toujours aussi brutale, directe comme un uppercut, mais Anaïs savait qu'elle ne venait pas d'un jugement facile, mais d'un fond d'inquiétude sincère, d'une amitié protectrice. Elle voulait juste s'assurer qu'Anaïs ne commettait pas une nouvelle erreur, qu'elle ne se précipitait pas tête baissée dans une autre situation potentiellement compliquée par l'euphorie de la nouveauté. C'était la façon d'aimer de Léa, directe et sans fioritures. Et Anaïs l'aimait pour ça, même si ça piquait parfois.

— Je comprends ton inquiétude, Léa, vraiment, — répondit Anaïs avec douceur mais fermeté. — Et celle de Camille aussi, j'imagine. Mais non, je ne quitte pas "toute ma vie" ni "mon indépendance" comme si je fuyais quelque chose. Je reste à Paris. Mon travail, que j'adore, est ici. Vous, mes amies irremplaçables, vous êtes ici. Ce qui change, fondamentalement, c'est que je choisis consciemment et joyeusement de partager ma vie quotidienne avec quelqu'un que j'aime profondément et qui, miracle, m'aime en retour. Et non, je ne pense pas aller trop vite. Parfois, les choses sont juste… évidentes. Lumineuses. Pourquoi attendre des années quand on est sûrs, quand on ressent avec cette certitude ? Je n'ai jamais été aussi certaine de quelque chose, d'une décision, de toute ma vie. Et crois-moi, j'en ai pris, des décisions basées sur la raison plutôt que sur le cœur, et ça ne m'a pas vraiment réussie jusqu'ici !

L'évidence dont elle parlait n'était pas abstraite. C'était le goût de la pomme et du cidre dans le baiser d'Arthur, la chaleur de sa main dans la sienne, la façon dont son regard la désarmait et la reconnaissait à la fois. C'était une certitude qu'elle ressentait dans son corps, dans ses sens. Elle marqua une pause, son regard balayant le visage inquiet de Léa, puis le visage réfléchi de Camille.

— Ce n'est pas une décision prise "pour un homme", comme si j'étais une damoiselle en détresse qui a besoin d'être sauvée ou stabilisée. C'est une décision prise *avec lui*, pour *nous*, pour l'amour incroyable et l'évidence que nous partageons, pour la possibilité d'un bonheur simple et vrai que je n'osais même plus espérer il y a quelques mois à peine. C'est une nouvelle vie, oui, un sacré virage, mais une vie que je choisis activement, en pleine conscience, pas une que je subis passivement. Vous voyez la différence ?

Camille, qui avait écouté attentivement l'échange, prit le relais avec sa douceur habituelle mais des questions tout aussi pointues et pragmatiques. — On comprend ton bonheur, Anaïs, sincèrement. Et personne ici ne doute de tes sentiments ni de ceux d'Arthur, tu rayonnes tellement que tu pourrais remplacer l'éclairage public du quartier à toi toute seule. Mais… Léa n'a pas tout à fait tort sur un point : c'est un changement énorme et très rapide malgré tout. Vivre avec quelqu'un au quotidien, ce n'est pas la même chose que des rendez-vous romantiques. Surtout au tout début d'une relation, et surtout alors qu'il se lance dans un projet professionnel aussi exigeant et potentiellement stressant que l'ouverture d'un restaurant gastronomique à Paris… Ça demande forcément des ajustements, des compromis, une communication sans faille. Est-ce que vous avez vraiment pensé à tout ça ? Aux moments de stress où il sera absent ou préoccupé ? À l'impact sur ton propre travail – tu as aussi des projets importants –, sur ton indépendance financière (même si ce n'est pas le sujet principal, ça compte), sur… votre dynamique de couple au jour le jour, loin des échappées belles en Normandie ? Vous ne vous connaissez finalement que depuis très peu de temps dans le fond. Est-ce que tu ne risques pas d'idéaliser un peu la situation, portée par l'euphorie de la nouveauté et le contraste salvateur avec Didier ?

Les questions de Camille étaient pertinentes, intelligentes, ancrées dans la réalité concrète de la vie à deux. Anaïs appréciait cette approche réfléchie, moins explosive que celle de Léa, qui la forçait à verbaliser sa propre certitude, à vérifier la solidité de sa décision face à des arguments rationnels.

— Mais bien sûr que j'y ai pensé, Camille ! — répondit Anaïs, sa voix se faisant passionnée. — Et Arthur aussi ! Je ne suis pas complètement naïve, tu me connais ! Je sais parfaitement que ce ne sera pas un conte de fées tous les jours. Je sais qu'il y aura des défis, des moments de fatigue, des ajustements nécessaires. Je sais qu'Arthur sera très pris, très stressé par son nouveau restaurant, surtout la première année. Ce serait fou de croire le contraire. Nous avons parlé de l'impact de son travail, de ses futures absences, des sacrifices qu'il fait en quittant son restaurant et en s'éloignant de sa Normandie. Nous sommes conscients des enjeux, des difficultés potentielles.

Elle se pencha légèrement en avant, sa voix devenant plus intime, plus vulnérable.

— Mais la différence fondamentale, ce qui change *tout* par rapport à… avant… c'est que nous communiquons. Vraiment. Il m'écoute quand je lui parle de mes propres angoisses, de mes propres besoins. Je l'écoute quand il me parle des siens. Nous voulons construire quelque chose *ensemble*, en nous soutenant mutuellement, pas en nous tirant vers le bas ou en nous ignorant. Ce n'est pas une fuite en avant pour échapper à ma vie d'avant, c'est un projet commun, désiré par les deux, basé sur une évidence.

Elle sourit à nouveau, un sourire plein d'une certitude tranquille.

— Quant à l'idéalisation… oui, peut-être un peu, c'est sans doute normal et même sain au début d'une grande histoire d'amour ! Mais ce que je ressens au plus profond de moi, ce que je vois en lui – sa gentillesse fondamentale, son authenticité désarmante, sa passion communicative, sa solidité tranquille, et surtout, cette façon incroyable qu'il a de me regarder, comme si j'étais à la fois un mystère à découvrir et une évidence attendue… ça, Camille, ce n'est pas une idéalisation, c'est réel. Palpable. Ancré. Et c'est ça, plus que tout, qui me donne une confiance absolue en notre avenir.

Elle parla longtemps ce matin-là, assise dans le brouhaha chaleureux du café parisien. Elle leur expliqua ses sentiments avec une sincérité et une vulnérabilité nouvelles. Elle leur raconta des anecdotes amusantes et touchantes sur Arthur, sur sa grand-mère Madeleine, sur leur week-end à la ferme, sur la façon dont il l'encourageait dans son travail et dans ses passions oubliées comme la peinture. Elle leur parla de cette sensation nouvelle et grisante de "respirer enfin", de se sentir "alignée" avec elle-même, avec ses valeurs profondes, pour la première fois depuis très longtemps.

Peu à peu, elle vit le scepticisme initial de ses amies, même celui de Léa la volcanique, fondre comme neige au soleil, remplacé par une compréhension profonde et une acceptation sincère et joyeuse. Elles voyaient le bonheur irradier d'elle, un bonheur calme et profond qu'elles ne lui avaient pas connu depuis des années, peut-être jamais. Elles voyaient qu'elle avait trouvé quelque chose de précieux, d'authentique, et elles ne pouvaient que s'en réjouir pour elle.

— Bon, d'accord, d'accord, tu nous as complètement convaincues ! — capitula finalement Léa en levant les mains en signe de reddition, un large sourire illuminant son visage. — Tu as l'air tellement… heureuse. Épanouie. Sereine. Ça fait un bien fou de te voir enfin comme ça, ma vieille ! Alors, fonce ! Vis ton histoire d'amour avec ton Roi des Pommes !

Elle s'arrêta, un éclair d'inquiétude (véritable cette fois) passant dans son regard pétillant.

— Mais alors, attends… ça veut dire que tu vas vraiment nous quitter ? — s'enquit Léa, la voix soudain plus douce. — Enfin, je veux dire, quitter ton appartement ? Ton petit cocon adoré où on a passé tant de soirées à refaire le monde et à critiquer les hommes (surtout Didier !) ? On ne pourra plus débarquer à l'improviste pour nos soirées pyjamas-confidences-glaces au chocolat ?

— Mais si, bien sûr que si ! — protesta Anaïs en riant de bon cœur. — D'abord, on va trouver un appartement assez grand pour avoir une chambre d'amis digne de ce nom, spécialement pour vous ! Et puis, ce n'est pas parce que je vais vivre avec Arthur que je vais vous oublier ou vous voir moins ! Vous êtes mes sœurs de cœur, mes indispensables, vous le savez bien ! Rien ne change entre nous !

— Tu vas quand même nous manquer un peu, toi qui étais notre sage conseillère, parfois notre voix de la raison (même si on ne t'a pas toujours écoutée !), et surtout notre rayon de soleil officiel, même si tu restes à Paris, — dit Camille avec une pointe d'émotion sincère dans la voix. — C'est juste que… la dynamique sera différente. Mais on est si heureuses pour toi, Anaïs. Vraiment.

Elles se levèrent de table, s'étreignant toutes les trois dans une accolade chaleureuse, scellant cette nouvelle étape de la vie d'Anaïs sous le regard attendri des serveurs débordés.

Pourtant, au milieu de toute cette excitation joyeuse liée aux préparatifs du déménagement et à la recherche de leur futur nid d'amour, il restait une étape importante et émotionnellement difficile pour Anaïs, un adieu silencieux qu'elle redoutait un peu et qu'elle avait un peu tendance à repousser : quitter définitivement son jardin. Le projet du centre culturel était enfin achevé, et le jardin, tout juste livré, s'apprêtait à être inauguré. Les dernières plantations avaient pris racine, le système d'irrigation fonctionnait à merveille, le mobilier urbain qu'elle avait choisi avec soin était installé. Le jardin était là, offert au public, magnifique, luxuriant, vibrant de vie et de couleurs, exactement comme elle l'avait rêvé sur ses plans pendant des mois, et peut-être même encore au-delà de ses espérances. C'était l'aboutissement tangible de mois et de mois de travail acharné, de doutes surmontés, de négociations parfois âpres, de passion investie sans compter.

Mais c'était bien plus que cela pour elle. Ce jardin était devenu, au fil de sa création, une partie intégrante d'elle-même, le miroir de sa propre transformation, le symbole de sa renaissance personnelle et professionnelle. Il était lié à son histoire avec Arthur, il avait grandi en même temps que ses sentiments pour lui et sa résolution à changer de vie. Le quitter maintenant, au moment précis où il atteignait sa pleine maturité, où il commençait à vivre sa propre vie sous le regard des visiteurs, lui donnait l'impression étrange et un peu douloureuse d'abandonner un enfant juste après sa naissance, de laisser derrière elle une part essentielle de son histoire récente, un témoin privilégié de son évolution.

Un après-midi ensoleillé et doux, quelques jours seulement avant de rendre définitivement les clés de son appartement, elle décida d'y retourner une dernière fois, seule. Elle avait besoin de ce moment d'intimité, de cet adieu silencieux avec sa création la plus personnelle. Elle déambula lentement à travers les allées qu'elle connaissait par cœur, reconnaissant chaque arbre, chaque massif, chaque banc. Elle caressa distraitement la feuille large et gaufrée d'un hosta planté à l'ombre, huma le parfum délicat et poivré d'un rosier 'Buff Beauty' en pleine floraison tardive, écouta le murmure apaisant et familier de la fontaine centrale dont elle avait dessiné chaque courbe avec tant d'application. Elle s'assit longuement sur un banc – son banc préféré, celui qui offrait la plus belle perspective sur l'ensemble du jardin – et contempla son œuvre avec un mélange complexe d'émotions. Une immense fierté, bien sûr, devant la beauté du résultat, devant l'harmonie des formes et des couleurs. Mais aussi une profonde mélancolie à l'idée de devoir tourner la page, de confier ce lieu à d'autres mains, à d'autres regards. Ce lieu portait son empreinte, ses rêves, ses efforts, ses joies et même ses larmes parfois. Chaque plante, chaque pierre, chaque rayon de lumière filtrant à travers les feuillages semblait lui raconter une bribe de son propre parcours, de sa propre métamorphose.

Elle était plongée dans ses pensées, une larme roulant silencieusement sur sa joue, lorsque Arthur la rejoignit, sans un bruit, comme s'il avait deviné son besoin de solitude puis de réconfort. Il ne dit rien au début, s'asseyant simplement à côté d'elle sur le banc, passant son bras chaud et solide autour de ses épaules dans un geste protecteur et tendre. Il comprenait, sans qu'elle ait besoin de prononcer un mot, le flot d'émotions contradictoires qui la traversait. Il avait cette capacité unique, précieuse, à sentir ses états d'âme, à respecter ses silences, à être juste là. Il regarda le jardin avec elle, son regard admiratif balayant lentement l'étendue verdoyante, des parterres fleuris aux grands arbres déjà majestueux.

— Il est absolument magnifique, Anaïs, dit-il enfin, sa voix douce et profonde rompant le silence paisible. Encore plus beau et plus vivant que la dernière fois que je suis venu. Chaque fois que je le vois, je découvre de nouveaux détails, une nouvelle harmonie. Tu as créé quelque chose d'exceptionnel ici. Un véritable havre de paix et de poésie au cœur de la ville agitée. On sent ton âme, ta sensibilité, ton amour pour la nature dans chaque recoin. C'est bien plus qu'un jardin, c'est une œuvre d'art vivante. C'est un cadeau inestimable que tu offres aux parisiens.

— Merci, Arthur, murmura Anaïs, la gorge serrée par l'émotion, posant sa tête contre son épaule. J'y ai mis tout mon cœur, toute mon énergie pendant des mois. C'est un peu mon bébé, tu sais. J'espère juste… j'espère sincèrement qu'il apportera autant de joie, de calme et de sérénité aux autres qu'il m'en a apporté pendant toute sa création. C'est… c'est juste difficile de le laisser maintenant qu'il est enfin né.

Elle se tourna vers lui, ses yeux brillants de larmes qu'elle ne cherchait même plus à retenir. Il voyait sa tristesse, sa vulnérabilité, mais aussi l'amour profond et sincère qu'elle portait à ce lieu, à son travail. Il resserra son étreinte, la rapprochant encore de lui.

— Mais tu ne le laisses pas vraiment, Anaïs, reprit-il avec une infinie douceur. Tu ne l'abandonnes pas. Tu l'offres au monde, tu le partages. C'est la plus belle chose qui puisse arriver à une création, non ? Qu'elle vive sa propre vie, qu'elle touche d'autres personnes. Et la beauté que tu as insufflée ici, la passion que tu y as mise, la créativité qui t'a animée... tout ça, tu l'emportes avec toi. Ce n'est pas lié à ce lieu unique. C'est en toi. Tu créeras d'autres jardins, Anaïs, d'autres lieux magnifiques, peut-être encore plus beaux, encore plus ambitieux parce que c'est ce que tu es : une créatrice de beauté, une tisseuse d'harmonie. Et moi, je serai là, à chaque étape, pour te voir le faire, pour t'admirer, pour te soutenir.

Ses mots étaient simples, justes, profondément réconfortants. Ils touchèrent Anaïs en plein cœur, apaisant sa mélancolie, transformant sa tristesse en une douce nostalgie et une excitation renouvelée pour l'avenir. Il avait raison. Ce n'était pas une fin, mais une étape. Une magnifique étape qu'elle n'oublierait jamais, mais juste une étape. Elle se blottit un peu plus contre lui, trouvant refuge et force dans sa chaleur, sa présence solide et sa compréhension intuitive.

— Je suis prête, Arthur, dit-elle après un moment de silence apaisé, sa voix plus ferme maintenant, vibrante d'une résolution nouvelle. Je suis prête pour notre nouvelle aventure. Prête pour Paris à plein temps avec toi, prête pour notre vie ensemble, prête pour tous les défis qui nous attendent. Tant que tu es avec moi, je sais que tout ira bien. Que tout est possible.

— Partout où tu iras, ma Reine des Pommes et des Jardins, je serai là, promit Arthur en déposant un baiser tendre et léger sur son front. Toujours. Tu peux compter sur moi.

Et dans ses bras, entourée par la beauté tranquille et accomplie de son jardin, baignée par la lumière dorée du soleil couchant, Anaïs sut avec une certitude absolue, sereine, qu'elle pouvait affronter n'importe quel défi, n'importe quel changement, n'importe quelle tempête. Leur amour était leur nouveau jardin secret, un espace de force, de tendresse et de complicité où tout semblait pouvoir pousser, fleurir, et s'épanouir. Laisser cet endroit était difficile, oui, mais l'avenir qu'ils allaient construire ensemble valait bien tous les adieux. C'était le début d'une nouvelle saison.

Chapitre 12 : Les Fondations d'un Nouveau Monde

(Où On Récupère Fougère et Où Les Liens se Forment)

Le lendemain matin, le soleil parisien filtrait timidement à travers les rideaux de l'appartement d'Anaïs. L'air portait encore l'écho silencieux des mots prononcés la veille au soir, des larmes essuyées et des promesses échangées au milieu des assiettes froides et des verres vides. Allongée contre Arthur, sentant son souffle calme et régulier dans ses cheveux, Anaïs sourit. C'était l'aube de leur premier jour dans ce *nous* redéfini, ce *nous* qui allait désormais s'écrire à deux, à Paris, et nul autrement que côte à côte.

Les premiers instants de cette nouvelle réalité furent doux, presque irréels. Un café partagé au lit, des caresses tendres, des murmures sur l'incroyable évidence de leur décision. Mais rapidement, la logistique s'invita, rappelant que l'extraordinaire de leur amour allait désormais se frotter à l'ordinaire des cartons, des baux et des rendez-vous.

— Le déménagement... — commença Anaïs, sa voix se faisant soudain plus pragmatique. — Mon appartement n'est pas immense, mais il y a quand même des choses à trier, à emballer. Beaucoup de souvenirs...

Arthur l'embrassa tendrement sur le front. — On fera ça ensemble, ma Reine des Pommes et des Jardins. Chaque carton sera une étape. Et puis… il faudra chercher notre nouveau nid. Un appartement à nous deux.

La perspective de cette recherche immobilière, même à Paris où la mission relevait souvent de l'exploit, arracha un sourire franc à Anaïs. Un appartement *à eux deux*. Un lieu vierge de tout passé, où ils pourraient bâtir leur propre histoire, leur propre foyer.

— Ça va être… une aventure, — dit-elle, une pointe d'excitation dans la voix. — Trouver l'endroit parfait. Un endroit qui nous ressemble.

— Qui nous ressemble, oui, — murmura Arthur, son regard un peu plus sombre. — Un endroit qui devienne ma nouvelle ancre. Une fois que j'aurai largué celle de Normandie…

Le poids de ce sacrifice, de ce déracinement qu'il avait évoqué au restaurant, flotta un instant entre eux. Anaïs serra sa main. — Je sais que c'est un immense changement pour toi, Arthur. Quitter Les Saveurs d'Arthur, t'éloigner de ta famille, de ta terre… Mais je serai là. Ici. Pour t'aider à poser ces nouvelles bases. Pour qu'on construise ensemble un nouveau port d'attache.

Il la regarda avec une infinie tendresse, le nuage sombre se dissipant. — Je sais. Et c'est pour ça que je sais que je peux le faire. Parce que c'est avec toi.

Ils passèrent le reste de la matinée à faire des plans, à ébaucher des listes, à rêver à voix haute de leur futur appartement – la lumière, l'espace pour cuisiner (un critère essentiel pour Arthur !), peut-être un petit balcon pour quelques herbes aromatiques (un petit clin d'œil à sa grand-mère !).

La question de la logistique s'imposa rapidement. Arthur devait continuer à gérer Les Saveurs d'Arthur jusqu'à la vente de ses parts à Antoine, tout en commençant à s'investir dans la préparation de l'ouverture du nouveau restaurant gastronomique. Les trajets Paris-Normandie pour le travail et la famille allaient s'intensifier dans un premier temps, puis se raréfier. Et puis il y avait le déménagement d'Anaïs, le transport des cartons, la recherche du nouvel appartement, potentiellement des allers-retours chez ses propres parents…

— Il va me falloir des roues, — constata Arthur avec un sourire un peu las. — Ma vieille camionnette n'est pas faite pour ça, ta voiture est géniale mais trop petite, et enchaîner les locations, ça va vite devenir ingérable et cher. J'en ai parlé aux investisseurs du nouveau restaurant hier soir. L'un d'eux a une Volvo break qui ne sert pas beaucoup, il me la prête le temps que je m'organise. Ça va me dépanner énormément.

Anaïs sourit. La perspective d'Arthur au volant d'un solide break suédois, lui le Normand ancré dans la terre et les produits frais, avait quelque chose d'à la fois inattendu et parfaitement juste. Cela faisait partie du grand écart qu'il allait devoir gérer.

Quelques jours plus tard, ce fut l'heure de retrouver Fougère. Anaïs avait confié sa chatte siamoise au caractère bien trempé à ses parents depuis quelques mois, le temps que le projet du centre culturel prenne moins de place dans sa vie et lui permette de lui consacrer l'attention qu'elle méritait. La maison de ses parents, dans une banlieue résidentielle à l'ouest de Paris, était le lieu idéal pour Fougère, spacieux et entouré de jardins. Mais il était temps de la récupérer. Et il était impensable pour Anaïs qu'Arthur ne l'accompagne pas pour cette étape importante : rencontrer sa mère… et se soumettre avec le sourire au jugement du membre le plus exigeant de la famille : Fougère le chat !

Ils prirent la Volvo. Sur le chemin vers la banlieue résidentielle, Anaïs sentit une légère tension monter en elle. Ce sentiment particulier de retourner au bercail, un mélange complexe d'affection et d'une vague appréhension, toujours présent malgré les années.

— Ça va ? — demanda Arthur, sentant sa main se crisper légèrement sur la sienne. — Un peu nerveuse ?

— Juste… un peu tendue, — avoua Anaïs avec un petit sourire. — Rentrer chez mes parents, ça me fait toujours un drôle d'effet. C'est… c'est un peu un autre monde.

Arthur la regarda, curieux. — Un autre monde ? Ils ont l'air très bien pourtant. Tu m'as dit qu'ils étaient contents de faire ma connaissance.

— Oh, ils sont très bien ! Très gentils, très aimants… à leur manière. — Anaïs chercha ses mots, regardant défiler le paysage familier. — C'est juste que… on est très différents, eux et moi. Dans notre façon de… d'être, d'exprimer les choses. Il n'y a jamais eu de drame, hein ! Juste une distance qui s'est installée naturellement avec le temps. Des rapports… courtois, chaleureux, oui. On s'aime, je le sais. Mais c'est un amour… pudique, peut-être ? Un peu lointain.

On ne s'appelle pas tous les jours, on ne se raconte pas tout. C'est juste... comme ça. J'ai jamais vraiment su comment trouver ma place, comment me connecter profondément à eux, je suppose. Pas parce qu'il s'est passé quelque chose de mal, mais simplement parce qu'on ne fonctionne pas de la même manière.

Arthur serra sa main dans la sienne, un geste de compréhension silencieuse. — Je comprends. Ce n'est pas toujours facile, même avec les gens qu'on aime le plus, quand les langages sont différents.

— Exactement. — Elle lui adressa un sourire plein de gratitude pour sa compréhension. — Mais ils étaient contents quand je leur ai parlé de toi. Soulagés que j'aie quitté Didier, ça c'est sûr ! Et sincèrement curieux de te rencontrer. Ils te voient comme... comme l'homme qui me fait rayonner à nouveau, je crois.

— J'espère ne pas les décevoir, alors, — sourit Arthur, une lueur tendre dans les yeux.

— Impossible. Tu es... tu es mon Arthur. — Elle lui rendit son sourire, la tension un peu relâchée par ces confidences partagées. Ce trajet avec lui, ce partage de cette part intime de sa vie, rendait l'approche de la maison moins intimidante.

Ils arrivèrent devant la maison pavillonnaire propre et ordonnée, entourée d'un jardin impeccablement entretenu. L'image même d'une vie rangée, loin du chaos créatif et des impulsions passionnées qui animaient Anaïs. Sa mère, Catherine, les accueillit sur le perron avec une chaleur souriante mais, comme Anaïs l'avait pressenti, un peu réservée. Le père d'Anaïs n'était pas là, comme souvent, pris par ses obligations professionnelles – une absence habituelle qui faisait aussi partie de la dynamique familiale.

Catherine connaissait Arthur de nom, Anaïs lui ayant expliqué dans les grandes lignes par téléphone qu'elle avait quitté Didier et rencontré quelqu'un, Arthur, dont la vie était partagée entre Paris et la Normandie. Elle regardait le Normand avec une curiosité bienveillante, essayant de déceler derrière les traits de l'homme l'explication du bonheur si évident de sa fille. La conversation autour d'un café et d'une part de tarte aux pommes (encore !) fut polie, un peu formelle au début, faite de questions prudentes et de réponses mesurées. Arthur, malgré son aisance habituelle, semblait un peu intimidé par la mère de la femme qu'il aimait, sentant la nuance dans l'atmosphère, l'amour présent mais contenu. Il répondit avec sincérité aux questions discrètes de Catherine sur son travail, sa famille en Normandie. Il parla de sa grand-mère Madeleine avec une tendresse qui toucha Martine, créant un pont silencieux entre leurs univers familiaux.

Et puis, Fougère fit son apparition. Une siamoise au pelage crème et aux yeux d'un bleu perçant, dotée d'une dignité royale et d'un mépris certain pour quiconque ne se conformait pas immédiatement à ses attentes. Elle sauta d'un bond élégant sur le canapé, ignora superbement Arthur pendant trente bonnes secondes, puis, après une inspection olfactive rigoureuse des lieux, se dirigea vers lui avec la démarche ondulante d'une reine concédant une audience. Arthur, qui n'avait jamais vraiment vécu avec un chat, la regarda avec un mélange de fascination et de légère appréhension.

Fougère sauta sur ses genoux. Arthur se figea. Le chat le fixa de ses yeux bleus intenses. Un silence s'installa. Puis, Fougère émit un petit miaulement de satisfaction, s'installa confortablement, et commença à ronronner sur ses genoux, comme si elle avait toujours eu l'intention de s'approprier cet espace.

Anaïs et sa mère échangèrent un regard amusé. Le test de Fougère était crucial. Et Arthur venait de le réussir haut la patte. Un sourire soulagé et tendre éclaira le visage d'Arthur. Il osa une main hésitante, caressa doucement le pelage soyeux de la chatte qui répondit par un ronronnement encore plus fort.

— Eh bien, — dit Catherine avec un sourire chaleureux, brisant le silence, — Fougère semble avoir approuvé. C'est bon signe, Arthur. Elle ne fait pas ça avec tout le monde.

Le reste de la visite fut plus détendu. Le passage de témoin pour Fougère se fit en douceur. Les cartons de ses affaires furent chargés dans la Volvo. Sur le seuil, Catherine prit Anaïs dans ses bras. — Tu as l'air si heureuse, ma chérie. Je suis contente pour toi. Prend soin de toi. Et… prend soin de lui aussi. Il a l'air bien, ce garçon.

Anaïs serra sa mère fort. — Oui, Maman. Je suis heureuse. Ne t'inquiète pas. On prendra soin l'un de l'autre.

Le trajet du retour, avec Fougère installée dans sa caisse à l'arrière (et protestant bruyamment contre ce traitement indigne), fut l'occasion de parler un peu des parents, de l'enfance d'Anaïs. Arthur posa des questions, curieux de ce pan de sa vie. Anaïs parla avec tendresse, mais aussi avec une certaine distance. Elle aimait ses parents, mais leur univers était si différent du sien, si conventionnel. Arthur, avec ses racines normandes et son authenticité, lui offrait une aisance d'un autre ordre, plus profonde, plus vraie que celle qu'elle trouvait dans le monde de ses parents, tout en étant délicieusement exotique comparé à cette vie rangée. Fougère miaulait régulièrement, rappelant sa présence royale.

Dans les jours qui suivirent, la recherche de l'appartement s'intensifia. Paris devint leur terrain de jeu (souvent frustrant !), leur projet concret. Ils visitèrent des lieux variés, chacun reflétant un style de vie possible. Des appartements modernes et impersonnels dans des quartiers qu'ils ne connaissaient pas, des lofts d'artistes trop grands et trop chers, des trois pièces sans âme, des vieux immeubles pleins de charme mais avec des problèmes (pas de lumière, mauvaise isolation, voisins étranges). Chaque visite était l'occasion de découvrir leurs priorités communes et leurs compromis nécessaires. Arthur rêvait d'une grande cuisine ouverte, d'un espace convivial. Anaïs privilégiait la lumière, le charme de l'ancien, un quartier qui leur ressemble. Ils apprenaient à négocier, à écouter l'autre, à imaginer leur vie ensemble dans chaque espace. C'était un processus long et parfois décourageant, mais c'était *le leur*, et cela renforçait leur sentiment d'être une équipe. Fougère, installée dans l'appartement d'Anaïs et ayant visiblement pardonné à Arthur l'épisode de la caisse de transport, observait ces allées et venues de son point de vue élevé, souvent juchée sur le dossier du canapé, ses grands yeux bleus fixant alternativement Anaïs, Arthur, et les annonces d'appartements étalés sur la table basse avec un air perplexe. Elle semblait se demander pourquoi ces humains ne se décidaient pas à lui offrir un espace digne de sa condition.

La recherche d'un logement, malgré ses moments de découragement face au marché parisien, fut aussi une période joyeuse et révélatrice. Ils apprenaient à construire ensemble, littéralement. Arthur découvrait l'exigence d'Anaïs pour la lumière et les détails architecturaux ; Anaïs, la passion d'Arthur pour l'espace de vie convivial et fonctionnel, l'importance d'une cuisine qui ne soit pas un simple placard. Ils négociaient, ils riaient des agents immobiliers trop pressés ou trop excentriques, ils rêvaient devant les annonces, et chaque compromis trouvé renforçait leur sentiment d'être sur la bonne voie. Fougère, quant à elle, semblait désespérer du manque de rapidité de ses humains à lui trouver un nouveau royaume digne de ce nom, manifestant son impatience par des miaulements sonores et des siestes ostentatoires sur les dossiers de canapé, comme pour rappeler sa supériorité féline sur ces tracasseries terrestres.

Mais avant de trouver le lieu de leur futur foyer, il y avait une autre étape cruciale : la rencontre officielle avec Léa et Camille. Elles connaissaient l'Arthur des anecdotes, le *mignon traiteur aux yeux verts qui a balayé la peur*, l'homme qui fait rayonner Anaïs. Elles attendaient impatiemment de rencontrer l'homme réel, celui qui avait bousculé la vie de leur meilleure amie en quelques semaines. Anaïs, malgré toute sa certitude et sa confiance en Arthur, ressentait une légère appréhension. La validation de ses amies comptait énormément pour elle. Elle voulait que la mayonnaise prenne, que ses deux mondes – celui de son amitié indéfectible et celui de son amour naissant – puissent coexister et s'enrichir mutuellement.

Ils choisirent un restaurant central, un peu animé mais pas trop, avec juste ce qu'il fallait d'élégance décontractée.

Anaïs était nerveuse, elle le sentait bien. Arthur, lui, semblait d'un calme olympien, d'une solidité rassurante. Il lui tenait la main sous la table.

Léa et Camille arrivèrent ensemble, un tourbillon d'énergie et de sourires. Leurs yeux balayèrent immédiatement la table pour évaluer l'homme assis face à Anaïs. Première impression : il était bien réel, et oui, il avait les yeux verts et l'air sincère des descriptions d'Anaïs.

— Léa, Camille, je vous présente Arthur, — dit Anaïs, sa voix trahissant une infime tension. — Arthur, voici Léa et Camille, mes... mes piliers.

Arthur se leva, leur adressant son sourire le plus chaleureux, celui qui semblait venir directement du cœur. — Enchanté de vous rencontrer enfin. Anaïs m'a beaucoup parlé de vous deux. En bien, évidemment.

— Enchantées nous aussi, Arthur ! — lança Léa, l'air faussement innocent mais les yeux pétillants. — Anaïs nous a aussi beaucoup parlé de toi. En... très bien, même ! Alors comme ça, c'est toi le fameux Normand ?

— Le fameux, je ne sais pas, — rit doucement Arthur, son calme commençant à désarmer l'énergie de Léa. — Mais Normand, oui, absolument. Jusqu'au bout des pommiers.

Camille s'assit, observant la scène avec son calme analytique habituel. — Installez-vous, les filles ! — dit Anaïs, un peu plus détendue en voyant le contact s'établir.

La conversation s'engagea, tournant autour de tout et de rien. Mais très vite, Léa, fidèle à son rôle d'interrogatrice en chef, revint au sujet principal avec un sourire entendu.

— Bon, Arthur. Soyons clairs. Anaïs est notre meilleure amie. Notre sœur. Elle a eu une vie... compliquée, disons. Des choix... douteux par le passé. (Elle lança un clin d'œil à Anaïs). Alors, on est ravies de la voir si heureuse avec toi, vraiment. Mais on est aussi... un peu protectrices.

— Je comprends tout à fait. Et je trouve ça formidable, des amies pareilles qui veillent sur toi, — répondit Arthur en posant un regard tendre sur Anaïs. — C'est précieux. Je sais d'où elle vient. Le chemin qu'elle a parcouru. Le courage qu'elle a eu. Je ne pourrais jamais douter d'elle. Et je n'ai pas l'intention de la décevoir. Jamais.

— Hum, de belles paroles ! — reprit Léa, imperturbable. — On verra sur la durée, mon cher ! Blague à part... La vitesse, Arthur ! La vitesse ! Anaïs nous a annoncé ça comme si de rien n'était... Tu lui demandes d'emménager avec toi... deux semaines après qu'elle a quitté l'autre ? Vous vous connaissez depuis quoi... un mois et demi ? Explique-nous ! Vous avez gagné au loto et vous voulez brûler l'argent en payant deux loyers ?

Arthur rit franchement, désamorçant la tension par son authenticité. — Je comprends que ça puisse sembler rapide. Vu de l'extérieur, c'est... c'est même un peu fou, j'avoue. Mais... (Son regard se posa sur Anaïs avec une tendresse infinie) ... avec Anaïs, rien n'est ordinaire. Rien n'est calculé. Les choses sont évidentes. Comme une certitude tranquille qui s'impose. On le savait tous les deux, très vite. Alors pourquoi attendre ? La vie est trop courte pour faire semblant ou pour ralentir quand le bonheur est là, à portée de main. Le projet du restaurant a été le déclencheur, l'élément concret qui nous a fait poser les choses. Mais l'envie d'être ensemble tout le temps... elle était là avant. L'opportunité a juste accéléré ce qui était inévitable.

Camille, qui avait écouté attentivement, intervint avec sa douceur habituelle. — On entend l'évidence, Arthur. On la voit sur Anaïs. Elle rayonne comme jamais. Mais l'ouverture d'un restaurant gastronomique à Paris... c'est un marathon, pas un sprint. Ça va être incroyablement prenant, stressant. Est-ce que vous avez pensé à ça ? À l'impact que ça aura sur votre quotidien ? Sur le temps que vous aurez l'un pour l'autre ?

Arthur hocha la tête, son expression devenant plus sérieuse. — Oui, Camille, on en a beaucoup parlé. Je ne suis pas naïf. Je sais que la première année sera infernale. Des heures de dingue, une pression constante. Je sais que je serai crevé, parfois absent même en étant présent. Mais on a choisi de le faire ensemble. De partager ça aussi. Elle sera ma soupape, mon équilibre. Et moi, j'espère être le sien. C'est un défi, oui. Mais c'est aussi un projet de couple. On va apprendre à naviguer là-dedans, ensemble.

La sincérité d'Arthur, son calme, sa façon d'inclure Anaïs avec ses *nous* et *ensemble*, touchèrent les deux amies. Elles virent qu'il ne prenait pas la situation à la légère, qu'il était conscient des difficultés, mais qu'il était surtout profondément amoureux et déterminé.

— Bon, — dit Léa, son regard d'interrogatoire se faisant plus doux. — Il a l'air... solide, le Normand. Et visiblement sincère. Et il a de beaux yeux, faut reconnaître. Ça c'est fait.

Camille sourit. — On est vraiment heureuses pour vous deux, Anaïs. Arthur. On sent que c'est fort. Tu as notre bénédiction, même si on trouve toujours que ça va TRÈS vite !

La soirée continua dans une atmosphère beaucoup plus détendue. Arthur fit des blagues, raconta quelques anecdotes sur ses débuts, sur les produits, sur la Normandie. Il les écouta aussi, posant des questions sur leurs vies, leurs métiers. La connexion se fit naturellement, scellant l'intégration d'Arthur dans ce cercle précieux. Anaïs les regardait interagir, le cœur débordant de gratitude. Ses deux mondes ne s'entrechoquaient pas ; ils se rencontraient, curieux et bienveillants.

Les jours suivants filèrent, denses et chargés. La recherche de l'appartement, parfois décourageante, porta finalement ses fruits. Après des visites qui leur avaient fait voir le meilleur et le pire du marché parisien, ils tombèrent sur un lieu qui, s'il n'était peut-être pas parfait en tous points, avait la bonne lumière, un espace suffisant, une cuisine digne de ce nom pour Arthur, et ce *je-ne-sais-quoi* indéfinissable qui leur ferait dire : c'est chez nous. Une semaine avant la date prévue du déménagement, fixée en urgence pour coïncider avec la vente des parts d'Arthur et son besoin de s'installer à Paris avant l'ouverture du nouveau restaurant, ils signèrent enfin le bail de leur futur appartement. Anaïs avait donné son préavis dans la foulée, le cœur serré à l'idée de quitter son ancien "chez-elle" mais certaine de la direction qu'elle prenait. La date approchait à grands pas. Il était temps d'emballer.

Pendant ce temps, les jours furent rythmés par les allers-retours d'Arthur au *Saveurs d'Arthur*. Il finalisait la vente de ses parts à Antoine. Son associé de longue date était à la fois compréhensif et un peu triste de voir Arthur partir, mais surtout fier de son ami et excité par la perspective de reprendre seul les rênes du restaurant qu'il aimait tant. Le passage de témoin se faisait en douceur, teinté d'une amitié solide et d'une pointe de nostalgie.

C'est un après-midi, alors qu'Arthur et Anaïs revenaient de faire des courses pour la semaine dans un supermarché de quartier près de l'appartement d'Anaïs, la Volvo chargée de victuailles, qu'ils tombèrent nez à nez avec Didier. L'ancien compagnon d'Anaïs sortait du même supermarché, accompagné d'une jeune femme à l'allure un peu figée et visiblement mal à l'aise. Le choc fut visible sur le visage de Didier. Surprise, gêne, et une lueur de colère refoulée. Arthur, à ses côtés, sentit Anaïs se tendre imperceptiblement.

— Ah. Didier. — dit Anaïs, sa voix se voulant neutre mais trahissant une légère raideur.

Didier se reprit, adoptant une posture un peu trop décontractée. — Anaïs. Tiens. Le monde est petit. Comment vas-tu ?

Son regard glissa vers Arthur, posé, calme, un sourire léger aux lèvres. Un regard d'évaluation, teinté d'une condescendance subtile.

— Arthur, je te présente Didier. Didier, Arthur.

Les deux hommes échangèrent un hochement de tête. Pas de poignée de main. L'air était chargé d'électricité. Didier ne pouvait s'empêcher de fixer Arthur, l'observant de la tête aux pieds, s'attardant sur la Volvo (pas son genre de voiture, visiblement) et les sacs de courses (pas son genre de produits, sans doute).

— Arthur... — répéta Didier, comme pour graver ce nom en mémoire.

Arthur sourit doucement, ce sourire sincère et un peu lent qui désarmait souvent. — C'est moi. Enchanté.

Didier hésita, cherchant visiblement à reprendre le contrôle de la situation. Son regard revint vers Anaïs, puis vers Arthur.

— J'espère que... tout va bien pour toi, Anaïs, — dit Didier, un sous-entendu pas si subtil dans la voix. — Que tu es... vraiment heureuse. Et que tes choix récents ne te pèsent pas trop, la vie ça ne s'improvise pas toujours...

Arthur, qui avait écouté calmement, posa sa main dans le bas du dos d'Anaïs dans un geste discret mais ferme. Ses yeux verts se posèrent sur ceux de Didier, avec un calme d'acier teinté d'une politesse imperturbable.

— Au contraire, Didier, — intervint Arthur, sa voix douce mais portant l'autorité tranquille de la certitude. — Tout va merveilleusement bien. Anaïs rayonne. Elle est exactement là où elle doit être. Quant à la vie... On s'en sort pas mal, tu sais. On apprend vite. Et puis... on a un projet. Un beau projet, à deux. Ça aide.

Son ton n'était pas agressif, pas triomphant. Juste factuel, calme, empli d'une assurance tranquille qui disait tout sans élever la voix. Didier accusa le coup. Sa posture se crispa légèrement. La jeune femme à ses côtés semblait vouloir disparaître.

— Un projet... — murmura Didier, visiblement à court d'autres piques. — Ah. Bon. Eh bien... bonne continuation, alors.

— Merci, — dit simplement Arthur, un sourire infime aux lèvres. — Toi aussi.

Leurs chemins se séparèrent. Anaïs expira, une tension qu'elle n'avait pas sentie se relâchant soudain. Elle regarda Arthur, puis la Volvo chargée de sacs de courses. Didier et son monde semblaient soudain infiniment loin, dérisoires face à la solidité tranquille d'Arthur et à l'évidence de leur nous.

— Tu... tu as été parfait, — murmura-t-elle, les yeux brillants.

Arthur haussa les épaules, toujours aussi calme. — Il ne te méritait pas, Anaïs. Personne qui te parle comme ça ne te mérite. C'est tout. Ne pense plus à ça.

Les jours suivants, l'effervescence du déménagement monta d'un cran. Les cartons s'empilaient, masquant les meubles familiers. Les murs se dénudaient, révélant des traces du passé – une marque de cadre, une décoloration de papier peint. Anaïs ressentait un mélange étrange de mélancolie douce à l'idée de quitter ce lieu où tant de choses s'étaient passées (le bon, le moins bon, et surtout, la lente transformation qui l'avait menée ici) et d'excitation frénétique à l'idée de la suite.

Léa et Camille débarquèrent un samedi, armées de ruban adhésif, de marqueurs, et surtout d'un stock impressionnant de bonne humeur, de café et de viennoiseries.

— Bon ! On est là ! — annonça Léa en entrant, enjambant un carton. — La team déménagement d'élite est en place ! Alors, on emballe quoi ? Les souvenirs gênants ? Les photos de Didier ? J'espère que tu as prévu des sacs poubelles taille XXL !

— Léa ! — s'exclama Anaïs en riant. — Il n'y a plus de photos de Didier ! Et on emballe juste… tout le reste de ma vie !

Camille, plus organisée, prit les choses en main. — Okay, stratégie ! On commence par quoi ? La bibliothèque ? La cuisine ? Il faut étiqueter précisément, hein ! Pas de "bazar", "trucs" ou "fourre-tout de Léa" sur les cartons, s'il vous plaît !

— Euh… pardon, — fit Léa. — Mes cartons sont des "trésors" qui seront déballés en priorité absolue dans le nouveau palace ! Note ça, Camille la rigide !

Arthur les rejoignit, amusé par la dynamique de ces trois femmes. Il les connaissait un peu mieux maintenant. Il avait apprécié la franchise de Léa, la perspicacité de Camille. Voir leur amitié en action, dans ce joyeux chaos de cartons et de bonne humeur, lui confirmait qu'Anaïs était entourée d'un socle solide.

Ils passèrent l'après-midi à emballer, sur fond de musique, de blagues, d'anecdotes. Léa racontait des histoires de ses pires rendez-vous amoureux (des récits qui faisaient relativiser les choix d'Anaïs passés !). Camille posait des questions plus pratiques sur la recherche du nouvel appartement, sur la cuisine qu'Arthur rêvait d'avoir. Elles aidaient physiquement – scotchant, pliant, soulevant – mais leur présence, leur énergie, leurs encouragements étaient le véritable soutien. Elles feuilletaient de vieux albums photos, riant de leurs looks d'étudiantes, se souvenant des soirées passées dans cet appartement qui allait bientôt être vide. C'était la fin d'une époque partagée, et l'émotion flottait sous le rire.

Arthur s'occupa des cartons les plus lourds, des choses plus techniques. Il observait Anaïs, parfois un peu mélancolique devant un objet, parfois rayonnante en imaginant leur futur. Il l'aida à mettre de côté les choses importantes pour le premier jour dans le nouveau lieu.

En fin de journée, épuisées mais satisfaites, elles s'assirent au milieu du salon déserté par les meubles. — Bon, le gros est fait ! — décréta Léa en s'étirant. — Impressionnant ! On est efficaces quand on veut !

— Vous nous avez énormément aidés, merci mille fois, — dit Anaïs, les yeux brillants de gratitude. — Je n'y serais jamais arrivée aussi vite, et surtout pas avec une telle bonne humeur.

— C'est normal, ma chérie, — répondit Camille, sa voix douce. — On est là pour ça. Pour les bons moments, et pour les grands changements.

Léa sourit tendrement. — Oui. Et pour s'assurer que ton nouveau Normand emballe bien les cartons fragiles.

Arthur sourit à son tour, sentant la chaleur de cette amitié qui accueillait aussi son arrivée. — Promis. Les cartons d'Anaïs seront traités avec le plus grand soin. Comme elle.

Elles se levèrent pour partir, se faisant des promesses de dîner rapide dans le nouveau quartier dès que possible. Anaïs les serra fort dans ses bras, sentant la force de ce lien inébranlable. Quitter cet appartement, c'était aussi tourner une page de leur histoire commune à toutes les trois.

L'appartement était maintenant un champ de cartons. Silencieux. Seul Fougère déambulait, perplexe, entre les boîtes empilées, miaulant son incompréhension face à ce monde chamboulé. Anaïs et Arthur restèrent un moment, assis par terre, entourés de leur vie emballée. Le passé dans ces cartons, l'avenir encore à écrire, quelque part dans Paris. Arthur la serra contre lui. — C'est la fin, — murmura-t-elle, une pointe de nostalgie dans la voix.

— C'est surtout le début, — répondit Arthur, sa voix solide. — Le début de *notre* chez-nous. De *notre* vie.

Il l'embrassa, longuement, au milieu de ce vide prometteur. Leurs ombres dansaient sur les murs dénudés. Ce clic final de la serrure, tournant la clé pour la dernière fois dans cette porte qu'elle avait poussée tant de fois avec des sentiments mitigés, marqua la fin définitive d'une époque. Rideau. Clap de fin sur l'acte précédent. Place à la nouvelle scène. Celle qui s'ouvrirait sur la porte de *leur* futur appartement.

Chapitre 13 : Paris en Partage

(Ou l'Art Délicat de Cohabiter avec un Chef, un Chat et les Défis du Quotidien)

Ce jour-là n'avait pas le goût d'un simple lendemain. C'était le premier acte tangible de leur projet, la matérialisation du *nous* qu'Arthur et Anaïs avaient choisi de bâtir à Paris. Plus qu'un déménagement, c'était la fusion de deux existences, l'agencement concret de leurs univers distincts au sein d'un même espace, le premier chapitre de leur histoire écrite à l'encre du quotidien. Le seuil de l'ancien appartement haussmannien d'Anaïs, élégant mais trop petit pour deux et empreint des souvenirs discrets d'une vie révolue, fut franchi ce matin-là avec une effervescence nouvelle. Non plus seule, mais entourée d'une petite tribu joyeuse et solidaire, prête à faire de ce passage une fête, malgré la poussière et la fatigue.

Arthur, avec son énergie calme et organisée, avait coordonné les troupes. Léa et Camille, fidèles au poste, étaient arrivées les premières, armées de café, de ruban adhésif et d'une bonne dose d'humour. Puis Michel, le grand-oncle d'Arthur, était apparu avec Paul, son cousin, au volant d'une camionnette Mercedes antique, cabossée et ronronnante, mais d'une fiabilité légendaire pour les chargements improbables. L'équipe de choc était au complet.

L'appartement d'Anaïs, déjà un champ de cartons suite à la première vague d'emballage, fut rapidement pris d'assaut.

Chacun trouvait son rôle dans ce joyeux chaos organisé. Arthur et Michel, forts et méthodiques, s'attaquaient aux meubles les plus lourds avec une efficacité redoutable. Paul, grand gaillard dégingandé et blagueur, transformait chaque escalier en défi physique et chaque carton en prétexte à une vanne. Léa et Camille, plus agiles, s'occupaient des cartons restants, scotchaient, étiquetaient, ou faisaient la navette avec les objets les plus fragiles, commentant avec amusement la vie passée d'Anaïs à travers ce qu'elles déballaient ou emballaient.

— Attention aux choix douteux ! — lançait Léa en brandissant un coussin bariolé. — Celui-là date de ta période "je me cherche désespérément" ! — Mais il a servi à essuyer tes larmes après tes pires rendez-vous, Léa ! — rétorquait Anaïs en riant, soulevant une pile de livres. Camille, plus concentrée sur l'étiquetage précis, secouait la tête en souriant. — On va juste noter "Souvenirs embarrassants, à ouvrir sous surveillance".

Au milieu de l'agitation, Michel observait Arthur et Anaïs avec une discrète tendresse. Il voyait son petit-neveu, d'ordinaire si ancré dans sa terre normande, s'investir corps et âme dans cette nouvelle vie parisienne, aux côtés de cette jeune femme qui le rendait visiblement si heureux. Il aidait en silence, sa présence rassurante et solide. Arthur, tout en coordonnant le chargement, trouvait le temps de jeter des regards complices à Anaïs, d'échanger un sourire fatigué mais joyeux, ou de guider doucement Léa et Paul qui tentaient d'encastrer un carton cubique dans un espace hexagonal.

— Ça, c'est ma Fougère, — dit Anaïs à Michel, montrant une caisse de transport solidement scotchée d'où parvenaient des miaulements indignés. — La passagère la plus précieuse et la plus exigeante.

Michel s'approcha de la caisse. — Ah, voilà la fameuse siamoise ! Arthur m'a dit qu'elle avait du caractère.

Un miaulement aigu et plaintif leur répondit, comme pour confirmer.

— Elle n'aime pas le changement, — soupira Anaïs. — C'est une diva. On a prévu de la transporter nous-mêmes dans la Volvo, avec ses affaires les plus importantes. Pour ne pas la traumatiser plus que ça.

— Sage décision, — approuva Michel avec un sourire. — Chaque être a besoin de ses repères. Même nos amies les bêtes.

Le chargement de la camionnette de Michel et du camion de location avançait bien, Arthur démontrant une capacité hors norme à faire tenir des choses improbables dans des espaces limités. Les boîtes les plus fragiles, les plantes d'Anaïs, la caisse de Fougère, ainsi que quelques cartons essentiels pour la première nuit dans le nouvel appartement, furent soigneusement placés dans la Volvo break d'Arthur. Elle avait été officiellement rachetée quelques jours plus tôt à l'investisseur du nouveau restaurant qui la lui avait d'abord prêtée, devenant le premier véhicule de leur vie commune. Sa robustesse et son confort étaient une promesse de voyages futurs, mais pour l'heure, elle servait de capsule de survie pour les trésors et les angoisses du déménagement.

Le trajet vers le nouvel appartement fut plus court que prévu, mais marqué par le concert lyrique de Fougère. Posée sur la banquette arrière, solidement installée dans sa caisse de transport, l'élégante siamoise au pelage crème et aux yeux bleus manifestait son profond désaccord face à ce bouleversement. Ses miaulements plaintifs et accusateurs auraient pu faire pâlir n'importe quel baryton. Anaïs, à l'avant, lui murmurait des paroles douces, tentant de la rassurer, se sentant coupable d'infliger un tel stress à sa compagne féline. Arthur, au volant, jetait régulièrement des regards amusés et compatissants dans le rétroviseur, secouant la tête avec un sourire. "Elle ne manque pas de caractère, ta Fougère," commenta-t-il en riant. "On sent la lignée royale. Elle va mettre le nouvel appartement à l'épreuve, je le sens !"

Ils arrivèrent dans leur nouveau quartier. Loin de l'effervescence touristique des grands boulevards, c'était une zone vivante et résidentielle du 9ème arrondissement, bordant le sud de Montmartre. Une rue calme, bordée d'arbres, avec de jolies façades en briques et pierres de taille, ponctuées de petits commerces de proximité et d'immeubles aux balcons ouvragés. L'immeuble où ils allaient habiter avait du cachet, une façade élégante un peu patinée par le temps.

Le hall d'entrée, avec ses carreaux de ciment d'époque et sa cage d'escalier lumineuse, donnait une impression immédiate d'espace et de calme. L'ascenseur, bien que petit et grinçant, avait le mérite d'exister et de leur épargner (eux et leurs cartons !) des ascensions héroïques. Ils croisèrent un couple d'une soixantaine d'années, qui les regardèrent avec un petit sourire chaleureux et leur souhaitèrent la bienvenue dans l'immeuble avant d'aller vaquer à leurs occupations.

Une fois la porte palière de leur appartement franchie, au troisième étage, on découvrait un lieu qui leur ressemblait. Un trois-pièces traversant, lumineux et plein de caractère. Un couloir d'entrée, un peu sombre, s'ouvrait rapidement sur la pièce de vie principale : un double-séjour baigné de lumière naturelle grâce à de grandes fenêtres donnant d'un côté sur la rue calme, et de l'autre sur une cour intérieure arborée, offrant une vue dégagée sur les immeubles voisins et un morceau de ciel. Le parquet ancien, légèrement irrégulier, grinçait sous les pas, ajoutant une touche de vécu chaleureux. Les murs, repeints en blanc immaculé, offraient une toile neutre prête à accueillir leurs univers contrastés. Des moulures discrètes couraient le long du plafond, rappelant le cachet de l'ancien. C'était l'endroit parfait pour installer leur salon et leur salle à manger, un espace convivial qui invitait à la détente et aux dîners entre amis.

La cuisine, séparée mais spacieuse et lumineuse, fut un coup de cœur immédiat pour Arthur. Elle n'était pas ultra-moderne, avec ses vieux carreaux de faïence blanche et ses placards en bois un peu fatigués, mais elle offrait un plan de travail conséquent, une grande fenêtre donnant sur la cour, et surtout, une atmosphère de "vraie" cuisine, celle où l'on aime passer du temps, où l'on peut étaler ses ingrédients, expérimenter, et partager des moments. Arthur s'y projeta immédiatement, imaginant déjà les plats qu'il y préparerait pour Anaïs et leurs proches.

Une première chambre, plus petite, donnant sur la cour, serait le bureau d'Anaïs. Un espace à elle, où elle pourrait étaler ses plans, ses croquis, ses livres, et retrouver la concentration nécessaire à son travail. Une pièce tranquille, baignée par la lumière douce du matin.

La seconde chambre, la leur, donnait sur la rue. Plus grande, avec une cheminée en marbre noir (hors service, bien sûr, mais ajoutant au charme), c'était un espace intime, un cocon qu'ils sauraient rendre chaleureux avec leurs meubles et leurs objets personnels. De cette fenêtre, on voyait la vie discrète de la rue, les arbres plantés sur le trottoir, la façade de l'immeuble d'en face, un peu de ciel également. Une vue plus humaine, plus immergée dans le quotidien du quartier que la vue sur les toits qu'Anaïs connaissait depuis son ancien appartement.

Les meubles et cartons arrivèrent rapidement, portés par l'équipe de choc. Paul s'exclama devant la hauteur sous plafond, Léa et Camille commentèrent la taille de la cuisine ("Tu vas pouvoir nous faire des festins, Arthur !"), Michel approuva la solidité du parquet. Le nouvel appartement fut rapidement envahi par leurs affaires, transformant le lieu de rêve en un parcours d'obstacles temporaire.

Une fois le dernier carton déchargé de la camionnette et du camion de location, un silence étrange tomba sur le joyeux chaos de l'appartement. L'équipe de choc était épuisée, les visages marqués par l'effort, mais les sourires étaient là. Pour les remercier de leur aide précieuse, Arthur et Anaïs avaient commandé des pizzas et quelques bouteilles de cidre normand (un clin d'œil à la source de leur force physique !). Ils partagèrent ce repas simple, assis à même le sol au milieu des cartons empilés, dans une atmosphère de camaraderie fatiguée mais heureuse. Les conversations étaient décousues, teintées de blagues sur les objets les plus improbables et d'anecdotes sur les prouesses du jour. Léa et

Camille s'étirèrent avec des soupirs théâtraux. Michel et Paul avaient les traits tirés par la fatigue, mais le regard satisfait du travail bien fait. Vers la fin de soirée, la fatigue l'emporta. "Allez, les jeunes," dit Michel en se levant, sa voix calme malgré la fatigue. "On ne va pas s'éterniser. La route est longue et demain on a du pain sur la planche." Ils se serrèrent dans les bras, Anaïs et Arthur exprimant leur immense gratitude. "Merci mille fois à tous ! Vous nous avez sauvés la vie !" "Attention sur la route, Michel, Paul ! Deux heures, c'est long quand on est fatigué !" leur lança Arthur. Avec un dernier salut de la main, Michel et Paul disparurent dans la cage d'escalier, suivis par Léa et Camille, laissant Anaïs et Arthur seuls dans leur nouvel appartement, entourés de leur vie emballée et d'un silence soudain.

Les premiers jours furent une immersion totale, chaotique et joyeuse, dans leur nouvelle vie partagée à deux (et demi, en comptant Fougère). Défaire les innombrables cartons s'avéra être comme une partie de Tetris géant en trois dimensions, version expert, dans un espace où, bien que plus grand que le précédent, chaque rangement demandait réflexion. Où allaient-ils ranger les deux services de vaisselle (le sien, design et minimaliste ; celui d'Arthur, plus rustique et dépareillé mais plein de charme) ? Comment faire cohabiter harmonieusement les montagnes de livres d'architecture et de botanique d'Anaïs avec les non moins impressionnantes piles d'ouvrages culinaires et de classeurs de recettes d'Arthur sur les étagères ? Chaque objet déballé était l'occasion d'une micro-négociation ("Non, Arthur, tes vieux moules à gâteau dépareillés ne vont pas sur les étagères ouvertes de la cuisine !"), d'un souvenir partagé ("Oh, le tire-bouchon que tu avais apporté la première fois que tu es venu dîner chez moi..."), d'une décision prise à deux pour façonner leur nouveau territoire commun. C'était épuisant, parfois un peu tendu (surtout quand il s'agissait de décider qui aurait le plus grand côté de la penderie), mais fondamentalement heureux. Ils construisaient leur nid.

Au milieu de ce joyeux désordre, Anaïs retrouva avec une émotion particulière son appareil photo. Son fidèle boîtier réflex, un Nikon D90. Un peu lourd, daté, mais auquel elle était profondément attachée. Il l'accompagnait depuis des années, avait été le témoin silencieux de ses explorations urbaines, de ses repérages sur des chantiers, de ses voyages. Ses flancs portaient les cicatrices de quelques chutes, son capteur avait sans doute besoin d'un bon nettoyage, mais il fonctionnait toujours. C'était plus qu'un outil, c'était un compagnon de route, un prolongement de son regard sur le monde. Elle le sortit avec précaution de sa housse usée, vérifia la batterie, et le posa délicatement sur le rebord de la fenêtre du salon donnant sur la cour, prête à capturer les nuances de lumière et la poésie des lieux depuis leur nouvel espace de vie.

Pendant ce temps, Fougère, après avoir ostensiblement boudé pendant vingt-quatre heures cachée sous le lit, commençait enfin à explorer prudemment son nouveau royaume. Elle avançait à pas de velours, la queue basse, reniflant chaque recoin, chaque pied de meuble, chaque carton encore fermé avec une curiosité soupçonneuse et l'air de dire : "Tout ça me semble bien grand et étrange, mais je veux bien vous accorder le bénéfice du doute". Puis, retrouvant peu à peu son assurance féline, elle se mit à explorer les hauteurs (les étagères, le haut des armoires), à tester ses griffes sur le coin du canapé (ce qui lui valut une réprimande immédiate mais peu convaincante d'Anaïs), et finit par finalement trouver son poste d'observation de prédilection : le rebord de la fenêtre du salon donnant sur la rue, d'où elle pouvait passer des heures à surveiller avec une concentration intense les allées et venues des pigeons et la vie des minuscules humains sur le trottoir. Elle semblait avoir adopté les lieux. Ou du moins, les tolérer avec une condescendance hautaine.

Une fois le chaos initial de l'emménagement légèrement maîtrisé – c'est-à-dire une fois qu'ils purent circuler dans l'appartement sans risquer de trébucher sur un carton à chaque pas –, ils partirent ensemble à la découverte de leur nouveau quartier. Anaïs, qui connaissait bien Paris pour y avoir toujours vécu, découvrait néanmoins avec un plaisir nouveau ce coin spécifique du 9ème arrondissement, bordant le sud de Montmartre. Elle tomba immédiatement sous le charme de cette atmosphère unique, à la fois très parisienne et délicieusement villageoise. La proximité de la vibrante rue des Martyrs, avec ses commerces de bouche colorés et animés, ses cafés où l'on s'attardait en terrasse, ses boutiques. Les petites rues adjacentes, plus calmes, bordées d'immeubles élégants. Les escaliers abrupts qui, non loin, grimpaient vers le Sacré-Cœur, offrant des vues imprenables à chaque palier. Les placettes cachées et ombragées, avec leurs fontaines Wallace et leurs bancs publics invitant à la pause. Les ateliers d'artistes aux grandes verrières un peu poussiéreuses. Les petits théâtres de poche où l'on jouait des pièces audacieuses. Les épiceries fines aux devantures anciennes. Les bistrots authentiques où les habitués refaisaient le monde au comptoir. Chaque promenade était une aventure, une découverte. Ils ressentaient, l'un comme l'autre, la promesse d'un nouvelle appartenance, différente de celle de la terre normande d'Arthur, mais tout aussi essentielle.

Ils prirent rapidement leurs petites habitudes, ces rituels qui transforment un simple lieu de vie en un véritable chez soi. Le café crème du matin (et parfois celui de l'après-midi pour Anaïs quand elle travaillait à la maison) dans le petit bistrot au coin de leur rue, "Le Refuge des Artistes". Un lieu chaleureux, avec son comptoir patiné et ses tables en bois, tenu par un couple de patrons bourrus mais au cœur d'or, Monsieur et Madame Carlier. Dès la première semaine, ils étaient reconnus.

Un matin, alors qu'Arthur commandait deux cafés serrés avant une longue journée, Anaïs à ses côtés près du comptoir : — Deux cafés serrés, s'il vous plaît, — dit Arthur avec son grand sourire tranquille.

Monsieur Carlier, derrière le comptoir, un homme aux yeux vifs sous des sourcils broussailleux, leva un sourcil en commençant à préparer le café. — Encore deux pour la route, le Chef ? Ça bosse dur pour le nouveau projet, hein ? Votre ouverture est pour quand ?

Arthur rit doucement, s'appuyant au comptoir. — Vous avez l'œil, Monsieur Carlier. Oui, ça bosse dur. Encore trois semaines de folie. Mais ça avance !

— C'est le principal ! — répondit Madame Carlier, posant les tasses sur le zinc avec un petit bruit sec, son sourire chaleureux. — Courage pour le sprint final !

Elle tourna son regard bienveillant vers Anaïs. — Et vous ? Toujours dans les cartons, ou vous commencez à voir le bout ? Comment vous sentez-vous dans le quartier ?

— On commence à voir le bout ! — répondit Anaïs en souriant, posant sa main sur le bras d'Arthur. — Les plus gros sont défaits. Et on prend bien nos marques dans le quartier, il est formidable ! On adore !

Monsieur Carlier essuya le comptoir, hochant la tête. — Ah, c'est un bon quartier, vous verrez ! Pas de chichis, des gens vrais. Y'a tout c'qu'il faut. Les voisins, les commerçants... on se connaît.

Il marqua une pause, un éclat malicieux dans l'œil. — Tiens, d'ailleurs, on a entendu dire par les voisins... Vous n'êtes pas venus tout seuls ! La petite boule de poils miauleuse a fait son entrée au troisième ! Fougère, c'est ça le nom de la demoiselle ?

Arthur et Anaïs échangèrent un regard amusé, un peu surpris de la rapidité de la "radio trottoir". — Hé oui c'est bien ça ! — confirma Arthur avec un rire contenu. — Elle prend aussi ses marques, même si elle fait un peu de barouf quand on la sort de ses habitudes !

Madame Carlier ricana doucement en polissant un verre. — Eh ben, dites-lui qu'elle est la bienvenue, même si elle fait un peu de barouf ! Faut qu'elle s'adapte, la petite reine ! Le bruit des pigeons sur les toits, ça va lui plaire ! Allez, on vous laisse boire votre petit café en paix, allez vous installer les jeunes !

— Merci beaucoup ! — répondirent Arthur et Anaïs en cœur, prenant leurs cafés, réchauffés par ce bref échange amical qui scellait leur entrée dans la vie du quartier.

Ils repartaient toujours de là avec le sourire, ce petit échange matinal réchauffant le cœur. Les croissants croustillants et les pains au chocolat encore tièdes de la boulangerie artisanale deux rues plus loin devinrent un autre rituel. La vitrine, véritable œuvre d'art éphémère, changeait au gré des jours, un régal pour les yeux avant d'être un régal pour les papilles. Les emplettes colorées et bruyantes au marché de la rue des Martyrs, au pied de la butte, où ils achetaient leurs fruits et légumes frais, leurs fromages et parfois un poulet rôti pour les dîners improvisés. Ils nouaient des liens discrets avec les commerçants, ces visages familiers qui tissent la vie d'un quartier.

Anaïs sortait très souvent avec son appareil photo en bandoulière, même pour aller chercher le pain ou faire une course rapide. Elle redécouvrait le plaisir simple de l'observation photographique, capturant l'âme si particulière du quartier : un détail architectural insolite sur une façade Art Nouveau, une siamoise au pelage crème paressant langoureusement au soleil sur le rebord d'une fenêtre fleurie, clin d'œil à Fougère, un couple d'amoureux s'embrassant passionnément sur les marches de Montmartre, la lumière si particulière de fin de journée filtrant à travers les feuilles des platanes, les reflets dans une flaque d'eau après une averse… Elle composait ses images avec soin, cherchant l'angle juste, la lumière parfaite, essayant de saisir l'émotion fugace d'un instant. C'était un plaisir qui s'était un peu émoussé avec le temps et les contraintes des photos purement documentaires de son travail. Redevenir une *chasseuse d'images* pour le plaisir lui faisait un bien fou, nourrissant sa créativité d'une manière différente mais complémentaire à son métier de paysagiste.

Car Anaïs ne cherchait pas un emploi par nécessité immédiate. Elle honorait encore quelques petits contrats, des aménagements de jardins de particuliers, des études de faisabilité pour des projets locaux. Ces travaux lui assuraient une activité et un revenu, mais ils n'étaient pas le "grand projet" qui faisait vibrer son âme, comme l'avait été le jardin du centre culturel. Elle cherchait *cette* étincelle, ce projet d'envergure, porteur de sens, où elle pourrait exprimer pleinement sa vision d'un paysage vivant, respectueux, poétique.

Son bureau dans le nouvel appartement, cette petite chambre donnant sur la cour intérieure, devenait le QG de cette quête. Un matin, installée devant son ordinateur, entourée de ses plans et de ses livres, elle travaillait sur l'un de ses petits contrats – l'aménagement d'une petite terrasse pour un couple du 17ème arrondissement. Le téléphone sonna. C'était Thomas, un ancien camarade de promo, devenu architecte dans une agence connue pour ses projets urbains innovants.

— Anaïs ! Salut ! C'est Thomas. Ça va ? Je t'appelle parce que j'ai vu passer un truc l'autre jour... ton projet de jardin pour le centre culturel. Énorme ! Franchement, respect ! J'en ai entendu parler ici, figure-toi ! — Thomas ! Ça fait plaisir ! Oui, ce projet m'a beaucoup marquée... C'était une belle aventure. — Clair ! Écoute, dans l'agence, on a un nouveau dossier, un truc assez costaud, un projet de réhabilitation d'une friche industrielle en parc urbain, avec une grosse dimension écologique et participative. Ça me fait penser à ton approche... On cherche des paysagistes avec une sensibilité un peu différente, tu vois ? Pas juste les grands noms classiques. Je me demandais si ça pourrait t'intéresser, ou si tu connaîtrais quelqu'un... Le cœur d'Anaïs fit un bond. *Ça.* C'était exactement *ça* qu'elle cherchait. Le grand projet, le sens, la dimension urbaine et écologique. — Thomas... Ça m'intéresse au plus haut point ! Ne cherche personne d'autre ! Raconte-moi ! J'ai quelques contrats en cours, mais rien qui m'empêcherait de me lancer là-dedans.

La conversation s'engagea, passionnante. Ce n'était qu'une piste, rien de concret encore, mais l'étincelle était là. Ce coup de fil inattendu, cette reconnaissance de son travail, cette opportunité potentielle de grand projet, la reboostaient et confirmaient qu'elle était sur la bonne voie.

Pendant ce temps, Arthur, lui, était de plus en plus absorbé, presque happé, par le compte à rebours infernal avant l'ouverture de "Racines", le restaurant gastronomique qu'il allait gérer. Les journées pour lui commençaient bien avant l'aube. Plusieurs fois par semaine, il se levait dans la nuit noire, enfilait un pull épais et ses bottes, et partait avec la Volvo en direction du marché de Rungis. Le ventre de Paris. Un autre monde, animé par l'énergie brute et la passion des professionnels.

Un matin, il s'arrêta au stand d'Alain, un producteur de légumes anciens avec qui il avait tissé des liens privilégiés. Alain, un homme solide aux mains tannées par la terre, le salua d'un signe de tête.

— Alors, Chef ? Prêt pour la grande aventure parisienne ? On dit que ça va ouvrir bientôt !

— Bientôt, Alain, bientôt ! — répondit Arthur avec un sourire fatigué mais déterminé. — Encore quelques semaines de folie. Vos topinambours sont arrivés ? Et vos panais ?

— Les plus beaux de l'Île-de-France, comme toujours ! — lança Alain avec fierté. — Ils attendent leur Chef ! Tenez bon, Arthur ! On compte sur vous pour faire honneur aux bons produits.

Arthur sourit, sentant la chaleur de cet encouragement sincère. — Comptez sur moi ! — dit-il en choisissant ses légumes avec expertise.

Cet échange rapide, cette connexion directe avec ceux qui produiraient les ingrédients de sa cuisine, était essentiel à son équilibre dans cette période de haute pression.

Le reste de ses journées (et souvent une partie de ses nuits) se passait sur le chantier du restaurant dans le Marais. Un lieu en pleine transformation, du chaos des travaux aux finitions qui laissaient entrevoir le futur espace. Il supervisait les derniers aménagements de la cuisine high-tech, testait inlassablement les nouveaux équipements (le four à vapeur dernière génération semblait lui donner quelques sueurs froides), rencontrait des dizaines de fournisseurs potentiels pour dénicher la perle rare (l'huile d'olive parfaite, le sel de Guérande idéal, le petit producteur de safran bio…), et surtout, il menait des entretiens pour constituer l'équipe. Il cherchait non seulement des compétences irréprochables, mais aussi une passion, un état d'esprit.

Il y avait aussi les rendez-vous avec les investisseurs, des hommes d'affaires avisés mais qui lui faisaient confiance. Une pression supplémentaire, celle de ne pas les décevoir. Il y avait Antoine, son ancien associé, avec qui il échangeait régulièrement pour finaliser la passation des 'Saveurs d'Arthur'. Leurs conversations étaient amicales, teintées d'une nostalgie partagée, mais tournées vers l'avenir.

Un après-midi, alors qu'il bouclait un rendez-vous avec un fournisseur de matériel de cuisine, Arthur sortit du bureau temporaire installé sur le chantier.

Dans le couloir, il croisa un homme d'une cinquantaine d'années à l'allure impeccable, le regard vif derrière des lunettes fines. C'était Monsieur Delcourt, l'un des principaux investisseurs du projet Racines.

Monsieur Delcourt l'interpella avec un sourire confiant. — Arthur ! Comment ça avance ? On arrive dans la dernière ligne droite !

Arthur sentit la pression des attentes, mais y répondit avec son assurance habituelle. — On y est, Monsieur Delcourt ! Les équipes sont presque au complet, la cuisine sera opérationnelle la semaine prochaine... Là, on tient le bon bout !

L'investisseur hocha la tête, satisfait. — Parfait ! Je n'en doutais pas. On a hâte de voir ça. Vous avez toute notre confiance.

Un sourire sincère éclaira le visage d'Arthur. — Merci ! Ça compte beaucoup.

Ces interactions, même brèves, rappelaient à Arthur l'ampleur du défi et des attentes, mais aussi le soutien dont il bénéficiait.

Anaïs assistait à cette immersion totale d'Arthur dans le compte à rebours de "Racines" avec un mélange complexe d'admiration profonde et d'une pointe d'inquiétude bien légitime. Elle était incroyablement fière de sa détermination sans faille, de son talent indéniable, de la vision claire et forte qu'il portait pour son restaurant. Elle passait parfois le voir sur le chantier après ses propres journées de travail, bravant la poussière et le bruit assourdissant des outils. Elle lui apportait un thermos de café bien chaud ou quelques viennoiseries de leur boulangerie préférée. Elle l'écoutait, assise sur un tas de plaques de plâtre, raconter les défis et les petites victoires du jour – un problème de plomberie résolu in extremis, un fournisseur de génie déniché par miracle, le casse-tête chinois du plan de salle ou du recrutement du sommelier idéal. Elle le regardait, au milieu de ce désordre apparent, retrouver son calme et sa concentration pour dessiner des ébauches de plans de menus sur un coin de table, ou expliquer avec une passion communicative à un futur second comment il envisageait la cuisson parfaite d'un topinambour ou la juste acidité d'une vinaigrette. Elle voyait le feu sacré brûler dans ses yeux.

Mais elle voyait aussi, inévitablement, la fatigue qui creusait ses traits jour après jour, les cernes qui s'installaient sous ses yeux, le stress qui tendait parfois ses épaules comme des cordes de violon. Elle le sentait parfois distant, préoccupé, même lorsqu'ils étaient ensemble dans leur appartement. Elle s'efforçait alors d'être un soutien discret mais constant, une présence apaisante. Elle lui préparait des dîners simples et réconfortants qu'il pouvait manger même tard dans la nuit. Elle massait ses épaules tendues. Elle le forçait parfois à déconnecter complètement, à regarder un film stupide ou à simplement s'allonger sur le canapé avec Fougère ronronnant sur son ventre, pour recharger un peu ses batteries. Elle essayait de faire de leur appartement un havre de paix, une bulle de calme et de tendresse où il pouvait se ressourcer, même brièvement, loin de la pression extérieure. Leurs dîners étaient souvent simples, improvisés à la dernière minute avec les restes du frigo ou une omelette rapide, mais toujours partagés avec une complicité tendre, échangeant les nouvelles de leurs journées respectives, si différentes et pourtant si parallèles dans leur intensité. Fougère, lovée sur le fauteuil unique du salon ou perchée sur le dossier du canapé, semblait elle aussi comprendre et respecter ces moments de calme retrouvé, observant ses deux humains d'un œil mi-clos et ronronnant doucement en signe d'approbation silencieuse.

La vie dans le quartier s'installait, apportant son lot de petites interactions qui tissaient le quotidien et rappelaient qu'ils faisaient désormais partie d'un écosystème humain plus large.

En descendant chercher une baguette un soir tard, Anaïs croisa Madame Carlier qui fermait le Refuge des Artistes, tirant les grilles derrière elle. La tenancière la reconnut immédiatement et lui adressa un sourire fatigué mais chaleureux.

— Bonne soirée, Anaïs ! Toujours en train de chasser la lumière avec votre appareil ?

Anaïs sourit à son tour. — Bonne soirée, Madame Carlier ! Oui, toujours ! Le quartier offre tellement de belles images.

La patronne acquiesça. — C'est vrai qu'il est beau notre quartier ! Vous avez raison d'en profiter ! Et Arthur ? Il rentre tard le Chef ?

Anaïs haussa légèrement les épaules, un peu lasse pour lui.
— Très tard en ce moment ! L'ouverture approche...

Madame Carlier eut un regard compréhensif. — Ah, la jeunesse qui travaille dur ! C'est bien ! Reposez-vous quand même ! À bientôt !

Une autre fois, en allant au supermarché pour les courses de la semaine, Arthur eut un échange rapide avec la caissière. Une jeune femme pleine de piercings, au sourire franc et à la bonne humeur contagieuse. Elle le reconnut immédiatement.

— Ah, le Chef du 9e ! Toujours en mode ravitaillement ?

Arthur sourit, posant ses articles sur le tapis roulant. — Bonjour ! Oui, il faut bien nourrir la bête... et le Chef ! Bientôt l'ouverture !

La caissière valida les articles, son regard brillant d'intérêt. — Ah, génial ! On a hâte de venir tester ça ! Vous allez nous régaler ?

Arthur récupéra ses sacs, un sourire confiant aux lèvres. — C'est bien l'intention ! On met le paquet !

Un bref échange, une connexion légère, mais qui ajoutait une autre touche humaine à son quotidien intense.

Tous ces petits échanges du quotidien et les visages familiers qu'ils croisaient peu à peu ajoutaient une dimension humaine à l'intensité de leur vie parisienne.

Un soir, après une journée particulièrement éprouvante pour tous les deux – Arthur avait dû gérer une crise majeure avec un fournisseur de poisson qui menaçait de le lâcher à deux semaines de l'ouverture, tandis qu'Anaïs avait eu un entretien très prometteur dans une agence spécialisée en projets écologiques mais qui s'était avéré épuisant nerveusement –, ils décidèrent d'un commun accord de s'offrir une pause bien méritée, une trêve dans leur course folle. Ils allèrent dîner simplement dans le petit restaurant italien du coin, leur "cantine" réconfortante, leur refuge anti-stress. Assis à leur table habituelle, près de la fenêtre donnant sur la rue animée mais pas trop bruyante, sirotant un verre de vin rouge simple et honnête, regardant la vie du quartier s'écouler tranquillement, un sentiment de calme et de bien-être les envahit enfin. Arthur semblait visiblement plus détendu, ayant réussi à trouver une solution pour son fournisseur récalcitrant. Anaïs savourait la perspective d'une soirée sans pression, sans recherche de projet, sans plan de chantier. Juste eux deux.

Arthur prit la main d'Anaïs par-dessus la nappe à carreaux, son pouce caressant doucement ses doigts un peu las. Il la regarda avec ce sourire tendre et un peu fatigué qui faisait fondre toutes ses résistances et toutes ses angoisses. — Alors, ma reine des paysages… comment se sent-on dans la peau d'une Parisienne qui jongle entre les petits contrats et la quête du grand projet, avec en prime les crises du chat ? Ou plutôt, dans la peau d'une Parisienne qui est en train de construire sa vie ici, pour de bon, avec un chef cuisinier un peu fou et bientôt débordé ?

Anaïs sourit à son tour, une chaleur douce se répandant dans sa poitrine fatiguée mais heureuse. Elle réfléchit un instant avant de répondre, cherchant les mots justes pour décrire ce mélange complexe de sentiments qui l'habitait. — C'est… intense, admit-elle finalement avec un petit rire. Très intense. Épuisant parfois, c'est vrai. Intimidant souvent, surtout face à certains pontes de l'architecture paysagère qui semblent avoir inventé l'eau tiède et le gazon synthétique. Cette ville est un tourbillon permanent, elle demande une énergie folle pour ne pas se laisser happer et broyer. Mais… malgré tout ça… je crois que je commence vraiment à m'y sentir chez nous. Pas seulement parce que j'y ai toujours vécu ou parce que j'y travaille. Mais parce que j'y construis quelque chose de nouveau, quelque chose qui a du sens, avec toi. J'adore découvrir ce quartier improbable avec toi, dénicher des pépites cachées. J'aime l'énergie créative, parfois un peu chaotique, qui flotte dans l'air parisien. J'aime sa diversité incroyable, ses contrastes saisissants entre l'histoire et la modernité, le luxe et la simplicité. Et par-dessus tout, ce que j'aime le plus, c'est être ici avec toi. C'est toi qui donnes un sens, une couleur, une saveur à tout ça. Sans toi, Paris ne serait qu'une ville magnifique mais un peu froide, un décor un peu trop grand pour moi, peut-être même un peu hostile par moments. Avec toi, c'est… une aventure. Une aventure excitante, parfois un peu effrayante, mais toujours partagée. Notre aventure. Même quand on est épuisés et stressés tous les deux. Même quand Fougère décide que le meilleur endroit pour faire ses griffes est le coin du canapé neuf…

Arthur rit doucement, un rire chaleureux qui réchauffa l'atmosphère. Il serra sa main un peu plus fort dans la sienne. — C'est entièrement grâce à toi, Anaïs. Ne crois pas le contraire. C'est toi qui rends cet endroit – notre appartement, ce quartier bruyant, cette ville parfois folle – magique. Même après une journée de travail de seize heures à gérer des problèmes de plomberie ou des crises d'ego en cuisine. Ta présence, ton calme, ton humour, ton soutien… Chaque jour passé à tes côtés est une nouvelle découverte, une nouvelle raison de me sentir incroyablement chanceux. Tu m'inspires par ta passion pour ton travail, tu me soutiens dans mes moments de doute, tu me rappelles pourquoi je me bats pour ce rêve un peu fou de restaurant. Venir m'installer pour de bon à Paris était un immense défi, mais avoir la chance de le vivre avec toi, c'est ça, le vrai cadeau inestimable de cette histoire.

Ils se sourirent à nouveau, un long regard tendre et complice échangé par-dessus leurs assiettes de pâtes fumantes, un regard qui valait toutes les déclarations d'amour du monde. Ils savaient que les défis ne faisaient que commencer, que la route serait sans doute encore longue et parfois semée d'embûches, entre l'ouverture imminente de "*Racines*" qui allait monopoliser Arthur et la quête du grand projet d'Anaïs qui demandait encore de la persévérance. Mais ils savaient aussi, avec une certitude tranquille et profonde, qu'ils avaient trouvé l'un en l'autre une force inépuisable, un port d'attache solide, un amour suffisamment profond et sincère pour affronter ensemble tous les tourbillons, parisiens ou autres. Leur aventure ne faisait que commencer, et ils étaient prêts à l'écrire ensemble, page après page.

Ce clic final de la serrure, tournant la clé pour la première fois dans la porte de leur appartement, avait marqué le véritable début de leur aventure. Rideau levé. Place à la nouvelle scène. Celle de leur vie partagée.

Chapitre 14 : L'Ombre au Tableau

(Ou l'Art de la Survie en Couple sous Pression Parisienne)

Les semaines qui suivirent leur installation dans leur appartement du 9ème, si elles conservaient une part de la magie des débuts, commencèrent néanmoins à ressembler moins à une comédie romantique pétillante qu'à une épreuve d'endurance pour athlètes de très haut niveau (spécialité : jonglage entre carrière exigeante, manque de sommeil chronique et gestion d'un chat caractériel dans un espace à apprivoiser). Le rythme effréné de Paris, combiné à la pression de leurs défis professionnels respectifs, s'insinuait dans leur quotidien, testant la solidité de leur jeune relation. L'euphorie des premiers jours, cette sensation de flotter dans une bulle de bonheur parfait tissée sous les pommiers normands, n'avait pas disparu, mais elle était sérieusement mise à l'épreuve par les vents contraires du stress, de la fatigue accumulée et des réalités parfois âpres de leur vie intense menée ensemble dans la capitale. Paris, cette ville qu'Anaïs aimait tant et qui accueillait désormais leur nouvel amour, se révélait être un partenaire aussi magnifique qu'exigeant, capable du meilleur comme du pire, parfois dans la même journée.

Elle continuait d'honorer les petits contrats qui lui assuraient une activité et un revenu – l'aménagement d'une cour d'immeuble, une étude de potentiel pour un espace vert communal en banlieue. Ces travaux lui assuraient une activité et un revenu, mais ils n'étaient pas le "grand projet", celui qui donnait un sens profond à sa passion, qui faisait vibrer son âme comme l'avait fait le jardin du centre culturel. Le monde de l'architecture paysagiste parisienne, avec ses agences renommées et ses codes parfois implicites, restait un milieu exigeant, où trouver sa place demandait de la persévérance.

Dans cette quête, le coup de fil de Thomas, son ancien camarade de promo, avait été une bouffée d'oxygène inattendue. Ce projet de réhabilitation d'une friche industrielle en parc urbain, avec sa dimension écologique et participative, c'était exactement le type de défi qu'elle recherchait, l'étincelle qui pouvait rallumer le feu sacré. Une piste concrète, la plus prometteuse qu'elle ait eue. Elle avait envoyé son portfolio, soigné sa candidature, eu un premier échange téléphonique avec l'agence, et attendait maintenant une réponse, l'espoir prudent se mêlant à une anxiété latente.

Pendant cette attente, la réalité du marché parisien continuait de se rappeler à elle, soit par les réponses reçues à d'autres candidatures qu'elle maintenait, soit par le souvenir vif des entretiens passés qui avaient défini les attentes de ce milieu. Les rendez-vous se déroulaient souvent de la même manière : accueil poli mais distant dans des bureaux au design épuré, présentation de son portfolio (son fidèle boîtier réflex avait capturé les meilleures images de ses réalisations précédentes), questions pointues sur sa vision et ses compétences, puis conclusion polie mais sans suite concrète.

Les retours, quand elle parvenait à en obtenir, étaient souvent déconcertants. Un directeur d'agence au look d'architecte-star scandinave lui avait expliqué que son approche était charmante, très poétique même, mais un peu trop bucolique pour leurs projets résolument urbains et en rupture. Un autre, directeur artistique d'une agence travaillant pour des marques de luxe, avait jugé que son travail manquait cruellement de la tension narrative et de l'audace disruptive recherchées par leurs clients fortunés. On lui avait dit que c'était trop romantique, pas assez innovant, que sa signature manquait de force et n'était pas immédiatement identifiable. Les commentaires variaient dans la forme, mais pointaient tous vers une inadéquation entre sa sensibilité personnelle, axée sur l'émotion, l'intégration respectueuse du végétal, et les attentes d'un marché parisien souvent avide de concepts spectaculaires et de gestes radicaux. Créer de la beauté simple et apaisante n'était apparemment pas ce qui était le plus valorisé. Elle se demandait parfois en souriant amèrement si elle devait proposer un jardin entièrement fait de béton brut et de néons clignotants pour avoir une chance.

Chaque refus, chaque silence après un entretien, était une petite piqûre d'épingle dans le ballon de sa confiance en elle qui se dégonflait lentement. Elle, qui avait connu le succès et la reconnaissance avec son jardin du centre culturel, se retrouvait à douter de son talent, de sa vision. Elle passait des heures à retravailler sa présentation, à sélectionner de nouvelles photos, à essayer de comprendre les attentes. Devait-elle renier une partie de ce qu'elle était, de ce en quoi elle croyait ? La question la hantait, la tiraillait et la laissait souvent éveillée la nuit.

Elle se sentait parfois terriblement seule face à ces questionnements professionnels et existentiels. Arthur était là, bien sûr, physiquement présent dans leur appartement. Mais son esprit était ailleurs, complètement absorbé par le trou noir énergétique qu'était devenu le lancement de "Racines". Il était si pris par son propre tourbillon qu'il était difficile pour Anaïs de trouver le temps et l'espace mental pour partager ses angoisses sans avoir l'impression de lui ajouter un fardeau, de le submerger. Ses amies, Léa et Camille, étaient un soutien précieux au téléphone. Elles l'écoutaient, la réconfortaient, l'encourageaient à persévérer et surtout à rester fidèle à elle-même. Léa, avec sa fougue habituelle, lui avait lancé qu'elle ne devait pas écouter ces snobinards, que son style était magnifique et que c'était eux qui n'avaient rien compris. Mais elles avaient aussi leurs vies. Elles ne pouvaient pas être là tout le temps au quotidien. Alors, parfois, très souvent même, seule la présence silencieuse, chaude et ronronnante de Fougère, venant se blottir contre elle sur le canapé pendant qu'elle épluchait sans conviction les offres en ligne ou qu'elle refaisait une page de son portfolio, lui apportait un réconfort simple et apaisant. La siamoise, au moins, ne jugeait pas son approche trop bucolique.

Car Arthur, de son côté, était littéralement, métaphoriquement, et probablement bientôt physiquement s'il ne ralentissait pas un peu, sous l'eau. L'ouverture de "Racines" approchait à grands pas, à une vitesse terrifiante, et chaque jour apportait son nouveau lot de crises à gérer, d'imprévus à surmonter, de décisions cruciales à prendre dans l'urgence. Le chantier avait pris un retard considérable à cause d'un stupide mais persistant problème d'étanchéité dans les systèmes d'évacuation des cuisines (un détail trivial mais potentiellement catastrophique pour un restaurant). Un fournisseur clé pour ses légumes bio et rares, sur lequel il comptait énormément pour son menu d'ouverture, avait menacé de rompre leur accord à la dernière minute pour une histoire de contrat mal interprété. Le jeune second qu'il avait recruté avec tant d'enthousiasme deux semaines plus tôt, et en qui il avait placé beaucoup d'espoirs, s'était avéré être un peu trop porté sur la fête et nettement moins fiable que prévu sous la pression de l'imminence de l'ouverture. Lors des sessions de validation des menus ou des premières marches en blanc, ces répétitions de service grandeur nature où l'équipe s'entraîne dans des conditions réelles, son exécution manquait singulièrement de rigueur et sa concentration laissait à désirer, forçant Arthur à repasser derrière lui sur des préparations cruciales ou à reprendre certaines fiches techniques. L'idée de le remplacer en urgence s'imposait comme une nécessité, ce qui était quasiment mission impossible à ce stade.

Arthur ne dormait quasiment plus, grapillant à peine quelques heures de sommeil agité par nuit. Son esprit semblait constamment en ébullition, même quand il était censé se reposer. Il jonglait sans cesse entre les derniers ajustements des plans de menus (quels plats proposer pour l'ouverture ? dans quel ordre ? avec quels vins ?), les tableaux de coûts prévisionnels qui explosaient dangereusement, les plannings complexes du personnel à finaliser, et les mille et un détails logistiques et administratifs d'une ouverture de restaurant de cette envergure à Paris que les investisseurs lui avaient demandé de gérer (les autorisations, les normes d'hygiène, les relations avec les voisins…).

Il rentrait à l'appartement tard dans la nuit, bien après qu'Anaïs se soit endormie, ou plutôt écroulée de fatigue devant un énième refus par mail. Ses traits étaient tirés, creusés par le manque de sommeil, ses yeux verts habituellement si pétillants étaient cernés et rougis par la fatigue. Une odeur tenace de cuisine – un mélange d'ail, d'oignon, de fumet de poisson et de stress – imprégnait ses vêtements et semblait lui coller à la peau. Anaïs le voyait parfois, en se réveillant au milieu de la nuit, affalé sur le petit canapé, endormi d'épuisement sur ses carnets de notes remplis de recettes et de schémas, un crayon encore à la main. Ou alors, elle l'entendait se réveiller en sursaut, le souffle court, murmurant dans son sommeil des noms de plats incompréhensibles ("Non, plus de sel sur le turbot ! La cuisson du ris de veau !") ou des noms de fournisseurs menaçants. La pression était immense, presque inhumaine, et elle le voyait lutter quotidiennement pour maintenir son calme naturel, sa bienveillance habituelle. Sa passion dévorante pour la cuisine était toujours là, intacte, mais elle était parfois débordée par l'anxiété sourde de ne pas être à la hauteur des attentes – celles des investisseurs qui avaient misé gros sur lui, celles de la critique parisienne qui l'attendait au tournant, mais surtout, elle le savait, ses propres attentes, son exigence de perfection quasi maladive. Il avait investi tellement de lui-même, de son énergie, de son temps et de son âme dans ce projet. Ce n'était pas seulement un restaurant, c'était le rêve de sa vie. Son succès ou son échec aurait des répercussions directes et considérables sur leur avenir commun, sur leur vie à deux qu'ils commençaient à peine à construire. Et ce poids, elle le sentait peser lourdement sur ses épaules, même s'il tentait de le cacher derrière une façade d'assurance et d'optimisme.

Inévitablement, inexorablement, cette double tension – la sienne liée à l'incertitude professionnelle, celle d'Arthur liée à la pression écrasante de l'ouverture – commença à peser sur leur relation, à fissurer la bulle de bonheur initial. L'appartement, si charmant et romantique au début, semblait parfois se rétrécir comme une peau de chagrin, l'espace vital manquant cruellement pour que chacun puisse décompresser, s'isoler un peu, sans empiéter sur le territoire et l'humeur de l'autre. Les conversations profondes et légères des premières semaines se faisaient plus rares, souvent remplacées par des échanges purement logistiques ("Tu as pensé à acheter du lait ?", "Je rentre très tard ce soir, ne m'attends pas pour dîner") ou interrompues par un appel téléphonique urgent pour Arthur (son téléphone semblait greffé à son oreille) ou par la fatigue écrasante d'Anaïs après une nouvelle journée de recherches et d'entretiens infructueux.

Des malentendus stupides naissaient de simples oublis ou de mots maladroits, amplifiés par le stress et le manque de sommeil. Une soirée tranquille qu'ils avaient péniblement réussi à planifier des jours à l'avance, mais qu'Arthur avait dû annuler à la toute dernière minute à cause d'une énième crise en cuisine, laissant Anaïs seule et déçue. Une remarque anodine d'Anaïs sur sa propre fatigue interprétée par un Arthur à cran comme un reproche déguisé sur ses longues heures de travail et son manque de disponibilité. De petites disputes éclataient pour un rien, des détails domestiques insignifiants qui prenaient des proportions démesurées : une tasse de café qui traîne dans l'évier, le bruit de la machine à expresso trop tôt le matin quand l'autre essaie de dormir, la gestion du territoire vital par Fougère qui avait décidé que le seul fauteuil confortable était désormais *son* fauteuil… Ces petites anicroches n'étaient que les symptômes visibles d'un stress sous-jacent plus profond, d'une difficulté à communiquer leurs vrais besoins et leurs vraies angoisses dans ce contexte de haute pression. Anaïs se sentait parfois négligée, invisible, simple spectatrice de l'ascension professionnelle trépidante d'Arthur tandis qu'elle-même avait l'impression de patiner dans la semoule. Elle se sentait coupable de ne pas réussir à trouver sa place aussi vite que lui, coupable de ne pas être un soutien plus efficace et plus joyeux. Arthur, de son côté, se sentait parfois profondément incompris dans l'ampleur du sacrifice et de l'investissement personnel que représentait ce restaurant pour lui, pour *eux*. Il se sentait accablé par le sentiment de devoir tout porter sur ses épaules – le succès du restaurant, la pression des attentes – et aurait aimé qu'Anaïs comprenne mieux cette charge sans qu'il ait besoin de l'exprimer. Ils s'aimaient, profondément, passionnément, aucun doute là-dessus. Mais la communication si fluide et si évidente de leurs débuts se heurtait désormais aux murs invisibles de la fatigue, de l'anxiété et des non-dits.

Le point de rupture, ou du moins la première vraie fissure dans leur belle harmonie, arriva sans crier gare un soir particulièrement maussade et déprimant. La pluie battait avec une obstination rageuse contre les vitres, transformant la vue sur ce quartier de Paris en une aquarelle grise et indistincte. Le ciel était d'un gris plombé désespérant, bas et lourd comme un couvercle.

Anaïs rentra tard. Trempée malgré son parapluie qui avait visiblement décidé de prendre sa retraite anticipée face aux rafales de vent, les cheveux collés au visage, le moral oscillant dangereusement entre le zéro absolu et le sous-sol. Elle sortait tout juste d'un entretien dans une agence, un rendez-vous qui s'était avéré particulièrement éprouvant, vidant ses dernières réserves d'énergie et d'optimisme. En arrivant chez elle, elle releva le courrier dans la boîte aux lettres. Au milieu des publicités et des factures, une lettre attira son regard, elle portait le logo de '*Vertiges Urbains*', une agence dirigée par une femme à la renommée internationale qu'elle admirait vraiment, et où elle avait postulé. Elle tremblait d'impatience en ouvrant la lettre. L'objet : Réponse à votre candidature. La formule était professionnelle, mais son contenu fut un coup de massue. Ils avaient apprécié sa candidature, son parcours, sa sensibilité, mais avaient finalement choisi un autre candidat, au profil jugé plus en phase avec les tendances actuelles du design international. La formule polie mais assassine. C'était la goutte d'eau froide qui faisait déborder le vase déjà plein à ras bord de sa frustration accumulée depuis des semaines. L'épuisement de l'entretien venait s'ajouter au choc de ce refus particulièrement cinglant. Elle se sentait lasse, usée jusqu'à la corde, doutant plus que jamais de sa place dans cette ville impitoyable, de son talent peut-être surfait, de ses choix de vie récents. Avait-elle eu raison de se lancer dans cette vie avec Arthur à Paris ? N'était-elle qu'une *reine des pommes* déchue et sans royaume ?

Elle monta péniblement les trois étages (l'ascenseur, comme un fait exprès, était en panne ce jour-là), la respiration courte, les jambes lourdes. Elle ouvrit la porte de leur nid avec la clé qui tournait difficilement dans la serrure (encore un détail agaçant) et trouva Arthur dans la cuisine, dos à elle, penché avec une concentration quasi chirurgicale sur une casserole d'où s'échappait une odeur complexe et très épicée. Il ne se retourna pas immédiatement, trop absorbé par sa tâche – probablement une nouvelle expérience culinaire pour le menu de "Racines". L'atmosphère dans l'appartement était tendue, silencieuse, seulement troublée par le crépitement agressif de la cuisson sur le gaz et le bruit mélancolique de la pluie qui tambourinait sur les carreaux. Fougère elle-même semblait sentir la tension, réfugiée en boule sous une couverture sur le canapé.

— C'est toi ? lança finalement Arthur sans se retourner, et sa voix lui parut un peu plus sèche, plus distante que d'habitude. Une mauvaise journée en cuisine, sans doute.

— Oui, c'est moi, répondit Anaïs d'une voix plate, en déposant son sac trempé et son parapluie défaillant dans l'entrée, laissant une petite flaque d'eau sur le parquet.

Il se retourna enfin, un fouet plein de sauce à la main, le front plissé par la concentration. Il lui adressa un bref regard distrait, évalua son état lamentable (cheveux mouillés, mine déconfite) sans commentaire, puis ses yeux retournèrent presque aussitôt à sa préparation culinaire. — Comment s'est passée ta journée ? demanda-t-il d'un ton neutre, presque mécanique, en recommençant à remuer vigoureusement sa sauce mystérieuse.

La question banale, posée sans réel intérêt apparent, comme une formalité, combinée à sa propre détresse émotionnelle et à sa fatigue physique, fit craquer quelque chose en Anaïs. La digue céda. — Pas terrible, du tout, répondit-elle d'une voix lasse où perçait une pointe d'amertume, s'effondrant sur le canapé sans même prendre la peine d'enlever son manteau humide qui sentait le chien mouillé. J'ai encore eu un refus. Le poste chez "Vertiges Urbains"… ils ont pris quelqu'un d'autre. Quelqu'un de "plus tendance", apparemment. Voilà. Fin de l'histoire.

Elle attendait. Un mot de réconfort ? Un geste de soutien ? Une simple pause dans son activité culinaire pour lui accorder un peu d'attention ? Mais Arthur, toujours dangereusement concentré sur sa réduction de vinaigre balsamique aux figues (ou quelque chose d'approchant), se contenta de hocher la tête, les yeux rivés sur sa casserole comme si le sort du monde en dépendait. — Ah. Dommage. C'est embêtant. Mais bon, tu trouveras autre chose, Anaïs, ne t'inquiète pas. Tu sais bien que tu es pétrie de talent. Il ne faut pas te décourager pour si peu. C'est juste un mauvais moment à passer. Paris est une ville difficile, la concurrence est rude, c'est tout. Il faut persévérer, continuer à envoyer des CV, tu finiras bien par trouver chaussure à ton pied.

Ses mots se voulaient sans doute encourageants, rationnels, optimistes. Mais leur apparente banalité, leur ton presque professoral, et surtout le manque flagrant d'empathie réelle dans sa voix et son attitude (il n'avait toujours pas quitté sa casserole des yeux !), heurtèrent Anaïs de plein fouet, comme une gifle invisible. "Pour si peu" ? Il ne comprenait donc absolument pas ? Il ne voyait pas à quel point ces refus répétés la minaient psychologiquement ? À quel point elle se sentait perdue, inutile, invisible dans cette ville qui semblait la rejeter ? Une vague d'amertume brûlante, de ressentiment accumulé, monta en elle, incontrôlable.

— Oh, mais c'est tellement facile à dire pour toi ! répliqua-t-elle soudain, et sa voix était chargée d'une âpreté, d'une agressivité même, qui la surprit elle-même mais qu'elle ne put retenir. Monsieur le Chef Cuisinier à qui tout réussit ! Toi, tu as ton magnifique restaurant qui va bientôt ouvrir ses portes en fanfare, ta passion qui te porte et que tout le monde admire, ton succès qui semble déjà assuré ! Forcément, tout te paraît simple ! Tu ne peux même pas imaginer une seconde ce que c'est de douter de soi à ce point, de se sentir rejetée en permanence, de se demander chaque matin si on a fait le bon choix en changeant de vie, si on n'a pas tout plaqué pour rien !

À peine les mots durs et injustes avaient-ils franchi ses lèvres qu'elle les regretta amèrement. Elle savait que ce n'était pas vrai. Elle savait qu'Arthur était lui aussi sous une pression énorme, qu'il avait ses propres doutes, ses propres peurs paniques concernant l'ouverture de "Racines". Elle le blessait gratuitement, stupidement, par pure frustration égoïste, reportant sur lui son propre mal-être.

Arthur se figea instantanément, son fouet suspendu au-dessus de la casserole fumante. Il se tourna lentement vers elle, et elle vit dans ses yeux non pas de la colère – ce qui aurait presque été plus facile à gérer –, mais une profonde tristesse et une surprise douloureuse qui lui fendit le cœur. Il posa son fouet avec un geste las sur le plan de travail et s'approcha lentement du canapé. Il ne s'agenouilla pas cette fois, mais resta debout devant elle, la dominant légèrement de sa hauteur, son regard plongeant dans le sien avec une intensité nouvelle, presque accusatrice.

— C'est vraiment ça que tu penses, Anaïs ? Que tout me réussit comme par magie ? Que je ne comprends rien à ce que tu ressens ? Que je ne vois pas tes difficultés, tes doutes, ta souffrance ? Que je suis juste un égoïste insensible et suffisant qui ne pense qu'à sa petite réussite personnelle ? Sa voix était basse, presque blanche, mais vibrante d'une douleur contenue qui était pire qu'un cri.

— Je… Non… Bien sûr que non… Je ne voulais pas dire ça comme ça, balbutia Anaïs, réalisant avec horreur la portée de ses paroles, la profondeur de la blessure qu'elle venait de lui infliger. Elle sentit les larmes lui monter aux yeux, des larmes de honte, de fatigue et de remords sincères. Je suis désolée, Arthur. Tellement, tellement désolée. Ce que j'ai dit est stupide et injuste. Je suis juste… à bout.

Épuisée. Frustrée par ces refus qui s'accumulent. J'ai l'impression de me battre contre des moulins à vent, de ne jamais être assez bien. Je me sens perdue, tu comprends ? Et parfois… parfois, oui, j'avoue, j'ai l'impression d'être un peu seule dans cette bataille pendant que toi, tu avances.

Arthur poussa un long soupir, passant une main lasse sur son visage fatigué. Il sembla hésiter, puis il s'assit enfin près d'elle sur le canapé, leur proximité soudaine rendant l'atmosphère encore plus chargée. Il prit sa main, non pas avec colère, mais avec une douceur triste. Ses doigts s'entrelacèrent aux siens. — Mais moi aussi, je suis fatigué, Anaïs. Épuisé. Complètement vidé. Frustré aussi, par tous ces imprévus, ces contretemps, cette pression de dingue. Ce restaurant, oui, c'est mon rêve, mais en ce moment, il me dévore littéralement. Il prend toute mon énergie, tout mon temps, toutes mes pensées. Je suis terrifié à l'idée de ne pas être à la hauteur, terrifié à l'idée d'échouer, pas seulement pour moi, égoïstement, mais pour nous deux, pour notre avenir qu'on est censé construire ensemble. Chaque jour est un combat épuisant. Mais tu as raison, ce n'est pas une excuse. Ce n'est pas une excuse pour te négliger, pour ne pas voir ta propre lutte, tes propres difficultés. Pour ne pas être là pour toi comme tu es là pour moi. Et ce n'est surtout pas une raison pour qu'on se déchire comme ça, pour qu'on se dise des choses blessantes qu'on ne pense pas vraiment.

Il marqua une pause, cherchant ses mots, son regard rencontrant le sien avec une sincérité désarmante. — Nous sommes une équipe, Anaïs, tu te souviens ? C'est ce qu'on s'est dit depuis le début. Et une équipe, ça se soutient. Surtout dans les moments difficiles comme celui-ci. Ça communique, même quand c'est dur, même quand on est fatigué. Ça partage les fardeaux, ça écoute les doutes de l'autre. Ça ne se rabaisse pas mutuellement, ça ne se jalouse pas. Nous sommes dans le même bateau, Anaïs, en pleine tempête parisienne ! Même si nos rames ne servent pas exactement au même endroit en ce moment, on doit apprendre à ramer ensemble, dans la même direction, pour ne pas chavirer. Tu comprends ?

Ses mots, si justes, si calmes, si pleins d'une sagesse simple et d'un amour évident malgré leur dispute, touchèrent Anaïs en plein cœur. Elle se pencha vers lui, le cœur débordant de remords mais aussi d'un amour renouvelé et approfondi par sa vulnérabilité et sa lucidité. Elle se sentait tellement honteuse de son accès de colère stupide, de l'avoir blessé alors qu'il était lui-même sous une pression énorme et qu'il essayait juste, maladroitement peut-être, de la soutenir. — Oui, Arthur. Tu as tellement raison, murmura-t-elle, prenant son visage fatigué entre ses mains et le forçant à la regarder. Tellement raison. Pardonne-moi, mon amour. Pardonne-moi d'avoir été si égoïste et si injuste. J'ai laissé ma propre frustration, ma propre peur déborder sur toi de manière inacceptable. Je suis tellement désolée.

Arthur ferma les yeux un court instant, savourant visiblement le contact apaisant de ses mains sur ses joues. Puis, il les rouvrit et lui offrit un sourire doux et las, un sourire qui pardonnait déjà tout. — Et moi, je suis sincèrement désolé, Anaïs, de ne pas avoir été plus attentif, plus présent, plus… compréhensif pour toi ces derniers temps. Tu as raison, je suis tellement obsédé par ce fichu restaurant que j'en oublie parfois l'essentiel : toi. Nous. J'aurais dû lâcher ma stupide casserole, te prendre dans mes bras, t'écouter vraiment, au lieu de te prodiguer mes conseils de comptoir à deux balles sur la persévérance.

Pardonne-moi aussi. On apprend, hein ? On apprend à être une équipe.

Ils se prirent alors dans les bras, une étreinte longue, forte, silencieuse, qui valait toutes les paroles du monde. C'était un pardon mutuel, doux et profond. Une reconnaissance de leurs erreurs respectives, de leur fatigue, de leur stress. Mais surtout, c'était une réaffirmation puissante de leur amour, de leur complicité, et de leur volonté farouche de surmonter les obstacles ensemble. Ils restèrent ainsi, enlacés sur le canapé de leur appartement cosy, leur nouveau nid, tandis que la pluie continuait de tambouriner doucement sur les toits de Paris. Ils retrouvaient dans la chaleur et le réconfort simple de l'autre la force de continuer, de persévérer. Ce soir-là, au milieu de la tension et de la fatigue accumulées, ils avaient appris une leçon essentielle sur la fragilité mais aussi sur l'incroyable résilience de leur amour. Ils avaient appris l'importance vitale de la communication honnête, de la patience infinie et du compromis nécessaire, surtout lorsque le vent de la vie souffle fort. L'orage parisien n'était peut-être pas complètement terminé pour eux, mais ils avaient trouvé un abri solide, chaud et irremplaçable : l'un avec l'autre. Et ça, ça changeait tout.

Chapitre 15 : L'Éclosion en Cuisine

(Ou Comment Survivre à une Inauguration Sans Dissoudre un Critique Dans l'Acide Nitrique)

Il ne restait que quelques jours avant l'ouverture officiel du restaurant. Au départ celui-ci devait s'appeler 'L'ambroisie Retrouvée" mais les tests clients se sont avérés peu concluants, voire désastreux. Sollicité en urgence par les investisseurs pour trouver un nom plus percutant après l'échec de leur premier choix, Arthur s'était amusé avec Anaïs à essayer de trouver un nom qui reflète bien l'établissement. Et lors d'une de leurs réflexions nocturnes, 'Racines' avait émergé. Il évoquait à la fois l'amour d'Arthur pour le terroir, ses origines, et convoyait aussi l'idée de renouveau. Le nom avait fait un carton auprès des clients tests, et les investisseurs s'étaient fait un plaisir de l'adopter. Ces derniers jours furent donc un maelstrom d'activité frénétique confinant à l'hystérie collective (mais une hystérie chic, Marais oblige). La tension électrique dans l'air était si palpable qu'Anaïs se demandait si elle ne risquait pas de s'électrocuter en touchant une poignée de porte. L'adrénaline pure semblait avoir remplacé le café comme principal carburant de l'équipe et surtout d'Arthur. Le compte à rebours était gravé sur un tableau blanc dans la cuisine, et chaque heure qui s'égrenait avec une rapidité déconcertante semblait apporter son lot de micro-catastrophes dignes d'une comédie burlesque et de victoires arrachées de haute lutte qui laissaient tout le monde K.O. mais vaguement triomphant.

Il y eut la livraison de la magnifique vaisselle artisanale, commandée longtemps à l'avance, qui arriva avec la moitié des assiettes creuses mystérieusement ébréchées (le livreur jura ses grands dieux n'y être pour rien, accusant les vibrations sur le périph'). Il y eut le tout nouveau système de réservation en ligne, censé être le nec plus ultra de la technologie, qui décida de planter de manière totalement aléatoire deux jours avant l'ouverture, semant la panique parmi le personnel de salle qui imaginait déjà le restaurant envahi par des hordes de clients sans table assignée. Il y eut le jeune commis de cuisine, recruté pour sa dextérité prometteuse, qui eut la brillante idée de se tordre la cheville en glissant sur une feuille de salade (oui, une feuille de salade), ce qui obligera Arthur à réorganiser toute sa brigade dans l'urgence et à envisager de cuisiner lui-même les garnitures pendant tout le service inaugural.

Arthur naviguait au milieu de ce chaos pré-ouverture avec une énergie décuplée par le stress, oscillant entre une concentration laser quasi monacale lorsqu'il finalisait un plat ou briefait son équipe, et des moments de doute palpable où Anaïs le surprenait à passer nerveusement la main dans ses cheveux, le regard perdu dans le vague, murmurant des imprécations contre les livreurs d'assiettes ou les logiciels de réservation capricieux. Il était comme un capitaine sur un navire pris dans la tempête juste avant d'arriver au port, luttant contre les éléments déchaînés tout en essayant de maintenir le cap et le moral de l'équipage.

Anaïs, fidèle à la promesse silencieuse qu'ils s'étaient faite lors de leur réconciliation après la dispute (le fameux "Pacte de l'Équipe Soudée face à l'Adversité et aux Légumes Récalcitrants"), était devenue son roc inébranlable, son ancre tranquille dans la tempête médiatico-culinaire.

Consciente de l'enjeu et de la pression monstre qui pesait sur ses épaules, elle avait mis sa propre recherche d'emploi légèrement en pause durant cette dernière ligne droite infernale. Toute son énergie et son soutien lui étaient dédiés, sans pour autant s'immiscer dans les décisions purement culinaires ou managériales – ce n'était ni son rôle, ni sa compétence, et elle savait qu'Arthur avait besoin de sentir qu'il maîtrisait son navire. Mais elle était présente. Constamment. Silencieusement efficace.

Elle gérait avec une patience d'ange les mille petits détails pratiques qui pouvaient le soulager ne serait-ce qu'un peu : s'assurer qu'il pensait à manger autre chose que des sandwichs triangles avalés sur le pouce devant son ordinateur (elle lui préparait des bentos équilibrés qu'il dévorait souvent froid mais avec gratitude), faire l'interface avec certains artisans un peu lents pour des finitions de décoration de dernière minute dans la salle ("Non, Monsieur Martin, la plinthe doit VRAIMENT être posée AVANT l'arrivée des critiques gastronomiques !"), filtrer ses appels personnels pour ne lui passer que les urgences absolues. Ou simplement être là, tard le soir quand il rentrait enfin à l'appartement, les traits tirés et l'humeur massacrante, pour l'écouter vider son sac, décharger sa tension accumulée, partager ses espoirs fous et ses craintes irrationnelles ("Et si personne n'aime ma purée de panais à la vanille ? Et si le critique Machin déteste la déco ? Et si on fait un flop monumental ?"), sans jugement, sans conseils non sollicités, juste avec une oreille attentive, une épaule réconfortante et des paroles apaisantes. Elle avait même officiellement promu Fougère au rang de *Chat Thérapeute Anti-Stress*, la déposant délicatement sur les genoux d'Arthur lorsqu'il rentrait particulièrement exténué. Et le chat, sentant peut-être l'aura de détresse de son nouveau co-humain (ou appréciant simplement la chaleur et l'immobilité de cette nouvelle source de câlins), se laissait caresser avec une docilité et un ronronnement appuyé tout à fait inhabituels. Ils formaient une équipe, cahin-caha, et cette épreuve intense, loin de créer de nouvelles fissures, semblait au contraire renforcer leur lien, souder leur complicité face à l'adversité. Ils apprenaient à naviguer ensemble, même par gros temps.

Enfin, après une dernière journée de préparatifs frénétiques qui sembla durer 72 heures, le grand soir arriva. Un mardi soir de début d'hiver, froid et sec comme un coup de trique, mais avec ce ciel parisien d'une clarté cristalline et piquante qui faisait briller les étoiles et promettait une belle soirée sans pluie (un miracle en soi). Anaïs avait quitté le restaurant en fin d'après-midi, sur ordre quasi militaire d'Arthur ("Va te faire belle, repose-toi un peu, et reviens magnifique ! J'ai besoin de te voir rayonner ce soir."), pour laisser le chef et son équipe aux ultimes rituels sacrés d'avant service. Son cœur à elle vibrait d'un mélange complexe d'excitation pure, de fierté immense et d'une appréhension presque maternelle pour lui. Elle voulait tellement que tout se passe bien, qu'il obtienne la reconnaissance qu'il méritait.

Elle passa rapidement chez eux pour se préparer. L'opération *transformation de la tenue de terrain en tenue de soirée* était lancée. Devant son armoire, l'éternel dilemme. Que porter pour l'ouverture officielle du restaurant de l'homme de sa vie ? Un événement mondain, certes, mais dont l'âme se voulait authentique et chaleureuse. Elle voulait être élégante, chic, pour lui faire honneur, mais sans tomber dans le piège de l'ostentation ou du trop habillé qui jurerait avec l'esprit *racines* du lieu. Pas question de sortir la robe de gala à paillettes. Après plusieurs essayages infructueux sous le regard critique mais silencieux de Fougère, qui semblait juger sévèrement chaque tenue depuis son fauteuil, elle opta finalement pour une robe longue et fluide en soie d'un vert émeraude profond et lumineux. Une couleur qui rappelait subtilement celle des yeux d'Arthur et qui évoquait l'univers végétal qui lui était si cher. La coupe était simple, presque minimaliste, mais la noblesse du tissu et la fluidité du tombé lui conféraient une élégance naturelle. Elle l'accessoirisa simplement d'un pendentif discret en or – une petite feuille stylisée, clin d'œil à leur histoire – et chaussa des talons fins mais (relativement) confortables, sachant qu'elle risquait de rester debout une bonne partie de la soirée. Un maquillage léger mais soigné, un nuage de son parfum préféré, et elle était prête. En se regardant une dernière fois dans le miroir, elle vit le reflet d'une femme un peu nerveuse, certes, mais fondamentalement heureuse, les joues légèrement rosies par l'anticipation, les yeux brillants d'une fierté immense et d'un amour débordant pour celui qu'elle allait rejoindre pour cette soirée si importante.

Lorsqu'elle arriva devant le restaurant, une petite heure avant l'ouverture officielle des portes au public, l'endroit était métamorphosé, vibrant d'une énergie nouvelle. La façade discrète mais impeccablement rénovée, en pierre de taille nettoyée et boiseries sombres, éclairée par quelques appliques design, s'intégrait avec une élégance sobre dans l'architecture historique du Marais. À l'intérieur, la transformation était encore plus spectaculaire. Fini la poussière, les fils qui pendent, les odeurs de peinture et le chaos du chantier des semaines précédentes. L'espace était là, abouti, magnifique, à la fois résolument moderne dans ses lignes et profondément chaleureux dans ses matériaux et son ambiance. C'était un équilibre subtil, audacieux, qu'Arthur et l'architecte d'intérieur (une jeune femme talentueuse qu'Anaïs avait rencontrée et appréciée) avaient longuement et patiemment travaillé.

Les murs bruts en pierre de taille d'origine avaient été mis en valeur, dialoguant harmonieusement avec de grands panneaux de bois clair aux veinures apparentes et quelques touches de béton ciré au sol. Des suspensions design en laiton brossé, diffusant une lumière douce, chaude et indirecte, descendaient du haut plafond, complétées par de petites lampes individuelles sur chaque table, créant des îlots d'intimité. Les tables en chêne massif, aux lignes pures, étaient dressées avec une sobriété étudiée : pas de nappe, mais de superbes sets de table en lin brut, une vaisselle artisanale en grès aux formes organiques et irrégulières (les fameuses assiettes de remplacement, finalement arrivées à temps !), et des verres d'une finesse cristalline qui promettaient de sublimer les vins choisis par le sommelier. Çà et là, des touches de vert apportaient la vie et rappelaient le nom et la philosophie du lieu : de grands pots en terre cuite contenant des herbes aromatiques foisonnantes près de la cuisine ouverte, des bouquets de fleurs sauvages et de graminées discrètement arrangés dans des vases en céramique brute (Anaïs avait aidé Arthur à choisir les vases lors d'une virée aux Puces). Sur les murs en pierre, quelques grandes œuvres d'art contemporain, prêtées par une galerie voisine amie, des toiles abstraites aux couleurs vibrantes ou des photographies en noir et blanc très graphiques, apportaient une touche de sophistication et de modernité sans jamais écraser l'ensemble. L'atmosphère générale qui se dégageait était celle d'un luxe discret, d'une élégance naturelle et terrienne, un lieu qui invitait à la détente, à la dégustation attentive, à la conversation feutrée. C'était exactement, précisément, ce qu'Arthur avait voulu : un lieu beau mais pas intimidant, très raffiné mais pas prétentieux, où l'on se sente immédiatement bienvenu, comme à la maison, mais en mieux.

Elle trouva Arthur au cœur du réacteur : la cuisine rutilante, désormais impeccable et bourdonnant d'une activité intense mais étonnamment calme et maîtrisée. Toute l'équipe était là, affairée aux derniers préparatifs, chacun à son poste, dans une chorégraphie silencieuse et efficace. Arthur, au centre, portait sa veste de chef d'un blanc immaculé, brodée discrètement du logo "*Racines*" (une petite pousse stylisée). Son front était légèrement perlé de sueur malgré la puissance de la climatisation, mais ses yeux verts brillaient d'une lueur fiévreuse, concentrée, déterminée. Il donnait ses dernières instructions à sa brigade – son second, le jeune homme finalement resté et visiblement désireux de se racheter, les chefs de partie, les commis –, vérifiant un assaisonnement ici, la température d'un four là, la mise en place impeccable des postes de travail. Sa voix était calme, posée, mais portait l'autorité naturelle et respectée du leader, celui qui montre l'exemple et tire le meilleur de son équipe. En la voyant entrer discrètement sur le seuil de la cuisine, il lui adressa un bref sourire par-dessus l'épaule, un éclair de tendresse fugace au milieu de la concentration extrême du coup de feu imminent. Il murmura quelque chose à son second et vint rapidement vers elle, s'essuyant les mains sur son tablier.

Arthur murmura en lui prenant les deux mains, ses paumes chaudes malgré la tension ambiante : — Tu es là. Et tu es… absolument magnifique, Anaïs. Plus belle encore que dans mes rêves les plus fous. Merci d'être là. Ta présence, juste savoir que tu es là, dans la salle… ça change tout pour moi ce soir. Ça me donne une force incroyable.

Anaïs répondit, serrant fort ses mains, lui transmettant silencieusement tout son amour et son soutien : — C'est toi qui es magnifique, Arthur. Impressionnant. Dans ton élément. Comme un poisson dans l'eau… ou plutôt comme une pomme dans son verger ! Je suis tellement, tellement fière de toi, de tout ce que tu as accompli. Tout est absolument parfait. Le restaurant est sublime. Tu as réussi. La fierté s'entendait dans sa voix.

Arthur dit avec une pointe d'anxiété vite maîtrisée derrière un petit sourire nerveux : — Attendons de voir ce que les clients – et surtout les critiques – en penseront. Mais oui, on y est. On a fait de notre mieux. Bon, allez, je dois y retourner, le premier service de ma nouvelle vie va commencer !

Il marqua une courte pause, son regard cherchant le sien. — On se voit après le coup de feu ? Je sais que cette nuit va être longue, mais je viendrai te retrouver dès que je pourrai m'échapper.

Anaïs sourit, compréhensive : — Bien sûr. Prends tout ton temps. Je serai là, à ma table, à t'admirer de loin. Bonne chance, mon amour. Fais des merveilles, comme d'habitude.

Elle lui vola un baiser rapide, brûlant, chargé d'encouragement, et s'éclipsa discrètement de la cuisine survoltée, le laissant à son royaume bouillonnant. Elle retourna s'installer à la petite table discrète qu'Arthur lui avait réservée dans un coin de la salle, un peu à l'écart de l'agitation principale mais avec une vue imprenable sur l'ensemble du restaurant et sur l'entrée de la cuisine. Elle commanda une coupe de champagne rosé bien frais, pour se donner contenance, pour calmer les battements un peu trop rapides de son propre cœur, et pour célébrer silencieusement ce moment si important pour lui, pour eux.

Léa et Camille devaient la rejoindre un peu plus tard. Anaïs les avait bien sûr conviées à sa table ; pour cette soirée d'inauguration très courue d'un lieu déjà très convoité, il n'aurait pas été possible de faire autrement. Elle était impatiente de partager ce moment avec elles, de les laisser admirer Arthur évoluer dans son univers, de les voir découvrir enfin ce pour quoi il avait tant travaillé et dont il était si passionné.

Les lourdes portes en bois massif s'ouvrirent enfin à l'heure dite. Les premiers clients arrivèrent, d'abord timidement, puis en un flot plus continu, élégants et visiblement curieux de découvrir ce nouveau lieu dont tout Paris parlait déjà.

Anaïs, depuis sa table d'observation privilégiée, reconnut quelques visages entrevus lors de soirées précédentes ou dans les pages des magazines. Il y avait les investisseurs principaux, souriants et visiblement satisfaits du résultat final, accompagnés de leurs épouses élégantes. Il y avait aussi le redouté critique gastronomique du grand quotidien national, Monsieur Leroux, au visage impassible et au costume impeccable, qui s'installa seul à une table stratégique, sortant immédiatement un petit carnet et un stylo (Anaïs frissonna malgré elle). Plusieurs couples chics et branchés du quartier du Marais, visiblement habitués des nouvelles ouvertures, prenaient place, apportant avec eux le murmure excité des conversations mondaines.

Et puis, parmi les arrivants, Anaïs reconnut Monsieur Ribaucourt ; elle l'avait rencontré au vernissage où elle avait vu Arthur pour la première fois. En la voyant, il lui fit un petit signe de tête chaleureux avant de s'installer à une table avec sa femme.

Juste à ce moment, son téléphone vibra dans sa poche. C'était un SMS de Michel et Madeleine : "Tout le meilleur pour cette grande ouverture ! On pense fort à vous deux depuis la Normandie. Faites des merveilles ! Gros bisous." Un sourire chaleureux illumina le visage d'Anaïs en lisant le message.

Arthur, fidèle à sa promesse et à sa nature accueillante, était à l'entrée, malgré le stress du service imminent, pour accueillir personnellement les premiers arrivants, serrant des mains, échangeant quelques mots chaleureux, expliquant brièvement sa démarche avec cette passion communicative qui semblait désarmer même les plus blasés ou les plus critiques. Son regard se posa alors sur deux visages familiers qui venaient de franchir les portes : Léa et Camille. Elle les vit se jeter dans les bras d'Arthur, leurs rires résonnant un court instant dans le brouhaha, avant qu'Arthur, rayonnant, ne leur indique de sa main la direction de sa table.

Guidées par le geste d'Arthur, Léa et Camille se dirigèrent vers la table d'Anaïs, les yeux pétillants de curiosité et d'excitation. — Wow, c'est canon ici ! Tellement plus classe que son ancien resto ! — souffla Léa, immédiatement séduite par l'élégance sobre et chaleureuse du lieu et par l'atmosphère vibrante mais pas guindée. Anaïs leur raconta avec une fierté non dissimulée les dernières heures fébriles, leur désigna discrètement les quelques personnalités présentes : — Tu vois le critique là-bas ? Celui qui a l'air de disséquer son assiette comme une scène de crime ? C'est Leroux ! — partageant avec elles son immense soulagement et sa joie grandissante face au succès évident de la soirée. À peine installées, un serveur leur apporta les amuse-bouches du moment, de petites merveilles exquises aux saveurs surprenantes et délicates. Leurs yeux s'illuminèrent à la première bouchée. — Mais c'est délicieux ! s'exclama Léa, les yeux ronds. Camille approuva d'un hochement de tête enthousiaste. Elles s'extasièrent sur la finesse et l'originalité de ces petites créations. Ensuite, elles se penchèrent avidement sur la carte, Anaïs leur expliquant les différents plats, leur parlant avec passion de la démarche d'Arthur et de la provenance des produits. Voir leurs réactions, leur curiosité, et partager ce moment avec elles fut une nouvelle source de bonheur pour Anaïs.

Le ballet silencieux et millimétré du service était impressionnant. Les serveurs, jeunes, professionnels, vêtus de tabliers en lin sombre sobres et élégants, évoluaient avec une grâce féline et une efficacité redoutable entre les tables, sous la direction discrète mais ferme du maître d'hôtel. Les assiettes sortaient de la cuisine ouverte – de véritables tableaux comestibles, des œuvres d'art éphémères – qui prenaient vie sous leurs yeux et sur les tables voisines, témoignant de la précision et de la créativité époustouflantes mises en œuvre. Elle entendait des bribes de conversations : — Incroyable cette cuisson… ; — Quelle finesse dans les saveurs ! ; — Je n'ai jamais goûté une betterave comme ça… ; — C'est d'une justesse absolue ! Elle observait, fascinée, les réactions des convives autour d'elle. D'abord les regards surpris, puis franchement admiratifs en découvrant la beauté des plats et en y goûtant. Ensuite, le silence presque religieux qui suivait la première bouchée, suivi de hochements de tête approbateurs, de soupirs de pur plaisir. Elle entendait des bribes de conversations : — Incroyable cette cuisson… ; — Quelle finesse dans les saveurs ! ; — Je n'ai jamais goûté une betterave comme ça… ; — C'est d'une justesse absolue ! Elle vit même le redoutable critique gastronomique, Monsieur Leroux, esquisser un très léger sourire (un événement en soi, parait-il !) après avoir goûté son entrée, et prendre des notes de plus en plus fournies dans son carnet. Les conversations dans la salle montaient doucement en volume au fil des plats et des verres de vin (la sélection du sommelier semblait également faire l'unanimité), mais ce n'était pas un brouhaha cacophonique. C'était une rumeur joyeuse, feutrée, celle de gens heureux, partageant un moment de plaisir intense et de découverte gustative. Le vin coulait à flots mesurés, les rires fusaient discrètement entre les tables, l'atmosphère se détendait progressivement, devenant de plus en plus chaleureuse. La magie opérait. Indéniablement. Arthur avait réussi son pari fou : créer non seulement un lieu où l'on mangeait divinement bien, mais aussi un espace de convivialité, d'émotion partagée, une expérience totale.

Le point culminant de la soirée, celui qui confirma le triomphe, fut sans doute lorsque le critique gastronomique, Monsieur Leroux, en quittant le restaurant après un repas visiblement apprécié, s'arrêta longuement pour parler avec Arthur, qui était venu le saluer poliment à la porte. Anaïs, Léa et Camille observaient la scène de loin, retenant leur souffle. Elles ne pouvaient pas entendre ce qui se disait, mais elles virent le visage habituellement impassible du critique s'éclairer d'un respect non feint, puis il serra chaleureusement la main d'Arthur avant de partir. Quelques secondes plus tard, Arthur se retourna vers la salle, et Anaïs vit son visage s'éclairer d'un immense sourire de soulagement et de pure joie, une joie presque enfantine, avant qu'il ne reprenne rapidement son masque de chef professionnel et concentré. Le verdict semblait être tombé, et il était positif. Plus tard, un des investisseurs principaux, un homme d'affaires suisse réputé pour son exigence et sa froideur, vint trouver Arthur en cuisine et lui serra la main avec une chaleur inattendue en lui disant simplement : — Chef, vous avez dépassé toutes nos espérances. Ce n'est pas une ouverture, c'est un triomphe. Bravo.

À la toute fin de la soirée, alors que les derniers clients s'attardaient pour un ultime digestif ou un café, que l'équipe de salle et de cuisine commençait à ranger dans une atmosphère de fatigue joyeuse et d'excitation partagée, échangeant des commentaires enthousiastes sur le succès incroyable du premier service, Arthur vint enfin rejoindre Anaïs, Léa et Camille à leur table. Il avait enlevé sa veste de chef, révélant une simple chemise blanche un peu froissée. Il était visiblement épuisé – les traits tirés, les yeux brillants de fatigue –, mais son visage rayonnait d'une joie et d'une fierté profondes, presque irréelles. Ses yeux verts pétillaient comme jamais auparavant. — Alors, Chef ? Comment vous sentez-vous après cette première bataille ? demanda Léa avec un grand sourire taquin. Prêt à recevoir vos trois étoiles demain matin ? — Oh là, doucement ! répondit Arthur en riant, s'asseyant lourdement sur la banquette à côté d'Anaïs. Je suis juste… sur un petit nuage. Complètement vidé, comme si j'avais couru un marathon, mais flottant sur un nuage de bonheur et de soulagement. C'était… bien au-delà de ce que j'espérais. C'était incroyable. J'ai encore l'impression d'avoir vécu un rêve ce soir. Un rêve un peu fou, un peu stressant, mais absolument magnifique. Il chercha instinctivement la main d'Anaïs sous la table et la serra fort, comme pour s'ancrer à la réalité. Son regard embué d'émotion rencontra le sien, un regard chargé de gratitude, d'amour et de la fierté partagée d'avoir surmonté cette épreuve ensemble. — Tu n'avais pas l'air de rêver, tu sais, lui dit Anaïs doucement, ses propres yeux brillant d'admiration et de tendresse. Tu avais l'air d'un chef d'orchestre magistral menant une symphonie parfaite. Chaque plat qui sortait de la cuisine, chaque sourire sur le visage des clients, chaque détail dans cette salle... c'était une note juste. C'était magnifique à voir, Arthur. Et surtout, mon Dieu, qu'est-ce que c'était délicieux ! Tu as littéralement conquis Paris ce soir. Et tu le mérites tellement, tellement. Tout ce travail acharné, tout ce stress accumulé, toute cette passion que tu y as mise... ça a payé. Tu n'es pas seulement un chef incroyablement talentueux, tu es un véritable artiste. Un poète de la cuisine. Un génie sensible qui sait toucher le cœur des gens avec une simple assiette. Arthur eut un petit rire ému, détournant les yeux un instant, presque gêné par cette avalanche d'éloges dithyrambiques, surtout devant Léa et Camille qui approuvaient bruyamment. — Arrête, tu vas me faire rougir... Mais merci. Merci infiniment. Et sache que je n'aurais jamais, jamais pu faire tout ça sans toi, Anaïs, dit-il en se tournant à nouveau vers elle, sa voix redevenue plus sérieuse, plus profonde. Vraiment. Tu as été ma lumière constante dans les moments de doute les plus sombres, mon inspiration quand j'étais perdu dans les méandres techniques, ma force tranquille quand j'étais au bord de craquer et de tout envoyer balader. Tu as cru en moi, tu as cru en ce projet fou, même quand c'était difficile, même quand j'étais probablement insupportable à vivre ces dernières semaines. Tu as été mon ancre, ma muse, mon roc, mon amour. Alors ce succès, ce soir, crois-moi, il est aussi et surtout le tien. C'est le début de notre histoire ici, dans cette ville, dans ce restaurant. C'est notre première victoire d'équipe. Léa et Camille, témoins silencieuses mais visiblement émues de cet échange intime et sincère, échangèrent un regard complice et profondément approbateur. Elles comprenaient maintenant. Elles voyaient la force et l'authenticité du lien qui unissait leur amie à cet homme. Anaïs sentit les larmes lui monter aux yeux, des larmes de joie, de fierté, d'amour. Elle se pencha et l'embrassa tendrement, longuement, sans plus se soucier de la présence de ses amies ni des quelques membres du personnel encore présents. Un baiser qui célébrait non seulement le triomphe mérité de 'Racines', mais aussi et surtout la solidité de leur amour, un amour qui avait su naviguer avec succès les premières tempêtes et qui sortait visiblement renforcé de cette épreuve initiatique. Ils avaient réussi. Ensemble. Ce n'était sans doute que le début d'une longue aventure, ils le savaient tous les deux. Mais ce soir-là, dans l'atmosphère encore vibrante et chargée d'émotion du restaurant enfin lancé sur les rails du succès, tout semblait possible. Leur nouvelle vie parisienne prenait enfin véritablement son envol, portée par la passion commune, la confiance mutuelle et la promesse infinie d'un avenir partagé.

Chapitre 16 : L'Écho du Jardin et la Promesse d'une Friche

(Ou quand le Destin Appelle Votre Ligne professionnelle)

Les semaines qui suivirent la soirée d'ouverture triomphale de *'Racines'* s'installèrent peu à peu dans un rythme nouveau, un équilibre délicat trouvé entre l'exaltation permanente et l'exigence quotidienne. La vie parisienne à deux dans le 9ème arrondissement n'était plus une nouveauté chaotique mais devenait leur nouvelle normalité, un quotidien tissé de petits rituels, de défis professionnels assumés et d'une complicité qui se renforçait jour après jour. Le tourbillon ne s'était pas arrêté, loin de là, mais ils apprenaient à danser avec lui, ensemble.

Le restaurant ne désemplissait littéralement pas. C'était devenu le phénomène gastronomique dont tout Paris parlait. Le bouche-à-oreille, plus efficace que n'importe quelle campagne publicitaire, avait fonctionné à plein régime, amplifié par des critiques dithyrambiques dans la presse spécialisée ("La nouvelle étoile du Marais", "Un retour aux sources audacieux et maîtrisé", "Le chef Arthur Dubois réinvente le terroir avec génie") et même par des papiers élogieux dans certains grands quotidiens nationaux qui saluaient non seulement la qualité exceptionnelle de la cuisine mais aussi l'atmosphère unique du lieu. Obtenir une réservation relevait désormais du parcours du combattant, avec des listes d'attente s'étalant sur plusieurs semaines, voire plusieurs mois pour une table le week-end. Chaque soir voyait défiler une clientèle hétéroclite mais unanimement conquise : des gourmets avertis venant décortiquer chaque saveur, des célébrités discrètes (acteurs, écrivains, politiciens) cherchant un refuge élégant et authentique, des touristes chanceux ayant réussi à dégoter une table par miracle, et bien sûr, des Parisiens épicuriens en quête d'une expérience culinaire mémorable.

Pour Arthur, ce succès fulgurant et presque instantané était à la fois grisant et légèrement vertigineux. Il signifiait une charge de travail absolument colossale, des journées à rallonge qui ne semblaient jamais finir, mais aussi une reconnaissance professionnelle immense et profondément gratifiante après des années de labeur acharné dans l'ombre. Il était soudain sollicité de toutes parts. Des interviews pour des magazines, des invitations à participer à des festivals culinaires renommés en France et à l'étranger, des propositions de collaborations alléchantes avec d'autres grands chefs qu'il admirait, et même des approches insistantes de la part de producteurs pour des émissions de télévision culinaires, qu'il déclina poliment mais fermement, préférant se concentrer sur son restaurant.

Il gérait cette nouvelle notoriété soudaine avec une humilité et une simplicité naturelles qui forçaient l'admiration d'Anaïs. Il restait le même Arthur, passionné par ses produits, proche de son équipe, soucieux du moindre détail. Il aurait pu prendre la grosse tête, se pavaner dans les médias, mais ce n'était pas son genre. Il s'efforçait de rester concentré sur l'essentiel : la qualité irréprochable et constante de sa cuisine, le bien-être et la cohésion de son équipe (qui travaillait sous une pression énorme mais dans une ambiance étonnamment sereine et respectueuse), et bien sûr, la satisfaction et le plaisir de chaque client qui franchissait la porte de l'établissement. Il apprenait à déléguer davantage, faisant une confiance quasi aveugle à son second (qui s'était finalement révélé être une perle rare une fois sa période d'adaptation passée), mais gardait toujours un œil vigilant sur chaque aspect du restaurant, de la fraîcheur des herbes aromatiques à la propreté des toilettes. Il passait toujours autant d'heures au restaurant, arrivant le premier, partant le dernier. Les trajets matinaux vers Rungis dans la Volvo restaient un rituel sacré, sa bouffée d'oxygène avant la folie du service, son moyen de garder le contact direct avec la terre, les produits et les producteurs – ses véritables racines, au sens propre comme au figuré. Il restait l'âme passionnée et authentique du lieu, même si son nom commençait à briller bien au-delà des murs de son établissement du Marais.

Anaïs observait cette ascension fulgurante avec une fierté immense, un amour débordant, mais aussi, parfois, une légère pointe d'appréhension diffuse. Elle était sincèrement ravie pour lui, consciente de l'accomplissement exceptionnel que cela représentait, de la validation de son talent et de sa vision. Mais elle voyait aussi la fatigue persistante qui creusait ses traits malgré sa joie, les sacrifices énormes que ce succès exigeait sur leur temps commun, sur leur intimité. Les soirées tranquilles à deux dans leur appartement parisien se faisaient plus rares, souvent remplacées par des dîners de représentation où Arthur devait faire acte de présence, des événements professionnels auxquels il ne pouvait se soustraire, ou simplement par son épuisement total qui le faisait s'endormir devant un film avant même la fin du générique. Malgré ce rythme effréné, Arthur tenait à garder le lien avec sa famille normande. Les visites à la ferme étaient devenues impossibles faute de temps, mais il décrochait souvent son téléphone pour appeler Madeleine et Michel. Ces conversations régulières, même brèves, lui permettaient de rester présent pour eux, de prendre des nouvelles, de sentir qu'il était toujours dans leur vie, même à distance, et qu'ils l'étaient dans la sienne, un rappel constant de ses origines malgré le tumulte parisien.

Pendant ce temps volé à leur vie de couple, Anaïs ne restait pas inactive ni seule. Elle profitait de ces soirées où Arthur était accaparé pour retrouver ses amies, Léa et Camille. Leurs dîners, leurs sorties au cinéma ou simplement les moments passés à refaire le monde autour d'un verre lui offraient un équilibre nécessaire. Elles étaient une bulle de normalité et de soutien, un rappel joyeux de son propre univers et de ses propres aspirations, et un appui précieux face aux ajustements qu'impliquait la nouvelle vie d'Arthur. Loin de s'isoler, Anaïs maintenait activement son propre cercle, trouvant dans ces amitiés la force et la légèreté qui lui permettaient de naviguer aux côtés d'Arthur dans cette nouvelle ère de leur couple.

Ils apprenaient, non sans quelques ajustements et quelques discussions franches mais constructives, à naviguer dans cette nouvelle dynamique. Ils apprenaient à chérir les moments volés, ces petits instants précieux arrachés au temps qui file : les petits déjeuners partagés dans le calme du petit matin avant qu'il ne parte à l'aube pour Rungis, échangeant quelques mots tendres et endormis autour d'un café fort ; les messages échangés tout au long de la journée – un simple "Je pense à toi" envoyé par Arthur entre deux services, une photo amusante de Fougère envoyée par Anaïs pour le faire sourire ; les étreintes silencieuses et profondément réconfortantes au milieu de la nuit, quand il rentrait enfin, épuisé mais heureux de la retrouver. Leur amour était leur boussole, leur refuge, leur force tranquille dans ce tourbillon médiatico-gastronomique. Ils étaient toujours une équipe, même si leurs terrains de jeu respectifs étaient très différents.

Heureusement, Anaïs n'était pas en reste et trouvait elle aussi sa propre voie vers le succès et l'épanouissement professionnel. Après les difficultés et les doutes des débuts, sa persévérance, son talent et sa singularité avaient fini par payer. Sur la recommandation inattendue de Monsieur Ribaucourt lui-même (qui avait visiblement gardé un œil sur elle et apprécié sa ténacité autant que son travail), elle avait finalement décroché un poste qui la comblait de joie dans l'une des agences d'architecture paysagiste les plus créatives, les plus respectées et les plus en phase avec ses propres valeurs à Paris : la fameuse agence "Vertiges Urbains", celle-là même qui l'avait initialement recalée avant de la rappeler après l'intervention discrète mais décisive du mécène. L'agence, dirigée par une femme charismatique, visionnaire et profondément engagée, Madame Valérie Moreau, partageait sa philosophie d'une approche sensible, poétique et durable du paysage urbain, intégrant l'écologie, l'art contemporain et la dimension sociale dans chacun de ses projets.

Anaïs s'y sentait enfin à sa place, comme un poisson dans l'eau (ou plutôt, comme une plante vivace dans un sol riche et bien drainé !). Elle était stimulée intellectuellement, encouragée artistiquement, respectée professionnellement. Elle travaillait au sein d'une équipe jeune, mixte, dynamique et incroyablement talentueuse, sur des projets variés qui donnaient un sens profond à son métier : la transformation de vastes toits d'immeubles parisiens en jardins potagers partagés pour les habitants, la conception innovante de cours d'écoles "vertes" favorisant la biodiversité et l'apprentissage par la nature, ou encore la création de "jardins de pluie" ingénieux et esthétiques pour une meilleure gestion des eaux pluviales en milieu urbain dense.

Elle pouvait enfin mettre à profit tout son talent, toute sa sensibilité, et toute l'expérience précieuse acquise sur le chantier exigeant du centre culturel. Son approche, qui avait pu sembler trop romantique ou pas assez conceptuelle à certains esprits formatés, était ici non seulement acceptée mais pleinement appréciée et valorisée pour sa capacité unique à créer des lieux poétiques, signifiants, des espaces qui respiraient et qui faisaient du bien aux gens. Elle utilisait fréquemment son Nikon, non plus seulement pour documenter les sites avant intervention, mais aussi pour capturer la beauté fragile d'une plante sauvage poussant dans une fissure de béton, pour saisir des détails inspirants lors de ses visites de terrain, ou pour réaliser des photomontages sensibles afin de présenter ses idées aux clients de manière plus immersive et émotionnelle. Elle commençait à se faire un nom dans le milieu, non pas comme une "star" médiatique ni comme la compagne du Chef du réputé *Racines*, mais comme une architecte paysagiste professionnelle sérieuse, rigoureuse, créative et profondément engagée dans la création d'espaces urbains plus harmonieux, plus durables et plus vivants. Elle avait trouvé sa voie, sa tribu professionnelle à Paris. Et ce succès, cette reconnaissance de ses pairs, contribuait grandement à son épanouissement personnel, à sa confiance retrouvée, et par ricochet, à l'équilibre et à la sérénité de leur couple.

Elle rentrait désormais le soir à l'appartement, fatiguée mais heureuse et satisfaite de sa journée, l'esprit bouillonnant de nouvelles idées. Elle était prête à écouter les récits épiques d'Arthur sur les péripéties au restaurant (il y avait toujours une anecdote incroyable à raconter sur un client exigeant ou un incident en cuisine, où encore une célébrité venue manger là et ayant tenu à le féliciter), mais aussi désireuse et capable de partager ses propres défis et ses propres réussites professionnelles. Ils étaient partenaires, dans tous les sens du terme, s'écoutant, se conseillant, se soutenant mutuellement dans leurs ambitions respectives. Même Fougère, le chat philosophe, semblait apprécier cette nouvelle routine plus équilibrée, partageant équitablement ses faveurs et ses séances de ronronnement thérapeutique entre les genoux d'Anaïs lorsqu'elle travaillait tard sur ses plans le soir et les pieds d'Arthur lorsqu'il s'effondrait enfin sur le canapé après son long service. Leur appartement était devenu un véritable foyer, un cocon chaleureux et vibrant de vie, d'amour et de projets partagés.

C'est dans ce contexte d'équilibre enfin retrouvé, de succès professionnels naissants et de bonheur conjugal apaisé, qu'arriva l'appel téléphonique qui allait potentiellement faire basculer une nouvelle fois, et de manière spectaculaire, la trajectoire professionnelle et personnelle d'Anaïs. C'était un après-midi de printemps précoce, un de ces jours où Paris semble se réveiller après l'hiver, où la lumière douce et dorée inonde les rues et donne envie de croire que tout est possible. Anaïs était à son bureau chez *Vertiges Urbains*, plongée avec passion dans les plans complexes d'un nouveau projet particulièrement ambitieux qui venait de leur être confié : la réhabilitation écologique et paysagère d'une immense friche ferroviaire désaffectée dans l'Est parisien, avec pour objectif de la transformer en un vaste parc linéaire innovant, mêlant espaces de loisirs pour les habitants, jardins potagers partagés, zones de préservation de la biodiversité et corridors écologiques pour la faune urbaine. Un projet complexe, stimulant, exactement le genre de défi qu'elle adorait relever.

La voix. Grave, chaude, légèrement théâtrale, immédiatement et incroyablement reconnaissable. Anaïs sentit son cœur faire un bond spectaculaire dans sa poitrine. Monsieur Ribaucourt. Le richissime et influent collectionneur d'art. L'homme du fameux vernissage des mois plus tôt, celui-là même où elle avait croisé le regard d'Arthur pour la toute première fois. Mais plus encore, c'était l'homme dont elle savait, sans en connaître précisément les détails, que son influence avait pesé lourd dans la balance pour qu'elle obtienne ce poste tant espéré. Un poste pour lequel Madame Moreau, sa directrice, s'était par la suite montrée si désolée de l'avoir initialement écartée, lui confiant avec franchise qu'elle n'avait pas saisi d'emblée l'étendue de son talent ni à quel point leurs visions et leurs passions étaient alignées. C'était aussi l'homme à qui Didier, son ex-fiancé désormais relégué aux oubliettes de l'histoire, avait tant tenu à la présenter ce soir-là, dans l'espoir vain de l'impressionner ou d'en tirer quelque avantage. Que pouvait-il bien lui vouloir ? Une bouffée d'angoisse mêlée d'une curiosité intense la saisit.

— Monsieur Ribaucourt ! Quelle… quelle surprise ! Non, pas du tout, bien sûr, vous ne me dérangez absolument pas. C'est un grand honneur de vous avoir en ligne, répondit Anaïs, se redressant instinctivement sur sa chaise, sa concentration sur les plans du parc ferroviaire s'évaporant instantanément comme une goutte d'eau sur une plaque chauffante.

— L'honneur est entièrement pour moi, Mademoiselle Lessart, croyez-le bien. Permettez-moi tout d'abord de vous dire que j'ai suivi votre parcours avec un intérêt non dissimulé et une admiration considérable depuis notre trop brève rencontre. Au fil de mes visites au restaurant Racines, que j'apprécie particulièrement, j'ai aussi eu l'occasion de constater le talent d'Arthur, et j'ai naturellement appris que vous étiez sa compagne, ça explique votre présence à l'inauguration. Et j'ai bien évidemment visité à plusieurs reprises le jardin remarquable que vous avez conçu pour le centre culturel. Un travail absolument exceptionnel, je tiens à le souligner.— Oh… merci infiniment, Monsieur Ribaucourt. C'est très… très aimable à vous de dire cela.

— Ce n'est pas de l'amabilité, Mademoiselle, c'est une simple constatation objective, teintée d'un profond respect pour votre talent. Ce jardin est bien plus qu'une réussite esthétique. Plus qu'un simple aménagement paysager réussi, c'est une œuvre d'art vivante, une véritable composition sensible. J'ai été particulièrement touché, voyez-vous, par l'intelligence subtile de votre utilisation de l'espace, par la façon dont vous avez su créer des perspectives changeantes, ménager des zones d'intimité propices à la rêverie, orchestrer des surprises visuelles et sensorielles au détour d'une simple allée. Votre choix des essences végétales dénote non seulement une connaissance botanique profonde et pointue, mais aussi et surtout une sensibilité artistique rare, une véritable compréhension de l'âme des plantes et de leur dialogue avec la lumière et les saisons. Il y a une harmonie indicible, une sérénité profonde qui se dégage de cet endroit… C'est un lieu qui respire, qui vit, qui invite à la contemplation silencieuse. Vous avez su y insuffler une âme, Mademoiselle Lessart, et croyez-moi, dans mon expérience de collectionneur et d'amateur d'art, c'est là la marque indéniable des grands créateurs, quelle que soit leur discipline.

Anaïs était littéralement abasourdie, flottant à dix centimètres de sa chaise de bureau. Recevoir de tels compliments, si détaillés, si précis, si perspicaces, venant d'un homme dont le jugement en matière d'art et d'esthétique était si réputé, si craint parfois, la laissait complètement sans voix. C'était comme si le Pape venait de lui envoyer une lettre personnelle pour la féliciter de sa dernière homélie. Elle sentit une bouffée de fierté immense, de validation intense, qui dépassait de très loin toutes les critiques positives ou les récompenses professionnelles qu'elle aurait pu espérer recevoir un jour pour son travail.

— Je… je suis profondément touchée par vos paroles, Monsieur Ribaucourt. Plus que vous ne pouvez l'imaginer. Vraiment. Savoir que ce jardin vous a parlé à ce point, qu'il a suscité de telles émotions en vous, c'est de loin la plus belle des récompenses pour moi.

— Eh bien, Mademoiselle Lessart, si ce jardin m'a tant parlé, c'est sans doute parce qu'il avait des choses essentielles à dire sur notre rapport à la nature en ville, sur notre besoin de beauté et de poésie. Et c'est précisément pour cette raison que je me permets de vous appeler aujourd'hui. Je nourris depuis quelque temps un projet personnel, un projet un peu fou peut-être, mais qui me tient particulièrement à cœur. Un projet d'une tout autre envergure que le jardin du centre culturel, je dois bien le dire. Un défi immense, qui, je le crois sincèrement, est à la mesure de votre talent si singulier et si précieux.

Anaïs retint sa respiration, son cœur s'emballant à nouveau, son intuition lui soufflant que quelque chose d'énorme, de potentiellement révolutionnaire pour sa carrière, se préparait.

— Écoutez-moi attentivement, Mademoiselle Lessart, car ce que je vais vous proposer n'est pas banal. Je suis propriétaire, depuis de nombreuses années, d'un terrain considérable, plusieurs hectares, idéalement situé en plein cœur de Paris, dans un quartier en pleine mutation, non loin des bords de Seine. Il s'agit d'une ancienne friche industrielle – une usine à gaz désaffectée, pour être précis – , un lieu chargé d'histoire mais aujourd'hui oublié, négligé, laissé à l'abandon. Une véritable verrue dans le tissu urbain, une cicatrice triste dans le paysage parisien. Plusieurs promoteurs immobiliers m'ont approché au fil des ans avec des projets mirobolants, des tours de bureaux, des complexes résidentiels de luxe… des projets très lucratifs sur le papier, mais totalement dénués d'âme et de vision. J'ai toujours refusé catégoriquement. Car je vois tout autre chose pour cet endroit. Je rêve, Mademoiselle Lessart, d'y créer un jardin public exceptionnel, unique en son genre. Pas un simple square municipal avec trois bancs et une aire de jeux standardisée, comprenez-moi bien. Non. Je rêve d'un lieu magique, d'une rencontre audacieuse et harmonieuse entre la nature sauvage et maîtrisée, l'art contemporain et la mémoire collective du lieu. Un vaste espace de respiration et de beauté offert aux Parisiens, un lieu de promenade, de découverte et de rêverie, mais aussi un lieu vivant qui accueillerait en son sein des sculptures monumentales d'artistes que j'admire – j'ai déjà quelques idées très précises sur les œuvres et les artistes que j'aimerais y voir installés –, peut-être un petit pavillon de verre et d'acier pour des expositions temporaires de photographie ou de dessin, et qui intégrerait subtilement, poétiquement, des éléments rappelant l'histoire industrielle si riche et si forte de ce site. Un jardin qui aurait une âme complexe, une histoire à raconter, une beauté à la fois évidente et secrète, changeante au fil des heures et des saisons. Un jardin qui marquerait son temps, qui laisserait une trace durable. Vous voyez l'idée ?

Il fit une pause, laissant ses mots puissants et inspirants infuser dans l'esprit d'Anaïs. Elle était littéralement bouche bée, incapable de prononcer le moindre son, son esprit tourbillonnant déjà à toute vitesse, visualisant les possibilités infinies, vertigineuses, qu'offrait un tel projet sur un tel site. Une friche industrielle transformée en un jardin d'art et de nature en plein Paris… C'était le genre de commande mythique qui arrive une fois – si l'on a beaucoup de chance – dans toute une vie d'architecte paysagiste. Le genre de projet qui permet de laisser une empreinte profonde et positive sur la ville, sur la vie des gens, sur les cœurs.

— Et je pense, Mademoiselle Lessart, reprit Monsieur Ribaucourt d'une voix plus douce mais toujours aussi assurée et convaincante, après avoir mûrement réfléchi, rencontré discrètement plusieurs paysagistes de renom, et surtout, après avoir longuement médité dans votre jardin du centre culturel… je pense sincèrement que vous êtes la personne idéale, la seule peut-être, capable de concevoir et de réaliser ce jardin dont je rêve. Votre sensibilité unique, votre approche à la fois poétique et rigoureuse de l'espace, votre profond respect pour le végétal et votre capacité si rare à créer des lieux qui ont une véritable âme font de vous, à mes yeux, le choix évident. Je ne cherche pas une signature à la mode ou un geste spectaculaire pour épater la galerie. Je cherche une vision, une âme sœur créative pour ce projet. Et je crois que vous l'avez.

Je souhaiterais donc faire appel à l'agence pour laquelle vous travaillez, Mademoiselle Lessart. Cependant, ma proposition s'accompagne d'une condition essentielle : c'est à vous, et à vous seule, que je souhaite confier la responsabilité de la conception complète et la maîtrise d'œuvre de ce projet exceptionnel. Vous seriez la cheffe de projet exclusive, supervisant chaque étape au sein de votre agence. Avec, bien sûr, une très grande latitude sur le plan artistique – nous discuterons bien sûr du budget, mais soyez assurée que les moyens nécessaires seront là pour réaliser quelque chose de véritablement exceptionnel.

Que me répondez-vous, Mademoiselle Lessart ? Êtes-vous prête à relever ce défi ?

Le silence qui suivit au bout du fil fut seulement troublé par le bruit assourdissant du cœur d'Anaïs qui battait à tout rompre dans ses oreilles. Elle se sentait comme au bord d'une falaise immense, le vide l'attirant avec une force irrésistible. Elle était incapable de formuler une pensée cohérente, encore moins une parole articulée. C'était… trop grand. Trop beau. Trop soudain. Vertigineux. Incroyable. Terrifiant et follement exaltant à la fois. Un projet public majeur sur une friche en plein Paris. Être la cheffe de projet exclusive au sein de son agence, avec une immense latitude artistique et les moyens de ses ambitions. Un mécène influent, respecté et visiblement passionné par le projet. C'était au-delà de ses rêves les plus fous, même ceux qu'elle n'osait pas s'avouer. C'était la reconnaissance ultime de son travail, de sa vision personnelle, de tout ce en quoi elle croyait et pour lequel elle s'était battue. C'était la chance de sa vie.

— Monsieur Ribaucourt, je… je suis absolument… je… je ne sais pas quoi dire, balbutia-t-elle enfin, sa voix tremblante d'une émotion si intense qu'elle menaçait de la submerger. C'est… c'est une proposition qui me… me dépasse complètement. C'est une opportunité tellement incroyable, un honneur tellement immense… Je… Bien sûr… bien sûr que j'accepte ! Comment pourrais-je refuser ? Ce serait un rêve éveillé, un privilège immense de pouvoir travailler sur un projet aussi magnifique, aussi porteur de sens. J'accepte ! Oui ! J'accepte avec une joie et une humilité profondes. Et avec une détermination totale, absolue, à être à la hauteur de la confiance immense que vous me témoignez. Vous ne serez pas déçu, je vous le promets.

Elle marqua une pause, une nouvelle inquiétude la traversant soudain. — Monsieur Ribaucourt… mon agence… Madame Moreau… Elle est au courant de cette proposition ? Comment va-t-elle réagir ?

Un léger rire s'éleva à l'autre bout du fil. — Soyez tranquille, Mademoiselle Lessart, répondit Ribaucourt, un amusement palpable dans la voix. J'ai évidemment pris le soin d'en discuter avec Madame Moreau avant de vous appeler. Elle est parfaitement informée et tout à fait d'accord. Elle partage mon enthousiasme pour ce projet et votre nomination exclusive à sa tête.

Ça a dû lui brûler la langue ! pensa Anaïs, un sourire se dessinant sur ses lèvres malgré l'émoi.

— D'ailleurs, reprit Monsieur Ribaucourt d'une voix plus grave et formelle, et elle crut clairement déceler un sourire satisfait et peut-être un peu amusé, votre enthousiasme passionné confirme mon choix. Je savais que vous comprendriez immédiatement l'esprit et l'ambition de ce projet. Excellent. Je prendrai contact avec Madame Moreau dès demain pour formaliser notre accord avec l'agence, en précisant bien que vous serez la responsable unique de ce projet. Quant à vous, je vous enverrai donc dès demain par coursier un dossier complet contenant les plans précis du site – préparez-vous, ce n'est pas très réjouissant pour l'instant ! –, le cahier des charges initial – très ouvert, je vous rassure, c'est surtout une base de discussion – et quelques pistes de réflexion personnelles sur l'histoire du lieu et les artistes que j'aimerais y intégrer. Prenez le temps nécessaire pour vous imprégner du site, de son atmosphère, de son histoire. Allez-y, marchez, ressentez. J'ai hâte, vraiment hâte, de découvrir vos premières esquisses, vos premières intentions. Je suis absolument convaincu que vous allez créer des merveilles là où il n'y a aujourd'hui que de la désolation. Vous ne me décevrez pas, Anaïs Lessart. Le potentiel est immense.

Et sur ces mots, mi-encouragement chaleureux mi-avertissement subtil chargé d'une autorité bienveillante mais réelle, il raccrocha, la laissant seule dans le silence soudain assourdissant de son bureau, le combiné encore collé à son oreille, la main tremblante, le souffle court. Elle resta ainsi plusieurs longues minutes, immobile, le regard perdu dans le vague par la fenêtre, essayant d'assimiler l'énormité, la portée de ce qui venait de se passer. Un jardin public majeur. Sur une friche industrielle. En plein cœur de Paris. Être la cheffe de projet exclusive au sein de son agence, avec une immense latitude artistique et les moyens de ses ambitions. Offert par Antoine Ribaucourt lui-même. C'était le projet d'une vie. Le genre de projet qui pouvait définir une carrière entière, laisser une trace indélébile. La pression était immense, écrasante même à y penser. Mais l'excitation, la joie créative pure qui bouillonnait en elle, étaient encore plus fortes, balayant toutes les peurs, tous les doutes. Elle se sentait vibrante, électrisée, prête à se jeter corps et âme dans ce défi monumental. Elle jeta un coup d'œil à son Nikon posé sur son bureau. Oui, elle irait visiter cette friche dès que possible. Ce week-end même. Elle commencerait à la photographier sous toutes les coutures, à la comprendre, à sentir son potentiel caché sous les gravats et les herbes folles. À écouter ce que ce lieu avait à lui dire. Elle eut alors l'envie irrépressible, urgente, de partager cette nouvelle incroyable, cette bombe émotionnelle, avec la personne qui comptait le plus pour elle. Appeler Arthur. Immédiatement. C'était leur règle implicite, leur ciment : partager les grandes joies comme les petites peines, les succès éclatants comme les doutes lancinants. Elle composa son numéro sur son portable, le cœur battant la chamade comme s'il allait sortir de sa poitrine. Il décrocha presque aussitôt, entre deux coups de feu en cuisine sans doute, sa voix un peu fatiguée mais toujours si chaleureuse à son oreille. — Mon amour ? Tout va bien ? — Arthur ! Oh, Arthur ! Tu ne devineras JAMAIS ce qui vient de m'arriver ! C'est complètement fou ! C'est… incroyable ! Elle lui raconta alors l'appel inattendu de Monsieur Ribaucourt, la proposition insensée, l'ampleur du projet, sa propre incrédulité mêlée d'une excitation délirante. Arthur l'écouta attentivement, silencieux au début, puis ponctuant son récit d'exclamations de surprise (— Quoi ?! Ribaucourt lui-même ?! —), de joie (— Mais c'est génial ! —), et de fierté (— Je le savais ! —). Quand elle eut terminé son récit haletant, il y eut un court silence ému à l'autre bout du fil, juste le temps pour lui d'assimiler l'information. — Anaïs... Mais c'est... c'est absolument fantastique ! C'est vraiment incroyable ! C'est gigantesque ! s'exclama-t-il enfin, et sa voix vibrait d'une fierté et d'une joie sincères qui firent monter les larmes aux yeux d'Anaïs. Un projet pareil ! Une friche en plein Paris, carte blanche... C'est la reconnaissance ultime que tu mérites depuis si longtemps ! Je suis tellement, tellement, tellement heureux et fier de toi, mon amour ! Tu vas créer quelque chose d'inoubliable, de magique, j'en suis certain ! Tu es faite pour ça ! Sa joie pour elle, son enthousiasme sans la moindre réserve, sans une once de jalousie ou de compétition face à cette opportunité qui éclipsait presque la sienne, la touchèrent au plus profond de son cœur. Ils étaient vraiment partenaires, célébrant les succès de l'un comme s'ils étaient les leurs propres. C'était ça, le véritable amour. — Il va falloir qu'on fête ça dignement ! reprit Arthur, déjà plein d'entrain malgré sa fatigue probable. Ce soir, je bouscule tout ! Je ferme le restaurant exceptionnellement un peu plus tôt, je délègue la fin de service au second (il est temps qu'il prenne ses responsabilités !), et je t'emmène quelque part de spécial pour trinquer à ta nouvelle aventure ! Un endroit avec une vue imprenable sur Paris, pour que tu puisses déjà commencer à rêver à ton futur chef-d'œuvre ! Et ensuite, on rentre vite dans notre petit nid, et je te prépare un dîner de reine... Reine des Jardins et des Friches Industrielles cette fois ! Qu'en dis-tu ? Anaïs rit, des larmes de bonheur coulant maintenant librement sur ses joues. — J'accepte avec immense plaisir, mon Chef préféré ! J'arrive ! Ils raccrochèrent, et Anaïs resta un instant à contempler la ville par la grande fenêtre de son bureau. Paris s'entendait à ses pieds, non plus comme une concurrente froide et exigeante, mais comme une toile vierge, immense et pleine de promesses, offerte à sa créativité, à son amour, à sa nouvelle vie. Elle repensa à son parcours incroyable depuis ce fameux vernissage quelques mois plus tôt : la rencontre si improbable avec Arthur, la rupture libératrice avec Didier, leur installation à Paris semée d'embûches et de doutes, les défis professionnels surmontés... et maintenant, cette opportunité inespérée qui semblait couronner le tout. C'était comme si toutes les pièces éparses du puzzle de sa vie s'assemblaient enfin, comme par magie, dessinant une nouvelle image claire, vibrante, pleine de sens, d'amour et de passion créatrice. Elle était prête. Plus que prête. Elle allait dessiner le jardin de sa vie.

Chapitre 17 : L'Anniversaire et la Promesse Normande

(Ou l'Art de Faire les Choses entre le Fromage et le Dessert)

Les mois s'étaient égrenés à Paris comme les perles d'un collier un peu fou, tissant une nouvelle trame, plus stable mais toujours aussi vibrante, dans la vie d'Anaïs et Arthur. L'automne flamboyant avait cédé la place à un hiver parisien vif et souvent lumineux, où le froid sec faisait étinceler les pavés et rosir les joues. Puis les premiers bourgeons timides mais obstinés avaient éclaté sur les marronniers des grands boulevards, annonçant un renouveau printanier qui semblait faire écho à leur propre parcours, à leur propre éclosion en tant que couple solide et heureux. Ils n'étaient plus tout à fait dans la phase explosive et un peu chaotique des débuts, celle des grandes décisions prises dans l'urgence et l'émotion. Ils entraient maintenant dans la phase de construction patiente, attentive et quotidienne de leur vie à deux, apprenant l'art délicat de jongler avec les exigences de leurs carrières respectives – toutes deux en pleine ascension – et la nécessité vitale de préserver leur cocon intime, leur bulle de tendresse au milieu de l'agitation permanente de la capitale. Une stabilité s'était installée, douce et surprenante après la folie des débuts, prouvant que leur amour ne se nourrissait pas que de l'urgence et des grands gestes, mais s'épanouissait aussi dans la patience du quotidien, dans la danse de leurs vies mêlées.

Le grand appartement du 9ème arrondissement, vaste et lumineux, était maintenant leur véritable nid parisien. Moins un nouveau territoire entièrement neutre qu'un espace réinvesti, redéfini par leur présence mutuelle. Au début, il avait fallu trouver l'équilibre, adapter les usages des pièces, concilier leurs habitudes. Mais peu à peu, il s'était imprégné de leur présence mutuelle, de leurs rires partagés dans la grande cuisine, de leurs silences complices dans le salon baigné de lumière. Il était devenu *leur* espace, un foyer généreux et un refuge douillet contre l'agitation du monde extérieur. Chaque objet y avait trouvé sa place, parfois au prix de négociations serrées ("Non, Arthur, ta collection de couteaux japonais ne peut PAS rester sur la table basse !") mais toujours dans la bonne humeur. Ces objets étaient les témoins silencieux de leurs compromis, de leurs goûts qui se découvraient et parfois s'affrontaient, et de leur histoire qui s'écrivait au jour le jour.

Les étagères débordaient désormais d'un mélange éclectique et improbable de livres d'art contemporain, de catalogues de pépiniéristes aux photos alléchantes, de recueils de poésie française, de traités culinaires complexes aux titres intimidants ("La physico-chimie de la sphérification moléculaire expliquée aux nuls"), et de romans policiers que l'un et l'autre dévoraient pendant leurs rares moments de détente. Aux murs, quelques croquis d'Anaïs représentant des détails botaniques côtoyaient des photographies en noir et blanc qu'elle avait prises avec son Nikon lors d'une escapade à deux en forêt de Fontainebleau, ainsi qu'une magnifique affiche encadrée de l'ouverture de *Racines*, cadeau de l'équipe du restaurant. Et au milieu de tout ce joyeux désordre organisé, Fougère, la chatte au regard bleu perçant, régnait en maître incontesté sur les lieux. Elle s'appropriait avec une grâce royale et une stratégie militaire éprouvée, tour à tour, le meilleur rayon de soleil traversant la fenêtre pour sa sieste matinale sur le tapis, ou le fauteuil le plus confortable du salon pour sa contemplation vespérale des pigeons parisiens. Elle avait fini par adopter Arthur, le gratifiant parfois d'une affection calculée – un frottement de tête appuyé contre sa jambe, un ronronnement sonore lorsqu'il lui grattait le menton – qui le faisait fondre systématiquement. — Elle sait qui dirige la cuisine ici, plaisantait-il.

Le restaurant d'Arthur était quant à lui devenu une véritable institution parisienne en l'espace de quelques mois seulement. Le succès fulgurant de l'ouverture ne s'était pas démenti, bien au contraire. Le bouche-à-oreille enthousiaste, relayé et amplifié par des critiques dithyrambiques dans toute la presse spécialisée et même au-delà, avait transformé l'établissement discret du Marais en l'une des tables les plus courues et les plus respectées de la capitale. Obtenir une réservation relevait de l'exploit sportif, les lignes téléphoniques étaient constamment saturées, et chaque soir voyait défiler une clientèle hétéroclite mais unanimement conquise, prête à patienter des semaines pour goûter à la cuisine *'authentique, créative et diablement maîtrisée'* du chef Arthur Dubois.

Arthur, tout en savourant pleinement cette reconnaissance tant attendue et méritée, luttait avec une humilité et une détermination farouches pour ne pas se laisser griser par ce succès soudain et pour maintenir l'âme et l'esprit du *Racines* intact. Il refusait les propositions les plus folles (ouvrir des succursales à New York ou Tokyo, lancer une gamme de produits dérivés…), préférant se concentrer sur l'essentiel : la qualité irréprochable et constante de sa cuisine, le bien-être et la progression de son équipe qu'il considérait comme sa deuxième famille, et la satisfaction authentique de ses clients, qu'ils soient des critiques gastronomiques influents ou de simples amoureux de la bonne chère. Il avait appris, non sans mal, à déléguer davantage certaines tâches, faisant une confiance grandissante à son excellent second, mais il gardait toujours un œil vigilant et expert sur chaque détail, de la sélection des produits à la présentation finale de l'assiette. Il passait toujours un nombre d'heures incalculable au restaurant, supervisant, goûtant, ajustant, encourageant, insufflant son énergie et sa passion à toute la brigade. Il restait l'âme du lieu, son cœur battant, même si son nom commençait à briller comme une nouvelle étoile (certains parlaient déjà de la première étoile Michelin !) bien au-delà des murs de l'établissement. Sa fidèle Volvo, baptisée *'La Péniche'* par l'équipe du restaurant à cause de sa taille, continuait son ballet matinal vers Rungis, défiant le trafic parisien avec une robustesse étonnante, et surtout (un miracle dont Arthur se félicitait chaque jour) sans la moindre égratignure, malgré les parkings exigus. Parfois, son grand-oncle Michel passait les voir après une livraison, leur apportant fromages frais, cidre nouveau et nouvelles de Saint-Pierre-du-Verger, restant un moment avec eux avant de repartir au volant de sa camionnette.

De son côté, Anaïs, après avoir trouvé sa place chez *Vertiges Urbains*, s'était plongée corps et âme dans le projet monumental et exaltant confié par Monsieur Ribaucourt. La phase de recherche et de conception initiale était intense, exigeante, la poussant dans ses derniers retranchements créatifs, mais incroyablement stimulante. Elle passait désormais une partie de ses journées sur le site même de la friche industrielle, un lieu étrange, à la fois désolé et chargé d'une poésie brute, imprégné d'une histoire ouvrière oubliée qu'elle s'efforçait de comprendre et de respecter. Armée de son carnet de croquis et de son vaillant reflex, elle arpentait les vastes étendues de béton fissuré, documentait chaque recoin, chaque mur de briques tagué, chaque vestige rouillé du passé industriel (une vieille grue immobile, des rails envahis par les herbes folles…), chaque plante sauvage qui avait réussi, avec une résilience incroyable, à reconquérir cet espace abandonné par l'homme.

Elle lisait énormément, se documentait sur l'histoire du quartier, sur les techniques de phytoremédiation pour dépolluer les sols, sur l'intégration de l'art en milieu urbain. Elle rencontra des historiens locaux passionnants, des urbanistes visionnaires, des écolos engagés, des artistes contemporains dont elle admirait le travail et qu'elle imaginait déjà collaborer au projet. Ses carnets se remplissaient à une vitesse folle de croquis rapides, d'idées audacieuses, de collages inspirants, de notes techniques. Elle cherchait à tisser un dialogue subtil et harmonieux entre la mémoire industrielle si forte du lieu, les contraintes écologiques considérables du site, et sa propre vision d'un jardin public du XXIe siècle : un lieu de beauté, de nature, de culture, de rencontre, de mémoire et d'avenir. C'était un travail colossal, presque écrasant par son ampleur et sa responsabilité, qui l'absorbait souvent tard le soir dans son espace de travail à l'appartement, penchée sur sa table à dessin sous le regard intrigué de Fougère. Mais elle se sentait portée, galvanisée par l'ampleur du défi et par la confiance absolue que Monsieur Ribaucourt lui avait témoignée. C'était la chance de sa vie de paysagiste, elle le savait, et elle était déterminée à créer quelque chose d'exceptionnel, quelque chose qui laisserait une trace positive et durable dans le paysage parisien. Sa petite Fiat 500 blanche était elle aussi une alliée précieuse dans cette vie parisienne. Agile et facile à garer, elle lui permettait de sillonner la ville, de se rendre sur la friche, d'explorer les quartiers à la recherche d'inspiration. Elle était le symbole de son indépendance, de sa capacité à naviguer seule dans l'espace urbain, même si elle préférait de loin les trajets partagés avec Arthur dans '*La Péniche*'.

Leur vie de couple s'organisait donc autour de ces deux pôles d'intensité professionnelle particulièrement chronophages. C'était un numéro d'équilibriste constant, un tango parfois complexe entre leurs deux agendas surchargés. Mais ils avaient appris, après les tensions et la dispute mémorable des premiers mois de à mieux communiquer, à verbaliser leurs besoins et leurs limites, à anticiper les périodes de stress intense de l'un et de l'autre (l'approche d'une remise de projet importante pour elle, une semaine de critiques gastronomiques pour lui), et surtout, à se ménager consciemment des moments de qualité, même s'ils étaient parfois brefs et arrachés au tumulte. Dans ce numéro d'équilibriste, ils laissaient aussi une place de choix à leurs proches. Les visites de Michel, rapides mais chaleureuses, rythmaient certaines semaines. Ils prenaient des nouvelles de Paul et Clothilde, de leurs études, de leurs projets, avec l'affection que l'on porte à des cousins un peu plus jeunes mais si importants dans l'histoire familiale. Et leurs dîners ou soirées cinéma avec Léa et Camille, moments suspendus de rires, de légèreté et de soutien indéfectible, étaient inscrits en lettres capitales dans leurs agendas respectifs. Ces moments partagés, qu'ils soient en Visio avec Madeleine (qui avait enfin cédé aux sirènes du smartphone !), en coup de vent avec Michel, ou attablés dans leur salon avec les filles, nourrissaient leur couple autant que leurs succès professionnels. Un dîner simple mais délicieux préparé avec amour par Arthur les rares soirs où il rentrait tôt, dégusté tranquillement dans la cuisine en écoutant du jazz. Une longue promenade silencieuse et ressourçante, main dans la main, le long du canal Saint-Martin un dimanche matin ensoleillé, observant les écluses et les péniches colorées. Une soirée cinéma improvisée sur le canapé, blottis l'un contre l'autre sous un plaid avec Fougère dormant paisiblement entre eux, devant une comédie romantique un peu idiote qui leur permettait de déconnecter complètement. Ces instants volés au rythme effréné de leurs vies parisiennes étaient devenus leur trésor le plus précieux, leur carburant essentiel pour recharger leurs batteries émotionnelles et nourrir la flamme de leur connexion si forte. Ils étaient une équipe, solide, soudée, complice, affrontant ensemble, avec amour et humour, les défis exaltants mais épuisants de la capitale.

C'est dans cette atmosphère d'équilibre dynamique, de succès professionnels naissants et de bonheur conjugal patiemment construit au quotidien, que se profila une date symbolique importante : le premier anniversaire de l'ouverture de *Racines*. Une année déjà ! Une année de folie, de travail acharné, de doutes surmontés, de succès inespéré. Mais aussi, pour eux, l'année qui avait vu leur propre relation naître, s'épanouir et surmonter ses premières épreuves pour finalement se consolider de manière spectaculaire. Arthur, d'ordinaire peu porté sur les célébrations d'anniversaire (il avait tendance à oublier le sien !), tenait absolument à marquer le coup pour cette première bougie de son bébé gastronomique, mais aussi pour célébrer leur propre parcours en tant que couple. Pas question d'une grande fête tapageuse et médiatique au restaurant – ce n'était définitivement pas son style. Il voulait une soirée spéciale, intime, juste tous les deux. Un moment pour se poser, pour savourer le chemin parcouru, pour se projeter vers l'avenir.

Il avait donc réservé, plusieurs semaines à l'avance et dans le plus grand secret, une table dans un restaurant doublement étoilé de la Rive Gauche, un lieu qu'ils admiraient tous les deux pour sa cuisine incroyablement créative, son service d'une élégance rare et son ambiance feutrée et romantique à souhait. Un endroit où, pour une fois, il ne serait pas le Chef scruté et jugé, mais simplement un client anonyme ou presque, un amoureux célébrant une étape importante avec sa compagne. Anaïs, mise au courant de la réservation mais pas de l'intention réelle derrière cette soirée, avait senti une fébrilité particulière chez lui dans les jours précédant cet anniversaire. Il semblait un peu plus distrait que d'habitude, parfois perdu dans ses pensées avec un petit sourire secret et mystérieux aux lèvres. Il avait aussi posé des questions un peu étranges sur ses disponibilités pour l'été prochain, sur ses envies de vacances… Elle avait mis cela sur le compte de l'émotion et de la fatigue liées à cette première année intense chez *Racines*, sans se douter une seconde de ce qui se tramait réellement dans l'esprit de son chef préféré.

Le soir de l'anniversaire arriva enfin. L'atmosphère dans le restaurant choisi par Arthur était absolument magique. Lumière tamisée par des abat-jours en soie, tables espacées garantissant l'intimité, service impeccable, prévenant mais jamais obséquieux, musique en sourdine jouée par un pianiste invisible… tout invitait à la confidence et à la célébration feutrée. Ils savourèrent un dîner exceptionnel, une valse de saveurs et de textures d'une créativité et d'une maîtrise époustouflantes. Ils commentaient les plats avec la passion partagée des gourmets et le respect mutuel des professionnels, échangeant des regards complices et admiratifs. Mais ils parlèrent surtout d'eux, de cette année folle et magnifique qu'ils venaient de vivre. Des premiers jours hésitants, de la fête des récoltes décisive, de leur installation chaotique, des défis professionnels relevés, des moments de doute et des éclats de rire partagés. Anaïs se sentait incroyablement heureuse, détendue, sereine, savourant chaque seconde de ce moment de calme, de luxe discret et d'intimité partagée, si loin, si agréablement loin du rythme effréné de leur quotidien.

Ce fut au moment du dessert – une sphère de chocolat noir intense et brillante, que le maître d'hôtel fit fondre avec une grâce théâtrale en versant dessus un filet de sauce chaude au caramel beurre salé, révélant un cœur coulant de mousse légère à la passion et de minuscules dés de mangue fraîche – qu'Arthur posa délicatement sa cuillère sur le bord de son assiette et prit un air soudainement plus sérieux, bien que ses yeux verts pétillaient toujours d'une lueur particulière, un mélange d'amour et d'une nervosité palpable.

— Anaïs, mon amour, commença-t-il, et sa voix était légèrement plus basse que d'habitude, plus intense, captant toute son attention. Derrière ses mots, Anaïs sentait l'émotion vibrer, la sincérité brute d'un homme qui ouvrait son cœur. Il ne disait pas ça à la légère. C'était le bilan d'une année, et un hommage qui la touchait au plus profonde. Avant de dévorer cette merveille (et je sens qu'elle est merveilleuse), je voudrais te dire quelque chose d'important. Cette année qui vient de s'écouler a été… absolument incroyable. La plus folle, la plus épuisante, mais aussi et de très loin la plus belle année de toute ma vie. Et si *Racines* est une réussite aujourd'hui, si j'ai réussi à tenir le coup face à la pression, aux doutes et aux difficultés, c'est en très grande partie grâce à toi. Ton soutien indéfectible, ta patience infinie, surtout les soirs où j'étais insupportable, ta confiance en moi, ton amour… tout ça, ça a absolument tout changé pour moi. Tu as été mon phare dans la tempête.

— Oh, Arthur… N'exagère pas. C'est avant tout ton talent exceptionnel, ta passion dévorante et ton travail acharné qui ont fait le succès de Racines. Moi, je n'ai été qu'un modeste soutien moral en coulisses, répondit Anaïs, sincèrement touchée et un peu gênée par ses mots si forts.

— Bien plus que ça, Anaïs. Crois-moi. Tu as été bien plus qu'un simple soutien. Tu as été mon inspiration, ma confidente, ma partenaire de réflexion, mon havre de paix. Tu as été essentielle. Et… puisque nous parlons de soutien, de partenariat et d'avenir… j'ai une proposition un peu spéciale à te faire ce soir. Une sorte de… nouveau projet commun pour les années à venir.

Son cœur à elle fit un petit bond intrigué et légèrement anxieux. Un nouveau projet ? Qu'est-ce qu'il entendait encore par là ? Il n'allait quand même pas ouvrir un autre restaurant ? Ou lui proposer d'adopter un chien pour tenir compagnie à Fougère ? (Elle adorait les chiens, mais quand même…). — Une proposition ? Quelle proposition ? demanda-t-elle, à la fois curieuse et amusée par son air soudain si solennel et mystérieux. Tu ne vas pas me demander de devenir ta nouvelle commis de cuisine, j'espère ? Parce que je te préviens, je brûle même l'eau des pâtes !

Arthur rit doucement, secouant la tête. — Non, non, rassure-toi, je tiens trop à ma réputation ! C'est autre chose. C'est à propos de Michel.

— Michel, ton grand-oncle, notre Michel ?

— Oui, notre Michel. Eh bien, figure-toi qu'il a un très bon ami d'enfance, un chef assez renommé là-bas dans le Pays d'Auge, qui organise chaque été, dans le parc de son magnifique manoir, un grand festival culinaire régional. Un événement assez prestigieux en fait, avec des chefs invités de toute la France et même parfois de l'étranger, des dégustations, des marchés de producteurs… Bref, un truc très sympa. Et cette année, il m'a très gentiment invité, en tant que jeune chef parisien qui monte et qui n'oublie pas ses racines normandes, à venir y faire une démonstration de cuisine et à participer à une table ronde sur les produits locaux.

C'était tellement lui. Sa façon de toujours ramener les choses à l'essentiel, à sa famille, à ses racines, même quand il parlait d'une opportunité professionnelle prestigieuse. Il ne s'agissait pas de s'éloigner de là où il venait, mais de porter son héritage un peu plus loin. — Mais Arthur, c'est absolument fantastique ! Quelle belle reconnaissance ! C'est formidable ! s'exclama Anaïs, sincèrement ravie et fière pour lui. Tu vas y aller, bien sûr ?

— Oui, j'ai très envie d'y aller. C'est une belle opportunité professionnelle de partager ma vision et de retrouver mes racines, justement. Mais ce n'est pas tout. Figure-toi que ce festival, par un hasard extraordinaire, a lieu juste à côté, littéralement à quelques centaines de mètres, d'un magnifique et immense verger de pommiers. Un des plus beaux et des plus anciens de la région. Des variétés oubliées, des arbres centenaires…

Les yeux d'Anaïs s'illuminèrent instantanément à la mention des pommiers. Une image tendre et romantique se forma immédiatement dans son esprit. Des pommiers. La

Normandie. Un festival culinaire. Arthur. Le tableau était idyllique. — Un festival culinaire ? En Normandie ? Au milieu des pommiers ?! Mais c'est… c'est un rêve absolu ! Le paradis sur terre ! s'exclama-t-elle, son enthousiasme débordant faisant rire Arthur. On va y aller ensemble ? Ce serait génial !

— C'est exactement, ce que je voulais te proposer, ma chérie, dit Arthur, son regard se faisant plus tendre, plus profond. Je me suis dit que ce serait l'occasion parfaite. Une merveilleuse occasion pour moi de participer à cet événement sympathique, de faire honneur à mes racines normandes. Mais surtout… surtout… une occasion rêvée pour *nous* de prendre enfin quelques jours de vraies vacances ensemble. Quelques jours pour quitter Paris, pour oublier le stress de nos boulots respectifs, pour respirer un autre air, pour découvrir cette région magnifique que tu ne connais finalement pas encore si bien. De se retrouver juste tous les deux, au calme, au milieu de la nature… et des pommiers, bien sûr. Et…

Il marqua une nouvelle pause, plus longue cette fois. Le sourire sur ses lèvres s'adoucit encore, devint presque timide, vulnérable. Son regard plongea dans celui d'Anaïs avec une intensité nouvelle, chargée d'une émotion qu'elle n'avait encore jamais vue chez lui. Il glissa discrètement une main dans la poche intérieure de sa veste et en sortit quelque chose qu'il garda précieusement caché dans sa paume refermée. Anaïs sentit son souffle se bloquer dans sa poitrine, son cœur s'emballer follement, cognant contre ses côtes comme un oiseau affolé. Comprenait-elle bien ? Était-ce vraiment… le moment ? Ici ? Maintenant ?

L'air autour d'eux semblait s'électriser. Le bruit feutré du restaurant s'estompa, ne laissant que le battement effréné de son propre cœur dans ses oreilles. Ses yeux ne quittaient pas la main d'Arthur, ce simple geste, l'attente… le monde entier tenait dans cette paume refermée. Il ouvrit alors lentement sa main devant elle. Sur sa paume reposait une petite boîte carrée en velours d'un vert profond, comme ses yeux. Il la prit délicatement entre le pouce et l'index et l'ouvrit devant elle d'un geste un peu fébrile. À l'intérieur, niché dans un écrin de soie écrue, scintillait une bague. Simple. Élégante. Parfaite. Ce n'était pas un solitaire énorme et ostentatoire comme celui que Didier aurait pu lui offrir. Non. C'était un anneau fin en argent brossé, à la fois moderne et intemporel, orné non pas d'une pierre précieuse tape-à-l'œil, mais d'une minuscule et délicate feuille de pommier, finement ciselée en or jaune, qui semblait s'enrouler avec grâce autour de l'anneau, comme une promesse de nature et de vie. C'était d'une beauté sobre, naturelle, poétique. C'était… tellement eux. Tellement Arthur. Un symbole humble et puissant de leur rencontre sous le signe de la pomme, de leur amour né dans le verger. C'était parfait. Absolument parfait. Mieux que tout ce qu'elle aurait pu imaginer. Les larmes qu'Anaïs retenait avec peine dévalèrent silencieusement mais abondamment sur ses joues.

— Anaïs Lessart, mon amour infini, ma reine des pommes et des jardins, ma partenaire de vie, mon inspiration de chaque jour… commença Arthur, et sa voix était maintenant vibrante d'une émotion profonde, presque solennelle. Depuis le premier jour où nos regards se sont croisés dans cette galerie improbable, ma vie a changé du tout au tout. Tu y as apporté la lumière, la joie, le rire, la tendresse. Tu m'as donné la force et le courage d'oser être pleinement moi-même, de poursuivre mes rêves les plus fous, comme le restaurant. Chaque jour passé à tes côtés est un cadeau précieux, une nouvelle aventure excitante. L'idée de devoir passer ne serait-ce qu'une seule journée du reste de ma vie sans toi à mes côtés m'est devenue tout simplement inconcevable, insupportable. Alors…

Il prit une profonde inspiration, ses yeux verts ne quittant pas une seconde les siens, brillant d'amour, d'espoir et d'une vulnérabilité incroyablement touchante.

— Veux-tu devenir ma femme, Anaïs ? Veux-tu m'épouser et faire de moi l'homme le plus heureux de l'univers ?

Elle versait des larmes de bonheur pur, d'émotion intense, de gratitude infinie pour cet homme, pour cet amour, pour cette demande si parfaite et si juste. Elle regarda Arthur, son visage sérieux et tendre penché vers elle dans l'attente fébrile de sa réponse. Elle revit en une fraction de seconde tout leur parcours improbable : le vernissage guindé, la tartelette providentielle, le jardin en chantier, la fête des récoltes manquée puis retrouvée, la rupture libératrice avec Didier, leur installation chaotique mais joyeuse à Paris, les défis surmontés ensemble, les succès partagés… tout menait inéluctablement à cet instant précis, à cette évidence lumineuse.

L'évidence. Ce mot, si souvent utilisé entre eux, prenait ici tout son sens le plus profond. C'était plus qu'un oui, c'était une reconnaissance, une validation de tout ce qu'ils étaient, de tout ce qu'ils avaient vécu. Une certitude absolue l'inonda.

— Oui, Arthur, réussit-elle enfin à dire entre deux sanglots heureux, sa voix tremblante mais absolument certaine, éclatante de joie. Oui. Mille fois oui ! Évidemment oui ! Bien sûr que je veux t'épouser ! Il n'y a rien au monde que je désire plus ! Ce "Oui" sortait comme une libération, un cri de joie contenu trop longtemps. Sa voix tremblait encore, mais d'un bonheur si pur, si immense, qu'il remplissait toute la pièce, tout l'univers.

Un immense sourire de soulagement et de pur bonheur explosa sur le visage d'Arthur, chassant les dernières traces de tension et de nervosité. Il sortit délicatement la bague de son écrin et prit la main gauche d'Anaïs, qui tremblait légèrement sous l'émotion. Ses propres doigts tremblaient un peu aussi lorsqu'il glissa doucement l'anneau fin à son annulaire. La bague lui allait parfaitement, comme si elle avait été faite sur mesure pour elle, pour eux. La petite feuille de pommier en or scintillait doucement à la lumière tamisée des bougies sur la table, symbole parfait et discret de leur histoire d'amour si singulière, née sous le signe de ce fruit simple et pourtant si romantique.

Leurs mains se rencontrèrent, tremblantes et se rassurant mutuellement. Le geste simple du passage de l'anneau, cet objet minuscule, scellait une promesse colossale, l'engagement de toute une vie. Le soulagement et le bonheur d'Arthur, lisibles dans ses yeux et son sourire, étaient un reflet parfait de sa propre joie à elle.

Il leva la main d'Anaïs à ses lèvres et déposa un baiser tendre et respectueux sur la bague, puis sur chacun de ses doigts. Ensuite, oubliant complètement le décor chic et les convenances, il se pencha par-dessus la table et l'embrassa. Un baiser passionné, profond, salé par leurs larmes de joie mêlées, un baiser qui scellait leur promesse, leur engagement, leur avenir commun. Autour d'eux, le murmure feutré du restaurant continuait, les autres convives dînaient paisiblement, mais Anaïs et Arthur étaient à nouveau dans leur bulle, sourds et aveugles au reste du monde, flottant sur un nuage de bonheur pur et intense.

Quand ils se séparèrent enfin, à bout de souffle et les joues rouges, ils restèrent un long moment à se regarder, les yeux dans les yeux, souriant comme deux idiots, incapables de prononcer un mot, simplement et profondément heureux. — Alors... cap sur la Normandie cet été, ma fiancée ? murmura finalement Arthur, un sourire malicieux et follement amoureux aux lèvres. Prête pour le festival, les vergers et les concours de tartes ? — Oh oui ! répondit Anaïs en riant à travers ses dernières larmes, son cœur débordant de joie et d'amour. Cap sur la Normandie ! J'ai tellement hâte !

Ils trinquèrent avec le reste de leur coupe de champagne, qui avait perdu un peu de ses bulles mais pas de sa saveur festive. Ils trinquèrent non plus seulement au premier anniversaire si réussi du *Racines*, mais à leur futur mariage, à leur voyage imminent en Normandie qui prenait une toute nouvelle signification, à toutes les aventures, petites et grandes, que la vie leur réservait encore, ensemble. Une nouvelle page, la plus belle, la plus excitante de toutes, venait de se tourner dans le grand livre de leur histoire.

Chapitre 18 : Échappée Belle en Pays d'Auge

(Ou l'Art de Retomber Amoureux entre Deux Dégustations de Cidre)

Les semaines qui s'écoulèrent entre la demande en mariage surprise et émouvante d'Arthur au restaurant étoilé et leur départ tant attendu pour la Normandie furent une période d'effervescence joyeuse, une sorte de chaos heureux où se mêlaient l'excitation des préparatifs de mariage imminents, la pression de leurs carrières respectives en plein essor, et l'anticipation délicieuse de cette première vraie escapade en tant que fiancés. La nouvelle de leur engagement avait fait l'effet d'une bombe (positive, cette fois) dans leur cercle proche. Léa et Camille, après avoir copieusement félicité (et un peu chahuté) Anaïs, s'étaient immédiatement auto-proclamées organisatrices en chef du mariage ('*Wedding Planners Extraordinaires et Totalement Bénévoles*', selon leur nouvelle carte de visite imaginaire) et la submergeaient déjà de questions cruciales sur la date ("Plutôt printemps fleuri ou automne flamboyant ?"), le lieu (elle n'en avait aucune idée encore), la liste des invités ("On invite Didier pour le fun ou on reste classe ?"), et bien sûr, LA robe ("Tu as déjà une idée ? Pinterest est ton ami !"). Anaïs se laissait porter par leur enthousiasme débordant avec un mélange d'amusement et de légère panique.

La famille d'Arthur, informés par téléphone par un Arthur visiblement ému, avaient exprimé une joie simple, profonde et sans réserve. Madeleine, pragmatique comme toujours, avait immédiatement promis de confectionner une "pièce montée aux pommes et au Calvados" dont tout Paris se souviendrait, et Michel avait juré de déboucher ses meilleures bouteilles de cidre millésimé pour l'occasion. Même l'équipe du *Racines*, mise au courant par un Arthur rayonnant qui n'arrivait plus à cacher son bonheur, avait tenu à féliciter chaleureusement le couple en leur offrant une caisse de champagne millésimé accompagnée d'une carte signée par tous, souhaitant "*tout le bonheur du monde à notre Chef et à sa Reine des Pommes*".

Au milieu de cette douce agitation prénuptiale, la vie professionnelle continuait pourtant à un rythme effréné. Arthur, tout en gérant avec une maestria nouvelle le succès quotidien et la notoriété grandissante de *Racines*, préparait très activement et sérieusement sa participation au fameux festival culinaire normand. Anaïs le voyait parfois, tard le soir à l'appartement, tester de nouvelles recettes inspirées du terroir local (elle avait eu droit à une dégustation mémorable d'une déclinaison autour du camembert qui frisait le génie) et affiner le discours passionné qu'il tiendrait lors de la table ronde sur la gastronomie durable. Il était réellement excité par ce défi, y voyant non seulement une reconnaissance de son travail, mais aussi une belle opportunité de partager sa vision d'une cuisine authentique, respectueuse et joyeuse, bien au-delà des murs de son restaurant parisien. C'était aussi, pour lui, une façon de renouer avec ses racines normandes, de rendre hommage à ce terroir qui l'avait vu grandir et qui l'inspirait tant.

Anaïs, quant à elle, était profondément immergée dans le projet de Monsieur Ribaucourt, cette fois bien au-delà de la phase initiale de recherche et de documentation. Le dossier complet était désormais presque assimilé – cette pile de documents qui aurait pu décourager quiconque – et était devenu le socle de sa réflexion. Désormais, son travail sur la friche industrielle consistait moins à observer qu'à synthétiser, moins à documenter qu'à transformer. Elle passait des heures sur le site, non plus seulement pour capter son âme brute et mélancolique ou ses vues inattendues sur la Seine et les toits de Paris, mais pour dessiner dans sa tête les contours du futur parc, pour imaginer comment dompter ses vastes étendues de béton et ses vestiges rouillés, comment composer avec la végétation sauvage et tenace et comment gérer les réalités complexes, comme les éventuels squatteurs qu'elle apprenait à braver avec discrétion. Elle relisait ses notes sur l'histoire du quartier, les techniques de phytoremédiation et l'art urbain, non plus pour accumuler de la connaissance, mais pour trouver les clefs qui permettraient de tisser ce dialogue subtil et harmonieux qu'elle cherchait fiévreusement à créer. Ses carnets ne se remplissaient plus seulement de croquis de ce qui existe, mais d'idées audacieuses et de collages qui représentaient ce qui *pourrait être* : un lieu de beauté où s'entrelaceraient une nature foisonnante, une culture accessible, une rencontre intergénérationnelle, une mémoire apaisée et l'énergie d'un avenir durable. Ce travail colossal et vertigineux la submergeait, l'absorbant souvent jusque tard dans la nuit dans son espace de travail à l'appartement, mais elle se sentait portée par l'excitation pure de la conception, par le défi de donner vie à cette vision unique. L'ampleur du défi et la confiance absolue que Monsieur Ribaucourt lui avait témoignée la transcendaient. Elle avait hâte de pouvoir présenter ses premières esquisses, ses premières intentions, non seulement au mécène exigeant, mais aussi et surtout à Arthur, son premier et plus fervent supporter, dont le regard bienveillant et les encouragements constants lui étaient si précieux.

Leur départ pour la Normandie était donc attendu par tous les deux comme une véritable bouffée d'oxygène, une parenthèse enchantée et absolument nécessaire dans leurs vies parisiennes trépidantes et surchargées. Ils avaient réussi à prendre congé tous les deux, un véritable miracle au vu de l'intensité de leurs activités respectives ! C'était, techniquement, leur première vraie vacances ensemble depuis qu'ils s'étaient rencontrés – si l'on excepte le week-end un peu rocambolesque de la fête des récoltes. Et le fait que ce court séjour coïncide avec cet événement professionnel important pour Arthur et leur récent engagement officiel ajoutait une saveur toute particulière à cette aventure normande. Ils avaient passé une soirée entière – une rareté ! – à étaler des guides touristiques sur la petite table du salon, planifiant un itinéraire bis qui leur permettrait de découvrir tranquillement le cœur du Pays d'Auge avant de rejoindre le château où se tenait le festival. Arthur, connaissant la région comme sa poche pour y avoir passé toutes ses vacances d'enfance, proposait avec enthousiasme des détours par des villages pittoresques oubliés des touristes, des visites chez des petits producteurs de cidre bio qu'il connaissait personnellement, des balades le long de la côte fleurie au coucher du soleil. Anaïs écoutait, ravie et déjà conquise, marquant les points d'intérêt sur une carte avec un feutre rouge, déjà impatiente de découvrir ces paysages et ces saveurs dont il parlait avec tant d'amour. Ils avaient confié, non sans un léger pincement au cœur pour Anaïs, leur précieuse Fougère aux bons soins d'une jeune voisine étudiante, apparemment experte en cat-sitting et ravie de s'occuper de Sa Majesté féline en échange de quelques billets. Anaïs lui avait laissé une liste de recommandations longue comme le bras ("Attention, elle ne mange QUE ces croquettes-là !", "Ne pas la laisser sortir sur le toit !", "Elle aime qu'on lui gratte derrière l'oreille gauche, mais pas la droite !"), tandis qu'Arthur avait gratifié la chatte de quelques câlins d'adieu auxquels Fougère avait répondu par un regard dédaigneux mais un ronronnement approbateur. Tout était prêt.

Le matin du départ arriva enfin, baigné par une lumière douce et prometteuse de début d'été. La Volvo, chargée à ras bord de leurs bagages pour quelques jours – Anaïs avait du mal à voyager léger –, du matériel de démonstration culinaire d'Arthur – couteaux, mandoline, petit matériel de présentation – et du sac photo bien rempli d'Anaïs, ils quittèrent Paris sans le moindre regret, laissant derrière eux l'agitation, le bruit et la pollution. À mesure que le paysage urbain et ses tentacules de béton laissaient place aux douces collines verdoyantes et aux champs paisibles de la campagne normande, Anaïs sentit la tension accumulée des dernières semaines se dissiper comme par enchantement. L'air qui entrait à flots par la fenêtre ouverte était différent ici, plus doux, plus frais, chargé du parfum enivrant de l'herbe fraîchement coupée, des foins et des fleurs sauvages qui éclataient de couleurs dans les talus. Arthur conduisait d'une main détendue sur le volant, l'autre venant très souvent chercher celle d'Anaïs posée sur ses genoux, un contact simple mais qui disait tout. Ils écoutaient de la musique folk à plein volume, chantaient à tue-tête et souvent faux sur de vieux airs de Brassens ou de Simon & Garfunkel, parlaient de tout et de rien, de leurs projets immédiats – le festival, les premières esquisses du jardin Ribaucourt – et de leurs rêves plus lointains, de leur mariage, peut-être d'un futur appartement –. Ou parfois, ils restaient simplement silencieux pendant de longs kilomètres, savourant la beauté paisible du paysage qui défilait, la quiétude de l'instant, et la simple joie profonde et sereine d'être là, ensemble, en route vers une aventure partagée, leur première aventure de fiancés.

Leur première étape fut un charmant petit village au nom improbable, niché au cœur du Pays d'Auge le plus authentique, un de ces endroits où les maisons à colombages semblent tenir debout par miracle depuis des siècles, fleuries de géraniums rouges éclatants et de roses trémières aux couleurs pastel. Ils s'installèrent dans une chambre d'hôtes absolument ravissante, dénichée par Arthur : une ancienne grange à cidre superbement rénovée avec goût et des matériaux nobles – pierre, bois, lin –, offrant depuis sa petite terrasse privée une vue imprenable et apaisante sur un immense verger de pommiers qui s'étendait à perte de vue jusqu'à la rivière en contrebas. L'accueil des propriétaires, un couple d'agriculteurs retraités souriants et chaleureux, fut à l'image du lieu : simple, généreux et authentique. Ils leur offrirent immédiatement un grand verre de cidre fermier brut et pétillant, produit sur place, accompagné d'une part généreuse de Tarte Normande aux pommes encore tiède, tout juste sortie du four. Anaïs, en savourant cette douceur simple et parfaite, assise sur la petite terrasse face au verger baigné de soleil, se sentit immédiatement détendue, comme si elle était arrivée à la maison.

Les quelques jours qui précédèrent le festival furent une immersion enchantée et délicieuse dans la douceur de vivre normande. Guidée par un Arthur ravi de retrouver les chemins de son enfance et de partager ses trésors cachés, Anaïs découvrit une région d'une beauté et d'une richesse insoupçonnées. Ils visitèrent le village de Beuvron-en-Auge, classé – à juste titre – parmi les plus beaux villages de France, avec ses halles anciennes en bois, ses maisons à pans de bois colorés et parfaitement restaurées, ses petites boutiques d'artisans pleines de charme. Ils se promenèrent longuement le long de la fameuse *Route du Cidre*, s'arrêtant au hasard des panneaux indiquant "Dégustation à la ferme". Ils rencontrèrent ainsi de petits producteurs passionnés, fiers de leur savoir-faire ancestral, qui leur firent déguster avec générosité différentes variétés de cidre – brut puissant, demi-sec fruité, doux et sucré –, mais aussi du poiré délicatement pétillant et du Calvados vieilli patiemment en fûts de chêne, dont Arthur expliquait avec une passion d'expert les subtilités de fabrication, les différences d'arômes selon l'âge et le terroir. Ils poussèrent une journée jusqu'à la côte, à Cabourg, cette station balnéaire élégante et un peu désuète immortalisée par Proust. Ils marchèrent longuement, pieds nus dans le sable frais et humide à marée basse, sur l'immense plage bordée de villas Belle Époque, main dans la main, respirant à pleins poumons l'air iodé vivifiant, regardant les mouettes jouer avec le vent. Le soir, ils dînèrent de fruits de mer ultra-frais sur le port de pêche voisin de Dives-sur-Mer, un régal simple et parfait.

Anaïs était littéralement fascinée par la beauté omniprésente et changeante de cette région : le vert tendre et lumineux des prairies vallonnées où paissaient tranquillement des vaches aux robes tachetées de blanc et de marron, placides et photogéniques ; le charme intemporel des manoirs et des haras élégants aux clôtures blanches impeccables ; les rivières sinueuses et tranquilles bordées de saules pleureurs aux longues chevelures argentées ; et surtout, omniprésents, obsédants presque, les vergers. Des vergers à perte de vue, magnifiques, tantôt parfaitement ordonnés en rangées impeccables, tantôt plus sauvages et anciens, avec leurs troncs noueux et moussus. Ils semblaient être l'âme même de ce paysage normand, le cœur battant de son identité. Elle mitraillait sans relâche avec son Nikon, essayant désespérément de capturer la lumière dorée si particulière qui filtrait à travers les feuilles des pommiers au petit matin, la rondeur parfaite et tentatrice d'une pomme qui commençait à peine à rougir sur sa branche, la texture rugueuse et pleine d'histoire d'un vieux tronc couvert de lichen, les perspectives infinies des allées plantées d'arbres fruitiers. Chaque photo était une tentative modeste de saisir la poésie simple et profonde de cet endroit, une source d'inspiration constante pour son propre travail de paysagiste.

Mais au-delà de la beauté indéniable des paysages, c'est la découverte toujours plus intime d'Arthur qui la comblait le plus profondément. En lui faisant partager avec un enthousiasme gourmand les saveurs authentiques du terroir local – un plateau de fromages normands AOP – Camembert au lait cru fondant à souhait, Livarot puissant au cerclage caractéristique, Pont-l'Évêque carré et crémeux, Neufchâtel en forme de cœur… –, des huîtres charnues d'Isigny dégustées directement chez l'ostréiculteur sur le port, une part généreuse de Teurgoule crémeuse et parfumée à la cannelle – le fameux riz au lait normand cuit pendant des heures au four –, en lui racontant les légendes locales un peu effrayantes ou les souvenirs tendres et amusants de ses étés d'enfance passés à aider ses grands-parents à la ferme ou à faire les quatre cents coups dans les environs avec ses amis, il lui dévoilait, sans fard et avec une simplicité touchante, une partie essentielle de ses racines, de son histoire personnelle, de ce qui l'avait construit. Elle comprenait mieux, jour après jour, sa connexion quasi viscérale à la terre, son respect infini pour les produits authentiques et les savoir-faire traditionnels, sa simplicité désarmante face au succès parisien. Il semblait encore plus lui-même ici, dans son élément, détendu et heureux, partageant avec une générosité naturelle l'amour profond de sa région natale. Et Anaïs, en l'écoutant, en le regardant interagir avec les producteurs locaux ou simplement contempler un paysage familier, se sentait tomber encore plus profondément et irrémédiablement amoureuse de cet homme aux multiples facettes, capable d'exceller avec brio dans les cuisines sophistiquées et exigeantes de Paris tout en restant profondément ancré dans la simplicité, l'authenticité et les valeurs de ses origines normandes. C'était cet équilibre rare qui le rendait si unique, si attachant, si… complet.

Puis vint enfin le moment tant du festival culinaire '*Saveurs et Savoir-faire en Pays d'Auge*'. L'événement se tenait pendant deux jours dans le parc majestueux d'un magnifique château privé du XVIIe siècle, aimablement prêté par ses propriétaires pour l'occasion. Le lieu avait été transformé en un vaste et élégant marché gourmand à ciel ouvert. Des stands colorés et alléchants proposaient le meilleur des produits normands : cidres et Calvados bien sûr, mais aussi fromages fermiers, charcuteries artisanales, confitures et miels locaux, légumes bio de saison, produits de la mer… Des démonstrations de chefs renommés se succédaient sur une grande scène installée face à l'orangerie du château, tandis que des ateliers de dégustation et des conférences thématiques avaient lieu dans les anciennes écuries rénovées. Une foule dense, enthousiaste et visiblement connaisseuse – un mélange de professionnels de la restauration venus de toute la France, de journalistes gastronomiques, de touristes épicuriens et d'amateurs locaux passionnés – déambulait avec bonheur entre les allées, humant les parfums alléchants de cuisine qui flottaient dans l'air, goûtant avec application un verre de poiré ici, un morceau de Livarot là, découvrant avec curiosité les dernières créations des artisans et des chefs présents. L'ambiance était à la fois professionnelle et incroyablement festive, conviviale et gourmande.

Arthur, malgré une nervosité palpable qu'il tentait de dissimuler derrière son sourire habituel, fut absolument brillant. Lors de sa démonstration publique le samedi après-midi, devant une foule nombreuse et attentive massée devant la grande scène, il choisit délibérément de ne pas faire un plat trop technique ou spectaculaire, mais de travailler un produit simple, humble mais emblématique de la côte normande : le maquereau de Trouville, fraîchement pêché du matin même. Avec une dextérité impressionnante, une précision de chirurgien dans les gestes, et une aisance naturelle et souriante face au public, il le prépara en direct de trois façons différentes et créatives, mais toujours accessibles : d'abord délicatement mariné cru au cidre fermier et aux herbes fraîches du jardin, servi avec une fine brunoise de pommes vertes Granny Smith pour l'acidité ; ensuite juste saisi à la plancha, la peau grillée et croustillante, accompagné d'une compotée fondante d'oignons nouveaux et d'une touche de vinaigre de cidre ; et enfin, transformé en de délicates rillettes légères et parfumées au raifort frais et à l'aneth, servies sur des toasts de pain de campagne grillé. Tout en cuisinant, il expliqua chaque geste avec une clarté et une passion communicatives, racontant l'histoire de ce poisson populaire mais si savoureux, soulignant l'importance de la pêche locale et durable, partageant généreusement ses astuces de chef pour le préparer et le sublimer. Le public était littéralement captivé, suspendu à ses lèvres et à ses gestes précis. Le silence religieux pendant la démonstration fut suivi d'un tonnerre d'applaudissements enthousiastes lors de la dégustation des petites bouchées qu'il avait préparées. Anaïs, se tenant discrètement sur le côté de la scène, prête à lui passer un ustensile ou à lui tendre un verre d'eau, le regardait avec une immense fierté et les yeux embués d'admiration. Il était incroyable. Il avait ce don rare de rendre la cuisine accessible, joyeuse et poétique. Il n'était pas seulement un excellent cuisinier, il était un formidable passeur d'histoires, un ambassadeur passionné et convaincant de son terroir et de sa vision d'une cuisine vraie.

Sa participation, le lendemain matin, à la table ronde sur '*L'avenir de la gastronomie durable : entre tradition et innovation*' fut également très remarquée et appréciée. Aux côtés de chefs étoilés plus établis, de critiques gastronomiques influents et de représentants de syndicats agricoles, il prit la parole avec une assurance tranquille mais une conviction forte, sans jamais tomber dans l'arrogance ou la langue de bois. Il défendit avec passion sa vision d'une cuisine profondément respectueuse des saisons, des cycles de la nature, des producteurs locaux – qu'il considérait comme de véritables partenaires – et de l'environnement. Il plaida avec éloquence pour un retour à l'essentiel, au goût vrai des produits, à la simplicité maîtrisée, loin des effets de mode tapageurs, de la technicité vaine et du gaspillage alimentaire aberrant. Ses propos, empreints de bon sens, d'éthique et d'une passion sincère pour son métier et pour la planète, suscitèrent une vive approbation dans la salle et lancèrent un débat animé et constructif. Anaïs, assise au premier rang du public, buvait ses paroles, impressionnée une fois de plus par sa clarté d'esprit, par la force tranquille de ses convictions et par sa capacité à exprimer des idées complexes avec des mots simples et justes. Cet homme n'était décidément pas seulement un cuisinier de génie, c'était aussi une belle personne, engagée et inspirante.

Malgré le programme chargé et prenant du festival, ils réussirent à se ménager quelques moments privilégiés, quelques bulles d'intimité volées à l'agitation ambiante. Une fin d'après-midi, entre la démonstration d'Arthur et un dîner officiel auquel ils devaient assister, ils s'échappèrent discrètement de l'enceinte du château pour aller se promener dans un autre verger voisin, immense, paisible et miraculeusement désert. Le soleil commençait sa lente descente vers l'horizon, baignant tout le paysage d'une lumière dorée, rasante et absolument magique, comme dans un tableau de Monet. Les longues rangées de pommiers aux formes variées s'étendaient à perte de vue, leurs branches ployant gracieusement sous le poids des jeunes fruits verts et prometteurs de la prochaine récolte automnale. Le silence ici était total, profond, seulement troublé par le chant mélodieux des oiseaux dans les branches et le bourdonnement lointain et affairé des abeilles butinant les dernières fleurs sauvages dans l'herbe haute. Ils marchaient lentement, main dans la main, sans échanger un mot pendant un long moment, simplement heureux d'être là, ensemble, loin de la foule et du bruit, dans ce cadre idyllique et intemporel.

À un moment donné, au milieu d'une allée bordée de vieux pommiers aux troncs couverts de mousse, Anaïs s'arrêta et se tourna vers Arthur. Elle le regarda intensément, son beau visage éclairé de profil par la douce lumière dorée du couchant, ses yeux verts brillant d'une tendresse infinie. Une vague d'émotion pure, un sentiment de bonheur si intense, si complet, si parfait la submergea soudain, lui coupant presque le souffle.

— Je suis tellement heureuse, Arthur, murmura-t-elle, sa voix légèrement étranglée par l'émotion qui lui nouait la gorge. Profondément et incroyablement heureuse. En cet instant précis, ici avec toi, au milieu de ce verger magnifique et paisible… je me sens… juste… comblée. Entière. Je n'aurais jamais, jamais imaginé, il y a un an, quand j'errais comme une âme en peine dans cette galerie d'art, que ma vie pourrait être aussi… belle. J'avais l'impression de flotter dans un brouillard permanent, de chercher désespérément quelque chose sans même savoir quoi. J'étais si… vide. Et puis tu es arrivé dans ma vie, comme ça, par hasard, avec tes pommes et ton sourire. Et tout a changé. Tu as tout changé.

Il lui sourit en retour, un sourire d'une douceur infinie qui semblait comprendre et accueillir toute l'émotion contenue dans ses mots. Il porta tendrement sa main à ses lèvres et y déposa un baiser. — C'est toi qui rends la vie belle, Anaïs, répondit-il doucement, sa voix chaude et profonde la faisant vibrer. C'est toi qui embellis chaque paysage, chaque moment, par ta simple présence, par ta lumière intérieure. C'est toi qui m'as donné la force et l'envie de croire en mes rêves les plus fous et le courage de les poursuivre jusqu'au bout. Tu es, de très loin, la meilleure chose qui me soit jamais arrivée dans ma vie. Mon amour, ma fiancée, ma future femme, ma reine des pommes pour l'éternité…

Il l'attira tendrement mais fermement contre lui, et ils s'embrassèrent longuement, passionnément, au milieu des pommiers silencieux baignés par la lumière dorée et magique du soleil couchant. Ce n'était pas un baiser de passion fiévreuse et dévorante comme celui de leur première vraie rencontre dans le verger après la fête des récoltes. Ce n'était pas non plus un baiser de célébration joyeuse et un peu folle comme celui de leurs fiançailles au restaurant parisien. Non. C'était un baiser différent. Profond, lent, tendre, empreint d'une sérénité nouvelle, d'une gratitude infinie, et d'une certitude tranquille. Un baiser qui scellait non seulement leur amour désormais mature et éprouvé, mais aussi la confiance absolue qu'ils avaient l'un en l'autre et en leur avenir commun. Un avenir qu'ils construiraient ensemble, jour après jour.

— Je te promets de tout faire pour préserver ce bonheur si précieux, Anaïs, murmura Arthur contre ses lèvres, sa voix rauque d'émotion. De continuer à te soutenir dans tes rêves les plus fous, même s'ils impliquent de transformer des friches industrielles en paradis terrestres – et j'ai hâte de voir ça ! De continuer à essayer de te faire rire chaque jour, même quand on sera vieux et grincheux. De construire avec toi, patiemment, jour après jour, cette vie simple et belle qu'on a choisie ensemble.

— Et moi, je te promets de t'aimer toujours, Arthur, pour l'homme incroyable que tu es, répondit Anaïs, les yeux plongés dans les siens, son cœur débordant d'amour et de certitude. De continuer à croire en toi, en tes rêves, en nous. D'être ta partenaire la plus fidèle, ton refuge le plus sûr dans les tempêtes. De cultiver notre amour comme le plus précieux et le plus beau des jardins. Ensemble. Pour toujours.

Ils restèrent enlacés ainsi un long moment encore, silencieux, regardant le soleil disparaître lentement derrière les douces collines normandes, laissant le ciel s'embraser de couleurs flamboyantes – rose, orange, violet – comme une dernière apothéose. Cette échappée belle en Pays d'Auge avait été bien plus qu'une simple parenthèse enchantée ou qu'une obligation professionnelle déguisée en vacances. C'était une confirmation éclatante, une évidence renouvelée. Leur amour, né de manière si improbable sous le signe des pommes, trouvait ici, au cœur des vergers normands qui avaient vu grandir Arthur, sa plus belle floraison, sa plus juste récolte.

Ils avaient passé ces derniers jours dans l'effervescence du festival, jonglant entre les démonstrations d'Arthur, les rencontres avec les producteurs et les balades dans les allées. Mais le véritable point d'orgue de ce retour aux sources, celui qu'ils attendaient tous les deux avec une impatience tranquille, était de retrouver Saint-Pierre-du-Verger. Plutôt que de reprendre la route de Paris dans la foulée, ils avaient décidé de rester une nuit à la ferme, juste pour eux, juste avec eux. La soirée fut exactement comme ils l'avaient espérée : chaleureuse, simple et profondément ressourçante. Madeleine les a accueillis avec des bras grands ouverts et des yeux qui brillaient de fierté en regardant Arthur, puis en prenant Anaïs dans ses bras d'une façon si sincère que ça valait mille mots de bienvenue. Michel, avec sa barbe blanche et ses blagues immuables, était là aussi, veillant discrètement mais avec bienveillance sur tout le monde et faisant rire l'assemblée. Autour de la grande table de la cuisine, où flottaient encore les odeurs de la tarte aux pommes et du café, les conversations se sont égrenées, tantôt légères, tantôt plus profondes, comme si le temps n'avait pas de prise ici. Paul et Clothilde étaient présents aussi, curieux d'entendre les récits du festival. Paul, toujours un peu facétieux, taquinait Arthur sur son succès parisien avec une affection évidente qui masquait mal sa propre admiration. Clothilde, plus réservée mais les yeux vifs, observait Anaïs avec une curiosité mêlée d'admiration discrète. Lors d'un moment plus calme, un peu à l'écart dans la douceur du soir normand, elle s'est approchée timidement d'Anaïs. — C'est... c'est vraiment vrai que t'es paysagiste ? Ton travail sur les jardins... ce que j'ai vu en photo, ça a l'air incroyable. Les yeux brillants d'un rêve à peine formulé, elle a confié son propre désir d'étudier pour devenir paysagiste à son tour, fascinée par la capacité d'Anaïs à transformer les espaces, à mêler beauté et sens. Anaïs, sincèrement touchée par cette sincérité et reconnaissant une passion naissante qu'elle connaissait si bien, a pris le temps de répondre à toutes ses questions, de lui parler de ses études, des défis du métier, mais surtout des joies immenses de créer avec le vivant. Ce moment d'échange inattendu entre elles, sous le regard attentif et ému de Madeleine depuis l'encadrement de la porte, a ajouté une nouvelle couche de connexion, une transmission intergénérationnelle, à cette soirée déjà si riche. Arthur les regardait de loin, un sourire aux lèvres, fier de voir deux des femmes qu'il aimait le plus au monde partager ainsi une passion. C'était ça, l'essence même de leur famille : l'amour, la solidarité, la transmission, le plaisir simple d'être ensemble, se sentir pleinement chez eux. Ils étaient venus chercher ce moment, et il était encore plus précieux dans la réalité que dans leur anticipation.

Ils repartirent à Paris le lendemain, certes fatigués par ces quelques jours intenses, mais le cœur léger, l'esprit regonflé à bloc, leur engagement mutuel renforcé par ces moments partagés. Leur amour, né de manière si improbable sous le signe des pommes, trouvait ici, au cœur des vergers normands qui avaient vu grandir Arthur, sa plus belle floraison, sa plus juste récolte. Ils étaient prêts à affronter ensemble tous les défis et toutes les joies que leur réserverait leur avenir commun. La prochaine étape ? Leur mariage. L'aventure continuait.

Chapitre 19 : Les Promesses en Préparation

(Ou l'Art Subtil de Choisir Entre le Jazz Manouche et la Pop Indie)

Le retour de leur échappée belle en Normandie les laissa sur un petit nuage cotonneux, flottant pendant quelques jours dans la douce euphorie de leurs fiançailles fraîchement scellées et des promesses murmurées à l'oreille sous les pommiers au soleil couchant. Ils portaient tous deux au doigt l'anneau fin qui symbolisait leur engagement, un rappel constant et joyeux de leur amour et de l'avenir qu'ils s'apprêtaient à construire ensemble. Mais Paris, fidèle à sa réputation de ville exigeante et jamais au repos, avec son rythme implacable et ses exigences quotidiennes, les rattrapa bien vite, les ramenant – un peu trop brutalement à leur goût – à la réalité de leurs vies trépidantes. La parenthèse enchantée était terminée, il fallait replonger dans le grand bain parisien.

La réalité reprit donc ses droits, implacable mais pas désagréable pour autant. Arthur devait jongler, avec une énergie renouvelée mais une pression toujours aussi intense, entre le succès phénoménal et grandissant de *Racines* – qui ne désemplissait toujours pas et continuait d'accumuler les critiques élogieuses – et les sollicitations médiatiques et professionnelles de plus en plus nombreuses qui en découlaient. Il passait des heures à peaufiner ses nouveaux menus de saison, à gérer son équipe de plus en plus nombreuse, à répondre – ou à essayer de répondre – aux interviews, tout en s'efforçant de préserver l'âme et l'authenticité de son restaurant face à l'engouement général. Anaïs, de son côté, s'immergeait avec une passion dévorante et une concentration absolue dans les méandres fascinants et complexes du projet Ribaucourt. Les premières esquisses prenaient forme, la vision du jardin émergeait peu à peu du chaos de la friche industrielle. Elle passait désormais ses journées soit sur le site lui-même, à arpenter les terrains vagues et à discuter avec les ingénieurs en dépollution, soit penchée sur ses immenses plans dans les bureaux de *Vertiges Urbains* ou, le soir, dans son espace de travail à l'appartement, transformé en quartier général créatif improvisé, sous le regard perplexe de Fougère qui ne comprenait pas pourquoi on passait autant de temps à regarder des feuilles de papier plutôt qu'à lui gratter le ventre.

Et au milieu de ce tourbillon professionnel déjà bien dense pour chacun d'eux, une nouvelle tâche, aussi excitante et joyeuse que potentiellement stressante et chronophage, s'ajouta à leur emploi du temps déjà surchargé : l'organisation de leur mariage. *Notre deuxième grand projet commun*, comme Arthur aimait à l'appeler avec un sourire tendre.

Les premières discussions sérieuses à ce sujet eurent lieu lors de soirées volées, tard dans la nuit, bien après le dernier service d'Arthur et une longue journée de conception pour Anaïs. Ils se retrouvaient sur le canapé, dans la douceur de leur foyer, les jambes entremêlées, partageant une tisane à la verveine – leur nouvelle boisson fétiche anti-stress – ou un dernier verre de vin, avec Fougère endormie en boule à leurs pieds, ronronnant paisiblement, seule créature totalement détendue de l'appartement. Que voulaient-ils vraiment pour ce jour si spécial ? Une grande cérémonie fastueuse et mondaine pour satisfaire les attentes sociales – celles, du moins, qui auraient pu être celles de l'ancien entourage très *establishment* de Didier, ou même de certains contacts professionnels influents d'Arthur qui s'attendaient peut-être à un événement grandiose – ? Ou quelque chose de radicalement différent, de plus intime, de plus personnel, de plus… eux ?

La réponse fut une évidence quasi immédiate, formulée presque en même temps par tous les deux. Ils voulaient un mariage qui leur ressemble : simple mais élégant, authentique et sincère, chaleureux et convivial, centré sur l'essentiel – leur amour, leur engagement, et le partage de leur bonheur immense avec les quelques personnes qui comptaient vraiment pour eux, leur famille proche et leurs amis les plus chers, mais aussi leur entourage professionnel du quotidien qui comptait tant. Pas de chichis inutiles, pas de protocole rigide et guindé, pas de démonstration ostentatoire de richesse ou de statut. Juste une belle fête, sincère, émouvante et joyeuse, à l'image de leur rencontre improbable et de leur relation si naturelle. Une célébration de l'amour vrai, sans fard ni artifice.

La question épineuse du lieu fut la suivante à aborder. Arthur, fidèle à ses racines, suggéra d'abord avec une certaine tendresse l'idée de la ferme de ses grands-parents en Normandie. Un cadre rustique, bucolique, chargé de sens et d'émotion pour lui, le lieu de son enfance heureuse. Anaïs fut profondément touchée par cette proposition qui montrait à quel point il voulait partager son univers avec elle. Mais une autre idée, audacieuse et un peu folle peut-être, germait dans son esprit depuis quelques jours, une idée qui lui tenait particulièrement à cœur, même si elle hésitait un peu à la formuler, craignant que ce soit trop égoïste ou trop compliqué.

— Et si…, commença-t-elle timidement un soir, enroulée contre lui sur le canapé, … et si on se mariait dans *mon* jardin ? Celui du centre culturel ?

Arthur la regarda, d'abord surpris, les sourcils légèrement froncés. Puis ses yeux s'illuminèrent d'une compréhension soudaine et un large sourire enthousiaste fendit son visage fatigué. — Mais oui ! Bien sûr ! C'est une idée absolument géniale, Anaïs ! Pourquoi diable n'y ai-je donc pas pensé plus tôt ? C'est tellement évident ! Ce jardin, c'est… c'est là que tout a vraiment commencé pour nous, d'une certaine manière. C'est là que je t'ai vue pour la première fois vraiment toi-même, passionnée, créative, libre. C'est ton œuvre, ton chef-d'œuvre, ton havre de paix que tu as créé de tes propres mains. Quel meilleur endroit, quel plus beau symbole pour célébrer notre union, notre propre éclosion ? C'est tout simplement parfait ! Tu es géniale !

Anaïs sentit son cœur se gonfler d'une immense gratitude et d'amour pour cet homme qui la comprenait si bien, qui saisissait immédiatement la signification profonde de ce lieu pour elle. Ce jardin n'était pas seulement un de ses projets professionnels réussis ; c'était le lieu de sa renaissance personnelle, le symbole tangible de sa nouvelle vie choisie et assumée. S'y marier serait comme boucler une boucle magnifique, ancrer leur avenir commun dans ce lieu chargé de sens et de beauté, sous le regard bienveillant des arbres qu'elle avait plantés et des fleurs qu'elle avait choisies.

Ils retournèrent visiter le jardin ensemble le dimanche suivant, sous un soleil radieux de début d'été. Il était encore plus beau qu'elle ne l'imaginait pour un mariage. Les floraisons explosaient de couleurs et de parfums – roses anciennes, pivoines généreuses, iris majestueux, clématites grimpantes... Les feuillages des arbres et des arbustes, désormais bien installés, formaient des écrins de verdure luxuriants et apaisants. Ils arpentèrent longuement les allées sinueuses, main dans la main, le cœur léger, imaginant à voix haute la cérémonie qui se déroulerait sous la grande pergola en bois qu'elle avait dessinée, recouverte de glycines odorantes ; le cocktail joyeux et animé sur la vaste pelouse centrale ; les tables du dîner dressées avec élégance près de la fontaine dont le murmure apaisant couvrirait le brouhaha lointain de la ville. Obtenir l'autorisation officielle de la direction du centre culturel ne fut ensuite qu'une simple formalité ; ils furent non seulement d'accord, mais absolument ravis et honorés d'accueillir le mariage de leur talentueuse et désormais célèbre – grâce à l'article élogieux paru après l'inauguration – architecte paysagiste dans "son" jardin. La logistique serait certes un défi – il faudrait installer une grande tente élégante en cas de pluie – on n'était jamais trop prudent à Paris ! –, prévoir un éclairage discret et magique pour la soirée, organiser l'arrivée du traiteur – Arthur tenait absolument à superviser personnellement le menu, même s'il avait promis de ne pas mettre les pieds en cuisine ce jour-là pour profiter de la fête –, mais l'évidence poétique et symbolique du lieu l'emportait de loin sur toutes les contraintes matérielles. Ce serait leur jardin d'amour.

Le choix crucial du lieu étant arrêté, les autres préparatifs purent s'enchaîner, avec l'aide précieuse – et parfois un peu trop enthousiaste – de Léa et Camille. Pour sa robe, Anaïs savait exactement ce qu'elle *ne* voulait *pas* : pas de meringue bouffante et pleine de froufrous, pas de dentelle ostentatoire façon napperon géant, pas de traîne interminable dans laquelle elle risquait de s'emmêler les pieds en marchant dans l'herbe. Elle rêvait de quelque chose de fluide, de sobre, d'élégant, de naturel, une robe qui serait en harmonie avec le cadre végétal et poétique du jardin, une robe dans laquelle elle se sentirait elle-même, belle mais libre de ses mouvements.

Accompagnée de ses deux témoins surexcitées, elle fit donc quelques essayages dans des boutiques parisiennes spécialisées. L'épreuve fut… intéressante. Léa, fidèle à son tempérament exubérant, la poussait systématiquement vers des modèles plus audacieux, plus *mode* ("Essaie celle-là avec le dos nu plongeant ! Ou celle-ci, toute en transparence !"). Camille, plus pragmatique, analysait la coupe, la qualité du tissu, le tombé avec un œil critique et expert ("Le décolleté est joli, mais la finition des coutures laisse à désirer…", "Ce satin est un peu trop brillant, ça fait cheap…"). Anaïs essaya des robes magnifiques, objectivement superbes, mais aucune ne provoqua le fameux déclic, cette petite étincelle qui vous dit *c'est elle*. Jusqu'à ce qu'elle découvre, presque par hasard, dans une petite boutique de créatrice indépendante nichée dans une rue tranquille du Marais, LA robe. Une robe d'une simplicité désarmante en crêpe de soie lourd et mat, couleur ivoire pâle. La coupe était d'une pureté et d'une justesse impeccables, tombant avec une grâce infinie et fluide le long de son corps, soulignant sa silhouette sans jamais la contraindre. Mais ce qui la séduisit immédiatement, ce qui lui fit monter les larmes aux yeux avant même de se regarder dans le miroir, ce fut le détail. Le détail délicat, discret, mais si significatif : de fines broderies de fleurs de pommier stylisées, réalisées à la main avec un fil d'or pâle et quelques perles minuscules, qui couraient délicatement le long de l'encolure bateau et descendaient en une cascade légère et poétique sur les manches longues et légèrement transparentes en organza de soie. C'était elle. Simple, élégante, intemporelle, poétique, et portant en elle, de manière si subtile et si juste, le symbole même de leur histoire d'amour. En se voyant enfin dans le grand miroir de la boutique, les larmes coulant sur ses joues, sous les regards émus et unanimement approbateurs de Léa et Camille ("Oh mon Dieu, Anaïs, tu es… sublime !", "Celle-là, c'est toi, c'est évident !"), elle sut sans l'ombre d'un doute qu'elle avait trouvé sa robe.

Pour Arthur, le choix du costume fut, sans surprise, plus rapide mais tout aussi symbolique dans les détails. Il opta pour un costume trois pièces d'un bleu marine profond, très bien coupé dans une belle laine italienne, élégant mais pas trop formel, porté avec une chemise blanche impeccable et une cravate en soie d'un gris perle discret. Anaïs l'accompagna pour les derniers essayages chez le tailleur, donnant son avis avec un regard amoureux et amusé ("Très chic, mon futur mari ! Attention, je risque de tomber encore plus amoureuse !"). La touche finale, ce fut son idée à elle, soufflée lors d'une discussion sur les détails : une boutonnière minimaliste et originale. Pas une fleur fraîche qui risquerait de faner, mais une petite broche discrète et élégante en forme d'unique et minuscule pomme, réalisée en or jaune mat, qui serait épinglée sur le revers de sa veste. Un clin d'œil subtil et tendre à leur histoire, un écho parfait à la feuille de pommier de sa propre bague de fiançailles. Arthur adora immédiatement l'idée, touché par ce rappel constant et si personnel de leur rencontre et de ce qui les liait.

Le choix des témoins fut simple. Anaïs demanda officiellement à Léa et Camille d'être à ses côtés pour ce grand jour. La réaction fut à la hauteur de leur amitié fusionnelle : des cris de joie stridents de Léa ("Oui ! Oui ! Oui ! Je serai la meilleure témoin de l'univers !"), suivis de larmes d'émotion discrètes mais sincères de Camille ("Oh Anaïs, je suis tellement touchée… et tellement heureuse pour toi…"), et bien sûr, des étreintes interminables et pleines de promesses de soutien indéfectible. Arthur, de son côté, demanda à son cousin Paul et à son fidèle et talentueux second de *Racines*, un jeune chef avec qui il avait développé une belle complicité et un respect mutuel, d'être ses témoins. Tous deux acceptèrent avec une grande fierté et une joie non dissimulée. La *Team Mariage* était constituée.

Madeleine, la grand-mère d'Arthur et Michel, son grand-oncle, annoncèrent avec un enthousiasme débordant leur venue à Paris pour l'occasion ("Même s'il faut prendre ce TGV qui va trop vite !", avait râlé Michel au téléphone). Madeleine avait déjà commencé à tester différentes recettes pour sa fameuse pièce montée aux pommes et au Calvados. Anaïs, de son côté, invita son frère Thomas (qui vivait en province et qu'elle voyait peu) et ses parents, avec qui elle entretenait des relations cordiales mais toujours un peu distantes, marquées par une certaine incompréhension mutuelle. Elle espérait secrètement que cet événement heureux, cette célébration de son bonheur retrouvé, serait peut-être l'occasion de resserrer un peu les liens, de briser la glace, de leur montrer enfin la femme épanouie qu'elle était devenue.

Léa et Camille, fidèles à leur réputation d'amies dévouées et d'organisatrices hors pair, concoctèrent pour Anaïs un enterrement de vie de jeune fille absolument mémorable et parfaitement adapté à sa personnalité. Pas question de déguisements ridicules, de gages embarrassants ou de tournée des bars tapageuse jusqu'au petit matin – elles savaient que ce n'était absolument pas son style et qu'elle détesterait ça. À la place, elles lui organisèrent un week-end surprise sur mesure, placé sous le signe de la créativité, de la gourmandise et de la détente entre filles. Le programme commença par un cours de poterie très amusant dans un atelier d'artiste du Marais (un clin d'œil à sa passion retrouvée pour la création manuelle et le travail de la terre), où elles tentèrent avec plus ou moins de succès de façonner des objets informes mais pleins de bonne volonté. Cela fut suivi d'un pique-nique chic et délicieux – préparé secrètement par Arthur ! – dans un coin tranquille du jardin du Luxembourg, sous un soleil radieux. Et enfin, le clou du week-end : une soirée *cocooning et bien-être* dans un petit spa urbain qu'elles avaient entièrement privatisé pour l'occasion. Au programme : massages relaxants, hammam, jacuzzi, coupes de champagne à volonté, et surtout, des heures et des heures de confidences chuchotées, de fous rires incontrôlables en évoquant leurs souvenirs communs depuis leur rencontre sur les bancs de l'école et de discussions passionnées sur l'amour, l'amitié et les projets d'avenir. Ce fut un moment de pur bonheur, une bulle d'amitié précieuse avant le grand saut dans la vie conjugale. Anaïs se sentit incroyablement aimée et soutenue par ses deux sœurs de cœur.

Les dernières semaines précédant le mariage furent, comme on pouvait s'y attendre, un véritable tourbillon, une course contre la montre où chaque jour apportait son lot de décisions à prendre et de détails à régler. Entre leurs obligations professionnelles toujours aussi intenses – Arthur préparait la nouvelle carte de saison de *Racines*,

Anaïs devait rendre les premières esquisses officielles du projet Ribaucourt – et les mille et une tâches liées à l'organisation du mariage, les journées étaient longues, les nuits souvent trop courtes. Ils passèrent ainsi plusieurs heures entières chez eux, épuisés mais étrangement énergisés par l'excitation, à choisir avec soin les musiques pour la cérémonie civile – plutôt classique et émouvante – et pour la soirée dansante – un mélange éclectique et joyeux allant du jazz manouche qu'ils adoraient à la pop indie de leur jeunesse, en passant par quelques tubes disco pour faire plaisir à Léa ! –. Ils finalisèrent la liste des invités – une cinquantaine de personnes triées sur le volet, quand même ! –, et conçurent ensemble les faire-part : Anaïs insista pour dessiner elle-même à l'aquarelle un motif délicat et original de branches de pommier fleuries et entrelacées, symbole de leur union, qu'ils firent ensuite imprimer sur un beau papier recyclé.

Arthur, de son côté, planchait longuement sur le menu du dîner avec le traiteur talentueux mais un peu stressé qu'il avait finalement choisi – après en avoir rencontré une dizaine ! –. Il voulait que chaque plat soit un reflet fidèle de sa philosophie culinaire : des produits frais, locaux, de saison, sublimés avec simplicité et créativité. Il avait bien sûr prévu quelques clins d'œil subtils mais gourmands à la pomme, en entrée et au dessert. Anaïs, elle, supervisait avec passion la décoration florale du jardin, travaillant main dans la main avec une jeune fleuriste très douée qu'elle avait rencontrée sur un projet précédent. Ensemble, elles imaginèrent une ambiance naturelle, élégante et un peu sauvage, où les fleurs blanches et crème – roses de jardin, pivoines, hortensias, gypsophiles… – et les feuillages variés – eucalyptus, lierre, fougères… – se mêleraient harmonieusement aux plantations existantes du jardin, comme si la nature elle-même célébrait leur mariage. La Volvo servit plus d'une fois de véhicule de transport improvisé pour rapporter des échantillons de tissus pour les nappes, des prototypes de centres de table confectionnés par Anaïs elle-même, ou des caisses de vin soigneusement sélectionnées par Arthur et le sommelier de *Racines*.

L'un des moments les plus intenses et les plus personnels de ces préparatifs fut sans doute l'écriture de leurs vœux de mariage. Ils avaient décidé d'un commun accord de les écrire séparément, dans le plus grand secret, pour garder la surprise et l'émotion intactes lors de la cérémonie. Anaïs passa ainsi plusieurs soirées seule, assise à son bureau, un beau carnet Moleskine ouvert devant elle, une tasse de thé fumante à portée de main, cherchant les mots justes, les mots vrais, pour exprimer l'amour immense, presque indicible, qu'elle ressentait pour Arthur. Elle voulait raconter leur histoire si particulière, la façon dont il avait bouleversé sa vie, dont il l'avait aidée à se retrouver elle-même. Elle voulait formuler les promesses sincères et profondes qu'elle voulait lui faire pour l'avenir qu'ils allaient partager. Ce fut un exercice difficile, parfois douloureux en ravivant certains souvenirs, mais surtout incroyablement émouvant. Elle se sentit nue face à ses propres sentiments, mais aussi plus forte et plus certaine que jamais de son choix. Elle imaginait Arthur faisant de même de son côté, peut-être dans la quiétude de son bureau au *Racines* après le tumulte du service, cherchant lui aussi les mots pour exprimer son amour. Et cette pensée la remplit d'une tendresse infinie et d'une impatience grandissante de l'entendre.

Plus la date fatidique du mariage approchait, plus l'excitation joyeuse se mêlait inévitablement à une nervosité palpable, presque électrique. Il y eut, bien sûr, quelques moments de stress de dernière minute, quelques petites crises de panique vite maîtrisées : un problème imprévu avec la location de la tente qui menaça de tout remettre en question – finalement résolu grâce à l'intervention musclée de Léa –, une hésitation soudaine sur le plan de table – comment placer la vieille tante acariâtre d'Anaïs qu'elle ne voyait jamais sans déclencher un incident diplomatique ? – et surtout, l'angoisse quotidienne de la météo incertaine annoncée pour le jour J, le cauchemar de tout mariage en extérieur ! Mais à chaque fois, face à chaque petit ou grand aléa, ils réussirent à désamorcer la tension en communiquant, en se soutenant mutuellement, en relativisant avec humour, et en se rappelant l'essentiel : leur amour et leur désir profond de célébrer cette union, qu'il pleuve, qu'il vente ou qu'il neige – peu probable en août, mais sait-on jamais ! –. Ils apprenaient, au cœur même des préparatifs parfois stressants, à être une équipe solide, complémentaire et résiliente face aux petits et grands caprices de la vie et de l'organisation d'événements.

Les toutes dernières nuits avant le grand jour, ils s'endormaient tard, épuisés mais vibrants d'une énergie nerveuse et heureuse, blottis l'un contre l'autre dans leur lit, murmurant des mots doux et rassurants à l'oreille de l'autre, parlant à voix basse de leur future lune de miel – ils avaient finalement choisi une destination simple, romantique et gourmande : un petit village perché en Toscane, en Italie – rêvant à voix haute de leur avenir, de leurs projets communs – acheter un appartement plus grand ? agrandir la famille avec un chien ? –, de la famille qu'ils espéraient peut-être fonder un jour, quand le moment serait venu. L'impatience était à son comble. Ils avaient tellement hâte de se dire "oui" pour la vie, hâte de sceller leur amour et leur engagement devant tous ceux qu'ils aimaient, hâte de commencer officiellement ce nouveau et magnifique chapitre de leur histoire, main dans la main, cœur contre cœur. Le jardin, leur jardin, les attendait pour la plus belle des célébrations.

Chapitre 20 : Le Jardin des Oui

(Et la Diplomatie Florale Prénuptiale)

Le jour J se leva sur Paris nimbé d'une promesse radieuse, comme si le ciel lui-même avait décidé de s'associer à la célébration. Un soleil éclatant, d'une clarté presque insolente même pour un mois d'août parisien, inondait la ville d'une lumière dorée et chaleureuse, chassant les derniers nuages matinaux et faisant scintiller la rosée comme des milliers de petits diamants sur les feuilles des arbres fraîchement lavées par une averse nocturne. C'était, pensa Anaïs en regardant par la fenêtre de leur appartement, un temps absolument et divinement parfait. Un cadeau du ciel, un clin d'œil complice de l'univers pour leur mariage imminent.

L'agitation, joyeuse mais palpable, avait commencé tôt. Arthur, après un baiser matinal chargé d'une tendresse infinie mais aussi d'une nervosité touchante qui le rendait encore plus adorable, était parti rejoindre ses témoins, Paul et son second de cuisine, dans un hôtel voisin pour la sacro-sainte – et un peu mystérieuse pour Anaïs – séance de préparation masculine. Anaïs, elle, se retrouvait délicieusement assiégée par ses propres témoins et meilleures amies, Léa et Camille. Elles s'étaient improvisées avec un zèle redoutable organisatrices de dernière minute, maîtresses de cérémonie non officielles, stylistes personnelles et surtout, gardiennes vigilantes de la sérénité – toute relative – de la future mariée. L'atmosphère dans l'appartement était un mélange détonant d'excitation fébrile, de rires nerveux qui fusaient à la moindre occasion, de tasses de thé parfumé qui refroidissaient à peine entamées sur la petite table basse, et de questions existentielles de dernière minute ("Tu es vraiment sûre pour les chaussures ?", "Tu as bien pensé au 'quelque chose de bleu' ?").

La robe d'Anaïs, magnifique et diaphane dans sa housse de protection, avec ses délicates broderies de fleurs de pommier scintillantes, était suspendue dans le salon, tel un trésor précieux ou une relique sacrée attendant son heure de gloire. Et au milieu de cette effervescence très féminine, Fougère, la chatte imperturbable, observait ce chaos inhabituel depuis son perchoir favori sur le rebord de la fenêtre, alternant entre des séances de toilette méticuleuse et des bâillements ostentatoires d'une indifférence superbement féline. Rien ne semblait pouvoir troubler sa royale quiétude.

Tandis que la coiffeuse – une jeune femme artiste recommandée par Camille – et la maquilleuse – une amie de Léa experte en maquillage naturel mais qui tient toute la journée, même sous les larmes – s'affairaient avec une concentration impressionnante autour d'elle, transformant ses cheveux en un chignon flou et romantique piqué de quelques délicates petites fleurs blanches (des myosotis, pour la touche de bleu discrète) et rehaussant la fraîcheur de son teint d'un maquillage lumineux et quasi invisible, Anaïs laissa son esprit vagabonder au gré des boucles et des coups de pinceau. Elle pensait, inévitablement, à Arthur. Se demandait s'il était aussi submergé par l'émotion qu'elle. S'il était aussi nerveux à l'idée de prononcer ses vœux devant tous leurs proches. S'il avait réussi à nouer correctement sa cravate gris perle – il avait toujours eu un peu de mal avec les nœuds de cravate –. Si sa petite boutonnière en forme de pomme dorée, leur symbole secret, était bien accrochée au revers de son costume. Elle pensait aussi, avec une tendresse émue, à ce jardin, *son* jardin du centre culturel, qui, à quelques kilomètres de là, devait être en pleine effervescence lui aussi, métamorphosé par les mains expertes des fleuristes et les équipes affairées du traiteur en écrin parfait de leur amour. Elle avait passé tant d'heures, les jours précédents, à finaliser les derniers détails avec eux, à vérifier chaque emplacement, chaque nappe, chaque bougie, s'assurant que tout soit en parfaite harmonie avec l'esprit du lieu et avec leur vision commune d'une fête simple, élégante, joyeuse et surtout, qui leur ressemble.

Alors qu'on apportait les dernières retouches à sa coiffure et son maquillage, on frappa doucement à la porte de l'appartement. Léa alla ouvrir, un sourire radieux aux lèvres. C'était la famille d'Anaïs. Ses parents, élégants et visiblement émus, et son frère Thomas, l'air un peu intimidé. En voyant sa fille, dans sa simple nuisette de soie blanche, le visage rayonnant et déjà transformé par la magie du jour, les yeux de sa mère se sont remplis de larmes. Son père l'a serrée fort dans ses bras, un élan de tendresse rare et précieux qui a touché Anaïs en plein cœur. Thomas, après un câlin un peu maladroit, a murmuré qu'elle était magnifique, un compliment sincère qui valait de l'or venant de lui. Dans leurs regards, Anaïs a lu un amour profond et indéfectible, même si le chemin pour se comprendre n'avait pas toujours été facile, même si les non-dits avaient parfois pesé. Ils l'aimaient, ils étaient fiers d'elle, et elle sentait aussi dans leur façon d'évoquer Arthur – avec un sourire, une question sur sa tenue ou son stress – qu'ils l'avaient adopté, reconnaissant en lui l'homme qui l'avait rendue si visiblement heureuse. Léa, pendant ce temps, répondait au téléphone, son visage passant de l'amusement à la satisfaction. — Super ! J'en étais sûre !, a-t-elle lancé en raccrochant. — Bonne nouvelle ! Finalement, la famille d'Arthur n'a pas pris le train. Michel a décidé qu'il n'y avait que sa camionnette qui pouvait transporter en toute sécurité les trésors culinaires de Madeleine et quelques autres cargaisons secrètes de la ferme ! Ils vont aller directement au jardin avec tous les fromages, le cidre, et... *la* pièce montée ! Préparez-vous, ça va être une arrivée triomphale de spécialités normandes ! Cette nouvelle a ajouté une note joyeuse et prometteuse supplémentaire à l'atmosphère déjà chargée d'émotion de l'appartement. Ses parents et son frères prirent congé, promettant d'être à l'heure au centre culturel. Malgré la distance géographique ou les différences de parcours, toutes les familles convergeaient, chacune à sa manière, pour ce jour d'union. C'était l'heure de vérité.

Une fois prête, enfin, après ce qui lui sembla une éternité de laquage de cheveux et de tapotements de poudre, elle se leva et enfila sa robe. Le crêpe de soie glissa sur sa peau avec une douceur incroyable. La coupe était parfaite, fluide, soulignant sa silhouette à la perfection. Les manches longues et légèrement transparentes, ornées de cette cascade délicate de fleurs de pommier brodées au fil d'or pâle, lui donnaient l'impression d'être une sorte de déesse des vergers, une vraie reine des pommes moderne et un peu bohème. Elle se contempla longuement dans le grand miroir sur pied qu'elles avaient posé dans un coin du salon. Léa et Camille, debout derrière elle, la regardaient avec des yeux brillants d'émotion et de fierté amicale. Anaïs se sentit submergée par une vague d'émotion intense. Elle se trouvait belle, oui, pour la première fois depuis longtemps peut-être. Mais surtout, elle se sentait… elle-même. Authentique. En paix. Et incroyablement prête. Prête à dire oui à cet homme merveilleux qui avait illuminé sa vie. Prête à commencer ce nouveau chapitre avec lui.

C'est en arrivant au jardin du centre culturel, environ une petite heure avant le début prévu de la cérémonie, que la première – et unique, heureusement – petite ombre, le minuscule grain de sable dans l'engrenage jusque-là parfait, plana sur cette journée radieuse. Accompagnée de ses fidèles témoins, Léa et Camille, radieuses elles aussi dans leurs robes pastel assorties, Anaïs voulait jeter un dernier coup d'œil discret à l'ensemble, vérifier que tout était conforme à ses plans si minutieusement élaborés, s'assurer que l'atmosphère magique qu'elle avait imaginée était bien au rendez-vous.

Et elle l'était. Le jardin était tout simplement resplendissant, magnifié par les décorations florales et la lumière dorée de l'après-midi. Des guirlandes de lierre souple et de gypsophile vaporeux couraient le long des poteaux de la grande pergola en bois, créant une sorte d'arche naturelle et romantique sous laquelle ils allaient échanger leurs vœux. Des longs rubans de soie couleur ivoire, accrochés discrètement aux branches des arbres les plus proches, flottaient doucement dans la légère brise, ajoutant une touche de grâce et de mouvement. Sur la grande pelouse centrale, les tables rondes pour le cocktail puis le dîner étaient dressées avec une élégance sobre : nappes en lin blanc immaculé, vaisselle simple mais raffinée, et de magnifiques centres de table composés par la fleuriste selon ses indications – un mélange foisonnant et un peu sauvage de fleurs des champs blanches et crème, de graminées légères et de feuillages variés, avec juste quelques discrètes petites pommes vertes acidulées parsemées çà et là pour le clin d'œil symbolique. L'atmosphère était magique, douce, naturelle, exactement comme elle l'avait rêvé.

Elle était justement en train d'ajuster subrepticement la position d'une grande et magnifique composition florale placée près de l'entrée de l'allée principale – elle trouvait qu'elle empiétait sur le passage, elle n'était pas satisfaite –, lorsque Arthur arriva à son tour, visiblement un peu en avance sur l'horaire prévu, déjà impeccable dans son beau costume bleu marine, accompagné de ses deux témoins, Paul et son second, tout aussi élégants et visiblement un peu intimidés. Il était absolument magnifique. Son sourire était un peu tendu par la nervosité palpable du futur marié, mais ses yeux verts brillèrent d'un amour et d'une admiration intenses en la voyant dans sa robe. Il s'approcha pour l'embrasser tendrement (en faisant attention de ne pas froisser sa coiffure ni de laisser de trace de rouge à lèvres, comme le lui avait hurlé silencieusement le regard de Léa). Mais son regard d'esthète fut inévitablement attiré par le détail floral qu'elle était en train de chipoter.

— C'est superbe, mon amour. Vraiment magnifique. Tu as fait un travail incroyable avec la fleuriste, dit-il sincèrement, mais… – ah, le fameux mais prénuptial ! – tu ne crois pas que ces grosses pivoines blanches sont un peu… massives juste ici, à l'entrée ? Ça bloque un peu la perspective sur l'allée principale, non ? Et peut-être que des roses de jardin, plus délicates, comme celles que tu as mises là-bas près de la fontaine, auraient été plus… harmonieuses avec le reste ? Juste une suggestion, hein…

Le commentaire, probablement dit sans la moindre mauvaise intention, simplement dicté par son propre sens esthétique très affûté – même pour les fleurs ! – et sans doute aussi par le stress et le besoin de contrôler quelque chose dans ce tourbillon émotionnel, piqua Anaïs au vif. Elle, qui avait passé des heures à discuter chaque fleur, chaque feuillage, chaque emplacement avec la fleuriste pour créer cet équilibre si subtil entre le structuré et le sauvage dans *son* jardin... elle prit la remarque, aussi anodine soit-elle, comme une critique directe, une remise en question de ses choix esthétiques le jour même de leur mariage, devant leurs témoins ! La fatigue accumulée des préparatifs et la tension nerveuse de l'instant firent le reste. La Reine des Pommes se rebiffa.

— Arthur, s'il te plaît, répondit-elle d'un ton un peu plus sec, plus cassant qu'elle ne l'aurait voulu, lâchant brusquement la branche de pivoine qu'elle était en train d'ajuster avec amour. J'ai passé des semaines à concevoir cet arrangement floral dans ses moindres détails. J'ai pensé à la perspective, crois-moi. C'est mon métier, après tout. Alors, pour une fois, fais-moi confiance, veux-tu ? Laisse-moi gérer mon domaine.

Arthur parut visiblement surpris, presque décontenancé par sa réaction un peu vive. Il n'était pas habitué à ce ton de sa part. — Hé, doucement... Je sais, chérie, bien sûr que je te fais confiance. C'était juste une remarque en passant, un détail... Je trouvais simplement que...

— C'est parfait comme ça, le coupa-t-elle, sentant une bouffée d'irritation absurde lui monter au nez. Ne commence pas à vouloir tout contrôler, même la décoration florale, d'accord ? Tu t'occupes de la cuisine, je m'occupe des fleurs !

Une tension palpable, électrique, s'installa soudain entre eux, glaçant l'atmosphère jusque-là si joyeuse. Léa et Camille, ainsi que les témoins d'Arthur, sentant immédiatement le malaise flotter dans l'air, firent preuve d'une admirable diplomatie en feignant soudain de s'intéresser passionnément à l'état du gazon ou à la couleur du ciel. Arthur regarda Anaïs, une lueur de blessure et d'incompréhension dans les yeux. Était-elle vraiment en train de lui faire une scène pour une histoire de pivoines, là, maintenant ? Puis, il sembla réaliser soudain l'absurdité de la situation, la pression qui les tenaillait tous les deux. Il prit une profonde inspiration, et son expression s'adoucit instantanément. Il s'approcha à nouveau d'elle, ignorant les regards fuyants de leurs témoins, et posa doucement ses mains sur ses épaules nues.

— Chhhut… Tu as raison. Mille fois raison. Pardonne-moi, mon amour, dit-il à voix basse, si douce qu'elle seule pouvait l'entendre. Je suis un idiot. Un crétin fini. C'est le stress qui parle, la peur que tout ne soit pas absolument parfait pour toi, pour nous. Évidemment que c'est ton domaine. Et tout ce que tu as fait est absolument parfait, Anaïs. Plus que parfait. C'est magnifique. Parce que c'est toi qui l'as imaginé, qui l'as créé avec ton cœur. Et en plus tu sais quoi ? La seule chose qui compte vraiment aujourd'hui, ce n'est pas la taille des pivoines ou l'alignement des chaises. La seule chose qui compte, c'est que dans moins d'une heure, tu vas devenir ma femme. Et ça, c'est le plus beau décor du monde. C'est notre jour. Ne laissons pas nos stupides nerfs gâcher ça, d'accord ?

Anaïs sentit sa propre tension, sa propre irritation ridicule, retomber immédiatement comme un soufflé raté face à sa douceur, à son honnêteté désarmante, à sa capacité à désamorcer la situation avec tant d'amour et d'intelligence émotionnelle. Elle se sentit stupide et mesquine d'avoir réagi si vivement pour une remarque anodine. — Non, c'est moi qui suis désolée, Arthur, murmura-t-elle en posant sa main sur la sienne, posée sur son épaule. Je suis un peu… à fleur de peau. Très à fleur de peau, en fait. Tu as raison. C'est notre jour. Et oui, tout est parfait. Surtout toi.

Il lui sourit, un sourire plein de tendresse, de pardon et de compréhension mutuelle. Il se pencha et déposa un baiser léger et rassurant sur son front. — Toi aussi, tu es parfaite. Absolument sublime dans cette robe. Va te cacher maintenant avec tes complices, avant que nos invités n'arrivent et ne te voient avant l'heure. Ce serait dommage de gâcher la surprise. Je t'attends. Impatiemment. Devant l'autel improvisé sous la pergola.

Le petit nuage de discorde, aussi bref qu'inattendu, s'était dissipé aussi vite qu'il était apparu, laissant derrière lui non pas de l'amertume, mais une complicité renforcée, une preuve supplémentaire de leur capacité à communiquer et à se comprendre, même dans les moments de stress les plus intenses. Ils n'étaient pas un couple parfait de conte de fées, ils étaient juste deux êtres humains amoureux, avec leurs forces et leurs failles, apprenant à construire leur histoire ensemble. Et c'était là, sans doute, le plus important. Anaïs lui adressa un dernier sourire ému et reconnaissant, puis se laissa entraîner par Léa et Camille, non sans un dernier regard vers Arthur qui la regardait s'éloigner avec un amour infini dans les yeux, vers un petit bureau du centre culturel mis à sa disposition pour les derniers instants de recueillement – et de retouches maquillage – avant la cérémonie.

Alors qu'elle tentait de calmer les battements de son cœur et de se recentrer dans la quiétude inattendue du petit bureau du centre culturel mis à sa disposition, on frappa doucement à la porte. Avant qu'Anaïs n'ait le temps de répondre, la porte s'ouvrit sur le visage doux et chaleureux de Madeleine. Un sourire complice aux lèvres, la grand-mère d'Arthur avait réussi à s'éclipser un instant du flot des invités. Elle s'est approchée d'Anaïs, ses yeux bleus pétillants d'une émotion sincère. Elle a pris ses mains dans les siennes, des mains de jardinière, fortes et douces à la fois. — Ma chérie, a murmuré Madeleine, sa voix un peu tremblante, je voulais juste te voir un instant, rien que nous deux. Te dire combien je suis heureuse. Heureuse pour Arthur, bien sûr, mais surtout... tellement heureuse de t'accueillir dans notre famille, Anaïs. Tu es déjà des nôtres dans nos cœurs depuis longtemps, mais aujourd'hui, c'est officiel. Regarde ce que tu as créé ici... et regarde ce que vous avez bâti ensemble. Nous sommes si fiers de vous. Et je suis si fière que tu deviennes ma petite-fille. Une larme a roulé sur la joue de Madeleine, qu'Anaïs a essuyée doucement du pouce avant de la serrer dans une accolade pleine de tendresse et de gratitude. Ce moment suspendu, loin de la ferveur grandissante du jardin, était d'une intensité précieuse. Un lien supplémentaire se tissait, silencieux et profond. Après un dernier sourire échangé, Madeleine a déposé un baiser sur le front d'Anaïs. — Allez, il est temps, ma chérie. Ils t'attendent. Elle est ressortie aussi discrètement qu'elle était entrée, se fondant à nouveau dans la foule des invités.

Peu à peu, comme prévu, le jardin s'emplit de la rumeur joyeuse et des éclats de voix du reste des invités qui arrivaient par petits groupes. Vêtus de leurs plus beaux atours – robes colorées et chapeaux élégants pour les dames, costumes clairs ou décontractés chics pour les messieurs –, ils découvraient avec une admiration visible la beauté du lieu et la perfection de l'organisation. Ils se saluaient chaleureusement, échangeant des embrassades et des compliments, heureux de se retrouver pour célébrer cette union. Ils prenaient ensuite place sur les chaises blanches disposées en arc de cercle face à la pergola fleurie, discutant à voix basse en attendant le début de la cérémonie.

Anaïs, observant discrètement la scène par la fenêtre du bureau, le cœur battant la chamade, reconnut de nombreux visages aimés. Sa famille était arrivée – son frère Thomas que Camille allait chercher, grand et souriant c'est lui qui l'amènerait, et ses parents, un peu intimidés par l'ambiance. La famille d'Arthur – sa grand-mère adorée qui avait rejoint les invités rayonnait dans une élégante robe bleue ; le grand-oncle Michel et sa femme Martine, arrivés tout droit de Normandie avec un panier rempli de spécialités locales ; ses cousins Paul et Clothilde, jeunes et beaux, riant avec les autres invités. Ses collègues et amis de l'agence *Vertiges Urbains*, curieux et impressionnés par la beauté du jardin conçu par leur consœur. L'équipe presque au complet du *Racines*, venue en nombre pour entourer et soutenir leur chef adoré, reconnaissables à leur énergie et à leurs discussions animées sur le menu à venir. Et même, à sa grande surprise et son grand plaisir, Monsieur Ribaucourt, le mécène exigeant, arrivé discrètement avec sa femme, son regard d'expert balayant le jardin avec une moue d'approbation visible qui valait tous les compliments. L'atmosphère était détendue, joyeuse, pleine d'une affection sincère, baignée par la lumière dorée de l'après-midi et par le son doux et élégant du quatuor à cordes qui jouait des airs classiques et quelques adaptations de chansons pop modernes.

Puis, la musique changea subitement. Le quatuor entama les premières notes de la mélodie qu'ils avaient choisie ensemble pour son entrée, une pièce instrumentale douce, poignante et pleine d'espoir qui lui donnait des frissons à chaque fois qu'elle l'entendait. Ce fut le signal. Le moment était venu. Le cœur battant à se rompre, la gorge serrée par une émotion intense, Anaïs prit le bras de son frère Thomas arrivé dans le bureau entretemps, il était venu spécialement de province pour l'accompagner jusqu'à l'autel. Il lui sourit tendrement, les yeux brillants d'une fierté fraternelle. — Prête, petite sœur ? murmura-t-il à son oreille. — Prête, répondit Anaïs en respirant profondément une dernière fois, essayant de calmer le tumulte intérieur. Allons-y.

Les portes du bureau s'ouvrirent, et elle s'avança lentement dans l'allée principale du jardin, celle bordée de lavande et de roses blanches. Tous les regards se tournèrent instantanément vers elle. Un silence ému et admiratif s'installa, seulement troublé par la musique douce du quatuor. Elle vit d'abord les sourires émus de Léa et Camille qui l'attendaient près de la pergola, les larmes discrètes mais visibles aux yeux de Madeleine, l'approbation chaleureuse et paternelle dans le regard de Monsieur Ribaucourt. Puis, son regard fut happé, comme un aimant irrésistible, par la silhouette qui l'attendait au bout de l'allée, debout sous la pergola fleurie : Arthur. Il se tenait là, droit, incroyablement beau dans son costume bleu marine, sa petite pomme dorée brillant discrètement à sa boutonnière comme un soleil miniature. Mais c'est son expression qui la bouleversa au plus profond de son être. Il la regardait venir vers lui avec une telle intensité, un tel amour pur, une telle adoration muette et émerveillée, que le reste du monde s'effaça complètement autour d'elle. Il n'y avait plus que lui. Son regard vert profond et tendre. Son sourire ému et amoureux. Son futur mari.

La cérémonie fut à leur image : simple, sincère, profondément émouvante, dénuée de toute pompe inutile. L'officiante, une amie proche de la famille d'Arthur, avocate à la ville mais poète à ses heures perdues, parla avec chaleur et justesse de l'amour, du couple, du partage, de l'engagement, trouvant les mots justes pour toucher l'assemblée sans jamais tomber dans la mièvrerie. Léa, la voix étonnamment claire et posée malgré l'émotion qui la gagnait, lut un poème de Prévert sur la beauté fragile et précieuse des choses simples et du bonheur quotidien. Paul, le cousin d'Arthur, plus moderne, lut un texte contemporain plein d'humour et de tendresse sur les petits défis et les grandes joies de l'aventure du couple au long cours. La musique du quatuor à cordes enveloppait l'assemblée d'une douceur infinie, créant une atmosphère intime et sacrée au cœur même du jardin vibrant de vie. Mais le moment le plus intense, celui où tous les cœurs semblèrent s'arrêter de battre, fut bien sûr l'échange des vœux.

Arthur prit la parole en premier, sa voix légèrement tremblante au début, trahissant l'émotion qui l'étreignait, puis gagnant en assurance et en profondeur à mesure qu'il parlait, les yeux constamment plongés dans ceux d'Anaïs. Il parla de leur rencontre si improbable, de ce coup de foudre inattendu pour cette femme belle et mystérieuse qui semblait rêver d'ailleurs au milieu d'un vernissage. Il raconta avec humour et tendresse comment elle avait illuminé sa vie dès les premiers instants, comment sa force tranquille, sa sensibilité à fleur de peau, sa passion créatrice et sa beauté intérieure et extérieure l'avaient conquis et transformé. — Anaïs, dit-il, et sa voix se brisa légèrement sur son prénom, je te promets aujourd'hui, devant tous ceux que nous aimons, de t'aimer chaque jour de notre vie, passionnément, tendrement, inconditionnellement. Dans la joie éclatante comme dans l'adversité silencieuse. Je te promets de toujours soutenir tes rêves les plus fous, même s'ils impliquent de faire pousser des jardins sur Mars, de croire en toi plus que tu ne crois parfois en toi-même. Je te promets de continuer à chercher avec toi la poésie cachée dans les choses simples du quotidien, de te faire rire aux éclats quand tu seras triste ou découragée, d'être ton refuge le plus sûr, ton port d'attache le plus solide quand le monde extérieur sera trop bruyant ou trop agressif. Tu es la reine de mon cœur, ma magnifique reine des pommes, pour aujourd'hui et pour toujours et à jamais. Je t'aime plus que tout.

Anaïs sentit les larmes qu'elle avait réussi à contenir jusque-là couler à nouveau sur ses joues, mais elle sourit à travers elles, le cœur débordant d'un amour et d'une gratitude infinis. Quand ce fut son tour de parler, elle prit les mains d'Arthur dans les siennes, rivant son regard dans le sien, puisant sa force dans leur connexion. — Arthur, mon amour, ma surprise la plus inattendue et la plus merveilleuse, commença-t-elle, sa voix chargée d'une émotion palpable mais étonnamment claire et posée. Tu es arrivé dans ma vie comme un rayon de soleil éclatant après une très longue pluie grise. Tu m'as réappris à rire franchement, à faire confiance à nouveau, à oser être pleinement moi-même, sans peur et sans masque. Tu m'as montré par ta simple présence, par ta gentillesse, par ton authenticité, ce qu'était l'amour véritable : non pas une cage dorée, mais un jardin partagé où l'on peut grandir ensemble. Un partage sincère, un soutien mutuel indéfectible, une évidence tranquille et joyeuse. Alors aujourd'hui, devant nos familles et nos amis, je te promets de t'aimer de tout mon cœur, de toute mon âme, pour le reste de nos jours. Je te promets de chérir chaque instant passé à tes côtés, les plus simples comme les plus exceptionnels. Je te promets d'être ta compagne la plus fidèle dans toutes nos aventures à venir, ton amie la plus loyale dans les doutes, ta femme dévouée et aimante au quotidien. Tu es mon amour, mon bonheur retrouvé, mon évidence lumineuse, mon port d'attache, mon tout. Je t'aime plus que tous les mots de tous les poèmes ne pourraient jamais le dire.

Ils échangèrent ensuite leurs alliances, sous les regards embués de l'assemblée. Deux simples anneaux en or jaune, lisses et purs, sans fioritures, à l'intérieur desquels ils avaient chacun fait graver secrètement, à l'insu de l'autre, une minuscule feuille de pommier stylisée. Le geste fut sobre, silencieux, mais d'une intensité et d'une signification profondes. Puis, l'officiante, la voix elle-même un peu étranglée par l'émotion, les déclara officiellement mari et femme. Sous les applaudissements nourris, les bravos et les acclamations joyeuses de leurs proches qui se levèrent comme un seul homme, Arthur attira Anaïs tendrement mais fermement contre lui et l'embrassa. Un baiser tendre, profond, passionné, le premier baiser de leur toute nouvelle vie d'époux, scellant leurs promesses et leur amour sous le ciel bleu de Paris, au cœur même du jardin luxuriant qui avait vu naître leur histoire si particulière.

La fête qui suivit fut à l'image du couple et de leur cérémonie : une explosion de joie simple, de chaleur humaine et d'amour partagé. Le champagne coula à flots – du très bon champagne sélectionné par Arthur, bien sûr ! – les invités se mêlèrent dans une ambiance incroyablement détendue et conviviale, riant, discutant, partageant le bonheur évident et communicatif des jeunes mariés qui rayonnaient littéralement. Le cocktail, servi sur la grande pelouse baignée par la lumière dorée et déclinante de la fin d'après-midi, fut un véritable festival de saveurs délicates, inventives et pleines de fraîcheur – un avant-goût prometteur du dîner qui s'annonçait somptueux. Arthur avait tenu à ce que le traiteur choisi propose une cuisine à la hauteur de sa propre réputation, mettant en valeur les plus beaux produits de saison avec cette touche de créativité et d'authenticité qui le caractérisait.

La soirée s'avança ensuite au rythme de la musique entraînante du groupe de jazz manouche qu'ils avaient engagé, des rires qui fusaient de toutes parts, et des conversations animées qui se prolongèrent tard sous la tente élégante dressée pour le dîner. Il y eut bien sûr les discours traditionnels, mais tous furent particulièrement touchants et personnels. Léa et Camille firent un portrait croisé de leur amie Anaïs, plein d'humour tendre, de taquinerie affectueuse et d'émotion sincère, soulignant avec justesse sa transformation spectaculaire depuis sa rencontre providentielle avec Arthur. Paul, le cousin et témoin d'Arthur, raconta quelques anecdotes amusantes et un peu embarrassantes sur l'enfance normande du marié, déclenchant l'hilarité générale. Et Madeleine, la grand-mère adorée d'Arthur, prit la parole avec une sagesse et une malice émouvantes pour leur souhaiter une longue vie remplie "d'amour solide comme nos vieux pommiers, de rires pétillants comme notre meilleur cidre, et bien sûr, de plein de bonnes compotes de pommes maison à partager en famille !".

Anaïs et Arthur ouvrirent le bal un peu plus tard dans la soirée, sur une chanson douce et romantique qui avait une signification particulière pour eux deux. Ils dansèrent, serrés l'un contre l'autre, maladroits peut-être mais follement amoureux, flottant à nouveau comme lors de leur toute première valse hésitante à la fête des récoltes, mais cette fois avec une certitude, une sérénité et une joie infinies. Puis, la piste de danse s'anima pour de bon, entraînant jeunes et moins jeunes dans des rythmes endiablés jusqu'au bout de la nuit. Anaïs dansa avec son frère Thomas, avec ses amies Léa et Camille qui se déchaînèrent, avec la famille d'Arthur – Michel se révélant un danseur de valse étonnamment agile ! –, riant aux éclats, tournoyant sous les guirlandes lumineuses, se sentant incroyablement légère, libre et profondément heureuse comme jamais auparavant.

Bien plus tard dans la nuit, alors que la fête battait encore son plein mais que l'ambiance était devenue plus calme, plus intime, sous les étoiles qui scintillaient maintenant dans le ciel parisien, Anaïs et Arthur s'éclipsèrent discrètement pour quelques instants de tranquillité, loin de l'agitation joyeuse. Main dans la main, ils allèrent s'asseoir sur un banc. Ils regardèrent en silence leurs invités danser et rire au loin, sous la lumière douce des lampions suspendus aux arbres. La musique leur parvenait, assourdie et mélodieuse. Le parfum des fleurs nocturnes et de l'herbe coupée emplissait l'air. C'était un moment de paix parfaite.

— C'est encore plus beau, encore plus magique que dans mes rêves les plus fous, murmura Anaïs en posant sa tête sur l'épaule solide d'Arthur. Merci. Merci infiniment pour cette journée absolument parfaite, mon amour.

— C'est toi qui l'as rendue parfaite, ma femme, répondit-il en déposant un baiser tendre sur ses cheveux qui sentaient la laque et le bonheur. Toi, ton sourire, ta robe de reine des pommes… et ce jardin magique qui est à ton image. Et puis, regarde autour de toi : tous ces gens qu'on aime, réunis ici juste pour nous, pour partager notre bonheur… C'est ça, le plus beau cadeau.

Ils restèrent là, silencieux à nouveau, enlacés, savourant la paix profonde de cet instant suspendu, le cœur débordant de gratitude et d'un amour immense et tranquille. La petite dispute ridicule à propos des pivoines semblait déjà appartenir à une autre vie, un simple émoi insignifiant vite balayé par la vague immense et déferlante de leur bonheur partagé. Ils étaient mariés. Leur grande aventure ne faisait sans doute que commencer, avec ses joies, ses défis, ses orages et ses éclaircies. Mais ce soir-là, blottis l'un contre l'autre dans le jardin de leurs promesses tenues, ils savaient, avec une certitude absolue et sereine, qu'ils la vivraient ensemble, main dans la main, cœur contre cœur, pour toujours.

Épilogue : La Douceur de l'Après

(Et le Temps des Récoltes)

La magie du mariage, contrairement aux bulles de champagne qui s'étaient évaporées dans la nuit parisienne, ne s'estompa pas avec les dernières notes de musique dans le jardin illuminé. Elle refusa obstinément de disparaître avec les confettis – biodégradables, Anaïs y tenait – balayés par les équipes de nettoyage. Au contraire, elle sembla s'installer durablement, flottant autour d'Anaïs et Arthur dans les jours qui suivirent comme un parfum subtil et tenace de bonheur frais, de promesses tenues et d'un avenir soudain incroyablement lumineux. Après une courte nuit de récupération – et de célébration plus intime – passée dans la suite d'un hôtel de luxe parisien – une parenthèse enchantée et un peu surréaliste pour décompresser après l'intensité émotionnelle de la veille –, ils se réveillèrent officiellement M. et Mme Dubois aux yeux de la loi, même si Anaïs, farouchement attachée à son indépendance professionnelle tenait à garder son nom de jeune fille pour le travail, l'idée de s'appeler *Madame Dubois* en privé la faisait sourire intérieurement d'une façon nouvelle et plutôt agréable. Ils se réveillèrent donc, un peu vaseux mais flottant sur un nuage, prêts à s'envoler pour la prochaine étape de leur aventure : leur lune de miel.

Leur destination, choisie après de longues discussions passionnées – et quelques recherches frénétiques sur internet – n'était pas une plage de sable blanc lointaine et surpeuplée des Maldives ou des Seychelles, ni un trek épuisant au Népal. Non, fidèles à leur goût commun pour l'authenticité, la beauté tranquille et la bonne chère, ils avaient opté pour un choix qui leur ressemblait davantage : un petit village médiéval perché dans les collines ondoyantes et verdoyantes de Toscane, en Italie. Un endroit réputé pour sa beauté intemporelle, ses paysages de carte postale couverts de vignes argentées et d'oliviers centenaires, sa cuisine rustique et savoureuse, et surtout, son rythme de vie délicieusement langoureux, à des années-lumière de l'agitation parisienne. Le fameux *dolce farniente* italien. Ils avaient loué, via une plateforme spécialisée dans le tourisme rural de charme, une petite maison indépendante en pierre blonde faisant partie d'un *agriturismo* familial – une ancienne ferme fortifiée superbement rénovée avec goût et respect des matériaux d'origine –, promettant calme absolu, intimité totale et une immersion authentique dans la douceur de vivre toscane.

Après qu'Arthur ait discuté longuement avec son second au téléphone pour lui laisser les clés du fort pendant sa lune de miel – il ne s'était encore jamais absenté aussi longtemps depuis l'ouverture du Racines ! –, après avoir confié une nouvelle fois – et cette fois pour une dizaine de jours ! – leur précieuse et légèrement tyrannique Fougère aux bons soins de la jeune voisine étudiante qui commençait sérieusement à considérer le cat-sitting de Fougère comme une activité rémunératrice stable et un excellent sujet d'étude comportementale, et après avoir garé la Volvo qui avait bien mérité un peu de repos après les allers-retours incessants des préparatifs du mariage dans un parking sécurisé pour quelques temps, ils prirent l'avion pour Florence. De là, une petite Fiat 500 de location, adorable mais un peu poussive dans les côtes, les mena, via des routes sinueuses et bordées de cyprès majestueux qui semblaient monter la garde, jusqu'à leur petit paradis isolé au sommet d'une colline.

L'endroit dépassa toutes leurs espérances les plus folles. L'*agriturismo*, tenu par une famille adorable et discrète – Nonna préparait des petits déjeuners divins, Papa s'occupait des vignes et des oliviers, et les enfants jouaient dans la cour avec un naturel désarmant –, était un havre de paix absolu. Leur maisonnette, un ancien pigeonnier restauré, était simple mais pleine d'un charme rustique irrésistible : murs épais en pierre gardant une fraîcheur bienvenue, tommettes anciennes et inégales au sol, mobilier en bois sombre patiné par le temps, et une minuscule mais adorable terrasse privée, ombragée par une treille de vigne croulant déjà sous les grappes de raisin vert prometteuses. Et la vue… oh, la vue ! Depuis leur terrasse, un panorama à 180 degrés sur les collines toscanes environnantes s'offrait à eux, un paysage de carte postale mouvant, avec ses courbes douces, ses variations de verts et d'ocres, ses champs de tournesols éclatants, ses oliveraies argentées et ses villages perchés au loin. L'air embaumait un mélange capiteux de thym sauvage, de romarin, de lavande et de jasmin grimpant le long des murs. Le silence était d'or, seulement troublé par le chant assourdissant et hypnotique des cigales pendant les heures chaudes, le gazouillis joyeux des hirondelles au crépuscule, et le son lointain et mélodieux des cloches d'une petite église romane perdue dans la vallée. C'était le cadre absolument parfait pour décompresser totalement après les mois de stress intense, pour se retrouver vraiment, et pour savourer pleinement et langoureusement, les premiers jours bénis de leur mariage, si loin du tumulte et des exigences de leur vie parisienne.

Leurs journées en Toscane s'écoulèrent dans une douce langueur délicieuse, rythmées uniquement par le soleil, leurs envies du moment et les heures des repas – sacrées en Italie ! –. Ils firent des grasses matinées scandaleuses, se réveillant tard sans réveil, juste par la lumière dorée filtrant à travers les volets. Ils prirent des petits déjeuners paresseux et interminables sur leur petite terrasse ombragée, se régalant du pain frais local à la croûte épaisse, du *pecorino* frais et parfumé, des confitures maison de la Nonna – figues, abricots... –, des tomates cerises sucrées et gorgées de soleil, le tout arrosé d'un café italien fort et serré qui réveillait les sens.

Ensuite, ils partaient explorer les environs sans but précis, au gré de leurs inspirations, se perdant avec délice dans le labyrinthe des ruelles médiévales étroites et pavées des villages voisins aux noms chantants : San Gimignano et ses tours altières se dressant fièrement sur l'horizon, Volterra la mystérieuse cité étrusque perchée sur son éperon rocheux, ou des bourgs plus secrets et moins touristiques découverts au hasard d'un panneau indicateur. Ils s'arrêtaient pour visiter une petite chapelle romane isolée au milieu des vignes, découvraient une *piazza* cachée où des anciens jouaient aux cartes à l'ombre d'un tilleul, ou tombaient par hasard sur un point de vue spectaculaire offrant un panorama à couper le souffle sur la campagne environnante. Anaïs avait bien sûr emporté son fidèle appareil photo, et elle s'en donnait à cœur joie, non pas pour documenter un site professionnellement, mais pour le pur plaisir de capturer la beauté brute et intemporelle de la Toscane. Elle photographiait la lumière si particulière qui caressait les pierres ocres des vieilles bâtisses au coucher du soleil, les paysages de carte postale avec leurs lignes de cyprès graphiques, les détails charmants d'une porte en bois délavé ou d'un pot de géraniums débordant sur un balcon en fer forgé. Mais surtout, elle prenait des dizaines de portraits volés d'Arthur – Arthur dégustant un *gelato* avec une expression de bonheur enfantin, Arthur discutant avec passion – et force gestes – avec un vigneron local, Arthur simplement assis à l'ombre d'un olivier, le regard perdu dans le paysage, détendu, souriant, follement beau et terriblement attachant.

Certains moments, ils ne faisaient absolument rien d'autre que paresser. Ils se baignaient longuement dans la petite piscine à débordement de l'*agriturismo*, dont l'eau fraîche offrait un contraste bienvenu avec la chaleur de l'après-midi. Ils se prélassaient au soleil sur des transats confortables, lisant enfin les romans qu'ils n'avaient jamais le temps d'ouvrir à Paris, somnolant doucement au son des cigales. Ils firent même de longues siestes crapuleuses à l'ombre fraîche et tachetée de lumière des oliviers centenaires du domaine, se réveillant un peu groggy mais parfaitement détendus et heureux. Arthur, pour une fois complètement libéré de la pression de ses cuisines, de la nécessité de créer, d'innover, de gérer, retrouvait avec un plaisir évident le simple bonheur d'être un gourmet curieux, un découvreur de saveurs.

Ils visitèrent quelques *cantine* – domaines viticoles – réputées de la région, dégustant sans modération – ils étaient en vacances, après tout ! – des Chianti Classico robustes et complexes, aux arômes de cerise noire et de cuir, mais aussi des Vernaccia di San Gimignano blancs, frais et fruités, parfaits pour l'apéritif. Ils s'attablèrent midi et soir dans de petites *trattorie* familiales et authentiques, souvent recommandées par leurs hôtes ou découvertes au hasard d'une ruelle. Ils se régalèrent sans retenue de pâtes fraîches faites maison – des *pici* épais roulés à la main servis avec une sauce tomate à l'ail simple et divine – *aglione* –, des *pappardelle* larges et rugueuses accompagnant un *ragù* de sanglier mijoté pendant des heures… –, de la fameuse *bistecca alla fiorentina* – une entrecôte de bœuf Chianina énorme, grillé à la perfection sur la braise, saignant à cœur, juste assaisonné de sel, de poivre et d'un filet d'huile d'olive fruitée –, arrosant généreusement le tout d'un vin local gouleyant et sans prétention. Ils terminaient invariablement par un *espresso* serré et brûlant, et souvent par un petit verre de *vin santo* ambré et liquoreux accompagné de *cantucci* – ces biscuits secs aux amandes – à tremper dedans, selon la tradition locale. Arthur analysait les plats avec l'œil expert du professionnel, commentant la justesse d'un assaisonnement, la qualité d'un produit, la perfection d'une cuisson, mais surtout avec la joie simple et communicative du gourmet qui prend son pied. Il échangeait parfois quelques mots en italien – un italien encore hésitant mais plein de bonne volonté et de passion – avec les cuisiniers ou les patrons des trattorias, partageant avec eux son amour de la bonne cuisine et des produits vrais.

Mais bien plus que les découvertes touristiques ou les festins gastronomiques mémorables, c'est le temps précieux passé ensemble, juste tous les deux, dans une intimité simple, profonde et sans nuages, qui rendit cette lune de miel toscane absolument inoubliable et fondatrice pour leur couple. Libérés des contraintes horaires, du stress professionnel, des sollicitations extérieures, ils se redécouvraient encore, sous un nouveau jour, celui de mari et femme. Ils parlaient pendant des heures, tard dans la nuit sur leur petite terrasse sous les étoiles, ou lors de longues promenades dans la campagne. Ils parlaient de tout et de rien, de leurs espoirs les plus fous pour l'avenir, de leurs souvenirs d'enfance respectifs, de leurs petites peurs irrationnelles et de leurs grands rêves professionnels et personnels. Ils parlaient bien sûr de leur mariage, revivant avec une émotion toujours aussi vive les moments forts de la cérémonie dans le jardin, riant encore des petits imprévus – comme la splendide et délicieuse pièce montée aux pommes de Madeleine qui avait menacé de s'écrouler au moment de la découpe ! –. Ils parlaient aussi, timidement mais avec une envie partagée, de la famille qu'ils espéraient peut-être fonder un jour, sans pression, mais avec ce désir commun de transmettre leur amour et leurs valeurs. Ils apprenaient à lire dans les silences de l'autre, à communiquer d'un simple regard complice par-dessus la table d'un café sur une *piazza* animée. Leur connexion physique, déjà forte et passionnée, s'approfondissait encore dans la douceur, la lenteur et la sensualité des nuits italiennes tièdes et parfumées. C'était une véritable période de grâce, une parenthèse enchantée hors du temps qui renforça leur complicité à un niveau qu'ils n'auraient pas imaginé, qui souda leur amour et l'ancra dans une sérénité nouvelle, profonde et durable.

Le retour à Paris, après dix jours de cette *dolce vita* idyllique, fut inévitablement teinté d'une légère mélancolie, comme toujours à la fin d'un beau voyage où l'on a touché du doigt un certain état de bonheur parfait. Mais cette mélancolie fut rapidement balayée par une énergie nouvelle et une excitation palpable à l'idée de commencer enfin leur vraie vie de jeunes mariés et de concrétiser tous les projets dont ils avaient rêvé en Toscane.

Leur nouvelle routine de couple marié s'installa progressivement, toujours intense en raison de leurs carrières respectives, mais visiblement plus équilibrée, plus sereine que dans les premiers mois de leur cohabitation. Anaïs s'épanouissait pleinement dans son travail à l'agence *Vertiges Urbains*. Elle avançait à grands pas sur le projet Ribaucourt, présentant des premières esquisses audacieuses et poétiques qui avaient immédiatement séduit le mécène et son équipe. Elle commençait à se sentir reconnue et respectée par ses pairs, sa réputation de paysagiste talentueuse, créative et dotée d'une vision écologique et sensible unique grandissait de jour en jour. On commençait à parler d'elle comme d'une étoile montante du paysage parisien.

Arthur, de son côté, surfait sur la vague du succès phénoménal du *Racines*, mais ne se reposait pas sur ses lauriers. Quelques mois après leur mariage, poussé par son énergie créatrice débordante et par une opportunité immobilière intéressante, il se lança même, à la surprise générale – et à la légère angoisse d'Anaïs au début –, dans une nouvelle aventure entrepreneuriale : l'ouverture d'un deuxième établissement à Paris. Pas une copie conforme du premier, loin de là. Mais un concept très différent, plus décontracté, plus accessible : une sorte de "cave à manger" moderne et conviviale, baptisée 'Sarments' – toujours la thématique végétale ! –, située dans un autre quartier animé de la capitale. L'endroit proposait une sélection pointue et audacieuse de vins naturels et biodynamiques soigneusement choisis, accompagnée de petites assiettes créatives, savoureuses et gourmandes à partager, toujours basées sur des produits d'exception et de saison, dans une ambiance plus informelle et plus festive que celle du *Racines*. Contre toute attente – sauf peut-être celle d'Arthur lui-même –, *Sarments* connut lui aussi un succès immédiat et foudroyant, confirmant le talent, la justesse de la vision et le flair incroyable d'Arthur. Il jonglait désormais entre la gestion des deux restaurants aux concepts si différents mais complémentaires, un défi logistique, humain et créatif considérable, mais qui semblait le stimuler plus que l'épuiser. La Volvo était devenue son alliée indispensable, sillonnant Paris en tous sens pour ses déplacements constants entre les deux établissements, ses visites aux fournisseurs, et parfois même quelques événements de consulting ou des caterings privés qu'il acceptait ponctuellement.

Leur amour, loin de s'étioler ou de se banaliser sous la pression de ces vies professionnelles si bien remplies et si exigeantes, semblait au contraire se nourrir de cette effervescence, de cette créativité partagée, et de leur admiration mutuelle et sans cesse renouvelée. Leur complicité, née dans l'imprévu et consolidée dans les premières épreuves, était devenue leur force motrice, leur socle indestructible. Un regard échangé au petit déjeuner par-dessus les tasses de café suffisait à comprendre l'humeur, les angoisses ou les joies silencieuses de l'autre. Un simple SMS encourageant ("Je pense à toi, courage pour ta réunion !") envoyé au milieu d'une journée chargée pouvait redonner de l'énergie pour des heures. Un plat simple mais réconfortant, cuisiné avec amour et attention par Arthur après une longue et difficile journée de travail pour Anaïs, valait toutes les plus belles déclarations du monde. Ils respectaient profondément, sincèrement, le travail et les ambitions de l'autre, célébrant chaque petite victoire, chaque avancée, chaque succès comme une réussite commune, une pierre de plus ajoutée à l'édifice de leur vie partagée. Ils continuaient à parler, beaucoup, passionnément, de leurs journées respectives, de leurs doutes parfois, de leurs projets futurs, mais aussi de leurs valeurs communes, de la société qui les entourait, du monde qu'ils rêvaient de contribuer à rendre un peu plus beau, un peu plus juste, un peu plus savoureux, chacun à sa manière. Ils construisaient ensemble, patiemment mais avec une détermination joyeuse, une vision commune de la vie qu'ils voulaient mener : une vie pleine de sens, de passion créatrice, de partage sincère, et d'authenticité farouchement préservée.

Et le symbole si particulier des pommes, ce fil rouge improbable de leur histoire, restait discrètement mais tendrement présent dans leur quotidien, comme un clin d'œil amusé du destin. Arthur surprenait encore parfois Anaïs au retour du travail avec une petite tarte Tatin maison juste pour elle, murmurant avec un petit sourire entendu :
— Tiens, un petit remontant pour ma Reine préférée. Anaïs, de son côté, disposait parfois un petit bouquet de délicates fleurs de pommier séchées sur leur table de chevet, ou intégrait subtilement des variétés de pommes anciennes dans les plans de ses projets de jardins. Ils plaisantaient souvent en s'appelant affectueusement *Reine et Roi des Pommes* lors de leurs dîners entre amis – Léa et Camille, devenues des habituées gourmandes du *Racines* et de *Sarments*, adoraient Arthur et ne manquaient jamais une occasion de le taquiner sur ses fameuses pommes romantiques –. C'était leur petit signe de reconnaissance secret, le rappel constant et joyeux de la magie improbable de leur rencontre et de la simplicité fondamentale, essentielle, de leur amour.

Un soir d'automne doux et doré, 1 an après leur mariage, alors qu'ils dînaient tranquillement tous les deux sur la terrasse luxuriante de l'appartement qu'ils venaient d'acheter, illuminée par la lumière douce de quelques lampions solaires, sous le regard bienveillant d'un petit pommier en pot, Anaïs leva son verre de vin blanc frais. — À nous, Arthur. À notre vie folle et merveilleuse ici. À tout ce que nous avons construit ensemble, envers et contre tout parfois. Je suis si heureuse ce soir. Si profondément, paisiblement heureuse. Et tellement reconnaissante que nos chemins se soient croisés ce jour-là, dans cette galerie improbable.

Arthur leva son verre à son tour, ses yeux verts brillant d'amour et d'une tendresse infinie dans la lumière douce du crépuscule parisien. — À nous, mon amour. À notre jardin secret et bien réel au milieu de la ville. Et à toutes les magnifiques récoltes – de pommes, de projets, de bonheur – qui nous attendent encore. Je t'aime, Anaïs.

Ils trinquèrent, le tintement léger et cristallin de leurs verres se mêlant au bruissement des feuilles dans la brise tiède du soir. Ils étaient heureux, oui. Profondément, sereinement heureux. Non pas d'un bonheur parfait, lisse et sans nuages comme dans les contes de fées. Mais d'un bonheur réel, tangible, vivant, construit jour après jour à force d'amour, de travail, de passion partagée, de respect mutuel, de communication honnête et de complicité joyeuse.

Pourtant, depuis quelques temps, au milieu de cette harmonie générale, Anaïs ne se sentait pas tout à fait dans son assiette. Rien de grave, juste une sensation étrange, diffuse. Une fatigue persistante qui s'accrochait, même après une bonne nuit de sommeil, et qu'elle mettait logiquement sur le compte du stress intense lié au chantier titanesque du projet Ribaucourt. Des nausées désagréables, qu'elle attribuait avec conviction à ce nouveau café bio un peu trop fort qu'Arthur avait rapporté de chez un de ses fournisseurs. Une sensibilité accrue et parfois embarrassante aux odeurs – l'odeur alléchante du poisson cuit par Arthur un soir pour le dîner l'avait presque fait défaillir et l'avait obligée à se réfugier sur la terrasse, au grand dam du chef vexé ! – qu'elle expliquait tant bien que mal par une phase hormonale un peu bizarre ou une petite fragilité passagère. Elle se disait que ce n'était qu'une mauvaise passe, une sorte de grippe pré-automnale tenace qui refusait de la lâcher complètement. Arthur, bien que très occupé, s'inquiétait un peu de la voir si pâle et si facilement fatiguée, lui préparait des bouillons réconfortants et des tisanes apaisantes, mais la croyait sur parole quand elle affirmait avec un sourire forcé que ça allait passer, que ce n'était *rien de grave*. Camille, lors d'un déjeuner, s'était montrée plus pragmatique et insistante : — Écoute ma belle, ça fait trois semaines que tu traînes ça. Tu vas voir un médecin, point barre. Juste pour vérifier que ce n'est pas une cochonnerie plus sérieuse.

C'est donc un peu à contrecœur, plus pour rassurer ses proches que par réelle inquiétude personnelle, qu'Anaïs finit par prendre rendez-vous chez son médecin traitant, une femme douce, attentive et expérimentée qu'elle consultait depuis des années. Après un examen rapide et quelques questions précises sur ses symptômes variés et un peu flous, le médecin, après un silence pensif, lui avait prescrit, en plus des analyses habituelles pour vérifier une éventuelle carence ou infection, une prise de sang un peu plus spécifique, juste pour éliminer toute éventualité, avait-elle dit. Anaïs avait fait la prise de sang le lendemain matin sans y penser davantage, toujours persuadée qu'on allait lui trouver une petite carence en fer due au surmenage ou une mononucléose sournoise et persistante.

Elle récupéra les résultats quelques jours plus tard, en fin de journée, en rentrant du bureau de l'agence, juste avant de retrouver Arthur pour un dîner rapide avant son service du soir. Elle ouvrit l'enveloppe d'un geste machinal dans l'ascenseur qui la menait à leur appartement. Elle parcourut la longue liste de chiffres et de termes médicaux abscons imprimés sur la feuille, cherchant d'un œil distrait la ligne qui indiquerait une anémie, une inflammation ou une infection virale. Et puis, son regard s'arrêta net sur *la* ligne. Celle concernant le dosage de l'hormone Beta-HCG. Avec, en face, un taux qui n'était pas juste un peu au-dessus de la norme, mais qui crevait littéralement tous les plafonds indiqués dans la colonne de référence. Elle cligna des yeux. Relut. Trois fois. Le souffle soudain coupé. Les jambes se transformant en coton. L'ascenseur arriva à leur étage dans un tintement discret sans qu'elle s'en rende compte.

Elle resta figée une seconde devant la porte de leur appartement, la clé tremblant dans sa main, essayant de comprendre. HCG… Grossesse… Mais… comment ? Quand ? Ils n'avaient pas vraiment… enfin si, bien sûr, mais ils faisaient attention… normalement… Elle entra dans l'appartement comme une somnambule, les résultats froissés dans sa main moite, le cœur battant à tout rompre dans sa poitrine, un mélange de panique totale et d'une joie incroyablement intense et complètement inattendue commençant à bouillonner en elle. Arthur était déjà là, bien sûr, dans la cuisine, comme tous les soirs avant son service. Il était en train de préparer leur dîner rapide, émincant des légumes frais avec une concentration de moine zen, fredonnant à mi-voix un vieil air de Charles Aznavour. L'odeur alléchante des oignons doucement revenus dans l'huile d'olive emplit l'air. D'habitude, cette odeur simple et familière la réconfortait instantanément. Ce soir, elle lui donna une légère mais très réelle nausée.

— Ah, te voilà enfin, mon amour ! Ça va ? Tu as l'air toute pâle, comme si tu avais vu un fantôme… ou le contrôleur des impôts ! lança Arthur, absorbé par la découpe millimétrée de ses carottes en brunoise parfaite – une déformation professionnelle, sans doute –. Alors, ces résultats ? Tu as enfin la preuve que tu es anémique et que tu dois manger plus de viande rouge ? Parce que j'ai justement une magnifique entrecôte qui nous attend pour demain !

Anaïs resta plantée au milieu du salon, incapable de faire un pas de plus, incapable de prononcer un mot cohérent, le cerveau en surchauffe totale. Comment lui annoncer une chose pareille ? Là, maintenant, entre la brunoise de carottes et le début de son service ? Elle n'avait rien prévu, rien imaginé, ce scénario-là n'était absolument pas au programme !

— Arthur ? réussit-elle enfin à articuler d'une petite voix blanche qui ne ressemblait absolument pas à la sienne.

— Oui, ma reine des jardins ? répondit-il d'un ton distrait, le couteau toujours en action. Tu veux que je lance la cuisson du riz en attendant ? J'ai trouvé un riz noir absolument divin chez mon fournisseur bio…

— Non… pas le riz… Arthur, s'il te plaît… regarde-moi. J'ai… j'ai quelque chose à te dire.

Intrigué – et alerté – par le ton inhabituel, presque suppliant, de sa voix, il posa enfin son couteau sur la planche à découper, s'essuya rapidement les mains sur son tablier impeccable et se retourna vers elle, une expression interrogatrice et soudain inquiète sur le visage. Il remarqua alors sa pâleur spectrale, ses yeux verts écarquillés où brillaient des larmes, et surtout, la feuille de résultats d'analyses qu'elle tenait devant elle comme un bouclier ou une déclaration de guerre.

— Anaïs ? Mais qu'est-ce qu'il y a ? Mon Dieu, tu me fais peur ! Ce ne sont pas de bons résultats ? Tu es malade ? Dis-moi ! demanda-t-il en s'approchant d'elle, l'inquiétude remplaçant soudain toute trace de concentration culinaire dans son regard.

Elle secoua la tête négativement, toujours incapable de parler, les larmes commençant à déborder et à rouler sur ses joues. Elle s'approcha de lui à son tour et lui tendit simplement la feuille de papier, le doigt pointé sur la ligne fatidique. Il la prit avec précaution, fronça les sourcils en parcourant rapidement les lignes de chiffres et de termes médicaux abscons, cherchant visiblement à comprendre ce qui pouvait bien la mettre dans un état pareil. Puis ses yeux tombèrent enfin sur la fameuse ligne HCG et le chiffre astronomique qui lui faisait face. Il relut. Une fois. Deux fois. Trois fois. Comme s'il ne pouvait pas croire ce qu'il lisait. Il leva lentement les yeux vers Anaïs, une expression de stupeur totale, d'incrédulité absolue, pétrifiant ses traits.

— Mais… mais ça… ça veut dire quoi, ça ? HCG… C'est… attends… C'est bien… Mais non… c'est impossible, non ? Enfin, je veux dire… on… on n'avait pas vraiment prévu ça maintenant… si ? Tu… tu es sûre de ce résultat ? Il n'y a pas une erreur ?

Anaïs ne put s'empêcher de laisser échapper un petit rire nerveux, presque hystérique, mêlé aux larmes qui coulaient maintenant abondamment sur ses joues. — Apparemment, oui, Arthur. Plutôt sûre. Le laboratoire a la réputation d'être fiable sur ce genre de diagnostic hormonal, malheureusement ou heureusement, je ne sais pas encore ! Il semblerait que… que ma fameuse *grippe* qui traînait depuis des semaines, mes nausées matinales et ma soudaine aversion pour le poisson grillé… aient une explication un peu plus… euh… conséquente qu'une simple carence en fer. Une explication qui dure environ neuf mois, en fait. Et qui finit généralement par crier beaucoup et par réclamer des purées de carottes bio à 3h du matin.

Arthur la regarda, toujours bouche bée, les yeux passant frénétiquement de la feuille de papier à son visage en larmes mais souriant, puis à son ventre plat – encore plat, du moins –, comme s'il s'attendait à y voir un signe visible, une preuve tangible de cette nouvelle incroyable. Puis, lentement, très lentement, la compréhension totale, suivie d'une vague d'émotion brute, intense, incontrôlable, submergea ses traits. Ses yeux verts s'embuèrent à leur tour. Un sourire immense, tremblant, incrédule mais rayonnant de pur bonheur, se dessina enfin sur ses lèvres.

— Enceinte ? murmura-t-il, comme s'il prononçait un mot magique, sacré et absolument terrifiant à la fois. Tu es… tu es enceinte ? Nous allons… nous allons avoir un bébé ? Un bébé Dubois-Lessart ? Un mini-nous ? Oh mon Dieu… Anaïs… C'est… c'est vrai ?

Elle hocha simplement la tête, incapable de parler à nouveau, souriant et pleurant en même temps. Il laissa tomber la feuille de résultats par terre sans même s'en rendre compte, s'approcha d'elle en deux enjambées rapides et la prit dans ses bras, la serrant, la soulevant presque du sol, dans une étreinte si forte, si pleine d'une joie si intense, si palpable, qu'elle eut l'impression que ses côtes allaient craquer, mais c'était une étreinte merveilleuse, la plus belle de sa vie. Elle l'étreignit en retour de toutes ses forces, riant et pleurant en même temps qu'lui maintenant, enfouissant son visage dans le creux de son cou qui sentait bon les oignons revenus et l'amour fou.

— Un bébé… répéta-t-il encore et encore contre ses cheveux, sa voix étranglée par une émotion qui le dépassait complètement. Notre bébé… Notre petite pomme… Oh Anaïs, mon amour… C'est… c'est la plus belle nouvelle du monde entier ! La plus incroyable ! La plus… terrifiante aussi ! Oh là là… Je suis tellement… mon dieu, tellement fou de joie ! Et en même temps, complètement paniqué ! Est-ce qu'on va seulement y arriver ? Est-ce que je serai un bon père ? Est-ce que Fougère va accepter ce petit intrus sur son territoire ? Mon Dieu, il va falloir repenser tout l'aménagement de l'appartement ! Et adapter tous mes menus ! Finis les fromages au lait cru pour toi pendant neuf mois ! Fini le tartare que tu aimes tant ! Il faut que je te prépare un programme nutritionnel spécial future maman ! Avec plein de fer et d'acide folique !

Anaïs éclata de rire à travers ses larmes en l'entendant déjà paniquer sur les détails culinaires et logistiques. Lui, le chef si calme et si maîtrisé en cuisine d'habitude, semblait complètement dépassé, adorablement perdu, face à cette nouvelle responsabilité bien plus impressionnante et imprévisible qu'une brigade entière à gérer ou qu'une étoile à décrocher au Michelin.

— Chut… Calme-toi, mon amour, dit-elle en se reculant légèrement pour pouvoir le regarder dans les yeux, posant tendrement ses mains sur ses joues humides. On apprendra, Arthur. Toi et moi. Ensemble. On apprendra à être parents comme on a appris à être un couple. On sera une équipe, tu te souviens ? La meilleure des équipes. Même face aux couches-culottes explosives, aux nuits sans sommeil et aux purées de carottes bio exigées à 3h du matin. On y arrivera. Parce qu'on s'aime.

Il la regarda, un amour infini, une tendresse bouleversante et une admiration renouvelée brillant dans ses yeux verts embués. — Oui. Tu as raison. Ensemble. Toi, moi, et… notre petite pomme. Notre plus beau projet. Notre plus belle récolte à venir. Ma reine des pommes… qui va devenir la plus merveilleuse des reines mères ! Oh, Anaïs, je t'aime tellement !

Il l'embrassa à nouveau, un baiser passionné, joyeux, un peu fou, presque désespéré de bonheur, chargé de toutes les promesses incroyables et de toutes les inconnues vertigineuses de cette nouvelle aventure qui commençait pour eux, sans crier gare. Leur vie parisienne, déjà si riche, si intense, si pleine de rebondissements, venait de prendre une tournure complètement inattendue, mais infiniment désirable. La suite de leur histoire s'annonçait résolument fertile en émotions. Et très probablement en purées de légumes bio !